Stephen Fry

Der Sterne Tennisbälle

Stephen Fry

Der Sterne Tennisbälle

Roman

Aus dem Englischen
von Ulrich Blumenbach

Aufbau-Verlag

Die Originalausgabe unter dem Titel »The Stars' Tennis Balls«
erschien 2000 bei Hutchinson, London.

ISBN 3-351-02929-2

1. Auflage 2001

Einbandgestaltung Andreas Heilmann, Hamburg
Druck und Binden Clausen & Bosse, Leck
Printed in Germany

www.aufbau-verlag.de

Für mein'n Kollegen

Wir sind nur der Sterne Tennisbälle, aufgespielt,
Gewechselt, wie es ihnen paßt.

John Webster, *Die Herzogin von Malfi*, Akt V, Szene 3

I. Das Komplott

Alles begann irgendwann im vorigen Jahrhundert, in einer Zeit, als sich Liebende noch Briefe schrieben und in versiegelten Umschlägen schickten. Manchmal schrieben sie mit bunter Tinte, um ihre Liebe zu zeigen, oder sie parfümierten das Briefpapier.

41 Plough Lane
Hampstead,
London NW3

Montag, 2. Juni 1980

Liebster Ned –

tut mir leid, das mit dem Geruch. Ich hoffe, Du hast es irgendwo aufgemacht, wo Du allein bist. Sonst treiben sie Dich mit ihrem Spott bestimmt in den Wahnsinn. Es heißt *Rive Gauche,* also fühle ich mich wie Simone de Beauvoir, und Du fühlst Dich hoffentlich wie Jean-Paul Sartre. Nein, hoffentlich nicht, denn ich finde, er war ganz schön fies zu ihr. Ich schreibe Dir oben in meinem Zimmer nach einem Krach mit Pete und Hillary. Ha, ha, ha! Pete und Hillary, Pete und Hillary, Pete und Hillary. Du kannst es nicht leiden, wenn ich sie so nenne, stimmt's? Ich liebe Dich so sehr. Wenn Du mein Tagebuch sehen könntest, würdest Du sofort tot umfallen. Heute morgen habe ich gleich zwei Seiten geschrieben. Ich habe alles aufgelistet, was Dich so wunderbar und herrlich macht, und wenn wir eines Tages für immer zusammen sind, zeige ich es Dir vielleicht mal, und dann fällst Du gleich noch einmal tot um.

Ich habe geschrieben, daß Du altmodisch bist.

Erstens: Als wir uns das erste Mal gesehen haben, bist Du aufgestanden, als ich ins Zimmer kam, was zwar lieb war, aber es war im Hard Rock Café, und ich kam aus der Küche, um Deine Bestellung aufzunehmen.

Zweitens: Jedesmal, wenn ich Mum und Dad Peter und Hillary nenne, wirst Du rot und beißt Dir auf die Lippen.

Drittens: Als Du Dich das erste Mal mit Pete und – okay, ich habe Erbarmen –, als Du Dich das erste Mal mit Mum und Dad unterhalten hast, hast Du sie über Privatschulen und private Krankenversicherungen schwadronieren lassen, und wie schrecklich alles wäre, und wie schlimm die Regierung wäre, *und Du hast kein einziges Wort gesagt.* Daß Dein Dad ein Tory-Abgeordneter ist, meine ich. Du hast Dich redegewandt übers Wetter geäußert und unverständlich über Cricket. Aber damit bist Du nicht rausgerückt.

Darum ging es übrigens bei dem Krach vorhin. Dein Dad war mittags bei *Weekend World,* Du hast ihn hundert pro gesehen. (Ich liebe Dich übrigens. Mein Gott, wie ich Dich liebe.)

»Wo gabeln die die bloß auf?« hat Pete gezetert und mit dem Finger auf den Fernseher gezeigt. »Wo bloß?«

»Was?« habe ich gesagt und mich auf einen Kampf eingestellt.

»*Wen*«, hat Hillary gesagt.

»Diese ewiggestrigen Tweedjacken«, hat Pete gesagt. »Schau dir diesen alten Schwachkopf an. Wie kommt der eigentlich dazu, über die Kumpel zu reden? Der erkennt ein Brikett doch nicht mal, wenn es ihm in die Braune Windsor-Suppe fällt.«

»Erinnerst du dich an den Jungen, den ich letzte Woche mit nach Hause gebracht habe?« fragte ich und bin sicher, jeder unvoreingenommene Beobachter hätte mir eisige Ruhe attestiert.

»Sicherheit der Arbeitsplätze, sagt der!« schrie Peter den Bildschirm an. »Mußtest *du* vielleicht je Angst um deinen Arbeitsplatz haben, Mr. Eton, Oxford und Gardekorps?« Dann drehte er sich zu mir. »Hm? Welcher Junge? Wann?«

Das ist sowas von typisch für ihn. Du stellst ihm eine Frage, und er sagt erst mal ganz was anderes, was überhaupt nichts mit dem Thema zu tun hat, und dann beantwortet er deine Frage mit einer oder mehreren Gegenfragen. Macht mich rasend. (Du übrigens auch, liebster Neddy. Aber eher liebestoll.) Wenn man meinen Vater fragt: »Pete, wann war die Schlacht von Hastings?«, dann sagt er: »Die kürzen die Arbeitslosenunterstützung. Inflationsbereinigt ist die in nur zwei Jahren um fünf Prozent zurückgegangen. Fünf Prozent. Mistkerle. Hastings? Warum willst du denn das wissen? Warum Hastings? Hastings war bloß ein Scharmützel zwischen Landesherren und Raubrittern. Die einzige Schlacht, die man wirklich kennen muß, ist die ...« und schon wäre er wieder ganz woanders. Er weiß, daß es mich rasend macht. Hillary macht das hundert pro auch rasend. Aber ich habe nicht lockergelassen.

»Der Junge, den ich mitgebracht habe«, sagte ich. »Er hieß Ned. Du weißt genau, wen ich meine. Er hat Trimesterferien und ist vor zwei Wochen ins Hard Rock gekommen.«

»Dieser Edelspießer im Cricketpullover? Was soll mit dem sein?«

»Er ist *kein* Edelspießer!«

»Sah mir aber ganz nach einem aus. Fandst du nicht auch, Hills?«

»Er hatte jedenfalls gute Manieren«, sagte Hillary.

»Da hast du's.« Pete wandte sich wieder der Glotze zu, wo Dein Dad gerade versuchte, vor einer Gruppe von Bergarbeitern in Yorkshire eine Rede zu halten, wobei ich gestehen muß, daß das wirklich komisch war. »Schau dir das an! Garantiert das erste Mal im Leben, daß der alte Faschist den Norden zu sehen bekommt und nicht bei Watford umdreht. Außer wenn er auf dem Weg nach Schottland durchfährt, um Moorhühner abzuknallen. Unglaublich. *Unglaublich.*«

»Watford ist ja schön und gut, aber wann warst du das letztemal nördlich von Hampstead?« habe ich gesagt. Na ja, geschrien. Fand ich aber in Ordnung, schließlich machte er mich rasend, und manchmal ist er so was von scheinheilig.

Hillary zog ihre übliche Nummer ab von wegen ›wie redest du denn mit deinem Vater?‹ und widmete sich dann wieder ihrem Artikel. Sie schreibt neuerdings Kolumnen für *Spare Rib* und geht unheimlich schnell an die Decke.

»Du hast anscheinend vergessen, daß ich an der Sheffield University promoviert worden bin«, sagte Pete, als hätte er damit schon den Preis »Nordengländer des Jahrzehnts« verdient.

»Lassen wir das mal dahingestellt«, fuhr ich fort. »Ned ist jedenfalls zufällig der Sohn von dem Mann da.« Und ich zeigte mit einem triumphierenden Finger auf den Bildschirm. Dummerweise war gerade der Moderator im Bild.

Pete sah mich mit ehrfürchtiger Miene an. »Der Junge ist der Sohn von Brian Walden?« fragte er heiser. »Du gehst mit Brian Waldens *Sohn?*«

Brian Walden, der Moderator, muß mal Labour-Abgeordneter gewesen sein. Pete glaubte, ich bewegte mich in den Kreisen der sozialistischen Aristokratie. Ich sah ihm an, wie er fieberhaft seine Chancen ausrechnete, sich bei Brian Walden einzuschleimen (so von Schwiegervater zu Schwiegervater), sich bei der nächsten Wahl ein Mandat an Land zu ziehen und aus der Tretmühle der Kultusbehörde von Großlondon zu Kitzel und Glanz des Unterhauses und landesweitem Ruhm zu avancieren. Peter Fendeman, der kauzige Aufwiegler und Held der Arbeiterklasse, ich sah die ganze Vision vor seinen gierigen Augen vorbeiziehen. Widerlich.

»Der doch nicht!« sagte ich. »*Der da!*« Dein Vater war wieder im Bild, wie er mit Akten unter dem Arm auf Downing Street Number Ten zuging.

Ich liebe Dich, Ned. Ich liebe Dich mehr als die Gezeiten den Mond. Mehr als Mickey seine Minnie und Pu der Bär den Honig. Ich liebe Deine großen schwarzen Augen und Deinen süßen knackigen Hintern. Ich liebe Dein wuscheliges Haar und Deine knallroten Lippen. Ist Dir eigentlich klar, daß die knallrot sind? Die wenigsten Leute haben Lippen, die wirklich so rot sind, wie es in Gedichten immer heißt. Deine sind hochrot, röter als ich es je gelesen habe, und ich will sie *jetzt sofort* überall spüren – aber egal wie rot Deine Lippen sind, wie knackig Dein Hintern, wie groß Deine Augen, *Dich* liebe ich. Als Du da an Tisch 16 gestanden und mich angelächelt hast, war es, als hättest Du überhaupt keinen Körper. Ich war stinksauer aus der Küche gekommen, und plötzlich erstrahlte vor mir eine Seele. Ned. Du. Eine bloße Seele strahlte mich an wie die Sonne, und ich wußte, daß ich sterben müßte, wenn ich nicht den Rest meines Lebens mit ihr verbringen würde.

Trotzdem habe ich mir heute nachmittag sehnlichst gewünscht, Dein Vater wäre Gewerkschaftsführer, Gesamtschullehrer, Herausgeber des *Morning Star* oder Brian Walden höchstpersönlich – alles, nur nicht Charles Maddstone, Kriegsheld, Brigadegeneral des Gardekorps im Ruhestand, Ex-Kolonialbeamter. Und am meisten habe ich mir gewünscht, er wäre kein Kabinettsmitglied in einer konservativen Regierung.

Aber das ist nicht ganz fair, oder? Denn dann wärst Du ja nicht Du.

Als Pete und Hillary es endlich kapierten, starrten sie nur zwischen mir und dem Bildschirm hin und her. Hillary betrachtete sogar den Stuhl, auf dem Du bei Deinem Besuch gesessen hast. Funkelte ihn an, als hätte sie ihn am liebsten desinfiziert und verbrannt.

»Oh, Portia!« sagte sie mit gebrochener Stimme, wie das früher hieß.

Pete wurde erst so rot wie Lenin, aber dann schluckte er seinen Zorn und seinen verletzten Stolz hinunter und begann ein »ernstes Gespräch«. Er hatte »vollstes Verständnis« für meinen jugendlichen Protest gegen alle Werte und Normen, zu denen sie mich erzogen hatten. Nein, mehr noch, er hatte Respekt davor. »Weißt du, in gewisser Hinsicht bin ich stolz auf dich, Porsh. Stolz auf deinen Kampfgeist. Du lehnst die Autorität ab, und habe ich dich nicht von jeher genau das gelehrt?«

»*Was?*« kreischte ich. (Ich muß ehrlich sein. Es gibt kein anderes Wort dafür. Es war definitiv ein Kreischen.)

Er breitete die Arme aus und hob die Schultern, eine Geste teuflischer Selbstgefälligkeit, die mich bis an mein Lebensende verfolgen wird. »Okay. Du triffst dich mit dem Oberklassetrottel des Jahres, und jetzt ist dein Dad hellhörig geworden. Pete hört dir zu. Reden wir darüber, ja?«

Also *ehrlich* ...

Ohne ihn eines Blickes zu würdigen, erhob ich mich und ging die Treppe hoch, um mit mir ins Reine zu kommen.

Das hätte ich jedenfalls tun sollen, aber leider tat ich es nicht.

Sondern ich habe ihn angeschrien: »Du Arschloch, Pete! Ich hasse dich. Du bist jämmerlich! Und weißt du was noch? Ein *Snob*. Ein grauenhafter, erbärmlicher Snob!« Dann bin ich davongestampft, habe die Tür hinter mir zugeknallt und bin weinend nach oben gerannt. Der Vorsitzende der Unsterblichen (nach Aischylos' Wort) hatte seine Kurzweil mit Portia beendet.

Puh. Und noch mehr Puh.

Wenigstens wissen sie jetzt Bescheid. Hast Du es Deinen Eltern schon gesagt? Die gehen wahrscheinlich genauso an die

Decke. Sehen ihren geliebten Sohn umgarnt von der Tochter jüdischer Linksintellektueller. Wenn man einen Geschichtsdozenten mit einer halben Stelle an der North East London Polytechnic einen Intellektuellen nennen kann, was man meiner Meinung nach nicht kann.

Ohne äußere Hindernisse wäre es ja keine Liebe, oder? Ich meine, wenn Julias Vater Romeo um den Hals gefallen wäre und gesagt hätte: »Ich verliere keine Tochter, ich gewinne einen Sohn«, und wenn Romeos Mum gestrahlt hätte: »Willkommen in der Familie Montague, Julia, mein Mäuschen«, dann wäre das Stück kaum über den ersten Akt hinausgekommen.

Ein paar Stunden nach dieser ›betrüblichen Szene‹ klopfte Pete dann mit einer Tasse Tee an meine Tür. Präzision, Portia, Präzision – er klopfte mit den Knöcheln, aber Du weißt schon, was ich meine. Erst nervte mich seine Jammergestalt, aber dann merkte ich, daß ihm tatsächlich zum Heulen war. Er hatte gerade einen Anruf aus Amerika bekommen. Petes Bruder, mein Onkel Leo, hatte gestern abend in New York einen Herzinfarkt und starb, bevor der Krankenwagen kam. Ganz schön hart. Anfang des Jahres ist seine Frau Rose an Eierstockkrebs gestorben, und jetzt ist es auch mit ihm vorbei. Achtundvierzig ist er geworden. Achtundvierzig und stirbt an einem Herzinfarkt. Mein armer Vetter Gordon kommt jetzt nach England und wohnt erst mal bei uns. Er mußte den Krankenwagen rufen und alles. Stell Dir vor, Du mußt mit ansehen, wie Dein Vater vor Deinen Augen stirbt. Er war ihr einziges Kind. Der arme Kerl muß in fürchterlicher Verfassung sein. Hoffentlich gefällt es ihm bei uns. Ich glaube, seine Familie war ziemlich orthodox, und ich weiß nicht recht, was er von unserem Familienleben halten wird. Ein Bagel mit Speck fällt für uns unter koscher. Ich habe Gordon noch nie gesehen und mir immer vorgestellt, daß er einen schwarzen Bart hat, was natürlich Blödsinn ist, schließlich ist er in unserem Alter. Siebzehn, bald achtzehn, so um den Dreh.

Danach ist bei Fendemans natürlich Friede ausgebrochen, und nächste Woche habe ich dann einen Bruder, mit dem ich über alles reden kann. Dann kann ich endlich über dich reden.

Was man *von Dir nicht behaupten kann*, o mein Neddie. »Ein Spiel gewonnen. Ganz gut gespielt, glaube ich. Bin viel am Lernen. Denke oft an Dich.« Das sind schon die interessantesten Stellen.

Ich weiß, daß Du mitten im Klausurenstreß steckst, aber ich doch auch. Aber keine Angst. Es überläuft mich heiß und kalt, egal was Du schreibst. Ich schaue mir die Handschrift an und stelle mir vor, wie Deine Hand über das Papier gleitet, und dann kriege ich schon Zuckungen wie ein liebeskranker Aal. Ich sehe vor mir, wie Dir beim Schreiben die Haare in die Stirn fallen, und dann zapple und hechle ich schon wie ein ... wie ein ... ähm, darüber sprechen wir noch. Ich denke an Deine Beine unter dem Tisch, und eine Million Trillionen Zellen in mir funkeln und sprudeln. Dein Querstrich beim »t« raubt mir den Atem. Ich halte die Rückseite des Umschlags an die Lippen, denke daran, wie Du ihn angeleckt hast, und mir wird ganz anders. Ich bin eine drollige durchgedrehte dösige dreiste delirierende Romantikerin, und wenn ich an Dich denke, bin ich im siebten Himmel.

Trotzdem wäre es mir tausendmal lieber, Du würdest im nächsten Trimester nicht an deine Schule zurückgehen. Geh doch einfach ab und sei genauso frei wie normale Menschen. Du *mußt* doch nicht nach Oxford, oder? Ich würde niemals an eine Universität gehen, wo ich auch den ganzen Winter verbringen muß, um eine extra Aufnahmeprüfung zu machen, wenn ich schon meine A-Levels hinter mir habe und meine ganzen Freunde weg sind. Haben die's nicht eine

Nummer kleiner? Warum können die sich nicht wie eine normale Uni benehmen? Komm doch mit mir nach Bristol. Dort hätten wir es viel schöner zusammen.

Aber ich werde Dich nicht unter Druck setzen. Du mußt selber wissen, was Du tust.

Ich liebe Dich, ich liebe Dich, ich liebe Dich.

Mir ist gerade etwas eingefallen. Angenommen, Dein Kunstlehrer wäre mit Eurer Klasse an dem Samstag nicht in die Royal Academy gegangen. Angenommen, er hätte sich für die Tate oder die National Gallery entschieden. Dann wärt Ihr nicht in Piccadilly gewesen, und Du hättest nicht im Hard Rock Café Mittag gegessen, und ich wäre nicht das glücklichste, glücklichste, schwachsinnigste verliebte Mädchen auf der ganzen Welt.

Die Welt ist sehr ... ähm ... (blättert in den Erläuterungen zu Thomas Hardy, die sie eigentlich lesen sollte) ... die Welt ist sehr kontingent.

Da hast Du's.

Ich küsse die Luft um mich her.

Liebe und Liebe und Liebe und Liebe und Liebe,

Deine Portia X

Nur ein X, denn Fantastillionen wären nicht annähernd genug.

7. Juni 1980

Meine liebste Portia,

vielen Dank für Deinen wunderschönen Brief. Nach Deiner (durch und durch gerechtfertigten) Kritik an meinem schrecklichen Briefstil wird die Antwort etwas knifflig. Aus Dir sprudelt das nur so heraus wie aus einem Geisier (Schreibung?), und das ist nicht gerade meine starke Seite. Auch Deine Handschrift ist total einzigartig (wie natürlich alles an Dir) und meine total unleserlich. Ich wollte Deine kleine

Zugabe (die war übrigens phantastisch) beantworten, indem ich meinen Umschlag mit Eau de Cologne oder Aftershave einsprühe, aber ich benutze keins. Und das Leinöl, mit dem ich meinen Cricketschläger poliere, würde Dich wohl kaum verführen, oder? Dachte ich mir.

Tut mir ehrlich leid, daß Du Krach mit Deinen Eltern hattest. Wäre es eine Hilfe, wenn Du Peter (da! Ich hab's gesagt!) erzählst, daß ich total arm bin? Wir fahren im Urlaub nie ins Ausland, mein Vater kann sich gerade noch diese Schule leisten, und ich weiß, daß es nicht sehr links klingt, aber der Rest geht für Fahrtkosten drauf, weil er ständig zwischen London und seinem Wahlkreis pendelt, und für die dringendsten Reparaturen an unserem baufälligen Haus. Wenn ich Geschwister hätte, müßte ich garantiert (apropos, wo hast Du bloß dieses »hundert pro« aufgeschnappt?) ihre Sachen auftragen, aber so trage ich eben *seine* auf. Ich bin der einzige hier an der Schule, der in Kavallerieköper und alten Reitjacken herumläuft, wenn wir mal die Schuluniformen ausziehen dürfen. Ich trage sogar seine alte Kreissäge, die im Lauf der Zeit fast orange geworden ist, und die Krempe ist aufgesplittert. Als meine Mum noch am Leben war, hat sie ihm doch tatsächlich die Socken gestopft, als hätten wir noch immer Queen Victoria. Also mein Vater ist vielleicht ein Faschist (wofür ich ihn, ehrlich gesagt, nicht halte), aber dann ein total armer. Ich habe ihm übrigens erzählt, daß ich in London ein Mädchen kennengelernt habe, und er hat sich sehr gefreut. Er ist nicht an die Decke gegangen, als ich ihm erzählt habe, die Schule hätte Dir einen Samstagsjob als Bedienung in einem Schnellimbiß vermittelt. Im Gegenteil, er hat gesagt, das würde Initiative zeigen. Und was Euer Judentum angeht – da hat er aufgehorcht und gefragt, ob Deine Familie vor Hitler geflohen wäre. Er hatte damals mit diesem Kriegsverbrechertribunal in Nürnburg (Nürnberg?) zu tun und ... ist ja auch egal, ich halte meinen Vater jedenfalls nicht für etwas Besseres als Deinen – ich fand Deine Eltern sogar echt nett –, sondern wollte nur sagen, Du brauchst keine Angst zu haben, er könnte dagegen sein, daß wir zusammen sind. Er freut sich schon darauf, Dich kennenzulernen, und ich freue mich darauf, daß Du ihn kennenlernst. Die meisten Leute halten ihn für meinen Großvater, weil er älter ist als die meisten Eltern, verstehst Du? Ich glaube, er ist ein sehr *guter* Mensch, aber ich bin natürlich total voreingenommen. Er ist ja auch alles, was ich habe. Meine Mutter starb bei meiner Geburt. Hatte ich das nicht erzählt? Tut mir leid. Es war ihre erste Schwangerschaft, und sie ging auf die Fünfzig zu.

Das sind ja schlimme Nachrichten über Deinen Onkel in Amerika. Es tut mir sehr leid für Euch. Ich hoffe, Gordon stellt sich als netter Kerl heraus. Es wäre doch toll, wenn Du endlich einen Bruder bekämst. Alle *meine* Vettern sind zum Davonlaufen.

Ich kann's kaum erwarten, daß das Schuljahr endlich vorbei ist. Gott sei Dank habe ich die letzte Klausur hinter mir. Ich habe soviel gepaukt, daß mir der Schädel brummt, aber ich habe das Gefühl, es reicht trotzdem noch lange nicht.

Langweiliger Schulklatsch, Teil Eins. Ich bin zum Schulsprecher ernannt worden.

Tätää!

Eigentlich heißt es »Schulkapitän«. Nur für ein Jahr, aber ich werde wegen der Aufnahmeprüfung in Oxford soviel zu tun haben, daß es mir nicht so wichtig ist. (Darüber bald mehr.) Wenn Du erst mal so alt bist wie ich, verliert die Autorität jeden Glanz. Dann besteht sie nur noch aus harter Arbeit und endlosen Besprechungen mit dem Schulleiter und den Präfekten – hier heißen die Präfekten Aufsichtsschüler, frag mich nicht warum.

Teil Zwei: Der Segelclub macht im August einen Törn an

der schottischen Westküste entlang. Der zuständige Sportlehrer hat gefragt, ob ich Lust hätte mitzukommen. Zwei Wochen und zwar die, in denen Du mit Deinen Eltern nach Italien fährst, also genau die, wo wir uns sowieso nicht gesehen hätten. Den Rest des Sommers verbringe ich in der Wohnung meines Vaters in Victoria, und Du hoffentlich auch so oft wie möglich! Jobbst Du dann wieder im Hard Rock Café?

Also. Oxford. Ich finde es genauso unerträglich wie Du, daß ich im September hierher zurückkommen muß, während Du tun und lassen kannst, was Du willst. Ich bin drauf und dran, die ganze Sache an den Nagel zu hängen und mich in Bristol zu bewerben, um bei Dir sein zu können. Ich bin eigentlich gar nicht so scharf auf Oxford, aber es würde meinem Vater das Herz brechen, wenn ich nicht hinginge. Sein Ururgroßvater war am St. Mark's College, und da hat seitdem jeder Maddstone studiert. Es gibt sogar einen nach uns benannten Hof. Aber glaub jetzt bloß nicht, ich hätte es dadurch leichter, angenommen zu werden, die Zeiten sind leider vorbei. Im Gegenteil, ich muß bei der Aufnahmeprüfung besser abschneiden als jeder andere, um zu beweisen, daß ich es meinen eigenen Leistungen zu verdanken habe und nicht dem Namen meiner Familie oder Beziehungen. Es bedeutet meinem Vater soviel. Das klingt hoffentlich nicht allzu sentimental. Ich bin sein einziger Sohn, und ich weiß, wie sehr er sich darauf freut, mich zu besuchen, mit mir durch die Colleges zu streifen und mir zu zeigen, wo er damals war, als er jung war.

Wenn du bloß herkommen und mich *hier* besuchen könntest. Wie wär's, wenn ich Dich nächstes Jahr als Neuling einschmuggle? Du mußt bloß quieken und hübsch aussehen, und das kannst Du ja bestens. Nein, korrigiere – Du siehst natürlich wunderschön aus. Du bist überhaupt die Schönste, die ich je gesehen habe und je sehen werde. (Quieken kannst Du allerdings wirklich gut.)

Ich *liebe* Deine Briefe. Ich kann das alles noch gar nicht fassen. Haben wir das wirklich erlebt? Andere Jungen haben hier auch Freundinnen, aber bei uns muß es etwas anderes sein. Die zeigen ihre Briefe herum und geilen sich in aller Öffentlichkeit daran auf. Das kann nur heißen, daß es für sie bloß ein Witz ist. Und für uns ist es doch wirklich kein Witz, oder?

Du schreibst, was für eine komische Sache das Schicksal ist und was es für ein Zufall war, daß wir in die Royal Academy gegangen sind, und daß wir, wenn nicht, wahrscheinlich nie im Hard Rock Café gelandet wären. Das ist ein total *unfaßbarer* Gedanke. Aber dann, als Du zu uns an den Tisch gekommen bist, wo wir, glaube ich, zu siebt gesessen haben, warum hast Du da ausgerechnet mich zweimal angesehen? Mal davon abgesehen, daß ich mich zum Idioten gemacht habe und aufgestanden bin. Tut mir übrigens leid, dich enttäuschen zu müssen, aber ich bin nicht aus Höflichkeit aufgestanden. Ich habe dich gesehen und bin aufgestanden. Das war eine Art Reflex. Das klingt bestimmt total bescheuert – es war, als hätte ich Dich schon immer gekannt. Je mehr ich darüber nachdenke, desto mehr könnte ich schwören, ich *wußte,* daß Du durch die Schwingtür kommen würdest. Ich hatte mich schon den ganzen Tag komisch gefühlt. So *anders;* Du kennst das vielleicht. Als wir ins Café kamen, nachdem wir zwei Stunden durchs Museum gelatscht waren und dann noch einen Kilometer durch Piccadilly, da wußte ich einfach, daß etwas passieren würde. Und als Du dann auf uns zugekommen bist (Du hast Dir über die Schürze gestrichen und auf ganz *komische* Weise nach dem Bleistift hinterm Ohr getastet – das weiß ich alles noch ganz genau), bin ich einfach aufgesprungen. Ich hätte fast geschrien: »Endlich!«, und dann hast Du mir in die Augen gesehen, und wir haben uns angelächelt, und das war's dann.

Aber Du mußt doch die anderen aus meiner Klasse gesehen

haben. Die meisten sind viel größer als ich und sehen besser aus. Ashley Barson-Garland war da, der ist zwanzigmal so witzig und ein richtiger Intelligenzbolzen.

Nebenbei bemerkt ... Heute vormittag habe ich in Bio etwas *total* Schlimmes gemacht. Es fällt mir schwer, es hinzuschreiben, weil ich ein schlechtes Gewissen habe. Nichts, was Dich beunruhigen müßte, aber es war schon merkwürdig. Ich habe Barson-Garlands Tagebuch gelesen. Zum Teil jedenfalls. Ich habe so etwas noch nie gemacht, und ich verstehe nicht, was in mich gefahren ist. Ich erzähl's Dir alles ganz genau, wenn wir uns wiedersehen.

Wenn wir uns wiedersehen.
Wenn wir uns wiedersehen.
Wenn wir uns wiedersehen.

Ich muß IMMERZU an Dich denken. Und mir passieren laufend so seltsame Sachen.

Vor meiner Geburt war mein Vater District Commissioner im Sudan. Ich weiß noch, wie er mir mal erzählt hat, daß die jungen Männer, die Neuankömmlinge aus Großbritannien, immer in gebügelten Khakishorts herumgelaufen sind, und wenn ihnen eine der schönen Nubierinnen entgegenkam, die immer oben ohne oder auch ganz nackt herumspazierten, dann mußten sie sich manchmal zur Wand drehen oder auf der Stelle hinsetzen, um zu verbergen, daß sie, wie mein Vater es ausdrückte, ›im unteren Stockwerk etwas aufgeregt waren‹. Na, und wenn ich mir jetzt vorstelle, wie Du diesen Brief liest, wenn ich weiß, daß Du genau das hier bald vor Dir liegen hast, dann werde *ich* im unteren Stockwerk etwas aufgeregt. Ganz schön aufgeregt sogar.

Wenn ich also sage, daß mir das Herz *schwillt,* wenn ich an Dich denke, dann weißt Du, was ich meine. Jetzt bin ich tatsächlich rot geworden. Ich liebe Dich so sehr, daß ich weder aus noch ein weiß und nur noch lachen kann.

Ich liebe Dich hoch alles plus eins.
Ned X

Ned konnte sich nicht erklären, wie er etwas so Tückisches und Niederträchtiges hatte tun können. Vielleicht war es das Schicksal, vielleicht auch der Teufel, an den er unbeirrbar glaubte.

Er hatte das Buch aus Ashley Barson-Garlands Tasche gezogen, sich auf die Knie gelegt und die erste Seite aufgeschlagen, bevor er überhaupt gemerkt hatte, was er da tat. Seine rechte Hand lag auf dem Tisch und tat ab und zu so, als glitte sie durch *Zellbiologie, Teil II.*

Er senkte die Augen und las.

Es war ein Tagebuch. Er wußte nicht, was er sonst erwartet hatte. Es war bestimmt vier Jahre alt. Vielleicht hatte ihn das Alter am meisten angezogen, als er es aus der Tasche lugen sah. Ihm war aufgefallen, daß Ashley das Buch überallhin mitnahm, und das hatte ihn gefesselt.

Trotzdem war es merkwürdig, daß er so etwas getan hatte. Ned hatte sich bisher nicht für einen Menschen gehalten, der anderer Leute Tagebücher las.

Es war schwer zu lesen. Weniger die Handschrift, die war sehr klein, aber klar und deutlich: Barson-Garlands Stil war – wie sollte man sagen – *komplex.* Ja, das war das richtige Wort für einen Intellektuellen. Der Stil war komplex.

Mit jeder Zeile, die Ned las, fiel das schläfrige Gemurmel der Klasse weiter hinter ihm zurück, bis er mit den Worten völlig allein war. An seinem Hals pochte hastig und schuldbewußt eine Ader.

3. Mai 1978
Didsbury

Das Wichtigste ist die Aussprache. Wenn du die richtig hinkriegst, kommst du ihnen näher. Dann hast du's schon halb geschafft. Wohlgemerkt, nicht nur die Aussprache, sondern auch die Körpersprache. Achte darauf, wie die Stimme aus dem Mund kommt, darauf, daß der Mund nur wenig geöffnet wird, achte auf die Lippenstellung, die Kopfhaltung, das Neigen des Kopfes, die Gesten (nur die Hände, nicht die Arme, sie sind ja keine Italiener) und die Blickrichtung.

Weißt du noch, wie du im Bus jedesmal knallrot geworden bist, wenn einer von ihnen deinen Namen ausgesprochen hat? Immerzu tauchte dein Name in ihrem Gespräch auf, und für den Bruchteil einer Sekunde hast du tatsächlich geglaubt, sie sprächen über dich. Du hast geglaubt, sie würden Dich unerklärlicherweise kennen. Sie hätten dich als einen der Ihren erkannt, ausgebootet durch einen tragischen Schicksalsschlag. Beim allerersten Mal im Bus, weißt du noch, wie da immerzu dein Name fiel? Vielleicht würdest du dich mit ihnen *anfreunden.* Du warst richtig aufgeregt! Sie hatten es dir angesehen. Was du in dir hattest. Es war ihnen aufgefallen. Dieses gewisse Etwas.

Und dann hast du es bemerkt. Sie redeten gar nicht über dich. Sie ahnten nichts von deiner Existenz. Sie meinten einen ganz anderen Ashley. Einen *witzigen* Ashley …

Der ist aber klasse, Ashley.
Ashley, das ist ja zum Schießen.

Als dir klar wurde, daß du nicht gemeint warst, fühlte sich diese Enttäuschung an wie ein Stromstoß, aber trotzdem warst du irgendwie stolz und fühltest dich ihnen verbunden.

Einen Tag lang bist du doch federnder durch die Welt gegangen, oder? Wenn einer von ihnen deinen Namen, diesen von dir so gehaßten Namen, der dir so peinlich war, der so sehr nach Mittelschicht roch, wenn einer von ihnen diesen Namen mit dir teilte, dann war er als Name vielleicht doch okay. War »Ashley« womöglich ein Name der Oberen Mittelschicht oder gar – man wußte ja nie – der Aristokratie?

Welcher von ihnen war wohl Ashley? Es war absurd, aber der Name wurde so oft bemüht, daß du ein paar herrliche Tage lang glaubtest, sie hießen womöglich *alle* Ashley. Dann überlegtest du, ob Ashley ein anderes Wort für »Freund« war, *ihr* Gegenstück zu dem häßlichen »Sportsfreund«, das du tagaus tagein bei dir auf dem Betonspielplatz hörtest, nur ein paar Straßen entfernt von ihrem Steingeviert. Aber dann wurde dir wieder etwas klar.

Es gab gar keinen Ashley. Ashley existierte nicht. Es gab nur ein *actually.*

Der ist aber klasse, *actually. Actually,* der ist ja zum Schießen.

Kannst du *actually,* kannst du denn *actually,* Ashley, allen Ernstes geglaubt haben, sie würden womöglich von *dir* reden? Hast du wirklich und wahrhaftig geglaubt, ihre trägen Blicke hätten dich *actually,* Ashley, auch nur registriert? Dein Gesicht hat vielleicht ab und zu ihr Blickfeld durchquert, aber wie konntest du bloß glauben, deine Identität oder gar dein Gesicht wäre ihnen *actually,* Ashley, bewußt geworden?

Aber sie sind dir bewußt geworden. Und wie. Du hast ihre Haut betrachtet, ihre Haare und dich immer gefragt, warum sie so anders waren als *unsere* Haut und Haare. Haut und Haare normaler Menschen. War das angeboren? Dir sind die typischen roten Flecken auf ihren Wangen aufgefallen, ein Scharlachrot, das viel heller war als das staubige Blutrot auf den Wangen der Jungen in *deiner* Schule. Und bei einigen fiel dir auf, wie fahl und durchscheinend ihr Teint war, und du hast dich gefragt, ob es vielleicht an ihrer Ernährung lag. Oder an der Ernährung ihrer Mütter, als sie noch im Mutterleib schwammen.

Am unvergeßlichsten brannte sich dir natürlich ihre Standarte ein. Die Standarte der vom Schicksal Begünstigten. *Ihre* Standarte. Die Stirnlocke. Die schwungvolle Stirnlocke. Die Stirnlocke mit dem Schwung. Die Standarte der schwungvollen Stirnlocke. Wie du dich nach einer solchen Locke gesehnt hast. Was für eine Leere sich in dir aufgetan hat, wenn du diese Standarte gesehen hast. Wie bei einem Franzosen, dem fern der Heimat der Duft einer Gauloise in die Nase steigt. Wie bei einem in den Weiten Asiens verlorenen Engländer, der plötzlich die Erkennungsmelodie der *Archers* vernimmt. Denn in dir drin hast du schon immer gewußt, daß *ihre* Standarte in Wirklichkeit auch *deine* ist. Wenn nur der schreckliche Fehler nicht gewesen wäre. Und die Leere, die sich in dir auftat, dieses unermeßliche Sehnen war kein Neid, keine Begehrlichkeit. *Actually*, Ashley, es war *Verlust*, es war *Exil*. Du warst aus deiner Heimat vertrieben worden, alles nur wegen des »schrecklichen Fehlers«.

Dabei bist du mit ihnen bloß Bus gefahren, wie oft, fünfmal? Höchstens sechsmal. Du hast gesehen, wie sie einstiegen und sich zur letzten Reihe durchschwangen, manchmal legte sich eine Hand auf *deine* Kopfstütze, und von der Nähe dieser Hand zu deinem Kopf wurde dir schwindlig, und du hättest am liebsten die Luft um dich herum vertilgt, so groß war dein Hunger nach dem, was sie verkörperten. Was sie hatten. Ihren mutmaßlichen Regelverletzungen. Wie sie ohne Schuluniformen nach London türmten. Die schöne, obwohl lächerliche Uniform aus Frack und gestreifter Hose, die sie gegen Pullover und Kordhose eingetauscht hatten. Die Standarte schwang, ungehindert durch Kreissägen oder Zylinder.

Am letzten Tag, dem Tag vor dem Umzug in den Norden, hast du eine Kreissäge mitgenommen, die unter dem Sitz lag, nicht wahr? Ihr Besitzer hatte nicht gemerkt, daß er sie beim Einsteigen noch aufhatte. Die anderen hatten ihn verspottet, und lachend hatte er sie in gespieltem Selbsthaß quer durch den Bus Richtung Fahrer geschleudert. Als er ausstieg, hättest du *fast* den Mund aufgemacht und ihm gesagt, sie läge unter dem Sitz vor deinem, aber du hast geschwiegen. Hast dich deiner Nordlondoner Vokale geschämt. Du hast die Kreissäge mitgenommen und behalten. Ein flacher Strohhut mit blauem Band. Und von da an hast du sie getragen, nicht wahr? In deinem Zimmer. Du hast sie jetzt auf. Du trägst sie jetzt, oder etwa nicht? Du bist sowas von *ordinär*, so *scheinheilig*, so *erbärmlich* ... Und es *hilft nicht*, stimmt's? Dein Haar ist zu struppig für einen Schwung wie bei einem wilden Lachs im Tay oder wie beim Durchblättern des Stoffmusterbuchs in Savile Row, deine Haare sind *borstig* wie eine Klobürste oder ein Fußabtreter. In Wirklichkeit *trägst* du J. H. G. Etheridges Kreissäge nicht (allein diese drei Initialen ... *Klasse*), J. H. G. Etheridges Kreissäge ist zufällig auf deinem Kopf. So wie dieses Tagebuch auf dem Tisch ist und der Tisch auf dem Boden. Der Boden trägt den Tisch nicht, und der Tisch trägt das Tagebuch nicht. Das ist ein himmelweiter Unterschied. Und dieser Unterschied, dieser Unterschied ... das ist der Grund, warum du dir so oft einen in diesen Strohhut hinein runterholst, oder? Oder nicht, du elende Niete?

Wie konnte es bloß zu dem schrecklichen Fehler kommen? Der *Abfolge* schrecklicher Fehler.

Wie konnte *dein* Bewußtsein aus *seinem* banalen Samen und *ihrem* geistlosen Ei hervorgehen? Die Geburt war der erste schreckliche Fehler. Vielleicht kann die Metempsychose erklären, warum die Sache derart schiefgelaufen ist. In einem früheren Leben warst du einer von ihnen, und davon ist eine Erinnerungsspur übriggeblieben, die dich quält. Vielleicht bist du ein Findelkind oder der Bastard eines herzoglichen Seitensprungs, in Pflege gegeben bei diesen bemitleidenswerten Leuten, die Eltern zu nennen du gezwungen bist.

Allein der Name. Ashley. Ashley. ASHLEY. Schreib ihn, sprich ihn aus, wie du willst, es ändert doch nichts. Er stinkt nach Stammtisch und Zigarillo wie ein Handelsreisender mit getönten Brillengläsern und Autositzbezügen aus Schaffell. Ashley ist ein Sportlehrer: Ashley sagt »Prostata, meine Hernien« und »Hoppala, Guteste«. Ashley fährt einen Vauxhall. Ashley trägt Kunstfaserhemden und Hosen aus Baumwoll-Polyester-Mischgewebe, die ihm als »Freizeitmode« angedreht werden. Ashley sagt »Mahlzeit« in der Kantine und »Feierabend«, wenn er nach Hause geht. Ashley geht noch aufs »Klosett«. Ashley hängt in der Adventszeit Lichtgirlanden vor die Doppelfenster. Ashleys Frau liest die *Daily Mail* und stellt Nippes auf den Fernseher. Ashley träumt von asphaltierten Auffahrten. Ashley wird es nie zu etwas bringen. Ashley ist verflucht.

Mum und Dad haben dich so genannt.

Nicht Mum und Dad sagen.

Mama und Papa, mit der Betonung auf der zweiten Silbe. Mam*ah* und Pap*ah*. Nein, lieber nicht. Dann schüttest du das Kind mit dem Bade aus. *(Apropos Bad: Immer »Necessaire« sagen, um Gottes willen nicht »Kulturbeutel«.)* »Mutter« und »Vater« ist besser.

Mutter und Vater haben dich so genannt. Und das Schlimmste daran ist, daß der Name nur *leicht* danebenliegt. Roy, Lee, Kevin, Dean oder Wayne, die sind das Wahre. Echtes Lumpenproletariat. Dennis, Desmond, Leonard, Norman, Colin, Neville und Eric sind scheußlich, aber ehrlich. Aber *Ashley.* Das ist ein Name wie Howard, Lindsay oder Leslie.

Trifft *fast* ins Schwarze. Ist nur etwas zu bemüht. Und das ist das Traurige daran.

Amerikanern kann das alles egal sein, was? Namen und deren Folgen. Der einzige Ashley, der wenigstens einen Hauch von Klasse mitbrachte, war übrigens Amerikaner. Ashley in *Vom Winde verweht.* Der hatte soviel Klasse, daß er Eshley genannt wurde. Im Film hat Leslie Howard gar nicht erst versucht, ihm einen amerikanischen Akzent zu geben. Leslie *und* Howard. Zwei widerliche Namen zum Preis von einem. Aber Leslie Howard war ja auch kein Engländer. Er war Ungar, und frisch von der Fähre fand er Leslie und Howard bestimmt geschmackvoll.

Das Wort »geschmackvoll« ist absolut daneben. Unaussprechlich.

Aber *fand.* Fand er geschmackvoll. Da liegt der Hase im Pfeffer. Was die Leute kultiviert *finden,* kann meilenweit entfernt sein von dem, was *actually,* Ashley, kultiviert *ist.* Man sollte meinen, silberne Fischmesser wären supervornehm, aber nein, Fischmesser aller Art sind absolut tabu. Die kann man auch gleich in Spitzendeckchen einwickeln und alle gesellschaftlichen Ambitionen fahren lassen.

Aber es geht nicht um gesellschaftliche Ambitionen. Es geht um die *Sehnsucht.*

Manche Männer wachsen doch mit dem Gefühl auf, man hätte sie in den falschen Körper gesperrt, oder? Eine Frau gefangen in einem Männerkörper.

Wäre es nicht auch möglich, daß manche Leute als in Plebejerkörpern gefangene Patrizier aufwachsen? Und instinktiv *wissen,* daß sie in die falsche Schicht hineingeboren worden sind?

Aber es geht nicht um *Schichten.* Es geht um den *Hunger.*

Ach Ashley, du Einfaltspinsel, glaubst du denn allen Ernstes, du könntest in ihre Welt gehören? Weißt du denn nicht, daß man in ihre Welt nur hineingeboren werden kann?

Aber das ist einfach *ungerecht.* Wenn man will, kann man Amerikaner werden. Man kann Jude werden. Man kann, siehe Leslie Howard, nicht nur Engländer werden, sondern sogar alles verkörpern, was England je bedeutet hat. Man kann Londoner werden, Moslem, eine Frau, ein Mann oder ein Russe. Aber man kann kein ... kein ... fast hätte ich *Gentleman* geschrieben, aber wie nennt man das? Mann von Welt, feiner Pinkel, Privatschulschnösel ... *einer von ihnen.* Einer von ihnen kann man nicht werden, auch nicht, wenn man sich tief drin als einer von ihnen fühlt, auch nicht, wenn man in tiefster Seele weiß, daß man das Recht dazu hat, die Bestimmung, das Bedürfnis und die Pflicht. *Nicht einmal, wenn man weiß, daß man es besser machen würde.* Ist doch wahr. Ich würde das mit viel mehr Stil hinkriegen. Inklusive der Mühelosigkeit, die darüber hinwegtäuscht, daß es *Arbeit* ist, es hinzukriegen, wenn das nicht zu paradox ist. Diese natürliche, zwanglose Selbstverständlichkeit hinkriegen. Aber diese Chance ist dir des schrecklichen Fehlers deiner Geburt wegen versagt.

Der Umzug in den Norden war ein weiterer Sargnagel. Ein weiterer schrecklicher Fehler. Dad ist gestorben, und Mum wurde Lehrerin an einer Taubstummenschule in Manchester. Dad war Offizier gewesen. In der Royal Air Force, wie du betrübt zugeben mußt, nicht in einem der feschen Regimenter der Army. Er ist nie geflogen und hatte daher nichts Interessantes. Aber er war wenigstens Offizier. Jetzt mal ehrlich, er hat beim Militär als einfacher Flieger beim Bodenpersonal angefangen. Er gehörte nicht mal zur Offiziersklasse. Er mußte sich von der Pike hochdienen, und das verzehrt dich, stimmt's? Dann ist er an den Folgen seiner Diabetes gestorben, einer bürgerlichen, um nicht zu sagen proletarischen Krankheit, und du bist mit deiner Mum und deiner Schwester Carina in den Norden gezogen. (Carina! Carina, Herrgott noch mal! Was soll denn das für ein Name sein? Ist ja schön und gut, daß der Herzog von Norfolk eine Tochter namens Carina hat. Aber es liegen Welten dazwischen, ob man sagt »Darf ich Ihnen Lady Carina Fitzalan-Howard vorstellen?« oder »Das ist Carina Garland.«) Du bist von Old Harrow und aus ihrer Nähe weggezogen, weg von ihren Fracks, Zylindern, Blazern und Kreissägen. Du warst zwölf Jahre alt. Nach und nach hat dich der Akzent des Nordens angesteckt. Nicht sehr, nur eine Spur, aber für deine empfindlichen und geschärften Ohren so unüberhörbar, wie eine Hasenscharte unübersehbar ist. Langsam reimten sich »one« und »none« bei dir auf »shone« und »gone« statt auf »sun« und »gun«, und allmählich hörte man die g's in »ringing« und »singing«. In der Schule hast du sogar »mud« mit »good« gereimt und »grass« mit »lass«. Dagegen ist grundsätzlich nichts einzuwenden, andernfalls wärst du als Tunte aus dem Süden verprügelt worden, aber diesen Sprachmatsch hast du teilweise mit ins Haus geschleppt. Nicht daß deine Mum was gemerkt hätte.

Bis heute Nachmittag.

Heute Nachmittag hat sie ein paar taubstumme Kinder zum Tee mit nach Hause gebracht. Als sie wieder weg waren, hast du gesagt, meine Güte, sogar deren Zeichensprache hat ja einen mancunischen Einschlag. Eigentlich ein guter Witz. Mum war pikiert und hat dich einen Snob genannt. Das erstemal, daß das Wort laut ausgesprochen wurde. Es hing in der Luft wie ein Furz in der Teestube. Ich habe es taktvoll überhört, aber uns beiden war klar, daß wir schlafende Hunde geweckt hatten, denn wir wurden rot und schluckten. Ich fummelte an meinen Schnürsenkeln herum, und sie mußte plötzlich den Deckel der Teekanne zurechtrücken.

Dann bin ich hochgekommen und habe angefangen, das alles aufzuschreiben und … Mist. Ich bin in die erste Person verfallen. Ich habe »ich« gesagt.

Egal, das ist sowieso alles bald Geschichte. Aufgepaßt, bald gehöre ich dazu. Ich bin schon fast drin. Und ich lasse mich nicht mehr aufhalten. Ich bin intelligenter als sie, tapferer und zudem besser. Ich bin für jede einzelne Klausur bestens präpariert, und sie werden mich nicht zurückweisen können.

Aber ich muß mich auf die große Schule vorbereiten. Die Schule, die zählt. Die Schule des Lebens, wenn die Phrase gestattet ist. Ich werde meinem »Garland« den Mädchennamen meiner Mutter voranstellen. Warum auch nicht? Sowas haben *die* doch schon immer gemacht. Ich werde Barson-Garland heißen. Das klingt doch schon viel besser. Menschenskind, ich könnte aus der doppelläufigen Büchse eine mit drei Läufen machen. Barson-Barson-Garland, wie wäre das? Ein *bißchen* zuviel, fürchte ich. Aber Barson-Garland gefällt mir. Das entschärft den Ashley, macht ihn fast schon erträglich.

Aber das Wichtigste ist die Aussprache. Wenn ich ankomme, wird sie sitzen, und niemand wird je etwas merken. Meine Übungen sind fertig vorbereitet:

Nicht *good*, sondern *gid*.
Nicht *post,* sondern *paste.*
Nicht *real,* sondern *rail.*
Nicht *go,* sondern *gay.*
Nicht –

Die Außentür zum Biologieraum knallte zu, Ned blickte hoch und sah Ashleys Scheitel in der Scheibe der Innentür. Er schlug das Tagebuch zu, schob es hastig in die Tasche zurück und beugte sich rasch über sein *Zellbiologie*, *Teil II*, beide Fäuste in die Wangen gepreßt, die Haare hingen ihm wie ein dichter Seidenvorhang in die Stirn.

Er schien tief ins Buch versunken, als sich Barson-Garland wieder neben ihn setzte. Ned sah hoch und lächelte. Er hoffte, der Druck der Fäuste würde die starke Rötung erklären.

»Was war denn los?« flüsterte er.

»Nichts besonderes«, sagte Barson-Garland. »Der Direktor will, daß ich bei der Abschlußfeier die Ansprache halte.«

»Du liebe Zeit, Ashley! Ist ja total super.«

»Ach, das ist gar nichts ... gar nichts.«

Barson-Garlands erstes *nothing* reimte sich auf *frothing*, und er verbesserte sich schnell. Ned tat so, als hätte er nichts gemerkt. Eine halbe Stunde zuvor *hätte* er nichts gemerkt. In einer spontanen Aufwallung von Sympathie und Freundschaft legte er Ashley die Hand auf die Schulter.

»Bin verdammt stolz auf dich, Ash. Wußte doch schon immer, daß du ein Genie bist.«

Dr. Sewell krächzte schrill dazwischen. »Wenn Sie schon alles Wissenswerte verarbeitet und nichts Besseres zu tun haben als zu schwätzen, Maddstone, dann wären Sie vielleicht so gut, diesen Chloroplasten an der Tafel für mich zu beschriften.«

»Klar doch, Sir.« Ned seufzte fröhlich, ging nach vorn und warf Barson-Garland über die Schulter ein bedauerndes Lächeln zu.

Barson-Garland lächelte nicht. Er starrte ein gepreßtes vierblättriges Kleeblatt auf Ned Maddstones Stuhl an. Dasselbe vierblättrige Kleeblatt, das drei Jahre lang ungestört zwischen den Seiten seines privaten Tagebuchs gelegen hatte.

Jemand klopfte laut an die Tür von Rufus Cades Arbeitszimmer. Nach zwanzig Sekunden panischen Fluchens ließ sich dieser in seinen Sessel fallen, sah sich noch einmal hektisch um, und zufrieden, daß alle Spuren beseitigt waren, rief er ein »Herein!«, in dem sich hoffentlich Lässigkeit und Langeweile mischten.

Ashley Barson-Garlands sardonisches Gesicht erschien in der Tür.

»Ach, du bist das.«

»Wer denn sonst?« Ashley setzte sich und sah halb belustigt, halb verächtlich zu, wie sich Cade weit aus dem Fenster lehnte und Pfefferminzbonbons ausspuckte wie ein Seereisender, der sich auf einer Fähre über die Reling erbricht.

»Mich dünkt, lieblicher Lavendelduft durchflutet die Stube«, sagte Ashley, nahm eine Airfresh-Dose vom Schreibtisch und inspizierte sie mit wohlwollendem Amüsement.

Cade, immer noch bäuchlings auf dem Fensterbrett, wühlte im Blumenbeet unter dem Fenster. »Hätt'st ja auch sagen können, daß du es bist.«

»Und mir das Vergnügen dieser Darbietung versagen?«

»Verarschen kann ich mich alleine …« Cade richtete sich auf und hatte einen lädierten, aber fachmännisch gerollten Joint in der Hand, den er sorgfältig von Kompostkrümeln befreite.

Ashley sah zufrieden zu. »So feinfühlig. Wie ein Archäologe, der eine just ausgegrabene etruskische Vase sauber pinselt.«

»Ich hab' auch 'ne Flasche Gordon's da«, sagte Cade. »Man glaubt es kaum, aber Maddstone hat die fünf Pfund zurückgezahlt, die er mir schuldete.«

»Ach, das glaube ich gern. Ich habe gesehen, wie sein stolzer Herr Papa ihm heute nachmittag kurz vor dem Spiel einen Zehner zugesteckt hat.«

Cade holte ein Zippo aus der Hosentasche. »Was, als Belohnung, weil er im nächsten Jahr Schulsprecher wird?«

»Ebensolches glaube ich annehmen zu dürfen. Indes auch eine Belohnung dafür, Kapitän der Cricketmannschaft zu sein und den alten Schlagrekord der Schule gebrochen zu haben. Und weil er einnehmend, höflich, lieb und nett ist. Weil er –«

»Du kannst ihn nicht ab, was?« Cade inhalierte tief und reichte Ashley den Joint.

»Danke. Meines Erachtens bist auch du ihm nicht sonderlich gewogen, Rufus.«

»Ja. Kann man sagen.«

»Hat das womöglich mit der Tatsache zu tun, daß er dich nicht in die A-Mannschaft aufgenommen hat?«

»Scheiß drauf«, sagte Cade. »Geht mir echt am Arsch vorbei. Er ist einfach ... er ist ein Kotzbrocken, aber wie! Kommt sich immer so oberschlau vor. Ein Großkotz.«

»Mit der Einschätzung stehst du allein auf weiter Flur. Ich habe den Eindruck, die Schule ist geschlossen der Ansicht, unser Ned nenne unentwegte und liebenswerte Bescheidenheit sein eigen.«

»Und wenn schon. Mich führt er nicht hinters Licht. Tut immer so, als hätte er alles.«

»Hat er ja auch.«

»Bis auf Geld«, sagte Cade genüßlich. »Sein Vater ist bettelarm.«

»Stimmt«, sagte Ashley tonlos. »Bettelarm.«

»Dagegen ist ja auch nichts zu sagen«, ergänzte Cade mit taktloser Hast. »Ich meine ... ich wollte nicht ... Geld ist ja schließlich ... du weißt schon ...«

»Geld ist nicht alles? Da wär' ich mir nicht so sicher.« Ashley sprach deutlich und bedächtig wie immer, wenn er wütend war, und das war er oft. Wut nährte ihn, kleidete ihn, und er hatte ihr viel zu verdanken. Cades Taktlosigkeit reizte ihn bis aufs Blut, aber der Zorn stachelte ihn zu geistigen Höhenflügen an. »Wie wäre es mit folgendem Vergleich? Geld verhält sich zu allem wie ein Flugzeug zu Australien. Das Flugzeug ist nicht Australien, ist aber das beste uns bekannte Mittel, um hinzukommen. Metonymisch gesprochen, wäre das Flugzeug also doch Australien.«

»Auch 'n Gin?«

»Da sag' ich nicht nein.« Im Handumdrehen vom Ärgern zum Amüsement. Ashley konnte einem Wesen nicht lange grollen, das auf der Evolutionsleiter so weit unten stand wie Cade.

»Deine Ansprache war ... die war echt super«, sagte Cade und gab Ashley eine Flasche und ein Glas. Ashley sah, daß die Flasche halbleer war, während Cade anscheinend mehr als halbvoll war.

»Hat sie dir gefallen?«

»Na ja, ich mein', war ja Latein, oder? Aber, doch. Klang prima.«

»Stets zu Diensten.«

»Willst du Musik auflegen?«

»Musik?« Ashley musterte Cades stolz geordnete Plattenborde mit pingeligem und ihm völlig bewußten Widerwillen. »Aber du hast doch gar keine. Was soll ich mir denn beispielsweise unter Honky Château vorstellen? Ein Schloß voller Gänse? Einen Bordeaux aus Hongkong?«

»Elton John. Die Scheibe ist Jahre alt. Davon mußt du doch mal gehört haben – *Scheiße!*«

Leises Klopfen an der Tür ließ Cade hochfahren. Bevor er sich an die nächste Vertuschungsaktion machen konnte, stand Ned Maddstone schon im Zimmer.

»Ach du liebe Zeit, tut mir leid. Wollte nicht ... hey, meine

Güte, das ist doch nicht nötig. Ich bin doch kein ... verdammt noch mal, das Schuljahr ist fast vorbei. Laßt euch nicht stören. Ich wollte bloß ...«

»Komm rein, Ned, wir, weißte, wir feiern bloß grade ein bißchen«, sagte Cade und stand auf.

»Mann, find' ich klasse, aber ... na ja, mein Vater hat mich zum Essen eingeladen. Er wohnt im George. Dachte mir, daß du vielleicht hier bist, B-G, und wollte fragen, ob du Lust hast mitzukommen. Ähm, ihr *beide.* Natürlich. Von wegen letzter Schultag und so.«

Ashley feixte insgeheim über die täppische Ausdehnung der Einladung auf Rufus.

»Nett von dir«, sagte Rufus, »aber weißt du, ich hab' schon einen in der Krone. Da ist mit mir nicht viel anzufangen. Würd' euch bloß blamieren, ehrlich gesagt.«

Ned wandte sich beflissen an Ashley. »Oder hast du schon was vor, Ash?«

»Ist mir eine Ehre, Ned. Ehrlich. Ich spring' nur eben nach oben und zieh' mir was Passendes für den Abend an.« Er wies bedauernd auf seine Schulfeierkluft. »Geh ruhig schon vor. Ich komm' dann ins George nach, wenn du nichts dagegen hast.«

»Prima. Prima. Echt prima«, sagte Ned und grinste fröhlich. »Na dann. Rufus, wir sehen uns im August, nicht?«

»Wie bitte?«

»Ich dachte, du bist bei Paddys Segeltörn dabei.«

»Ach so«, sagte Cade. »Klar. Definitiv.«

»Dann sehen wir uns in Oban. Freu' mich schon. Okay. Na dann. Prima.«

In Cades Zimmer herrschte Schweigen, nachdem Ned gegangen war. Als wäre die Sonne verdunkelt worden, dachte Ashley bitter.

Daß dieses depperte Tugendlamm sich zu seinem, Ashley Barson-Garlands Gönner aufschwang, dieser Saubermann mit seiner Seidentolle und den Dackelaugen, dieses präfektenperfekte Pseudomannsbild –

Ashley sah es natürlich, er konnte es Ned von den Augen ablesen. Den mitleidigen Wiedergutmachungsversuch. Die einfühlsame Zuneigung. Ned war zu dämlich, um zu merken, daß Ashley es gemerkt hatte. Wenn ein anderer Schüler, egal wer, sein Tagebuch gelesen hätte, dann hätte der ihn verspottet, wäre nach Strich und Faden über ihn hergefallen und hätte es der ganzen Schule weitergetratscht. Ashley war unbeliebt, das wußte er nur zu gut. Er *gehörte nicht dazu.* Er hörte sich richtig an, aber er gehörte nicht dazu. Er hörte sich *zu* richtig an. Diese schwachsinnigen Söhne vollblütiger Zuchtstuten und reinrassiger Hengste waren rüpelhaft und ungehobelt, und keiner von ihnen verdiente das ihm gewährte Privileg. Er, Ashley Barson-Garland, stand abseits, weil er nicht prollig genug war. Welch eine Ironie. Aber da ausgerechnet Ned heimlich sein Tagebuch gelesen hatte, wußte Ashley, daß sein Geheimnis in guten Händen war.

Aber kein Geheimnis war je sicher, wenn ein zweiter es kannte, sagte sich Ashley. Die Vorstellung war unerträglich, daß sein Leben, ein Teil seines Lebens auch im Kopf eines anderen existierte.

Er überlegte, ob er die offene Tasche bewußt neben Ned liegengelassen haben konnte. Als ihm ausgerichtet worden war, der Direktor wolle ihn sprechen, warum hatte er die Tasche da nicht mitgenommen? Er war todsicher, daß er mit seinem Tagebuch noch nie so nachlässig umgegangen war. Und Biologie war das einzige Fach, wo er neben Ned saß. Hatte er *gewollt,* daß Ned es las? Ashley tat diese unsinnigen Überlegungen ab. Vulgärpsychologie brachte ihn auch nicht weiter. Wichtiger war die Frage: Welche Seiten hatte Maddstone gelesen? So wie er Ned kannte, hatte er bestimmt vorne angefangen, sagte sich Ashley. Er konnte unmöglich weit gekommen sein. Querlesen war nicht seine starke Seite.

Was hatte Ned danach wohl gemacht? Wahrscheinlich *gebetet.* Ashley mußte bei dem Gedanken fast lachen. Genau, Ned wäre in die Kapelle gegangen, auf die Knie gefallen und hätte um Erleuchtung gebetet. Welche Erleuchtung hatte sein kastanienrot glänzender Shampoowerbungsjesus ihm wohl zukommen lassen? »Gehe hin und liebe Ashley wie deinen Bruder. Mein Sohn Ashley ist voller Angst und Selbsthaß. Gehe hin, und der Herr lasse leuchten sein Angesicht über ihm und sei ihm gnädig.«

Mitleid. Ashley verkrampfte sich. Er hätte Ned am liebsten die Kehle aufgerissen, Venen und Nerven mit den Zähnen herausgezogen und auf den Boden gespuckt. Nein, stimmte nicht. Das war falsch. Das wollte er nicht. Es hätte Ned nur zum Märtyrer gemacht. Ashley wollte etwas viel Vollkommeneres. Er spürte einen neuen Zorn, den er erst auf den Begriff bringen mußte: Haß.

Cade hatte den Gin ausgetrunken. »Du willst doch nicht im Ernst mit seinen Eltern essen gehen, oder?« fragte er.

»Wieso denn nicht? Natürlich geh' ich hin«, sagte Ashley sanft.

»Der wollte mich, glaub' ich, gar nicht einladen«, sagte Cade. »Schleimscheißer.« Er schlug mit der Faust auf die Armlehne, und eine Staubwolke stieg auf. »Verfluchte Scheiße, warum bin ich bloß aufgestanden? Als wäre er mein Herr und Meister. Er tut immer so grundehrlich, dabei ist alles, was er macht, reine Camouflasche.«

»Camouflasche?« sagte Ashley. »Das gefällt mir. Camouflasche. Manchmal erstaunst du mich, Rufus.«

»Noch 'n Zug?« Cade bot ihm den letzten Zentimeter des Joints an. »Ich wollte Camouflage sagen.«

»Nein, wolltest du nicht. Das *glaubst* du vielleicht, aber dein Gehirn weiß es besser. Du hast doch bestimmt mal *Zur Psychopathologie des Alltagslebens* gelesen, oder?«

»Quatsch mit Soße«, sagte Cade.

Ashley stand auf. »Ich geh' mich dann besser umziehen. Freu' mich schon, endlich aus dieser Zwangsjacke rauszukommen.«

Das war gelogen. Ashley fühlte sich selten wohler, als wenn er seinen Sonntagsstaat aus gestreifter Hose, Frack und Zylinder anlegen konnte.

»Arschloch«, sagte Cade. »Verfluchtes Scheißarschloch.«

»Oh, das nenne ich wahre Höflichkeit.«

»Du doch nicht. Maddstone. Für wen hält sich der Arsch eigentlich?«

»Das frag' ich mich auch«, sagte Ashley an der Tür. »Schlaf gut.«

»Du bist übrigens auch ein Arschloch, Ashley Bastard-Garland«, brummelte Cade vor sich hin und lehnte sich im Sessel zurück, als die Tür ins Schloß fiel. »Mal ehrlich, wir sind doch alle Arschlöcher. Aua!« Er hatte sich die Unterlippe an den letzten Millimetern des Joints verbrannt. »Alles Arschlöcher, bis auf den beschissenen Ned Maddstone. Was ihn zum allergrößten Arschloch macht«, folgerte er.

Pete und Hillary zeigten die unausstehliche Selbstgefälligkeit, die sie immer aufsetzten, wenn sie am Vorabend miteinander geschlafen hatten. Portia versuchte, das auszublenden, indem sie lautstark und hektisch in der Küche hantierte und Schubladen mit solchem Karacho zuknallte, daß das Besteck wie ein Gamelan klimperte und klirrte. Das blendende Sonnenlicht der Toskana fiel durchs Fenster auf den ausladenden Tisch in der Mitte des Raums, wo Pete einen großen Brotlaib in Scheiben schnitt.

»Heute morgen werden wir uns an Prosciutto und Mozzarella gütlich tun«, sagte er. »Wir haben Kirschmarmelade, wir haben Aprikosenmarmelade, und Hills kocht gerade Kaffee.«

»Seit wir hier sind, haben wir uns an genau diesen Dingen gütlich getan«, sagte Portia, nahm ein Glas Orangensaft und setzte sich.

»Ich weiß. Ist das nicht herrlich? Hills und ich sind in aller Herrgottsfrühe aufgestanden und haben im Dorf ofenfrisches Brot gekauft. Riech mal. Los. Nur zu.«

»Pete!« Portia stieß den Laib weg, den er ihr hinhielt.

»Irgendwer ist heute morgen mit dem linken Bein aufgestanden ...«

Portia musterte ihren Vater. Er trug ein offenes Batikhemd, ein Armband aus Elefantenhaar, Holzlatschen und, wie sie schaudernd sah, eine hautenge rotbraune Badehose, die jede Beule und Schwellung seiner Genitalien betonte.

»Wie kommst du denn –« setzte sie an, wurde aber von ihrem verschlafen hereinschlurfenden Vetter unterbrochen.

»Aha!« sagte Pete fröhlich. »Es ist wach. Es ist wach und braucht Futter.«

»Ja, *hi!*« sagte Hillary, die neuerdings einen komischen amerikanischen Einschlag hatte, wenn sie mit Gordon sprach. Auch das brachte Portia in Rage.

»Was ist heute angesagt?« fragte Gordon, nahm eine Einkaufstasche vom Stuhl neben Portia und setzte sich.

»Also Pete und ich haben gedacht, wir könnten uns den Palio ansehen«, sagte Hillary aufgedreht und stellte den beiden die Kaffeekanne hin.

»Ist doch aus und vorbei, Hillary«, sagte Portia mit jenem verzweifelten Unterton, in dem man sich mit einem Kind unterhält. »Wir haben doch die Familie getroffen, die den letzte Woche gesehen hat, weißt du das nicht mehr? Direkt vor ihnen war ein Reiter vom Pferd gefallen und hat sich das Bein so gebrochen, daß der Knochen herausstand. Sowas kannst doch selbst du nicht vergessen haben.«

»Aber Mäuschen, es gibt in Italien doch nicht nur diesen einen Palio«, sagte Pete. »Der in Lucca ist heute abend. Nicht so spektakulär oder gefährlich wie in Siena, aber ganz spannend, hab' ich mir sagen lassen.«

»Lucca?« fragte Gordon mit vollem Mund. »Wo is'n das?«

»Nicht weit weg«, sagte Pete, goß Kaffee in eine große Schale und verdünnte ihn mit heißer Milch. Obenauf schwammen Hautstücke. Portia wurde bei dem Anblick fast schlecht. »Da wollte ich sowieso mal hin. Lucca soll die Olivenölhauptstadt der Welt sein. Man kann beim Pressen zusehen. Ich finde, heute vormittag schwimmen und lesen wir, dann fahren wir ganz gemütlich über die Landstraßen hin und essen irgendwo in den Hügeln. Was haltet ihr davon?« Hautstücke vom Kaffee hingen ihm im Schnurrbart. Portia hatte sich noch nie so für ihn geschämt. Es war ihr schon immer ein Rätsel gewesen, wie Hillary so etwas auf sich ertragen konnte. Seit sie wußte, daß es auf der Welt einen Mann wie Ned gab, war es ihr erst recht ein ewiges kosmisches Mysterium geworden.

»Find' ich gut«, sagte Gordon. »Du nicht auch, Portia?«

»Total.«

Portia konnte ein launisches Achselzucken gerade noch unterdrücken. Vor ihren Eltern führte sie sich ungeniert wie eine verwöhnte Göre auf, aber auf Gordon wollte sie reifer wirken. Sonst hätte sie jetzt gesagt: »Das heißt, wenn wir in Lucca ankommen, sind die ganzen Läden und Cafés dicht, ja? Und wir müssen wieder fünf Stunden lang durch eine total ausgestorbene und gottverlassene Stadt laufen, bis der Rest der Welt aus der Siesta aufwacht. Toller Plan, Pete.«

So aber beschränkte sie sich auf die Bemerkung: »Arnolfini kam aus Lucca.«

»Bitte wer?« fragte Gordon.

»Es gibt ein Gemälde von van Eyck«, sagte Portia, »das heißt *Die Verlobung des Arnolfini.* Arnolfini ist der Mann auf dem Bild und kam aus Lucca. Er war Kaufmann.«

»Ach ja? Und woher weißt du das alles?«

»Weiß nicht, muß ich irgendwo gelesen haben.«

»Ich hab' mich nie mit Kunstgeschichte befaßt.«

Portia fand, die Antwort »Ich auch nicht; man muß sich nicht gleich mit etwas ›befassen‹, um ein bißchen darüber zu wissen« hätte arrogant geklungen, und biß sich erneut auf die Zunge. Sie wurde langsam wirklich unerträglich intolerant. Dabei mochte sie Gordon. Es gefiel ihr, wie stoisch er sich mit den Schicksalsschlägen abfand, die ihn heimgesucht hatten. Er schien sie ebenfalls zu mögen, und es war ja nicht schwer, jemanden zu mögen, der einen auch mochte, sagte sie sich. Das war keine Eitelkeit, das war gesunder Menschenverstand.

»Mich däucht, ich höre das liebliche Spotzen eines Fiat«, sagte Pete und neigte den Kopf Richtung Auffahrt. »So Gott will, bringt er uns Kunde aus England.«

Portia schoß hoch. Ihr Wankelmut war wie weggeblasen. Sie brauchte einen Brief wie ein Junkie einen Schuß. »Ich gehe«, sagte sie, »dann kann ich ein bißchen Italienisch üben.«

Hillary rief ihr nach: »Porsh, du weißt doch, daß deine Ergebnisse frühestens nächste Woche kommen! Außerdem hat Mrs. Worrell gesagt, daß sie uns hier anruft, wenn irgendwas in der Post ist, was vom Prüfungskomitee kommen könnte …«

Aber Portia war schon aus dem Haus ins grelle Weiß des Tages getreten. Wen kümmerten denn Prüfungsergebnisse? Wen kümmerte überhaupt etwas? Ein Brief von Ned, bitte laß einen Brief von Ned dabeisein.

»Buongiorno, Signor Postino!«

»Buongiorno, ragazza mia.«

»Come va, questo giorno?«

»Bene, grazie, bene. E lei?«

»Anche molto bene, mille grazie. Ähm … una lettra per mi?«

»Momento, momentino, Signorina. Eccola! Ma solamente una carta. Mi dispiace, cara mia.«

Eine Postkarte, nur eine Portkarte. Sie ließ sich ihre Enttäuschung nicht anmerken und nahm sie mit zitternder Hand entgegen. Er segelte, sagte sie sich. Ein Brief war wahrscheinlich zu kompliziert. Beim Betrachten der Karte sah sie mit wachsendem Entzücken, daß er sie mit klitzekleinen, gerade noch lesbaren Buchstaben bedeckt und sogar die Adresse der Villa mit roter Tinte geschrieben hatte, damit sie sich von der winzigen blauen Handschrift abhob, die praktisch jeden Quadratmillimeter der Karte bedeckte. Er hatte es sogar geschafft, zwischen den Zeilen der Adresse Wörter unterzubringen, sah sie. Das war besser als jeder Brief. Weil er sich soviel Mühe gegeben hatte. Tausendmal besser. Vor lauter Entzücken und Liebe stiegen ihr Tränen in die Augen.

»Ciao, bella!«

»Ciao, Signor Postino!«

Sie drehte die Karte um und betrachtete die Aufnahme auf der Vorderseite, wobei sie im blendenden Sonnenlicht die Augen zusammenkniff. Ein kleiner Fischerhafen glänzte unter einer gnädigeren Sonne als der auf sie herniederbrennenden. »Der Hafen von Tobermorey« stand darunter in altmodischer gelber Kursivschrift. Die Photographie hätte aus den Fünfzigern stammen können. An der Mole stand ein kleiner Morris-Minor-Lieferwagen. Dann entdeckte Portia im Gewimmel der Fischerboote eine kleine, mit roter Tinte gezeichnete Jacht. Am Rumpf sah man einen nervös lächelnden Smiley mit dem verängstigten Blick, den Thomas die Lokomotive immer hatte, wenn er von den großen grimmigen Lokomotiven eingezwängt wurde. Ein Pfeil zeigte vom Himmel auf das Boot, und daneben stand »Piratenschiff ›Nedlet‹ liegt sehnsüchtig vor Anker«.

»Neuigkeiten vom Herzblatt?« Gordon war mit *Garp und wie er die Welt sah* in der einen Hand und einem Becher Kaffee in der anderen in die Sonne herausgekommen. Er setzte sich in einen Sessel vor der Terrasse, die sich an der Vorderseite des Hauses entlangzog, und sah durch eine dunkle Sonnenbrille zu Portia hoch.

Sie nickte und versuchte gar nicht erst zu verbergen, wie glücklich sie war. Gordon kreuzte den rechten Arm vor der Brust und kratzte sich am linken Schulterblatt. Die zusammengepreßte Haut im V des Ellbogens, der sich beim Kratzen ans Kinn drückte, wirkte fast schwarz, so gebräunt war sie. Als er den Arm wieder streckte, verschwand der Effekt.

»Der segelt, ne?«

»In Schottland.«

»Ich war noch nie auf einem Segelboot.«

»Ich auch nicht. Ich würde mit Sicherheit total seekrank werden.« Portia benutzte seit einiger Zeit immer häufiger das Wort »total«. Ned spickte seine Briefe damit, und für sie war es sein Wort. Wenn sie es aussprach, hatte sie das Gefühl, ein altes Hemd von ihm zu tragen, und dann war sie stolz und fühlte sich wohl.

»Aha.« Gordon nickte ernsthaft, als hätte sie etwas sehr

Profundes und Interessantes gesagt. Dann griff er nach einem Fläschchen Sonnenöl, Hawaiian Tropic. »Kannst du mich mal einreiben?«

»Klar …«

Portia legte die Postkarte weg und nahm das Fläschchen.

»Ich dreh' mich um, dann kannst du den Rücken machen.«

Der Geruch nach Kokosnuß stieg ihr in die Nase, als sie das Sonnenöl auf den Handflächen verteilte. Als sie es auf Gordons Haut verstrich, sah sie, daß ihm im Kreuz silbrige Härchen wuchsen, flaumweich und verwirbelt wie ein Weizenfeld nach dem Sturm, während sich vom Nacken aus dunklere Haare zu den Schultern zogen. Sie spürte unter den Händen, daß diese nicht so weich waren. Auf der Brust hatte er schon eine dichte schwarze Kruselmatte, und sein Bartschatten war dunkler als Petes, der mehr als doppelt so alt war. Sie fragte sich, woher das kam. Vielleicht hatte es mit dem englischen Klima zu tun. Sie mußte an Ned denken, der stolz verkündet hatte, er wolle »den Versuch starten«, sich im Sommer einen Schnurrbart stehen zu lassen.

Portia goß Gordon noch etwas Öl in die Nackenmulde. Ned war stark, aber so dicke Muskelpakete wie Gordon hatte er bestimmt nicht. Im Schatten des gepflasterten Hofs hinter der Villa machte Gordon jeden Nachmittag Liegestützen, Klimmzüge und Rumpfbeugen, zu Petes augenscheinlichem Amusement und Hillarys schlecht vorgetäuschtem Desinteresse. Portia hatte Hillary beobachtet, die Gordon aus der Küche beobachtete, und war ihrerseits von Pete beobachtet worden. Portia wußte, daß Pete an seinen zunehmenden Schmerbauch dachte und sich eine soziopolitische Erklärung zurechtlegte, die die Wampe rechtfertigte und aufwertete.

In New York hatte Gordon sowohl in der Tennis- als auch der Lacrossemannschaft seiner Schule gespielt. Er war richtig sauer geworden, als er erfuhr, daß Lacrosse in England fast nur von Mädchen an Privatschulen gespielt wurde. »Damit hat er ganz recht«, hatte Ned Portia in einem Brief geschrieben. »Lacrosse ist ein unheimlich hartes, anstrengendes und kraftraubendes Spiel. Ich würde Todesängste dabei ausstehen. Deshalb finde ich es ganz richtig, daß man es euch Mädchen überläßt.«

Portia malte sich lächelnd ihre Zukunft aus. Sie stellte sich die Tage vor, an denen sie Neds Rücken mit Sonnenöl einreiben würde, in Urlauben, die da kommen würden, an Orten, die noch zu erträumen waren. Sie fand es seltsam, daß sie seinen Körper noch gar nicht kannte. Sie hatte ihn noch nie in Shorts oder Badehose gesehen. Und schon gar nicht nackt. Beim Knutschen hatte sie einmal gemerkt, wie sich etwas gegen ihren Schenkel drückte. Sie wurde rot, als ihr das wieder einfiel, und lachte in sich hinein, als sie sich erinnerte, mit welcher Naivität sie erst gedacht hatte, er hätte irgend etwas in der Hosentasche. Vielleicht würden sie ja nächste Woche in der Wohnung seines Vaters nach oben gehen. Vielleicht –

»Wo liegt ›Der Hafen von Tobermorey‹?«

»Hey!« Portia riß Gordon die Karte aus der Hand. »Das geht dich nichts an! Oh *nein!*«

Portia sah entsetzt die Bescherung. Ihr öliger Daumen hatte die Karte verschmiert und einen ganzen Streifen von Neds säuberlicher Handschrift unlesbar gemacht.

»Nein!« jammerte sie. »Sie ist ruiniert! Ruiniert! Wie konntest du bloß? Du, du *Arschloch!*«

»Hey, tut mir leid. Ich wollte doch bloß –«

Portia brach in Tränen aus und rannte ins Haus. Gordon sah ihr nach, zuckte die Schultern und zog die Khakishorts zurecht, um seine schmerzhafte Erektion zu lindern.

*

Gordon fragte sich, ob er ihrer Verliebtheit wegen so scharf auf sie war. Er war wahrscheinlich genauso verliebt, bloß hätte man bei ihm zu Hause eher gesagt, er wäre total verknallt. Sogar die meisten britischen Jugendlichen, war ihm aufgefallen, sagten eher »ich steh' auf die« als »ich liebe sie«.

Daß Portia ihm sofort nach seiner Ankunft in London ihr Herz ausschüttete, hatte ihn stärker ins Schleudern gebracht als das absonderliche Essen, der unverständliche Akzent oder Londons verwirrende Geographie. Er hatte von den britischen Fendemans mehr frostige Zurückhaltung und verkniffene Reserviertheit erwartet, über die sich sein Vater immer mokiert hatte, wenn er auf die zwingende Logik zu sprechen gekommen war, die ihn in die USA hatte auswandern lassen. Portias Freimütigkeit verwirrte Gordon nicht nur, sie ging ihm auch auf die Nerven. Sie tat so, als seien ihre Gefühle tiefgründiger als die anderer Menschen. Ihre Fähigkeit, sie unbekümmert und prägnant zu beschreiben, hielt ihn davon ab, ihr mit derselben Offenheit und Ehrlichkeit zu begegnen, und das fuchste ihn. Er hatte schließlich auch Gefühle, und momentan war sein vorherrschendes Gefühl der Wunsch, diese Jungfrau flachzulegen und durchzuvögeln, bis ihr die Augen aus dem Kopf traten.

Das war die verdammte Ungerechtigkeit dabei. Sie hatte ihn soweit in die Enge getrieben, daß ihm nur das Revier des Raubtiers geblieben war. Das war einfach unfair. So war er nicht. Er war ein guter Mann, ein sensibler Mann mit dem Herzen eines sensiblen Mannes. Er konnte charmant sein. Er konnte romantisch sein. Aber sie ließ ihn nicht. Dieser Traummann, ihr Märchenprinz, hatte sie völlig in Beschlag genommen. Gordon sah es in ihren Augen: Wenn sie herzlich auf ihn reagierte, galt das in Wirklichkeit Ned. Weil sie in einem fort von ihm erzählte, konnte auch er an nichts anderes mehr denken als an diesen tuntigen englischen Goischeißer. Er war quasi das Wirtstier eines Parasiten geworden, und der Parasit hieß Ned Maddstone.

Wären seine Eltern ein Jahr früher gestorben, hätte er Portia zu dem idealen Zeitpunkt getroffen, als sie bereit war, sich jemandem rückhaltlos hinzugeben. Aber er war eine Idee zu spät gekommen. Als er ankam, war die Tür schon verschlossen. Deswegen hätte er sie jetzt am liebsten eingeschlagen und zu Kleinholz verarbeitet. Er hatte doch bloß eine *Chance* haben wollen. Die Chance, galant anzuklopfen und von ihr eingelassen zu werden, aber statt dessen blieb die Tür versperrt, und den einzigen Schlüssel hatte Ned Maddstone.

Scheiß Ned Maddstone.

Gordon hielt sich nicht für einen Bösewicht, wußte aber, daß er seit einiger Zeit böse Gedanken hegte. Er war nicht einmal mehr imstande, an den Schock zu denken, den sein Vater ihm versetzt hatte, als er vor ihm zusammengebrochen war und sich nur noch röchelnd an die Kehle gefaßt hatte. Auch seine Mutter sah er nicht mehr vor sich, erinnerte sich nur noch an den brennenden Wunsch, aus dem Krankenhaus hinaus und an die frische Luft zu kommen, weg von dieser hohlwangigen fahlgelben Frau mit Schläuchen in der Nase und Angst in den Augen.

Während des Flugs über den Atlantik hatte er sich die neue Situation durch den Kopf gehen lassen.

»Erstens, diese Leute sind Atheisten«, hatte er sich gesagt. »Am Samstag muß ich also nicht mehr in die Synagoge. Zweitens, sie sind Antizionisten und werden mich nicht zwingen, den August im Kibbuz zu verbringen. Drittens, sie sind Briten, also muß ich nicht über meine ›Gefühle‹ reden wie nach Moms Tod. Viertens, diese Leute haben Geld wie Heu. Die Verwandten von Tante Hillary sind irgendwie im Einzelhandel Multimillionäre geworden, und ich bin die Brooklyner Bruchbude aus Durchgangszimmern los. Ich kriege meinen eigenen Wagen. Wir machen zweimal im Jahr Urlaub. Barbados und Hawaii.«

Denkste …

»Du kannst das Fahrrad hier haben. Wir glauben an die autofreie Gesellschaft.«

»E. P. Thompson hält in der Fabian Society einen Vortrag über

Kulturimperialismus; wir müssen in einer Dreiviertelstunde da sein.«

»Wir haben eine Villa in der Toskana gemietet. Porsh möchte die Duccios in Siena sehen, und Hillary sammelt Material für ihren nächsten Roman.«

»Gordon, möchtest du darüber sprechen, wie du dich nach Roses und Leos Tod gefühlt hast?«

»Das gefällt dir bestimmt! Die Demonstrationen der *Campaign für Nuclear Disarmament* machen richtig Spaß. Und sie bewirken etwas.«

Zum Totlachen. Aber das Schlimmste war ...

»Ich habe einen Freund ...«

»Er heißt Ned ...«

»Da! Der in der Mitte mit dem Cricketball ...«

»Schau mal, Gordon! Er hat sich gezeichnet, wie er in der Französischstunde total gelangweilt dasitzt ...«

»Kuck mal, wie er lächelt ...«

»Kuck mal, schon wieder ein Brief ...«

»Kuck mal ...«

Scheiß Ned Maddstone.

Ned beugte sich über das Dollbord der *Orphana* und spürte die Gischt auf dem Gesicht. Das Meer glänzte wie feuchte Kohle unter einem sternenübersäten Himmel. Heute nacht war das Meer nur für Ned da.

Unten schliefen Paddy Leclare, der Segellehrer der Schule, und die anderen fünf Jungen in ihren Kojen. Als sich abgezeichnet hatte, daß sie wegen der zusätzlichen am Giant's Causeway verbrachten Stunden auch die Nacht brauchen würden, um nach Schottland zurückzusegeln, hatte Ned sofort angeboten, die Wache zu übernehmen. Früher hätte er das aus Pflichtbewußtsein oder Verantwortungsgefühl heraus getan, aber diesmal hatte er sich bereit erklärt, weil er es so genoß, allein zu sein, in aller Ruhe an Portia zu denken und die reine Lebensfreude auszukosten. Wenn man in solchen Nächten in einem guten Boot vor dem Wind segelte, fühlte man sich als König der Welt. An Land, fand Ned, war der Mensch den Tieren unterlegen und der Natur entfremdet. Autos und Maschinen mochten ausgeklügelte Apparate sein, aber sie gängelten die Umwelt. Auf See brauchte der Mensch die Natur, brauchte sie aber nicht *auf.* Das würde er im nächsten Brief an Portia erwähnen. Die Liebe weckte den Philosophen in ihm. Die Schlaumeier wie Ashley Barson-Garland hielten ihn für unsäglich dumm, weil ihnen der Gedanke fremd war, daß Ned gern ein bißchen dumm war. Das war manchmal richtig erholsam. Ashleys Intelligenz machte ihm das Leben schließlich auch nicht leichter. Im Gegenteil, sie schien ihn zutiefst unglücklich zu machen. Zumal in seiner jetzigen unerschütterlichen Hochstimmung war Unglück für Ned die unfaßbare und fremdartige Heimsuchung eines Menschen, so wie Akne oder schlechte Feinmotorik. Er wußte, daß es Menschen gab, die unter solchen Dingen litten, aber er verstand nicht, warum sie sich nicht am Riemen rissen und mehr Spaß am Leben entwickelten.

Als Liebender gehörte man zu einer vom Schicksal begünstigten Gruppe. Ned hätte sich nie träumen lassen, daß er je solche Lust daran entwickeln könnte, einfach nur er selbst zu sein. Seine Sportlichkeit, seine Attraktivität, seine Gutmütigkeit, seine Beliebtheit – nichts davon hatte ihm je besondere Befriedigung verschafft, wenn überhaupt, war ihm das alles peinlich. Als Liebender, als LIEBENDER in Großbuchstaben platzte er jedoch dermaßen vor Stolz, daß er sich kaum wiedererkannte. Er fragte sich zum millionstenmal, ob Portia wirklich dasselbe fühlte. Vielleicht waren ihre Gefühle intensiver. Vielleicht seine. Vielleicht glaubte sie, ihre wären intensiver, weil sie sich nicht vorstellen konnte, wie intensiv --

Ein Geräusch von unten ließ ihn herumfahren.

»Maddstone!«

Ned spähte nach achtern und konnte die Umrisse eines Kopfs ausmachen, der aus der Luke auftauchte.

»Hallo?« rief er ins Dunkel. »Wer ist da?«

»Du mußt mal runterkommen, Maddstone.«

»Rufus? Bist du das?«

»Mit Paddy stimmt was nicht. Der macht ganz komische Geräusche.«

Ned sprang zur Luke und stieg in die Kajüte hinab.

Im Halbdunkel einer einzigen Petroleumlampe und der Glühlämpchen am Funkgerät erkannte er Paddy Leclare, der mit dem Gesicht auf den Segelkarten auf dem Stuhl zusammengesackt war.

Ned sprach ihn leise an: »Skipper?«

»Ist er tot?« wisperte Cade.

»Weiß nicht«, sagte Ned und legte Leclare die Hand an den

Hals. »Skipper! Paddy! Alles in Ordnung?« Er spürte einen Puls unter den Fingerspitzen und stieß einen Seufzer der Erleichterung aus.

Leclare bekam jäh einen Hustenanfall und versuchte, sich aufzurichten. Schockiert sah Ned einen blutigen Speichelfaden zwischen seinen Lippen und dem Kartentisch.

»Bist du das, Ned? Bist du das?«

»Ja, Skipper, ich bin's. Ist alles in Ordnung?«

»Na, das wäre vielleicht etwas übertrieben ... wen hast du da bei dir?« Mit Angst in den Augen starrte Leclare Ned über die Schulter.

»Sir, nur Rufus, Sir.«

»Rufus, bist du das?«

»Ja, Skipper.«

Leclare atmete in kurzen flachen Stößen, und Schweiß glänzte auf seiner Haut.

»Schön«, keuchte er. »Ich möchte, daß du mir einen Gefallen tust, junger Rufus. Ich möchte, daß du nach achtern zum Steuerbordspind gehst.«

Rufus nickte kreidebleich.

»Ich hab' dir doch mal den Spind gezeigt, wo die Leuchtraketen verstaut sind, weißt du noch? Sei ein braver Bursche. Der Spind daneben hat ein Vorhängeschloß. Hier hast du den Schlüssel ...« Leclare schob ihm einen Schlüsselbund über den Tisch. »Der helle Goldschlüssel. Ich möchte, daß du ihn aufmachst und mir eine Flasche Jameson's holst ...«

»Sind Sie sicher, Skipper?« fragte Ned. »Wenn Sie krank sind ...«

»Ich weiß, was mir fehlt, das kannst du mir glauben«, sagte Leclare. »Du bleibst bei mir, junger Ned. Los, Rufus, keine Müdigkeit vorschützen.«

Rufus drehte sich um und kletterte geräuschvoll die Leiter zum Hauptdeck hoch.

»Mann, was für'n Trampel«, sagte Leclare. »Aus dem wird nie ein Seemann.«

Ned legte ihm eine Hand auf die Schulter. »Paddy, seien Sie mir bitte nicht böse, aber ich fände es wirklich besser, wenn Sie nichts trinken. Ich weiß nicht, was Ihnen fehlt, aber ich bin sicher, es wird nicht besser, wenn –«

»Ganz ruhig, Ned. In dem Spind ist kein Whisky, außerdem habe ich ihm den falschen Schlüssel gegeben. Damit gewinnen wir Zeit.« Leclare lachte über seine ausgebuffte Strategie, bekam wieder einen Hustenfall und sprühte Ned Blut- und Speicheltröpfchen ins Gesicht.

»Um Himmels willen, Skipper. Passen Sie auf, ich ruf' über Funk einen Rettungshubschrauber.«

»Gib mir mal die Tasche da«, sagte Leclare und überhörte seine Bemerkung.

»Die hier?«

»Genau, gib mal her. So, Ned, jetzt schau mir mal in die Augen.«

Ned sah in Augen von einst strahlendem Blau. Jetzt waren sie blutunterlaufen und tränten wegen des Hustenanfalls.

»Ich kann dir doch vertrauen, oder, Ned?«

»Na klar, Skipper.«

»Sag mir, was dir im Leben am heiligsten ist.«

»Skipper ...«

»Verflucht noch mal, antworte mir, Junge!« Leclare umklammerte Neds Handgelenk. »Was bedeutet dir am allermeisten auf der ganzen Welt? Denkst du daran, siehst du es jetzt vor dir?«

Ned nickte, als eine Vision der lachenden Portia vor ihm aufstieg.

»Gut. Ich möchte, daß du mir bei diesem Allerheiligsten schwörst, daß du meine Bitte erfüllst, ohne irgendeinem Menschen ein Sterbenswörtchen zu verraten. Verstehst du? Niemandem.«

Ned nickte wieder.

»Laut! Schwör es.«

»Ich schwöre es, Paddy, ich schwöre es.«

»Gut … gut. Ich vertraue dir. Also …« Leclare wühlte in seiner Tasche. »Hier, nimm den Umschlag. Er ist versiegelt. Wenn ich es nicht an Land zurück schaffe, möchte ich, daß du ihn für mich überbringst. Persönlich. Du mußt ihn direkt übergeben und zwar bei …« Leclare winkte Ned näher an sich heran und flüsterte ihm mit heißem Atem einen Namen und eine Adresse ins Ohr. »So! Hast du verstanden?«

»Ich, ich glaube schon.«

»Wiederhol es. Flüster es mir zu.«

Ned legte Leclare die Lippen ans Ohr und hauchte: »Philip R. Blackrow, 13 Heron Square, London SW1.«

»Stimmt genau. Und du vergißt das auch nicht?«

»Nein, niemals. Das verspreche ich.«

»Das hätten wir also. Steck den Umschlag ein, laß ihn niemanden sehen, und wir reden nicht mehr davon. Und vergiß ja nicht den Namen und die Adresse. Da. War doch gar nicht so schwer oder so fürchterlich, oder? Hm?«

Leclare ließ Neds Handgelenk fahren, lehnte sich zurück und rang nach Luft. Ned sah die letzte Farbe aus seinem Gesicht weichen.

»Soll ich jetzt Hilfe herfunken, Skipper?«

»Wir müßten in fünf oder sechs Stunden an Land sein. Da spielt das keine Rolle mehr.«

»Aber was ist denn los? Was fehlt Ihnen?«

»Alles halb so wild«, sagte Leclare fast unhörbar, lächelte und schloß die Augen. »Ein Krebs hat mich leise geküßt. Das ist alles.«

Als Rufus Cade zurückkam, sah er noch, wie Ned dem Sterbenden zärtlich einen Schlafsack über die Schultern zog und ihm sanft den Kopf streichelte.

Ashley Barson-Garland hatte am Vormittag siebzig Briefe geschrieben. Siebzig besonnene, besänftigende und – so unbescheiden das klingen mochte – brillant formulierte Briefe. Briefe an alte Damen, die die neue Rentengesetzgebung nicht verstanden, Briefe an arbeitslose Tagediebe, die der Regierung die Schuld an ihrer mangelnden Selbstachtung gaben, Briefe von faschistischen Wirrköpfen, die fanden, Sir Charles Maddstone müßte bei der Verbrechensbekämpfung viel härter durchgreifen, und Briefe von unbeschreiblich jämmerlichen Spinnern, die entschlossen waren, ihrem Abgeordneten alles über Jesus zu erzählen.

Soviel Lärm aus der Bevölkerung. Soviele Rufe nach Aufmerksamkeit. Soviel Schwäche und Ressentiment. Das Leben eines Politikers bestand tatsächlich nur aus Lügen, Lügen und nochmals Lügen. Nicht den Lügen, die die Leute nicht anders erwarteten, nicht der Spur gebrochener Wahlversprechen und zynischer Dementis, die Zeitungen und Stammtischskeptiker immer anprangerten, nein, Lügen ganz anderer Art. Den Menschen den Glauben zu lassen, ihre bitteren und unwissenden Ansichten wären nützlich und würden etwas ändern, das war für Ashley die große Lüge. Da draußen mußten Millionen von Menschen herumlaufen, die einfach nicht kapierten, daß ihr Problem nicht dieses oder jenes Unrecht oder soziale Übel war, sondern das verkümmerte Selbstwertgefühl, das sie grundsätzlich andere anklagen und Ursachen nie in der eigenen Bitterkeit und Wut suchen ließ: Diese Selbsttäuschung noch zu fördern, das war die schlimmste Verlogenheit. Die einen glaubten, ihre Chancen auf ein erfülltes Leben würden von den vielen Asiaten in England eingeschränkt, die anderen machten das Königshaus zum Buhmann, wieder andere lasteten alles dem hohen Verkehrsaufkommen vor ihrem Haus an oder aber der Bosheit der Gewerkschaften, der Macht herzloser Arbeitgeber, der Weigerung der Ärzte vom National Health Service, ihren Zustand ernstzunehmen, dem Kommunismus, dem Kapitalismus, dem Atheismus, eigentlich allem, nur nicht ihrer jämmerlichen Willensschwäche und Unfähigkeit, das eigene Leben in den Griff zu kriegen. Ashley konnte Caligulas Enttäuschung darüber nachvollziehen, daß das römische Volk mehr als einen einzigen Hals hatte. Er hätte sich gewünscht, daß die Briten nur einen Hintern hätten. Mann, hätte er dem einen Tritt verpaßt.

Rechts von ihm lagen die fertigen Briefe auf dem Schreibtisch und warteten darauf, unterschrieben, gefaltet und eingetütet zu werden. Er hatte sie auf dem eleganten Briefpapier des Parlaments getippt, mit dem grünen Signet des House of Commons über Sir Charles' Namen, jeder Buchstabe sauber, makellos und vollkommen. Ashley legte die vier Stapel links neben den Löscher, wo sie von Sir Charles besser unterzeichnet werden konnten. Ashley war stolz auf solche kleinen Feinheiten. Er war der perfekte Diener, intelligent, bedacht, gründlich und diskret, und vorläufig genügte ihm das.

Er zog sein Tagebuch aus der Aktentasche zu seinen Füßen. Noch fünfeinhalb Seiten, dann brauchte er einen zweiten Band. Er fragte sich, ob er wieder ein Buch vom selben Typ finden würde. Der Laden am St Anne's Square, wo er den ersten gekauft hatte, war vor zwei Jahren geschlossen worden. Eine andere Farbe wäre ideal, aber es mußte das gleiche Buch sein. Wenn er die richtige Quelle fand, würde er gleich zehn davon kaufen und sich für den Rest seines Lebens eindecken. Aber würden zehn auch reichen? Er überschlug es im Kopf. Lieber zwanzig. Die Marke hieß »The Invicta«, ein pompöser Name, wie er im Empire allem möglichen von Pissoirs bis hin zu

Taschenmessern zuteil geworden war. Beim Blättern sah er voller Genugtuung, daß seine Handschrift im Lauf der Jahre an Selbstsicherheit und Stil gewonnen hatte. Der letzte Eintrag war fünf Wochen alt. Da galt es vieles auf die letzten Seiten zu quetschen. Er sollte an den letzten Satz anknüpfen: »Aber vorläufig darf mich diese obszöne Invasion nicht weiter kümmern; ich muß mich auf die Ansprache bei der Abschlußfeier vorbereiten.«

30. Juli

Ist das Ende des Schuljahrs wirklich erst fünf Wochen her? Die Rede war (wer hätte es anders erwartet?) ein Triumph des Witzes, der Bildung und des Esprit – der Redekunst eben. Worum sie sich wirklich drehte, verstand niemand in der Aula, nicht einmal diejenigen, die genug Latein mitbringen sollten. Die versammelten Eltern, Lehrer und Schüler bekamen allenfalls mit, daß sie blitzgescheit war, und bedachten mich hinterher mit dem verlegenen, mitleidigen und aufmunternden Lächeln, das der Brite all denen vorbehält, die Krebs im Endstadium oder aber Verstand haben, wobei Verstand für ihn das weitaus schlimmere Übel ist. Schließlich können sich die meisten Menschen vorstellen, Krebs im Endstadium zu haben, aber was Verstand ist, davon haben sie nicht die leiseste Ahnung. Ned stellte mich seinem Vater vor, der mich fast mit einer Verbeugung begrüßt hätte.

»Ihre Eltern sind nicht gekommen, Mr. Barson-Garland?«

»Meine Mutter lehrt, Sir«, sagte ich. Das »Sir« gefiel mir, wie auch die Tatsache, daß es Sir Charles gefiel. Auch Ned gefiel mir, wie er krampfhaft nach einem Gesprächsthema suchte, das nichts mit meiner Mutter oder meiner Familie zu tun hatte.

»Sie kann wirklich stolz auf Sie sein«, sagte sein Vater.

Ned knuffte mich noch pseudokumpelhaft in die Seite, dann gingen sie weiter. Er weiß natürlich, was meine Mutter ›lehrt‹. Wahrscheinlich kann er sich auch denken, daß ich sie gebeten hatte, nicht zu kommen.

»Zur Abschlußfeier kommen kaum Eltern«, hatte ich ihr geschrieben. »Das ist eine todlangweilige Angelegenheit.«

Im Klartext hieß das: »Wenn du es wagst, aufzutauchen und mich mit einem buntbedruckten Kleid, billigem Parfum und einem abscheulichen Hut zu blamieren, bestreite ich, daß wir verwandt sind.«

Mutter dürfte all das zwischen den Zeilen gelesen haben, denn Mütter verstehen so etwas, und das hatte ich auch beabsichtigt, denn Söhne verstehen sich auf so etwas.

Als ich die zuckersüßen Gratulationen des Direktors (»ah, da kommt er ja, unser Westentaschen-Demosthenes!«) und seinen Sherry hinter mir hatte, floh ich nach dem Mittagessen zum Cricketplatz und mußte prompt mit ansehen, wie sich Ned Maddstone unbestritten stilvoll gegen die Alten Herren behauptete. Keiner, der mich ansprach, ließ ihn je aus den Augen, wie er da am Wicket stand, und ich roch förmlich, wie meine gedrungene dunkle Ernsthaftigkeit an diesem großen blonden Sunnyboy gemessen wurde. Der Gestank, den das verströmte, trieb mich ins Haus zurück, und ich ging zu Rufus Cade, der sich in seinem Arbeitszimmer in faulen Dünsten eigener Machart suhlte – Cannabis, Wodka und Ressentiment. Und jetzt wird's interessant. Ich weiß nicht, ob er sich bei mir einschmeicheln wollte, aber er gestand seine heftige Abneigung gegen Maddstone. Nein, das war nicht gespielt, ich hatte es schon vorher gespürt und wollte nur noch auf den Busch klopfen. Mein Instinkt hatte mich nicht getrogen. Er haßt Ned abgrundtief. Er schämt sich dafür, haßt ihn deswegen aber nur um so mehr. Ein mir wohlbekannter Teufelskreis aus Ekel und Ressentiment.

Und wer tauchte plötzlich auf, mit hochrotem Gesicht, triumphierend und in Cricket-Flanell mit Grasflecken, erhitzt vom Siegen im Felde? Nedd Maddstone höchstpersönlich. Er lud mich ein, mit seinem Vater im George zu essen. Seine mit Händen zu greifenden Schuldgefühle waren fast komisch. »Du hältst dich vielleicht für einen Außenseiter«, sagten seine Augen, »aber ich halte dich für einen von uns.«

Mumpitz. Hätte er mich für einen von ihnen gehalten, dann hätte er gesagt, »Ashley, du bist zwar 'ne Pfeife, aber hättest du nicht Lust, heute abend mit meinem Vater und mir ins George mitzukommen?« Statt dessen kam er ganz durcheinander, fragte Rufus, ob er auch mitkommen wollte, ließ aber eindeutig durchblicken, daß er nur der Form halber fragte. Rufus lehnte denn auch ab, weil er betrunken und bekifft war, was ihm so peinlich gewesen sein dürfte, daß er Ned noch mehr haßte. Ich nahm die Einladung mit aufrichtigem Vergnügen an.

Ich trug meinen einzigen Anzug.

»Freut mich, daß Sie Zeit für uns haben, Mr. Barson-Garland«, sagte Sir Charles und gab mir förmlich die Hand. »Aber das ist grotesk, so kann ich Sie doch nicht nennen. Ned hat mir gar nicht Ihren Vornamen gesagt.«

»Ashley, Sir«, sagte ich, während sich Ned verwirrt hinter der Speisekarte versteckte.

Ich sprach viel beim Essen. Nicht zuviel oder zu gierig, weil ich keine großen Töne spucken oder das Gespräch monopolisieren wollte, aber genug, um Eindruck zu schinden.

»Sie scheinen sich in der Politik ja richtig auszukennen«, sagte Sir Charles beim Käse.

Mit ausgebreiteten Händen zuckte ich die Schultern, als wollte ich sagen, ich hätte zwar am Strand den einen oder anderen interessanten Kiesel aufgelesen, aber wie Newton wäre ich mir des unermeßlichen Ozeans des Wissens, der sich noch unentdeckt vor mir erstrecke, nur allzu bewußt.

»Es dürfte Sie kaum interessieren …«

Unversehens bot er mir einen Ferienjob als sein persönlicher politischer Rechercheur an.

»Größtenteils ist das nichts als Sekretariatsarbeit«, warnte er mich gleich. »Aber ich glaube, es ist eine glänzende Gelegenheit, das System von innen kennenzulernen. Sollte es den Sommer über funktionieren, halte ich Ihnen die Stelle gerne frei, wenn Sie im Spätherbst die Schule verlassen. Ned hat gesagt, daß Sie im nächsten Jahr ebenfalls die Aufnahmeprüfung für Oxford machen.«

»Vater, das ist eine tolle Idee«, keuchte Ned voller Bewunderung (als hätte er es ihm nicht überhaupt erst vorgeschlagen! Für wie blöd hält der mich eigentlich?). »Ich bin Pas größte Enttäuschung«, sagte er an mich gewandt. »Konnte noch nie viel Interesse an Politik aufbringen.«

»Sir Charles«, sagte ich, »ich weiß nicht, wie ich Ihnen danken soll …«

»Lassen Sie nur«, sagte Sir Charles und tat das mit einer Handbewegung ab. »Wenn Sie mit dem Job so gut klarkommen, wie ich es bei Ihnen annehme, ist der Dank ganz meinerseits. Darf ich das als Zusage verstehen?«

»Na ja, Sir. Ich komme aus Lancashire. Ich habe keine …« Lancashire, also wirklich. Aber das ging mir inzwischen glatt über die Lippen. Jedes »-shire« klang besser als Manchester.

»Ich hoffe, Sie haben nichts dagegen, in der Catherine Street zu wohnen. Es ist ein kleines Haus, wird aber seit über hundert Jahren politisch genutzt. Es hat seine eigene Division Bell, aber die dürften Sie in der ersten Zeit kaum klingeln hören. Das Parlament hat Sommerpause. Wenn Sie uns jedoch auch nächstes Jahr beehren, werden Sie sie so oft klingeln hören, daß Sie das verdammte Ding am liebsten sabotieren würden. Oder, Ned?« Er zog eine Augenbraue hoch; anscheinend spielte er auf eine Familienanekdote an.

»Als Jungen hat mich diese Klingel echt genervt«, erklärte Ned, als er meinen fragenden Blick sah. »Die Abgeordneten treten zu den unmöglichsten Zeiten zusammen, und die Klingel hat mich grundsätzlich morgens um zwei oder drei geweckt. Irgendwann hab' ich mal ein Stück Pappe zwischen die Glocke und den Klöppel geklemmt. Pa hat eine Abstimmung verpaßt und jede Menge Scherereien bekommen.«

»Ich habe eine Viertelstunde beim Fraktionsvorsitzenden verbracht, die ich nie vergessen werde«, sagte Sir Charles.

Mit Bühnenflüstern fügte Ned hinzu: »Er beteuert heute noch, nichts, was die Gestapo ihm angetan hat, wäre damit zu vergleichen.«

»Das stimmt, sage ich dir, es stimmt vollkommen.«

Ned gab mir Einblicke in sein Leben. Ein Leben, in dem beiläufige Erwähnungen von Division Bells und heiklen Stunden bei der Gestapo so leichthin erwähnt wurden wie Busse und Folgen von *Dallas* in meiner Familie. Hätte ich nicht das kleine vierblättrige Kleeblatt aus meinem Tagebuch flattern sehen, hätte mir solche Großmut den Kopf verdreht. Da ich aber genau wußte, wo sie herrührte, ließ ich mir keine Sekunde lang Sand in die Augen streuen.

Man besorgte mir eine Wohnung in Kensington, die ich mit einem Rechercheur der Parteizentrale der Konservativen teile. Wohnungen in Kensington scheinen in dieser Welt zum Standard zu gehören. Alles hat so eine Gemütlichkeit –

Zwischen den Geräuschen des Öffnens und Schließens der Haustür hatte Ashley das Tagebuch in die Aktentasche zurückgeschoben, eine Ausgabe des *Hansard,* der Parlamentsberichte, geöffnet und begonnen, eine Rede von Sir Charles in sein Notizbuch zu übertragen.

Er hörte mehrere Leute die Treppe heraufkommen und überlegte, ob es seltsam aussah, wenn er ihnen nicht entgegenging, um sie zu begrüßen. Konnte er so tun, als hätte er sie nicht gehört? Lieber nicht.

»Ned?« rief er vom Schreibtisch aus über die Schulter. »Ned? Bist du das?«

»*Ash!*«

Ashley stand schüchtern und mit einer Miene freudiger Überraschung neben seinem Schreibtisch, als Ned ins Zimmer kam, begleitet von einem Mädchen und einem Jungen ungefähr in ihrem Alter, beide dunkel, gutaussehend und sonnengebräunt.

»Das ist Portia. Gesehen habt ihr euch schon mal.«

»Sehr erfreut«, sagte Ashley mit einer Soigniertheit, die ihm gut stand. »Ich erinnere mich. Das war im Hard Rock Café, aber du kannst dich bestimmt nicht an mich erinnern – du warst mit den Augen woanders, glaube ich.«

»Natürlich erinnere ich mich. Hi!«

Portia gab ihm die Hand. Ashley hatte sie sich nicht erst an der Hose abwischen können und überlegte unruhig, wie sie wohl auf seine wie immer ungewöhnlich feuchtklammen Handflächen reagierte.

»Und das ist Gordon, Portias Vetter.«

»Sehr angenehm«, sagte Gordon. Ashley nahm amüsiert zur Kenntnis, daß die Engländerin Portia sich mit »Hi« begnügte, während der Amerikaner Gordon das förmliche »sehr angenehm« vorzog. Es amüsierte ihn immer, wenn sich Leute als ihr Gegenteil auszugeben versuchten.

»Überrascht?« fragte Ned und schlug Ashley täppisch auf die Schulter. Auch er war braun geworden, aber im hellgoldenen Ton der Blonden, als wäre mehr unfein und ziemte sich nur für Ausländer.

»Schon. Dein Vater hat gesagt, ihr würdet erst morgen zurückkommen.«

»Der Törn wurde, äh, vorzeitig abgebrochen.« Ned wirkte

kurz verstört. »Wir haben alle den Nachtzug aus Glasgow genommen.«

»Ach ja?« sagte Ashley, der das alles längst wußte.

»Und dadurch«, sagte Ned und strahlte wieder, »war ich rechtzeitig in London und konnte die Fendemans in Heathrow vom Flugzeug abholen. Prima, was?«

»Da haben sie sich bestimmt gefreut«, sagte Ashley.

Gordon sah sich unbehaglich um. Ashley hatte den Eindruck, er fühlte sich fehl am Platz. Das Knistern zwischen Ned und Portia war allerdings auch Ashley fast peinlich.

»Hat mein alter Herr dich sehr auf Trab gehalten?« fragte Ned und riß sich mühsam von Portias Lächeln los.

»Die Arbeit ist faszinierend. Wirklich faszinierend.«

»Ach, du arbeitest für Neds Dad?« fragte Gordon.

»Genau. Ich muß sogar gleich … hey, ich hab's, wie wär's … du hast nicht zufällig Lust mitzukommen? Ich muß ins House rüber. Soll ich dich ein bißchen rumführen?«

»Im House?«

»Das House of Commons. Unser Parlament. Natürlich nur, wenn's dich interessiert.«

»Klar. Klingt prima.«

»Eine klasse Idee!« Ned grinste über das ganze Gesicht. »Ash, das ist total anständig von dir. Wetten, Gordon ist ganz hingerissen davon, wo das alles stattfindet? Die Wiege der Demokratie und so?«

»Na dann los. Ich hol' nur eben meine Aktentasche«, sagte Ashley und ärgerte sich über Neds alberne Bemerkung. »Wiege der Demokratie«, also wirklich! Wußte der nicht, daß die Amerikaner Washington als Wiege der Demokratie ansahen, die Franzosen Paris, die Griechen Athen und die Isländer garantiert Reykjavík? Und alle mit derselben Berechtigung? Wieder diese typische beiläufige Arroganz.

»Äh, wir bleiben hier, wenn's recht ist«, sagte Ned. »Portia hat um vier ein Vorstellungsgespräch. Am Knightsbridge College. Ich hab' mir gedacht … na ja, ich bring' sie hin.«

»'ne gute Stelle?«

»Hört sich toll an, aber in Wirklichkeit bring' ich bloß Ausländern bei, wie sie ›*This tomato is too expensive*‹ sagen sollen«, meinte Portia. »Aber ich verdiene mehr als im Hard Rock Café.«

Ned und sie hielten jetzt Händchen. Es war überdeutlich, daß ihnen jede Sekunde Qualen bereitete, in der sie sich nicht in den Armen liegen konnten. Ashley nahm an, ein Gutteil der Qualen rührte aus dem traditionellen Dilemma aller Liebenden, das sie in ihrer Unbedarftheit nur nicht durchschauten. Sie wollten ihre Leidenschaft verbergen und verstanden nicht, warum sie sie gleichzeitig partout zeigen wollten.

Ashley drehte sich der Magen um.

»Fand's am besten, die beiden sich selbst zu überlassen«, sagte er, schloß die Haustür und sah mit einer Miene, die hoffentlich kumpelhafte Weltläufigkeit verriet, zum Fenster im Obergeschoß hoch. »Wetten, die rammeln wie die Sechszylinder, bevor wir um die Ecke sind?«

Gordon reagierte nicht, sondern preßte die Lippen zusammen und blickte zu Boden. Ashley sah ihn verdutzt an; war das jetzt amerikanischer Puritanismus, oder ging das tiefer?

Ach du liebe Zeit! Plötzlich fiel es ihm wie Schuppen von den Augen, und fast hätte er laut gelacht. Vetter Gordon war in Portia verliebt, das war sonnenklar.

Ashleys Ansicht nach entging den meisten Leuten eine grundlegende Wahrheit über die Intelligenz, daß sie ihrem Eigentümer nämlich tiefere Einsichten und schärfere Instinkte als anderen gewährte. Dumme Menschen redeten sich immer ein, sie wären vielleicht nicht so schlau, aber dafür hätten sie *Gefühle* und *Intuitionen,* die Intellektuellen verwehrt wären.

Dummes Zeug, dachte Ashley. Genau dieser Irrglaube machte dumme Menschen so dumm. In Wirklichkeit hatten kluge Menschen weit mehr Ressourcen, um die Verbindungen herzustellen, die landläufig Intuition genannt wurden. Was war »Intelligenz« denn anderes als die Fähigkeit, etwas in die Dinge ›hineinzulesen‹? Wie so oft hatten die Römer es besser gewußt als die Briten.

Sie gingen durch die Catherine Street nach Westminster. Vielleicht merkte Gordon, daß sein Schweigen unhöflich war, jedenfalls begann er zu reden. Er vertraute Ashley an, seine Tante und sein Onkel hätten ihn Ned und Portia am Flughafen mehr oder weniger aufgezwungen.

»Warum fahrt ihr nicht alle zusammen mit dem Bus in die Stadt?« hatte Hillary vorgeschlagen. »Geht irgendwo was essen. Oder ins Kino. Wir kümmern uns schon um das Gepäck.«

Pete hatte Gordon zehn Pfund zugesteckt und ihm auf die Schulter geklopft, Portia hatte sich bockig auf die Lippe gebissen, und Ned hatte nach Leibeskräften versucht, zufrieden auszusehen.

»Na, dann war das doch nur taktvoll von uns«, sagte Ashley. »Wenn du keine Lust hast, mußt du natürlich nicht ins House of Commons mitkommen. Für die meisten Leute ist das todlangweilig. Meinetwegen mußt du wirklich nicht.«

»Lassen die Amerikaner überhaupt rein?«

»Ich muß bloß das hier vorzeigen«, sagte Ashley, schwenkte seinen Passierschein und versuchte, nicht zu angeberisch zu wirken.

»Willst du in die Politik gehen?«

»Weiß noch nicht genau. Vielleicht.«

»Wie Ned?«

»Wie bitte?«

»Ned will doch seinem Vater nachfolgen, oder?«

»Wohl kaum«, sagte Ashley belustigt. Vor seinem geistigen

Auge sah er Ned Maddstone in grasbefleckten Crickethosen, wie er sich die goldene Tolle aus der Stirn strich und aufstand, um von der Regierungsbank aus über Wechselkursschwankungen und Zinssatzsenkungen zu sprechen. »Die Politik und Ned passen nicht recht zusammen.«

»Echt nicht? Bei Portia hört sich das anders an.«

»Wie meinst du das?«

»Sie hat gesagt, Ned will seinem Vater eines Tages ins Parlament folgen.«

»Na ja, vielleicht wird er das ja«, sagte Ashley leichthin, spuckte innerlich aber wieder einmal Gift und Galle. Glaubte Ned denn allen Ernstes, Mandate könnten vom Vater auf den Sohn übergehen wie Schreibpulte und Jagdreviere? Na ja, vielleicht konnten sie das wirklich, sagte er sich bitter; sie waren hier schließlich in *England.* Aber vorläufig war der Sommer für Ned zu kostbar, um ihn mit Politik zu vergeuden: Jetzt ging es um Sex und Cricket und Sex und Segeln und Sex und Sex, da konnte doch Ashley, das Packpferd aus Manchester, dieses Jahr die Büroarbeit erledigen, was, Pa, altes Haus? Das konnte man doch alles nach Oxford nachholen, meinst du nicht auch, Vatilein? Und wenn ich dann eines Tages ›seßhaft werden möchte‹, dann hole ich den guten alten Ashley und mache ihn zu meinem politischen Berater. Der arme Ashley wäre so dankbar … das heißt, warum bereiten wir ihn nicht schon mal darauf vor? Lassen ihn schon mal Erfahrung sammeln? Wär' doch ideal! Wir laden ihn zum Essen ein und schlagen es ihm vor, der Bursche wird ja so dankbar sein. Und ich werde endlich die Gewissensbisse los, daß ich sein peinliches Tagebuch gelesen habe. Wir schmieren ihm ein bißchen Honig ums Maul, lassen ihn Briefe schreiben und Umschläge lecken, noch bevor er arroganter beschissener Oberklassewichser sagen kann …

»Stimmt was nicht?«

»Hm? Nein, alles in Ordnung … Entschuldige, ganz in

Gedanken.« Ashley lächelte Gordon an, als hätte der ihn aus einem versponnenen Tagtraum zurückgeholt. »Den großen Ned hast du also gerade erst kennengelernt?« sagte er dann fröhlich.

Gordon nickte vorsichtig. »Den großen Ned?«

»Vergib der Stimme eines sarkastischen Herzens«, sagte Ashley. »Er ist sehr beliebt. Sehr begabt, aber ... ach, hör gar nicht auf mich. Geht mich ja auch nichts an.«

»Hey, er geht mit meiner Kusine, da will ich alles wissen, was es zu wissen gibt«, sagte Gordon. »Portia poliert ihm den Heiligenschein, aber du gehst mit dem Kerl zur Schule. Du kennst ihn viel länger als sie.«

»Sagen wir, es wäre mir nicht sehr lieb, wenn *meine* Kusine mit ihm gehen würde«, sagte Ashley. »Ich weiß nicht, wie ich das sagen soll. Die meisten Leute finden ihn charmant und ehrlich und was weiß ich noch alles, was einen Mann sympathisch macht. Ich persönlich finde ihn kalt, arrogant und verlogen. Ach ...« Ashley sah auf, als Big Ben halb schlug. »Halb eins. Wenn du nichts dagegen hast, gehen wir um die Ecke in einen Pub. Ich bin da mit einem Freund zum Mittagessen verabredet. Wenn wir Lust haben, können wir ja hinterher noch ins House gehen.«

»Hey, hör mal, wenn ich irgendwie störe ...«

»Keine Spur. Du wirst Rufus mögen. Und er dich. Oder jedenfalls deine zehn Pfund. Für zehn Pfund kriegt man eine Menge Bier.«

»Na gut, wenn ...«

»War nur'n Scherz. Er ist stinkreich. Ihr werdet feststellen, daß ihr einiges gemeinsam habt.«

Ned lag im Bett und starrte an die Decke. Portia schlief neben ihm, eine Faust an die Wange gepreßt und zusammengekuschelt wie ein Kätzchen.

Er hatte ihr noch nichts von dem Alptraum erzählt, wie er Paddy Leclare an Bord der *Orphana* hatte sterben sehen. Im Bus von Heathrow nach London hinein hatten sie noch gefremdelt, Ned war besorgt, Gordon könne sich außen vor fühlen, und Portia war in Gegenwart ihres Vetters eigenartig schüchtern. Er wollte ihr keine Angst machen, aber das Erlebnis hatte ihn erschüttert. Er war noch nie mit dem Tod, mit Verantwortung und Angst konfrontiert worden, und sie alle gleichzeitig kennenzulernen, hatte ihn aus dem Gleichgewicht gebracht.

Es war alles andere als angenehm gewesen, mit einem Toten unter Deck nach Schottland zurückzusegeln. Und Rufus Cade hatte sich merkwürdig aufgeführt. Alle anderen waren ganz selbstverständlich davon ausgegangen, unter Neds Kommando nach Oban zurückzusegeln. Ned konnte ohne Anmaßung sagen, daß er der beste Seemann an Bord war, und Leclares letzter Vertrauensbeweis bestätigte sein Anrecht aufs Kommando. Nicht daß er Cade oder den anderen das Geheimnis offenbart hätte. Fünf Stunden lang, von der Morgendämmerung an und während der ganzen traurigen Fahrt in den Hafen zurück hatte Cade an allen Entscheidungen Neds herumgenörgelt und seine Autorität auf Schritt und Tritt zu untergraben versucht. So etwas war Ned noch nie passiert, und es hatte ihn verletzt und verwirrt.

Erst als sie den Hafen von Oban durchquerten und auf das blitzende Blaulicht der Kranken- und Streifenwagen auf der Mole zusegelten, hatte er es verstanden.

Cade war verlegen an ihn herangetreten. »Ähm, tut mir leid, Maddstone«, sagte er und starrte aufs Deck. »Ich glaube, das alles hat mich ein bißchen durcheinander gebracht. Wollte dich nicht so kritisieren. Es ist völlig richtig, daß du das Kommando hast.«

Ned legte Cade die Hand auf den Arm. »Scheiß drauf, Mann, da laß dir mal keine grauen Haare wachsen, Rufus. In Anbetracht der Umstände hast du dich echt gut gehalten.«

Der restliche Tag verstrich in einem verwirrten Nebel aus Zeugenaussagen, Telephonaten und unendlich langem Warten, bis Ned endlich erlaubt wurde, die Gruppe nach Glasgow zu bringen, von wo aus sie mit dem Nachtzug nach Euston fuhren. Führung war eine strapaziöse Sache.

Portia hob den Kopf von seiner Brust und sah ihm in die Augen.

»Hallo«, sagte er.

»Hallo.«

Und sie lachten.

Ashley sah zu, wie Gordon sein zweites Guinness austrank.

»Du hast sie doch gesehen, Ashley«, sagte er, rülpste und wischte sich den Schaum vom Mund. »Sie ist so schön. Findest du sie nicht auch unheimlich schön?«

»Doch, sehr schön, Gordon«, sagte Ashley, der mehrere uralte Griechischlehrbücher besaß, die er sehr viel aufregender fand.

»Außerdem, dort, wo ich her bin«, fuhr Gordon fort, »ist Exogamie daneben. Das macht man einfach nicht. Ist verpönt.«

Rufus starrte finster in ein Pint Director's, das er schon mit drei dreifachen Whiskys aufgepeppt hatte. »Echsogamie? Heißt'n das?«

»Gordon und Portia sind Juden«, erklärte Ashley. »Juden heiraten traditionell keine Nichtjuden.«

»Ich bin katholisch«, sagte Rufus. »Bei uns ist das genauso.«

»Und sie kuckt mich nicht mal an«, sagte Gordon. »Scheiße, Mann, sie kuckt mich nicht mal an. Verstehst du?«

»Du meinst, sie kuckt dich nicht mal an?« sagte Rufus.

»Genau. Erraten. Kuckt mich nicht an.«

»Verstehe. Muß dich ja echt ankotzen.«

»Und wie mich das ankotzt.«

»Würd' mich auch ankotzen, das kann ich dir sagen.«

Ashley freute sich, daß Gordon und Rufus so gut miteinander klarkamen, aber ihm graute davor, sich mit zwei Besoffenen abgeben zu müssen. Er brachte sich zwar gerade alles bei, was es über Wein zu wissen gab, trank aber nur ungern Alkohol, und Betrunkenheit mochte er weder bei sich noch bei anderen. Er achtete allerdings darauf, sich keine Blöße zu geben, und begnügte sich mehrere Runden lang mit einem Drink, ohne wie ein Abstinenzler zu wirken.

»Was ist da eigentlich genau passiert, Rufus? Willst du ehrlich behaupten, Leclare war tot, als ihr zurückkamt?«

»Mann, das sag' ich doch die ganze Zeit, Ash. Ich sollte eine beschissene Flasche Jameson's holen, die es gar nicht gab, und als ich zurückkam, wiegte Sankt Ned ihn in den Armen und gurrte wie eine Scheißtaube. Und dann hat er sich ruckzuck das Kommando unter den Nagel gerissen. Und mich wie den letzten Dreck behandelt. Schließlich meinte der Arsch auch noch dummdreist, ›in Anbetracht der Umstände‹ hätte ich mich echt gut gehalten. Was natürlich heißen sollte, in Anbetracht der Umstände hätte *er* sich echt gut gehalten. Wichser. Dafür mußte er sich dann um die Polizei und die Sanitäter und den ganzen Papierkram kümmern. Hähä! Daran hatte er vorher garantiert nicht gedacht.« Rufus kam schwankend auf die Beine. »Is' ja auch Banane. Auf den is' geschissen. Noch 'ne Runde?«

»Von mir aus«, meinte Ashley. »Nochmal dasselbe. Gin Tonic, mit Eis, aber ohne Zitrone.«

»Das Zeug hat's ganz schön in sich«, sagte Gordon und gab Rufus sein leeres Glas. »Diesmal lieber nur 'n halbes Pint.«

»Ein halbes Pint Gin und ein Pint Guinness mit Zitrone. Ohne Eis, aber mit Tonic. Is' gebongt.« Rufus torkelte zur Bar.

»Der ist nicht halb so betrunken wie er tut«, sagte Ashley. »Sein Vater ist Alkoholiker, und er will in seine Fußstapfen treten.«

Gordon sah Rufus nach und wandte sich dann an Ashley. »Macht dir Spaß, die Leute zu durchschauen, was?«

»Na ja«, sagte Ashley überrascht. »Dir auch, nach der Bemerkung zu urteilen.«

»Genau. Touché. Jetzt sag mal, um wen dreht sich das alles eigentlich?«

»Der Typ war so eine Art Segellehrer bei uns an der Schule«, sagte Ashley mit einer wegwerfenden Geste, als beschriebe er die Klofrau des Hauses. »Die Schüler, die bei ihm Segeln lernten, mochten ihn auf diese kumpelhafte Weise, die man unter Seglern wohl Kameradschaft nennt. In den Ferien hat er ohne Ende Törns für Schüler organisiert, die sich sowas leisten konnten – oder sich mit einer so geisttötenden Beschäftigung anfreunden konnten«, fügte er hastig hinzu.

»Ich hab' von Fällen in den Staaten gehört, wo solche Leute Perverse waren«, sagte Gordon. »Weißt du, die segeln mit Schulkindern durch die Karibik. Das hat schon was Schräges.«

»Kann sein, aber das war hier wohl nicht der Fall. Ich weiß nicht, was du über englische Privatschulen gehört hast, aber sowas kommt ziemlich selten vor.«

»Wo ging es denn hin?«

»Wenn ich's richtig verstanden habe, von Westschottland zum Giant's Causeway rüber und wieder zurück. Im letzten Jahr ging's ... Rufus, wo wart ihr letztes Jahr noch mal?« Rufus war mit einer Tüte Erdnüsse zwischen den Zähnen wieder da und stellte die Gläser auf den Tisch.

»Ff meft du?«

»Letztes Jahr. Wo seid ihr da hingesegelt?«

»Hooker Horror.«

»Wie bitte?«

»Hook of Holland«, sagte Rufus, riß die Tüte mit den Zähnen auf und schob sie Gordon hin. »Aus Southwold durch die Nordsee nach Flushing. Dann durch die Binnengewässer nach Amsterdam und die ganze Strecke wieder zurück.«

»Und ich nehm' mal an, Leclare hat dich nie irgendwie belästigt. Nie versucht, die zarte Blüte deiner Jungfräulichkeit zu pflücken?«

»Fick dich doch ins Knie!«

»War nur so'n Gedanke.«

»Ich hab' schon dran gedacht, da noch mal hinzufahren«, sagte

Rufus. »Nach Amsterdam, mein' ich jetzt. Da gibt's nackte Mädchen in den Fenstern und mehr Dope, als du im ganzen Leben gesehen hast.«

»Du kiffst?« fragte Gordon Rufus.

»Ist der Papst katholisch?« murmelte Ashley und nahm sich eine Erdnuß.

Gordon senkte aufgeregt die Stimme: »Kennst du hier zufällig 'n guten Dealer?« raunte er. »Seit ich aus den Staaten weg bin, hab' ich nichts mehr zu kiffen gehabt. Ich hab's Portia gegenüber mal erwähnt, und die hat mich angesehen, als wäre ich der letzte Dreck.«

»Mit Vergnügen«, sagte Rufus mit einer leutseligen Geste. »Stehst du auf Gras oder auf Hasch?«

»Gras«, sagte Gordon.

»Kein Problem. Offen gestanden, hab' ich grade rein zufällig hochoktaniges ...«

Ashleys Laune verfinsterte sich, als das Gespräch in Kifferfolklore umzukippen drohte. Er fand es viel witziger, wenn Rufus und Gordon gemeinsam über Ned herzogen. Leider gab es keine Gesprächsüberschneidungen zwischen Ned und Drogen. Obwohl genau das ...

»Hey, wäre das nicht ein Heidenspaß, wenn Maddstone vom Drogendezernat hopsgenommen würde?« sagte er und nippte an seinem Gin Tonic. »Der Skandal ist da, der Ruf im Eimer, und unser Tugendbold und sein Vater kommen mal auf den Boden. Stellt euch bloß vor, wie schockiert die gute Portia wäre.«

Rufus gluckste, und Gordon gaffte ihn an.

»Er wollte sie doch zum – wie hieß das noch mal? irgendwas fürchterlich Hochgestochenes – zum Knightsbridge College bringen, genau«, fuhr Ashley versonnen fort. »Angenommen, die Polizei erfährt, daß ein niederträchtiger Drogendealer nachmittags immer vor dem College rumhängt und den Sprachschülern Betäubungsmittel verkauft. Stellt euch vor, ihr könntet zusehen, wie unser Musterknabe in Handschellen abgeführt wird.«

»Ja, aber wie …«

»Seine Jacke hängt unten an der Treppe. Wir brauchen nur ein bißchen Köpfchen.«

Ned stand nackt am Fenster seines Zimmers und sah über Londons Dächer hinweg. In einer Stunde oder so konnte er ja mal runtergehen und ein paar Rühreier machen. Warum sonst hätte er für den Rest seines Lebens dieses Zimmer verlassen sollen? Sie konnten für immer hier bleiben. Dummerweise mußte Portia zu ihrem Bewerbungsgespräch. Aber danach würden sie sofort wieder hier hochkommen. Gut, morgen vormittag kam sein Vater in die Stadt zurück, dann mußten sie präsentabel sein, aber das war ja noch eine Ewigkeit hin. Er konnte es gar nicht erwarten, daß Portia seinen Vater kennenlernte, er war sicher, daß sie sich auf Anhieb verstehen würden. Plötzlich sah er ihre Zukunft vor sich. Portia und Pa an Weihnachten, auf der Entbindungsstation, im gemeinsamen Urlaub. Das Lächeln, das Lachen, die Zuneigung, die Liebe ... er hätte vor Seligkeit weinen können.

Eine Bewegung unten auf der Straße fiel ihm ins Auge. Ashley und Gordon kamen zurück, hatten aber noch jemanden dabei. Ned lächelte, als er Rufus Cade an seinem torkelnden Gang erkannte. Wo waren sie dem denn über den Weg gelaufen? Zu jedem anderen Zeitpunkt wäre es ja ganz witzig gewesen, sie einzuladen, aber jetzt ...

Ned, der normalerweise weder ungesellig noch egoistisch war, schlich zur Tür und schloß vorsichtig ab. Das leise Geräusch weckte Portia.

»Hast du grade abgeschlossen?«

»Mußte sein«, flüsterte Ned. »Die anderen kommen zurück. Ich finde, wir tun lieber so, als wären wir weggegangen.«

Portia sah zu, wie Ned durchs Zimmer zu ihr zurückkam.

Intensives Glücksgefühl durchfuhr sie wie ein Windstoß eine Wiese, und vor Wonne zitterte und schauderte sie dermaßen, daß es fast wehtat.

»Du darfst mich nie verlassen.«

»Keine Angst«, flüsterte Ned und kam zu ihr ins Bett zurück.

Sie hörten Ashley die Treppe hochrufen.

»Keine Angst, wir stören euch nicht. Mußte nur noch was holen. Ihr jungen Leute amüsiert euch!«

Gordons und Rufus' unterdrücktes Lachen entzückte sie. Es konnte so schön sein, ausgelacht zu werden.

Ned seufzte vor Erfüllung und Freude.

Wo in der ganzen weiten Welt war wohl irgend jemand ebenso unermeßlich glücklich? Er war jung, gesund und glücklich und hatte nirgends Sorgen oder Feinde.

II. Die Festnahme

Ned erschauerte und zog die Decke enger um die Schultern.

»Entschuldigung«, sagte er. »Wäre es wohl möglich, daß mir jemand meine Sachen bringt?«

Der Polizist an der Tür löste den Blick von der Zimmerdecke und sah Ned an.

»Ist doch nicht kalt, oder?«

»Nein, aber schauen Sie, ich habe nur …«

»Ist doch Hochsommer, oder?«

»Ja schon, aber …«

»Na also.«

Ned starrte auf den Blechaschenbecher vor sich auf dem Tisch und versuchte, sich darauf zu konzentrieren, was eigentlich passiert war.

Um vier hatte er Portia zum College gebracht, das heißt, sie hatten in einer Gasse hinter dem Scotch House an einem enttäuschend gewöhnlichen Gebäude auf die Klingel des fünften Stocks gedrückt.

»Ich warte draußen«, hatte er versprochen und ihr einen Abschiedskuß gegeben, als würde er sie nie wiedersehen. »Und wenn du fertig bist, gehen wir zu Harrods und genehmigen uns zur Feier des Tages einen großen Eisbecher.«

Auf dem Bürgersteig hatte er eine knappe halbe Stunde gewartet und fröhlich überlegt, ob es wohl ein gutes oder schlechtes Zeichen war, daß man Portia so lange dabehielt. Als Optimist hatte er natürlich entschieden, daß es ein gutes Zeichen war.

Eine Gruppe junger Spanier oder Italiener (die hatte er noch nie unterscheiden können) näherte sich dem Eingang. Als sie einen Schlüssel hervorzogen, wollte sich Ned ihnen spontan anschließen. Der Anblick eines gutgekleideten Freundes neigte die Waagschale vielleicht zu Portias Gunsten.

»Entschuldigung«, sagte er. »Habt ihr was dagegen, wenn ich mit euch reinkomme?«

Sie hatten ihn nur verwirrt angesehen. Wenn das der hier übliche Stand der Englischkenntnisse war, stand Portia einiges bevor.

»ICH ... FRAGE ... MICH ... OB ... IHR ...«, hatte er wieder angesetzt, aber nicht zu Ende sprechen können, denn plötzlich ging alles sehr schnell. Aus dem Nichts waren zwei Männer aufgetaucht, hatten ihn an den Armen gepackt und in ein Auto verfrachtet. Er war sprachlos, und bevor eine Hand ihn auf den Rücksitz stieß, hatte er nur noch das hämische Lachen eines Grüppchens im dunklen Eingang eines Pubs gehört.

»W-was ist denn los?« hatte er gefragt. »Was machen Sie denn da?«

»Frag dich lieber, was *du* da machst«, hatte der eine Mann gesagt und Ned einen Klarsichtbeutel aus der Jackentasche gezogen, während der Wagen mit quietschenden Reifen anfuhr.

Auf der Polizeiwache war er dann ausgiebig gefilzt worden. Man hatte alles zur Untersuchung mitgenommen und ihm nur die Unterhose gelassen, und jetzt saß er seit über einer halben Stunde in diesem Raum und fragte sich, was überhaupt los war. Wenn die Tür wieder aufging und jemand hereinkam, würde er darauf bestehen, seinen Vater anzurufen. Die Polizei hatte ja keine Ahnung, daß sie es mit dem Sohn eines Ministers zu tun hatte. Sir Charles war ein sanfter Mann von peinlichster Höflichkeit, aber er hatte im Krieg eine Brigade befehligt und sechs Jahre lang eine Enklave des Weltreichs regiert. Im Sudan hatte er Todesurteile verhängt und ihre Vollstreckung überwacht. Als Nordirlandminister hatte er die Grenzen der Inhaftierung ohne ordentliches Gerichtsverfahren ausgeweitet und alle möglichen extremen Maßnahmen autorisiert – »starke Medizin gegen eine starke Infektion«, hatte er Ned einmal gesagt, ohne das näher auszuführen. Mit einem solchen Mann war nicht zu spaßen. Die Polizisten taten Ned fast leid. Er würde seinem Vater versichern, daß er gut behandelt worden war und ihnen nichts nachtrug.

Endlich ging die Tür zum Vernehmungszimmer auf.

»So Junge, dann wollen wir mal.«

»Guten Tag, Sir.«

»Ich bin Detective Sergeant Floyd.«

»Wenn Sie nichts dagegen haben, würde ich gern tele-«

»Zigarette?«

Floyd ließ ein Päckchen Benson and Hedges und ein Feuerzeug auf den Tisch fallen, zog sich einen Stuhl heran und setzte sich Ned gegenüber.

»Danke. Ich rauche nicht.«

»Du rauchst nicht?«

»Nein.«

»Zwanzig Gramm Hasch, und du rauchst nicht?«

»Wie bitte?«

»Willst du einen auf Unschuldslamm machen? Besitz ist das Eine. Aber Verkauf? Und dann auch noch an ausländische Sprachschüler? Sehen Richter gar nicht gern.«

»Ich verstehe Sie nicht.«

»Natürlich nicht. Wie alt bist du?«

»Siebzehneinhalb.«

»Siebzehneinhalb. *Einhalb!*«

Der Polizist an der Tür stimmte in sein Lachen ein.

»Wenn's doch stimmt«, sagte Ned, den Tränen nahe. Warum sollte er das denn nicht sagen, wenn es doch die Wahrheit war?

Floyd runzelte die Stirn und biß sich auf die Lippe. »Vergessen wir mal die Drogen, ja? Verrat mir mal, was ›Inneres, Inneres, Inneres‹ bedeutet.«

Ned sah ihn hilflos an. »Wie bitte?«

»Ist doch keine schwere Frage, oder? *Inneres, Inneres, Inneres*. Was hat es damit auf sich?«

»Ich verstehe nicht, was Sie meinen.« Ned hatte das Gefühl zu ertrinken. »Kann ich bitte meinen Vater anrufen?«

»Gut, wir fangen ganz vorne an, ja? Name?«

»Halten Sie mal die Luft an, ja? Seien Sie ein braves Bübchen.«

Ned und der Detective Sergeant drehten sich gleichzeitig zur Tür. Dort stand ein gutgekleideter Mann Mitte zwanzig mit dem Anflug eines Lächelns.

»Wer zum Geier sind Sie denn?« fragte Floyd aufgebracht.

»Kann ich Sie kurz mal sprechen, Sergeant?« sagte der junge Mann und winkte ihn mit dem Zeigefinger zu sich.

Floyd wollte etwas erwidern, aber irgend etwas in der ausdruckslosen Miene des jungen Mannes hielt ihn davon ab.

Wieder schloß sich die Tür vor Ned. Er hörte draußen im Korridor Detective Sergeant Floyds unverhohlen verärgerte Stimme. »Bei allem Respekt, Sir, ich verstehe wirklich nicht ...«

»Bei allem Respekt, Floyd, so haben wir es gern. Respekt. Genau den brauchen wir. Wenn's recht ist, nehm' ich das hier mit. Vielen Dank ... Sie bekommen dann den Bericht.«

Die Tür ging wieder auf, und der junge Mann streckte lächelnd den Kopf herein. »Hättest du die Güte mitzukommen, alter Knabe?«

Ned sprang auf und folgte dem jungen Mann durch einen Korridor, vorbei an dem erbitterten Detective Sergeant Floyd.

»Kann ich mal telephonieren?« fragte Ned.

»Lächerlich von denen, dich so auszuziehen«, sagte der junge Mann und überhörte Neds Frage. »Ah, da ist ja Mr. Gaine!« Er zeigte auf einen breitschultrigen Mann in Jeansjacke, der mit säuberlich gefalteten Kleidungsstücken auf den Armen, obenauf die umgedrehten Schuhe, an der Feuertür am Flurende lehnte.

»Das sind meine Sachen!« sagte Ned.

»Gut erkannt. Ich fürchte allerdings, du kannst sie noch nicht anziehen, wir müssen los. Alles klar, Mr. Gaine?«

Der Breitschultrige nickte und drückte die Türverriegelung auf. Der junge Mann eskortierte Ned ein paar Stufen in den Hof hinab und zu einem grünen Rover in der Ecke, auf dessen Dach die Sonne herabbrannte.

»Du hüpfst am besten bei mir hinten rein, und wir lassen Mr. Gaine fahren, okay?«

Ned zuckte zusammen, als seine nackten Schenkel mit den Polstern in Kontakt kamen.

»Bißchen verbrannt? Tut mir leid«, sagte der junge Mann heiter. »Hätten ja auch im Schatten parken können, was, Mr. Gaine? Auf los geht's los, Kabinentüren schließen. Machen wir, daß wir wegkommen.«

»Wo fahren wir denn hin?« fragte Ned und wickelte sich in die Decke, um Beine und Schamgefühl zu schützen.

»Ich heiße Delft«, bekam er zu hören. »Genau wie die scheußlichen blauweißen Kacheln. Oliver Delft.« Er hielt Ned die Hand hin. »Und du bist …?«

»Edward Maddstone.«

»Edward? Und man nennt dich auch so? Bist du nicht eher Ed, Eddie, Ted oder Teddy?«

»Meistens Ned.«

»Ned. Auch gut. Dann nenn' ich dich Ned, und du kannst mich Oliver nennen.«

»Wo fahren wir hin?«

»Wir haben ganz schön viel zu besprechen, was? Ich hab' gedacht, dafür suchen wir uns ein ruhiges Plätzchen.«

»Nur, wissen Sie, meine Freundin … sie weiß nicht, wo ich bin. Und mein Vater …«

»Wir haben eine lange Fahrt vor uns, fürchte ich. An deiner Stelle würd' ich 'ne Runde schlafen. An meiner übrigens auch.« Delft lehnte den Kopf an die Kopfstütze.

»Sie macht sich bestimmt Sorgen ...«

Aber Delft war offenbar sofort eingeschlafen und sagte nichts mehr.

Seit der schlaflosen Nachtwache auf der *Orphana* und dem anschließenden bangen Tag war Ned im Zug aus Glasgow nach London durchgerüttelt worden und hatte kein Auge zugetan. Am Tag darauf, heute – war das wirklich alles *heute* gewesen? – war er zum Flughafen hinausgefahren und dann in die Catherine Street zurück. Dort war er zwar im Bett gewesen, hatte aber nicht geschlafen. Portia hatte ein bißchen gedöst, aber Ned war viel zu glücklich gewesen, um an Schlaf zu denken.

Aber jetzt merkte er, daß er trotz der seltsamen Umstände gähnen mußte. Vor dem Einschlafen sah er noch im Rückspiegel Mr. Gaines kalte Augen, die ihn beobachteten.

»Vergib mir die brutale Mißhandlung eines Eis«, sagte Oliver Delft. »Es trat als Omelette *aux fines herbes* ins Leben, aber jetzt, fürchte ich, ist es nur noch Rührei mit grünen Punkten. Und da schwören die Leute immer auf Teflon.« Er schob Ned einen Teller zu und lächelte.

»Danke.« Ned merkte jetzt erst, daß er einen Bärenhunger hatte, und schaufelte sich Rührei in den Mund. »Lecker.«

»Zuviel der Ehre. Während du ißt, können wir uns unterhalten.«

»Gehört das Haus Ihnen?«

»Ich komme hier manchmal her«, sagte Delft. Er lehnte mit einem Glas Wein in der Hand am Herd.

»Sind Sie Polizist?«

»Polizist? Nein, nein. So aufregend ist es leider nicht. Nein, ich bin nur ein kleiner Arbeiter in den Niederungen der Regierung. Alles sehr dröge. Will hier bloß ein paar Dingen auf den Grund gehen.«

»Wenn es um das Rauschgift geht, was die Polizei bei mir gefunden hat, ich *schwöre* Ihnen, daß ich damit nichts zu tun habe.«

Delft lächelte wieder, was ihn einige Überwindung kostete. Er langweilte sich und war sauer, daß er hier sein mußte. Er hatte sich seit einer halben Ewigkeit auf ein schönes langes Wochenende gefreut, und das war jetzt im Eimer.

Fünf Minuten ... nur fünf verdammte Minuten hatten zwischen Oliver und der Freiheit gelegen. Er hatte seinen Schreibtisch sogar schon abgeschlossen und gerade das Dienstbuch abzeichnen wollen, als Maureen hereinplatzte und irgendwas von einer Meldung aus der Zentrale im West End zwitscherte.

»Ist Stapleton noch nicht da? Ich hab' gleich Dienstschluß.«

»Nein, Mr. Delft. Captain Stapleton ist noch nicht zum Dienst erschienen. Sonst ist niemand da.«

»Scheiße«, hatte Oliver nachdrücklich gesagt. »Gut, dann sehen wir uns das mal an.«

Er hatte Maureen das Telex aus der Hand genommen und sorgfältig durchgelesen. »Hm. Wer macht heute die harte Truppe?«

»Mr. Gaine, Sir.«

»Er soll schon mal den Wagen holen. Ich bin in drei Minuten da.«

Ein kleiner Trost. Mr. Gaine war Olivers Mann, und der machte garantiert keinen Streß, plusterte sich nicht auf und trampelte einem nicht auf den Nerven herum.

Als Oliver in der Polizeiwache Savile Row aufkreuzte, hatte er alles andere als einen ängstlichen Schuljungen erwartet. Das Ganze war heller Wahnsinn. Das mußte ein Irrtum sein, hatte er sich gesagt, als er den Teenager mit der Stirnlocke sah, dessen Knie unter dem Tisch im Vernehmungszimmer zitterten und der einsam und verlassen dreinschaute. Delft war selbst erst sechsundzwanzig, aber schon ein alter Hase, der auf den ersten Blick sah, daß dieser Ned Maddstone so unschuldig war wie ein frisch geschlüpftes Küken. Ein frisch geschlüpftes *Brieftauben*küken, dachte er. Das Bild gefiel ihm, und er nahm sich vor, es in den Bericht einzubauen. Seine Vorgesetzten waren altmodisch genug, um sich an einer originellen Formulierung zu erfreuen.

Er betrachtete den Jungen.

Ned saß am Küchentisch, das Bein zitterte immer noch auf dem Fußballen, und sein unschuldiges Gesicht hatte einen flehenden Ausdruck.

»Ehrlich«, sagte er. »Ich schwöre es Ihnen. Auf die Bibel.«

»Reg dich ab«, sagte Oliver. »Eine Bibel brauchen wir nicht, glaub' ich. In diesem Sündenpfuhl würden wir wahrscheinlich auch keine finden«, fügte er hinzu und sah sich um, als wären sie nicht in einer rustikalen Einbauküche, sondern in einem Bordell in Louisiana. »Du kannst auf Marguerite Pattens *Kochen in Farbe* schwören, wenn's dir Spaß macht, aber nötig ist das nicht.«

»Sie glauben mir also?«

»Natürlich glaub' ich dir, du Dummerjan. Ein einziges dämliches Versehen. Aber wo wir schon mal hier sind, kannst du mir auch verraten, was die Worte ›Inneres, Inneres, Inneres‹ bedeuten.«

»Ich weiß es nicht!« sagte Ned. »Das hat mich der Polizist auch schon gefragt, aber ich hab' das noch nie gehört. Ich meine, natürlich hab' ich das Wort ›Inneres‹ schon mal gehört, aber ...«

»Siehst du, und dieser Sache müssen wir auf den Grund gehen«, sagte Oliver. »Und wenn wir dahintergekommen sind, kann ich dich laufenlassen, und du kannst wieder machen, was du willst, und ich kann wieder machen, was ich will, und darauf freuen wir uns doch wohl beide.«

Ned nickte heftig. »Absolut! Aber ...«

»Gut. Dann schauen wir uns das hier mal an, ja?«

Oliver kam zu Ned und legte ein Blatt Papier auf den Tisch.

Ned starrte es verblüfft an. Es war eine getippte Liste von Namen und Adressen. Er erkannte sofort die Namen des Innenministers, des Lordkanzlers und des Verteidigungsministers, gefolgt von anderen, die er zumindest schon mal gehört hatte. Der letzte Name war der seines Vaters, *Sir Charles Maddstone*. Unten stand handschriftlich in großen schwarzen Blockbuchstaben:

INNERES INNERES INNERES

»Was bedeutet das?« fragte er.

»Das ist dein Zettel«, sagte Oliver. »Das wüßt' ich also gern von dir.«

»Mein Zettel? Aber ich hab' ihn noch nie gesehen.«

»Was hatte er dann in der Innentasche deiner Jacke zu suchen?«

»In der ... ach so!« Langsam dämmerte es ihm. »War er ... war er ursprünglich in einem Umschlag?«

»Er *war* in einem Umschlag!« sagte Oliver. »Das kann man wohl sagen! Er war in *diesem* Umschlag!« Er hielt einen weißen Umschlag hoch, den die Polizei zu seinem Verdruß leichtfertig aufgerissen hatte. Oliver hatte sofort ein hinter die Lasche geklebtes Härchen entdeckt, eine Vorsichtsmaßnahme, die den Empfänger vor einer Manipulation warnen sollte. Es ließ sich vielleicht ein identischer Umschlag finden, um den Brief wieder in Umlauf zu bringen, aber man konnte nicht wissen, was die Polizei sonst noch für Böcke geschossen hatte. Wobei er zugeben mußte, daß es letztlich nicht ihre Schuld war. Es war eine Routinedurchsuchung gewesen. Man hatte geglaubt, man hätte es mit einem wohlstandsverwahrlosten Jugendlichen zu tun, der sich als Dealer versuchte.

»Aber warum ist das so wichtig?« fragte Ned. »Was hat das zu bedeuten?«

»Da du grade zugegeben hast, daß es dein Zettel ist, hab' ich eigentlich gedacht, *du* könntest *mir* das sagen.«

Ned rutschte unbehaglich hin und her. »Aber schauen Sie, ich ... man hat mir den Brief gegeben.«

»Gut, ich fürchte bloß, ich brauche ein bißchen mehr.«

»Und zwar ein Mann.«

»Auch gut, damit scheiden rund zwei Milliarden Menschen aus, aber das ist auch noch nicht das Gelbe vom Ei, wie du dir denken kannst. Wir müssen es ein bißchen weiter einschränken.«

»Er ist tot.«

»Ein Toter hat dir einen Brief gegeben.«

»Er ist gestern erst gestorben.«

»Verarschen kann ich mich alleine, Ned. Sei ein braves Bübchen. Wer war das, und warum hat er dir den Brief gegeben?«

Sag mir, was dir im Leben am heiligsten ist.

Ned hätte vor Hilflosigkeit heulen können. Er wollte auf keinen Fall etwas falsch machen. Er wollte diesem netten Mann einen Gefallen tun, aber er wollte auch sein Versprechen halten. Stand ihm ein grauenhaftes Schicksal bevor, wenn er einen so mächtigen Schwur brach?

Was bedeutet dir am allermeisten auf der ganzen Welt?

Was würde *Portia* jetzt von ihm erwarten?

»Ist es sehr wichtig, daß ich es Ihnen sage? So wichtig, daß ich dafür einen heiligen Eid verletzen muß?«

»Hör mal, du Pfadfinder«, sagte Oliver. »Ich werd' dir jetzt was erzählen. Es geht dich eigentlich nichts an, aber ich nehme mal an, daß du es für dich behältst. Glas Wein?«

»Haben Sie Milch?«

»Milch? Mal sehen.« Oliver ging zum Kühlschrank und warf einen argwöhnischen Blick hinein, als hätte er noch nie einen Kühlschrank von innen gesehen. »Milch, Milch, Milch ... ah, da. Also, Ned«, fuhr er dann fort, »zu meinem Job gehört es unter anderem zu verhindern, daß Leute in diesem Land Bomben legen. Leider nur H-Milch – fettarm. Geht die?«

»Die ist prima, danke.«

»Kann das Zeug ja nicht ab. Läuft mir immer die Nase von. Das Bombenlegen, Ned, ist etwas, das Bösewichte tun, davon hast du bestimmt schon mal in der Zeitung gelesen. Sie machen das in Pubs, Clubs, Büros, Bahnhöfen und Geschäften, sie ermorden und verstümmeln Menschen wie dich und mich, die niemandem etwas getan haben und die auch nur ihren Bankfilialleitern, Bossen und Ehefrauen etwas tun würden. Trink halt aus'm Karton, stell dich nicht so an. Und manche Bombenleger rufen bei der Polizei oder einer Zeitungsredaktion an und nehmen das Verdienst für sich in Anspruch, wenn man das Verdienst nennen kann, oder aber – wenn sie noch einen Funken Mitgefühl im Leib haben und nur Sachwerte beschädigen wollen – sie warnen die Polizei, das Gebiet zu evakuieren. Kommst du mit?«

Ned nickte und wischte sich mit dem Handrücken einen Milchbart ab.

»Gut. Damit nun keine armen Irren anrufen und blinden Alarm auslösen oder aus Jux und Tollerei das Verdienst in Anspruch nehmen, haben wir (die Regierung) und die (die echten Terroristen) ein halbwegs funktionierendes System eingeführt. Wenn so ein Bombenleger eine Redaktion oder Polizeiwache anruft, nennt er ein Codewort und beweist damit, daß er echt ist. Soweit alles klar?«

»Ja.«

»Gut. Zufälligerweise ist die Codewarnung der Provisional IRA vor ein paar Tagen geändert worden, und die neue besteht aus dem dreimal wiederholten Wort ›Inneres‹.«

»Aber ...«

»Vielleicht verstehst du jetzt also, warum Detective Sergeant Floyd, den Gott erhalten möge, ein bißchen aus dem Häuschen geriet, als er diesen Zettel in deiner Jacke fand. Und vielleicht verstehst du jetzt auch, warum er meine Abteilung informierte und warum ich dich jetzt bitte, mir zu erklären, wie du den Brief bekommen hast. Der Mann, der dir den Umschlag gegeben hat, war ein Terrorist der IRA, Ned. Ein Mann, der wortwörtlich über Leichen geht. Ein Mann, für den es unter politischen Protest fällt, kleinen Kindern Arme und Beine wegzusprengen. Du magst noch so heilige Eide geschworen haben, niemandem etwas zu verraten, das ist alles bedeutungslos. Also wie hieß er?«

»Paddy Leclare«, sagte Ned. »Er hieß Paddy Leclare und war

Segellehrer. Wir waren auf See, und er wurde plötzlich schwerkrank. Er hat mir den Umschlag kurz vor seinem Tod gegeben.«

»Na also. Das wäre geschafft«, sagte Oliver und klopfte Ned auf den Rücken. »War doch gar nicht so schwer, oder?«

»Ich hatte ... ich hatte doch keine Ahnung. Ich meine, er war doch bei der Schule angestellt und so. Wenn ich irgendwas geahnt hätte ...«

»Kann dir doch keiner verdenken, du Grünschnabel.«

»Glauben Sie, das hat mit meinem Vater zu tun?«

»Mit deinem Vater? Wie kommst ... ach, *so ein* Maddstone bist du? Wie in Sir Charles? Das ist dein Großvater, oder was?«

»Er ist mein Vater«, sagte Ned trotzig. »Ich ... ich war ein Spätling.«

»Meine Zimmer im zweiten Jahr am St Mark's gingen auf den Maddstone Quad raus«, sagte Oliver. »Von da aus hatte ich die große Steinstatue von John Maddstone, dem Collegegründer, voll im Blick. Du siehst ihm kein bißchen ähnlich. In der Regattawoche haben wir sie immer dunkelblau angemalt, weißt du. Schau mal einer an. Ich könnte mir denken, daß es deinem Freund Paddy Leclare eine diebische Freude gemacht hat, ausgerechnet dir diesen Brief anzuvertrauen. Seinesgleichen steht auf sowas.«

»Er war nicht mein Freund!« sagte Ned entrüstet. »Er war nur der Segellehrer der Schule.«

»Verzeihung.«

Ned sah sich den Zettel an. »Und das sind alles Leute, die die IRA umbringen will?«

»Sieht ganz so aus«, meinte Oliver. »Aber wie etwas aussieht und wie es sich wirklich damit verhält, das sind oft zwei Paar Stiefel.«

Ned ging die Namensliste durch. »Ich weiß nicht, was das sonst bedeuten sollte«, sagte er. »Das sind doch alles Politiker und Generäle und so, oder?«

»Vielleicht sollen wir nur *glauben*, man hätte es auf sie abgesehen. Vielleicht ist dein Freund Leclare davon ausgegangen, du würdest den Brief aus Neugier aufmachen, Verdacht schöpfen und ihn deinem Vater zeigen. Vielleicht ist die eigentliche Absicht, für zusätzlichen Personenschutz jede Menge Zeit, Mühe und Personal zu verschwenden, damit sie sich an ganz andere Ziele ranarbeiten können. Vielleicht war der Umschlag auch mit einem tödlichen Virus imprägniert, der auf deinen Vater übertragen werden sollte, und der wiederum sollte dann das ganze Kabinett infizieren. Vielleicht ist Leclare deswegen krank geworden und gestorben – vielleicht ist er mit den guten alten Mikroben ein bißchen zu sorglos umgegangen.«

»O mein Gott! Aber ...«

»Vielleicht war es auch noch anders. Vielleicht hat man dir das Cannabis untergeschoben und der Polizei einen Tip gegeben, bloß um mich loszueisen, und dann ist man uns hierher gefolgt. Vielleicht steht da draußen jetzt ein Lieferwagen, und ihr Granatwerfer zielt genau auf diese Küche. Es gibt tausenderlei Möglichkeiten. Wir wissen es nicht. Es gibt so viele Vielleichts wie Sekunden in einem Jahrhundert. Aber eines ist absolut sicher«, sagte Oliver, zog sich einen Stuhl heran und setzte sich Ned gegenüber. »Solange du mir nicht die ganze Geschichte von A bis Z erzählt hast, tappen wir im Dunkeln. Das siehst du doch wohl auch so.«

»Natürlich. Absolut.«

»Gut. Ich bin offen zu dir gewesen, und jetzt kannst du dich für mein Vertrauen revanchieren. Du sagst mir alles, was du weißt, und im Handumdrehen fährt uns Mr. Gaine nach London zurück. Noch vor den *News at Ten* bist du wieder zu Hause im Schoß deiner Familie, das verspreche ich dir. Du hast doch nichts gegen ein Tonbandgerät, oder?«

»Nein«, sagte Ned. »Überhaupt nicht.«

»Klasse. Dann setz dich hin und trink deine Milch. Ich bin sofort wieder da.«

Hurra, verdammt noch mal, hurra. Olivers Gedanken überstürzten sich, als er ins benachbarte Wohnzimmer ging. Wenn er bald in die Stadt zurückkonnte, einen vorläufigen Bericht schrieb und Stapleton alle erforderlichen Sicherheitsmaßnahmen überließ, konnte er um Mitternacht aufs Land rausfahren. Vielleicht war das Wochenende ja doch noch zu retten.

»Lassen Sie sich nicht stören, Gaine. Wo ist der Revox?«

»Im Schränkchen unter dem Bücherregal, Sir. Ich hol' ihn.«

Oliver griff nach dem Kreuzworträtsel aus dem *Evening Standard,* an dem Mr. Gaine seinen scharfen Verstand gewetzt hatte.

»Deswegen klappt's nicht. Geschütz.«

»Sir?«

»Vier waagerecht, ›Haubitze‹. Sie haben ›Veilchen‹ geschrieben, da muß aber ›Geschütz‹ hin.«

»Aha.«

»Wie sind Sie denn auf ›Veilchen‹ gekommen?«

»Ist doch klar, Mr. Delft, Sir«, sagte Mr. Gaine und gab Oliver das Tonbandgerät. »Blau wie ein Veilchen, voll wie eine Haubitze.«

»Daß ich da nicht selbst drauf gekommen bin«, sagte Oliver und staunte wieder einmal über Gaines ungewöhnliche Gedankengänge. »Wir dürften nicht länger als eine Stunde brauchen. Ach, sein Sie doch so gut und tanken Sie den Rover auf, ja? In der Garage müßten ein paar Kanister stehen.«

»Schon erledigt, Sir.«

»Guter Mann. Ach und Gaine?«

»Sir?«

»Sind Sie sicher, daß wir auf dem Weg hierher nicht beschattet worden sind?«

»Sir!« sagte Mr. Gaine tief gekränkt.

»Dacht' ich mir. War bloß 'ne Frage.«

»So. Fangen wir ganz vorne an. Wann hast du diesen Paddy Leclare kennengelernt?«

Seitdem fragte Oliver ihn Löcher in den Bauch. Ned redete schon seit über einer Stunde, und sie waren noch immer nicht bei der letzten Nacht an Bord der *Orphana*. Oliver hatte nicht nur jedes einzelne Detail sämtlicher früherer Auslandstörns hören wollen, sondern erkundigte sich auch eingehend nach jedem einzelnen Treffen des Segelclubs im Schuljahr.

»Du machst das prima, Ned, echt gut. Jetzt haben wir's bald geschafft. Wo waren wir stehengeblieben? Ach ja. Irland. Giant's Causeway. Er war zwei Stunden lang weg, und ihr Jungen habt derweil am Strand gespielt und mit atemlosem Staunen die Gesteinsformationen bewundert. Genau zwei Stunden?«

»Anderthalb vielleicht, aber höchstens zwei.«

»Und als er zurückkam, war er da allein?«

»Ich habe definitiv niemanden mit ihm zusammen gesehen.«

»Und dann habt ihr euch wieder auf den Weg nach Oban gemacht und seid auch die Nacht durch gesegelt. Wann genau seid ihr aufgebrochen?«

»20.35. Ich habe die Eintragung im Logbuch vorgenommen. Das hab' ich doch schon gesagt.«

»Doppelt genäht hält besser. Beschreib mal die genaue Situation. Heute ist Neumond, oder? Vor zwei Tagen muß es also ziemlich finster gewesen sein. Ihr seid auf See und fahrt in nächster Nähe die Küste entlang. Pechschwarz, stell' ich mir vor, aber in dieser Jahreszeit wahrscheinlich nur eine gute Stunde oder so. Stimmt's?«

Er fragte und fragte. Oliver war gewissenhaft, weil er dazu ausgebildet worden war, aber er wollte der Sache auch besonders sorgfältig auf den Grund gehen, weil er keine Lust hatte, Ned später noch einmal einbestellen zu müssen, um ihm Fragen zu stellen, die er jetzt womöglich vergaß. In den nächsten Wochen kam sowieso jede Menge Arbeit auf ihn zu, Ermittlungen beim Direktor des Jungen, bei den anderen Mitgliedern dieses blöden Schulsegelclubs, dann die Suche nach Zeugen in

Oban, Tobermorey, Holland und einem halben Dutzend anderer Orte.

»... Mir war sofort klar, daß er schwerkrank war ... er schickte Cade weg, um ihm eine Flasche Whisky zu holen ... nein, Jameson's ... fand er anscheinend witzig ... mußte schwören ... was mir am heiligsten war ...«

Oliver leerte sein Weinglas.

»Ausgezeichnet, ausgezeichnet. Und woher kam der Umschlag?«

»Weiß nicht, aus einem Laden, nehm' ich an. Einer Schreibwarenhandlung. Hat er nicht gesagt.«

»Nein, nein. Wo hat er ihn rausgezogen? Aus der Hosentasche? Einem Safe? Oder was?«

»Ach so. Aus einer kleinen Tasche. Die lag auf dem Kartentisch.«

»Farbe?«

»Rot. Die war aus rotem Nylon.«

»Irgendein Markenname? Adidas, Fila, irgend so was?«

»N-nein ... bin ich mir ziemlich sicher.«

»Gut, gut. Dein Kumpel Rufus Cade war da noch außer Hörweite, richtig?«

»Ja, definitiv.«

»Bist du auch ganz sicher? Du konntest die Luke von deinem Platz aus sehen?«

»Nein, aber Paddy, und der hätte gesehen, wenn Rufus zurückgekommen wäre.«

»Stimmt auffallend. Weiter.«

»Na, und da hat er mir gesagt, ich soll den Brief übergeben.«

»Auf dem Umschlag steht nichts. Oder doch? In unsichtbarer Tinte?«

»Nee.« Ned mußte grinsen, als er sich das vorstellte. »Ich mußte mir den Namen und die Adresse merken.«

»Und die lauteten ...?«

»Ich sollte ihn bei Philip R. Blackrow abliefern, 13 Heron Square, London SW1.«

Oliver Delft fühlte sich, als hätte er einen elektrischen Schlag bekommen. Alle Nervenenden prickelten, sein Herz machte einen Satz, und für Sekundenbruchteile wurde ihm schwarz vor Augen.

Ned sah ihn besorgt an. »Stimmt was nicht?«

»Ein Krampf. Hab' nur 'n Krampf. Vergeht gleich wieder.«

Oliver stand auf, stellte das Tonbandgerät ab und machte ein paar Schritte durch die Küche, wobei er seine rechte Wade dehnte, als mache er Streckübungen gegen einen Muskelkrampf. Er mußte jetzt unter allen Umständen die Ruhe bewahren, vollkommene Ruhe und vollkommene Kontrolle.

»Äh, paß mal auf«, sagte er. »Ich muß kurz weg. Du wartest hier, ja? Mach dir 'n Toast oder was. Im Kühlschrank steht noch Milch. Ich muß ein paar Sachen erledigen, einen Anruf machen, dir Klamotten besorgen und so weiter. Kommst du solange klar?«

Ned nickte glücklich.

Mr. Gaine kämpfte immer noch mit dem Kreuzworträtsel.

»Alles klar, Mr. Delft, Sir?«

»Das kleine Arschloch sagt tatsächlich die Wahrheit«, sagte Oliver. »Wir brauchen einen D16 für ihn. Ich geh' eben und klär' das. Zum Glück ist das nur eine halbe Stunde von hier.«

Mr. Gaines Augenbrauen schossen hoch. »Einen D16? Sind Sie sicher, Sir?«

»Und wie. Das ist ein Ernstfall, Gaine. Ein absoluter Ernstfall. Sie trommeln ein paar von Ihren Leuten zusammen, je härter und dümmer, desto besser. Sie fahren bei denen mit, sobald sie hier sind. Ihren Wagen brauch' ich gleich. Wir sehen uns morgen früh bei D16. Ich bring' den Papierkram mit. Gehen Sie, los, rufen Sie sie an. Über die abhörsichere Leitung. Gehen Sie schon, worauf warten Sie denn noch?«

Gaine ging erschrocken zur Tür; in vier Jahren war es das erstemal, daß sein Chef keine vollkommene Selbstbeherrschung zeigte.

Oliver blieb im Wohnzimmer stehen und überlegte fieberhaft. Es war unglaublich, einfach unglaublich! Der Name und die Adresse, einem laufenden Tonbandgerät laut und deutlich diktiert – keine Frage, das Band mußte sofort gelöscht werden. Nein, *nicht* gelöscht. London brauchte Unterlagen. Der Eingang des Telex aus der Zentrale vom West End war festgehalten worden, Maureen wußte Bescheid und der Detective Sergeant auch.

Scheiße, der Vater des Jungen saß im Kabinett. Wenn er die Sache falsch anpackte, war der Teufel los.

Oliver konzentrierte sich und ging die erforderlichen Maßnahmen Schritt für Schritt durch. Der Detective Sergeant und die Beamten, die Ned festgenommen hatten, waren kein Problem. Die hatten ihre dienstliche Schweigepflicht, und das würde er sich noch vor Mitternacht höchstpersönlich schriftlich geben lassen. Außerdem kannten sie nicht einmal Ned Maddstones Namen. Oliver war ins Vernehmungszimmer gekommen, als Floyd Ned gerade danach gefragt hatte.

Das lange Wochenende konnte er jetzt vergessen, das stand fest. Er würde nicht mal ein kurzes bekommen. Dann war da noch das Problem mit dem Tonband. Er mußte eins haben, auf dem ein Name und eine Adresse festgehalten waren, bloß nicht Philip R. Blackrow und nicht diese Adresse.

Es war ein fürchterlicher Schock gewesen, den Namen zu hören, aber letzten Endes war es ein Geschenk Gottes, dachte Oliver. Wäre das Telex fünf Minuten später eingegangen, dann säße hier jetzt Stapleton und nicht Oliver. Und wenn Stapleton den Namen Blackrow gehört hätte …

Nein – alles in allem hatte Gott es gut mit ihm gemeint. Der Junge war auf der Straße verhaftet worden. Niemand wußte etwas. *Niemand wußte etwas.* Diese einfache Tatsache gab ihm in der Angelegenheit fast grenzenlose Macht. Ab jetzt mußte er die Sache nur gewitzt genug angehen.

Ned hatte die Adresse kaum ausgesprochen, da hatte Oliver ihn auf der Stelle liquidieren wollen, aber diesen Gedanken verwarf er jetzt. Allen Behauptungen von Zeitungen und Krimiautoren zum Trotz war der Tod auch in seiner Welt erst der allerletzte Ausweg – und kam eigentlich gar nicht in Frage. Dabei ging es weniger um Skrupel als um Handlungsspielraum. Ein Feind konnte eines Tages zu einem Freund werden und ein Freund zu einem Feind. Eine Lüge konnte Wahrheit werden und eine Wahrheit sich als Lüge erweisen, aber die Toten konnten nie und nimmer vom Tod auferstehen. Flexibilität war alles.

Außerdem brachte der Tod die Leute zum Reden. Die Toten redeten vielleicht nicht, die Lebenden aber schon, und Oliver brauchte viele Lebende, wenn er diese Krise überstehen wollte. Er war zwar sicher, daß Gaine absolut vertrauenswürdig war, aber er mußte an die langfristigen Folgen denken. Oliver konnte sich verschiedene düstere Szenarien ausmalen, und er wußte, daß er sich viele andere nicht einmal im Traum vorstellen konnte; so war das Leben nun mal. Es war nicht auszuschließen, daß Gaine auf einmal ein schlechtes Gewissen bekam oder plötzlich religiös und von Reue und Beichtzwang heimgesucht wurde. Auch altmodischer schuldbewußter Liberalismus konnte ihm notabene gefährlich werden. Es war nicht auszuschließen, daß Gaine mal zu tief ins Glas sah, und dann drohten Indiskretion oder Erpressung. Oliver hatte Gaine schon betrunken erlebt – voll wie eine Haubitze gewissermaßen –, und er wußte zwar, daß der Kopf dieses Mannes genauso viel aushielt wie sein Körper, aber in zehn, zwanzig oder dreißig Jahren konnte das schon anders aussehen. Angesichts der Unbeständigkeit und Unsicherheit der Welt konnten die Beständigkeit und Sicherheit des Todes das Schlimmste sein. Es war paradox, aber wahr.

Oliver hatte noch nie verstanden, warum dem *Hamlet* soviel Bedeutung beigelegt wurde. Für ihn waren Gedanke und Handlung eins. Während er nach oben ging, um im Schlafzimmerschrank nach Kleidung zu suchen, nahm der wunderbare Plan vor seinem geistigen Auge bis ins letzte Detail Gestalt an.

Bei seiner Rückkehr hatte Gordon noch Portias Superkrach mit ihren Eltern mitbekommen.

»Er ist *nicht* wie alle Männer!« hatte sie Hillary angeschrien. »Wehe, du sagst das noch mal.«

»Wahrscheinlich hat er Freunde getroffen, die zu Harrods wollten, und hat dich einfach vergessen«, mutmaßte Peter. »So sind diese Typen nun mal. Treue ist ein Fremdwort für die. Schau dir bloß an, was sie in Palästina gemacht haben. Schau dir Irland an. Wenn du mich fragst, kannst du froh sein, daß du den Pomadenhengst los bist.«

»Palästina? *Irland?* Was soll denn Palästina damit zu tun haben?«

»Hey, hey, hey!« gurrte Gordon, als sich Portia an seine Brust warf. »Mach mal halblang, Pete. Siehst du denn nicht, daß sie ganz außer sich ist? Was ist denn los, Porsh? Gibt's Streit mit Ned?«

»Natürlich nicht«, schluchzte sie. »Oh, Gordon, er ist verschwunden!«

»Verschwunden? Wie meinst du das?«

»Ich meine *verschwunden.* Weg. Ich ... ich hatte doch das Bewerbungsgespräch. Er wollte unten auf der Straße auf mich warten, aber als ich rauskam, war er nicht da. Und er war auch nicht bei seinem Vater in der Catherine Street. Da hab' ich stundenlang vor dem Haus gewartet, aber er hat sich nicht blicken lassen. Und dann hab' ich gedacht, er hätte vielleicht hier angerufen, also bin ich so schnell wie möglich her, aber auch nichts, keine Nachricht, nichts. Und was soll das überhaupt heißen, ›Pomadenhengst‹?« wandte sie sich wieder gegen Peter. »Ned braucht keine Pomade. Und er ist allemal besser frisiert als andere Leute mit ihren mottenzerfressenen Zottelbärten.«

»Mag sein«, sagte Peter und öffnete mit einer schwungvollen Gebärde den *Morning Star,* »aber mit dem Bartvergleich warten wir lieber, bis er sich einen stehen lassen kann, nicht wahr, Mäuschen?«

»Es ist jedenfalls keine Art, jemanden so zu behandeln«, rümpfte Hillary die Nase. »Das fällt unter seelische Grausamkeit. Jawohl. Das ist schlicht und einfach seelische Grausamkeit.«

Portia wandte sich ihrer Mutter zu und knurrte.

»Okay, okay«, sagte Gordon, legte Portia beruhigend eine Hand auf die Schulter und drehte sie zu sich herum. »So schnell geben wir uns nicht geschlagen. Hast du schon angerufen?«

»Angerufen? Wo?«

»Bei Ned. Beziehungsweise seinem Vater. In der ... wie hieß die ... Catherine Street?«

»*Natürlich* hab' ich angerufen. Sofort, als ich wieder hier war.«

»Keiner zu Hause?«

»Es hat einfach ins Leere geklingelt«, sagte Portia und ging zum Telephon. »Ich probier's noch mal.«

»Komisch.«

»Allerdings. Das sag' ich ja die ganze Zeit, aber hier hört mir ja keiner zu.«

»Was ist mit seinem Dad?«

»Dessen Nummer hab' ich nicht. Der ist noch in seinem Wahlkreis.«

»Klar, ballert unschuldige Füchse ab.«

»Wir haben *Juli,* Peter!« schrie Portia. »Füchse jagt man nicht im Juli!«

»Bitte vergebt mir, Euer Ehren. Es tut mir leid, daß ich mit den feinen Nuancen des Gesellschaftskalenders so schockierend unvertraut bin. Ich muß zu meinem Leidwesen gestehen, daß meine Tage mit Trivialitäten wie Geschichte und sozialer

Gerechtigkeit ausgefüllt sind. Irgendwie fehlt mir immer wieder Zeit für die wirklich wichtigen Fragen, wie etwa der, wie die Oberklasse ihr Jahr organisiert. Aber ich gebe zu, daß ich mich dringend darum kümmern muß.«

Portia bekam von diesen rhetorischen Ergüssen kaum etwas mit; ins eine Ohr hatte sie sich einen Finger gesteckt, und ans andere drückte sie den Telephonhörer.

»Keine Antwort«, sagte sie, »er ist nicht da.«

»Oder geht nicht ran ...«, sagte Hillary.

Es juckte Gordon, den Fernseher anzumachen, um zu erfahren, ob schon etwas in den Nachrichten kam, aber er wußte, daß er sich jetzt vor allen Dingen so zärtlich, brüderlich und mitfühlend wie möglich geben mußte. Diese Krise für Portia und der Skandal, den es geben mußte, würde sie ihm unaufhaltsam näher bringen. Er mußte auf Zeit spielen und durfte nichts überstürzen.

»Bringt das was, wenn ich mal rübergehe?« fragte er. »In die Catherine Stret? Dann kannst du beim Telephon bleiben, falls er anruft.«

»Oh, Gordon, das würdest du für mich tun?«

»Klar, kein Problem.«

»Aber angenommen, er ruft an, während du weg bist?« wollte Portia wissen. »Wie erreiche ich dich dann?«

»Ich such' mir irgendwo eine Telephonzelle und ruf' dich alle Stunde an«, sagte Gordon.

»Bis Mitternacht bist du aber wieder da«, rief Hillary ihm nach. »Wenn er bis dahin nicht wieder aufgetaucht ist, könnt ihr eh erst morgen früh überlegen, was man noch tun kann. Daß du dich nicht die ganze Nacht auf der Straße rumtreibst.«

»Klar«, sagte Gordon. »Keine Bange.«

Er schob sein Fahrrad aus der Garage, machte sich auf den Weg nach Highgate, wo Rufus Cades Eltern wohnten, und freute sich auf einen schönen Abend des Kiffens und Kicherns vor den Nachrichten.

Ned war müde, aber in einer merkwürdigen Hochstimmung. Es fällt nicht schwer, jemandem Rede und Antwort zu stehen, der einem gespannt an den Lippen hängt. Als er sich einmal entschieden hatte, Oliver alles zu sagen, hatte es richtig Spaß gemacht, sein Gedächtnis so gründlich zu durchforschen. Er war geradezu stolz darauf, daß er sich so genau an alle Einzelheiten erinnern konnte.

Was war das aber auch für eine Geschichte! Er konnte es kaum erwarten, Portia alles zu erzählen, falls ihm das erlaubt wurde. Seinem Vater würde er es auf jeden Fall erzählen. Und Rufus vielleicht, der war ja in der entscheidenden Nacht dabeigewesen. Oliver mußte Rufus wahrscheinlich sowieso befragen, genau wie die anderen im Segelclub. Das war ja ein Skandal für die Schule!

Nur das Cannabis in seiner Tasche blieb ihm ein absolutes Rätsel. Ned fragte sich, ob vielleicht einer der spanischen Sprachschüler, mit denen er vor der Ferienschule gesprochen hatte, hinter ihm die Polizisten hatte kommen sehen und ihm das Päckchen zugesteckt hatte, um die eigene Haut zu retten.

Oliver kam in die Küche zurück und hatte eine Supermarkttüte in der Hand. »Details, Details«, sagte er. »Meine Abteilung, muß ich leider zugeben, ist ganz versessen auf Details. Hier, die kannst du gleich anziehen. Deine sind im Kofferraum mit Öl beschmiert worden, tut mir leid.«

Ned nahm die Tasche und sah hinein. Er sah ein Paar Dunlop-Turnschuhe, eine graue Hose, einen Pullover und ein Tweedjackett.

»Klasse!« sagte er. »Vielen Dank.«

Oliver schaltete das Tonbandgerät wieder ein.

»Gern geschehen. Also dann, du hast eine Freundin, hast du vorhin, glaub' ich, erwähnt.«

»Ja. Portia. Sie weiß noch nichts von der ganzen Sache. Ich will sie schon die ganze Zeit anrufen.«

»Alles zu seiner Zeit. Was macht denn ihr Vater?«

»Der lehrt Geschichte an der North East London Polytechnic.«

Oliver wäre vor Freude am liebsten im Karrée gesprungen. Das war fast zu schön, um wahr zu sein. Ein Geschichtsdozent! Und dann auch noch am NELP, das mußte man sich mal vorstellen …

»Verstehe«, sagte er. »Kannst du mir, nur fürs Protokoll, seinen vollen Namen und die Adresse nennen?«

»Ähm, Peter Fendeman, 14, nein, 41, Entschuldigung, 41 Plough Lane, Hampstead, London NW3. Aber warum …?«

»Kannst du das noch mal sagen? Nur den Namen und die Adresse?«

»Peter Fendeman, 41 Plough Lane, Hampstead, London NW3.«

»Ausgezeichnet.«

Dem Namen nach auch noch Jude. O blumiger Tag. Wenn einem soviel Gutes wird beschert, dann ist das keine Arroganz mehr wert, dachte Oliver bei sich. Das ist dann ein Geschenk des Himmels.

»Ned, du warst einfach phantastisch! Ich kann dir gar nicht sagen, wie leid es mir tut, daß wir dich hier rausschleifen und durch die Mangel drehen mußten. Paß auf, ich muß jetzt los und fahr' auf der Autobahn in die andere Richtung. Muß in Schottland ein paar Sachen überprüfen, ich sag' also schon mal tschüs. Mr. Gaine sorgt dann für alles weitere.«

Ned nahm die ihm entgegengestreckte Hand und schüttelte sie herzlich. »Ich danke Ihnen, Mr. Delft. Vielen Dank.«

»Oliver. Ich habe *dir* zu danken, Ned. Die Sache nimmt langsam Konturen an. Du kannst stolz auf dich sein.«

»Aber was ist mit den Drogen?«

»Drogen? Was denn für Drogen?« fragte Oliver und nahm die Spulen aus dem Tonbandgerät. »Die ganze Sache ist vergessen, Ned. Nein, besser als vergessen – *sie ist nie passiert.* Die Polizei hat dich nie gekascht, ja sie haben nicht einmal von dir gehört. Sie wissen nicht, wie du heißt, sie wissen nicht, wie du aussiehst. Ich verspreche dir, bis morgen früh ist jedes Dokument über deine Festnahme für alle Zeit verschwunden.«

Wenn du wüßtest, wie wahr das ist, dachte Oliver bei sich. Wie wunderbar, wunderbar wahr.

»Puuh!« Ned lächelte, und Erleichterung durchströmte ihn. »Wenn die Presse Wind davon bekommen hätte, dann wäre mein Vater ... na ja, vernichtet gewesen.«

Oliver sah auf die Uhr.

»Es kann allerdings noch einige Zeit vergehen, bis du hier wegkommst. Ich nehme den einzigen Wagen. Wir haben aber schon einen zweiten gerufen, und es dürfte nicht allzu lange dauern, bis der hier ist. An deiner Stelle würd' ich mich inzwischen anziehen. Gute Heimfahrt, und wenn du irgendwas brauchst, sag Mr. Gaine Bescheid.«

Der Pullover paßte. Wenigstens etwas. Er roch nach fauligen Zwiebeln, aber wenigstens hatte er genau seine Größe. Das Jackett und die Turnschuhe waren mehrere Nummern zu klein, und die Hose mußte für einen Mann geschneidert worden sein, der 1,50 groß war, aber eine Taillenweite von 120 cm hatte. An einen Gürtel hatte Oliver nicht gedacht, und Ned suchte die Küche nach Bindfaden ab. In einer Schublade fand er welchen und schlang ihn sich fünfmal um die Hüfte. Er griff gerade nach einem Messer, um ihn durchzuschneiden, als die Tür aufging.

»Hallo, Mr. Gaine«, sagte er und drehte sich erleichtert um. »Ich hatte gehofft, Sie würden ...«

Gaine kam auf ihn zu. Bevor Ned wußte, wie ihm geschah, hatte der andere ihm den Arm so hoch auf den Rücken gedreht, daß er ihm die Schulter auskugelte. Das laute Knacken des Gelenks ließ Ned genauso aufschreien wie der Schmerz. Als Gaine ihm seine riesige Faust gegen den Schädel knallte, schrie er noch einmal und ging in die Knie. Als Gaine ihm noch einen brutalen Hieb zwischen die Schulterblätter versetzte, konnte Ned schon nicht mehr schreien.

Mr. Delft hatte wie immer recht gehabt, dachte Gaine und legte das Küchenmesser in die Schublade zurück. Dreckarbeit. Aber schwach, dachte er noch und sah auf den bewußtlosen Ned hinab. Sehr schwach. Als würde man einem Huhn einen Flügel ausreißen. Das war doch keine Herausforderung. Er hörte einen Lieferwagen vorfahren, aber bevor er durch den Flur hinausging, trat er Ned noch einmal mit Schmackes in die Rippen, daß es knackte.

»Oliver, mein Lieber, das ist aber eine nette Überraschung. Warum hast du denn nicht gesagt, daß du kommst? Jetzt habe ich gar nichts zu essen im Haus.«

»Ich komme nicht zum Essen, Mutter«, sagte Delft und wich ihrer Umarmung aus. »Wir müssen uns unterhalten.«

»Ach du meine Güte, das klingt ja schauderhaft. Gut, dann gehen wir am besten in den Salon hoch. Maria ist in der Küche und macht den Ofen sauber, die Arme. Gestern abend ist mir eine richtige *Katastrophe* passiert, du *glaubst* es nicht. Zwei junge Australier, die einen Partyservice haben. Ausgezeichnete Referenzen und umwerfend gutaussehend, wie heutzutage anscheinend alle Homosexuellen, aber ihre Soufflés sind explodiert, und Maria mußte loslaufen und diese amerikanische Eiscreme kaufen, von der es siebenundfünfzig verschiedene Sorten gibt. Monsignore Collins war da und einige *erschreckend* reiche Leute, die ich mir gewogen machen wollte, bevor ich sie um Spenden für den Kapellenfonds bitte. Meine Güte, das ist ja ein gräßlicher Mief, nicht wahr? Sicher Jeremys Zigarren. Soll ich ein Fenster aufmachen?«

»Nein, Mutter, setz dich bitte.«

»Wie du möchtest, mein Junge. So!«

»Wo ist Jeremy denn?«

»Im *Büro* natürlich. In letzter Zeit arbeitet er wie ein Pferd. Hauptsache, er übertreibt es nicht wie dein armer Vater. Oder wie du. Du siehst ja fürchterlich müde aus, Schatz. Regelrecht abgespannt. Aber *egal,* ich glaube, es liegt etwas in der Luft, wenn du also jemanden kennst, der dir Aktien kaufen kann, dann solltest du so schnell wie möglich zugreifen.«

»Mutter, wie oft soll ich dir das noch sagen? Das ist illegal.«

»Ach ich weiß, bei Colins Fluggesellschaft war ich ein bißchen unartig, aber das blieb in der Familie und zählt deswegen nicht. Außerdem hat mir Pater Hendry bei der Beichte erzählt, daß Insiderhandel, wie du das immer nennst, überhaupt nichts mit einer Todsünde zu tun hat, es ist bloß eine läßliche Sünde und kann also wirklich keine so große Rolle spielen.«

»Paß auf, Mutter«, sagte Oliver und stellte sich vor den Kamin, »jetzt spar dir mal dieses hirnlose Geplänkel eines Salons in Belgravia, ja?«

»Nein, geh da weg, Oliver. Du siehst ja aus wie ein viktorianischer Patriarch. Das ist einfach *zu* bedrohlich. So hat Daddy immer dagestanden, wenn er mich ausschimpfen mußte. So ist es besser! Komm, setz dich neben mich und blas dich nicht so auf. Was liegt dir denn auf der Seele?«

»Da du ihn schon mal erwähnt hast, reden wir doch über deinen Vater.«

»Bübchen, was hast du für seltsame Ideen!«

»Nicht Großonkel Bobby, sondern deinen *leiblichen* Vater. Den haben wir nie diskutiert, was?«

»Gibt es etwas zu ›diskutieren‹, wie du es nennst?«

»Selbstverständlich. Ich habe es nämlich immer gewußt.«

»Was gewußt, mein Lieber?«

»Was er dir bedeutet hat. Wie stolz du immer auf ihn warst. Das hat man dir genau angesehen, wenn du ihn erwähnt hast.«

»Daddy war ein großer Mann. Ein sehr großer Mann. Wenn du ihn gekannt hättest, dann hättest du ihn *verehrt.* Du wärst genauso stolz auf ihn gewesen wie ich. Du bist ihm in mancherlei Hinsicht sehr ähnlich.«

»Das hat mir gerade noch gefehlt. Der Mann war ein Verräter.«

»Ich verbitte mir diesen Ton. Für sein Vaterland zu sterben, ist kein Verrat, sondern Heldenmut.«

»Aber er starb ja nicht für sein Vaterland, nicht wahr? Er war *Engländer*. Hundert Prozent Eichenmark, Dorfanger, Maibaum und Hammelfleisch. *Engländer.* Er hatte keinen Tropfen irisches Blut in den Adern.«

»Er liebte Irland, und Irland liebte ihn! Loyalität zum Land deiner Geburt ist Schall und Rauch. Bedeutung hat nur Loyalität einer Idee gegenüber. Und davon verstehst du nicht das Geringste. Du würdest ein Prinzip doch nicht mal erkennen, wenn es dir in die Augen spränge. Du würdest es mit deinem dämlichen Beamtenstempel abstempeln, auf einen Dorn aufspießen und abheften lassen.«

»Ich erkenne einen Mord, wenn ich einen sehe.«

»Mord? Was redest du denn da? Daddy hat sein Lebtag niemanden umgebracht.«

Oliver zog einen weißen Briefumschlag aus der Tasche. »Für dich, glaube ich.«

»Du liebe Güte!« rief seine Mutter aus und verfiel wieder in ihren alten Ton. »Nein, ist das aufregend. Was ist denn das, eine Einladung?«

»Ich glaube, alles ist an Ort und Stelle. Wie du siehst, steht an der Lasche sogar das Härchen vor. Mach ihn auf, Mutter.«

»Da steht aber nirgends, daß er für mich ist ...«

»Ich weiß aus erster Hand, daß er Philippa Blackrow, 13 Heron Square, überbracht werden soll und sonst niemandem. Das war der genaue Wortlaut – oder jedenfalls nah genug dran. Glaub mir, Mutter, er ist für dich, das Geschenk eines Toten.«

»Eines Toten?«

»Leider. Paddy Leclare ist vor zwei Tagen gestorben. Es war sein letzter Wunsch, daß du das hier bekommst. Wer bin ich, daß ich mich der letzten Bitte eines Sterbenden in den Weg stelle?«

»Es brach mir fast das Herz, als du dich beim Innenministerium beworben hast«, sagte seine Mutter, sah traurig auf den Umschlag hinab und drehte ihn hin und her. »Ich weiß noch, wie aufgeregt du warst, als die Zusage kam, und wie sehr ich mich für einen Sohn schämte, der sich für eine so anspruchslose Karriere entschied. Aber ich hatte mich in dir geirrt. Du gleichst doch deinem Großvater, nur als Spiegelbild. Du kämpfst auf der falschen Seite, und statt der guten Eigenschaften hast du nur schlechte. Kannst du mir bitte ein Messer geben?«

Oliver reichte ihr den Brieföffner und sah zu, wie seine Mutter sorgfältig den Umschlag aufschlitzte.

»Ah, da hast du aber einen Fehler gemacht, Bübchen«, sagte sie mit Triumph in der Stimme. »Der Brief gehört mit dem Knick nach oben hineingeschoben, wie dumm von dir, das nicht zu merken.«

»Zufällig war ich nicht dabei, als er geöffnet wurde.«

»Von wem geöffnet wurde?«

»Das wüßtest du wohl gern.«

»Ich danke dir jedenfalls sehr, daß du ihn mir gebracht hast, lieber Oliver. Und was passiert jetzt? Werde ich verhaftet? Wandere ich ohne ordentliches Verfahren hinter Gitter? Werde ich auf der Stelle erschossen? In eins von euren geheimen Irrenhäusern verfrachtet und mit Thorazin vollgepumpt?«

»Wir tun so etwas nicht, Mutter.«

»Natürlich nicht, Schatz. Das sind alles nur Latrinenparolen. Es gibt keine gezielten Todesschüsse, es gibt keine Folter, und Lügen, Spionage, Wanzen und Erpressung gibt es alles auch nicht.«

Oliver sah zur Tür, als er eine Treppenstufe knacken hörte. Schnell durchmaß er den Raum und riß die Tür auf.

»Ah, Maria, können wir behilflich sein?«

»Guten Morren, Mister Oliver. Tut mir leid, wenn större. Ich nur frage, Sie oder Mrs. Blaggro vielleicht wolle Tasse Kaffee? Wolle Gegse? Ich habe backe viele Gegse.«

»Danke, Maria, jetzt nicht. Wenn wir etwas brauchen, kommen wir nach unten«, sagte Oliver und wollte die Tür schließen.

»Trotzdem, ganz reizend!« rief seine Mutter ihr über die Schulter nach. »Danke, Maria, Liebes.«

Oliver schloß die Tür, schritt zum Fenster und sah auf den Heron Square hinaus. Durch die Balustersäulen des Balkons im ersten Stock sah er einen blitzsauberen türkisblauen Bentley einparken. Auf der Grünfläche in der Mitte wurde auf einem der drei den Anwohnern vorbehaltenen Tennisplätzen eine Partie ausgetragen. Vor den meisten Stuckfassaden mit Blick auf den Platz hing von cremefarbenen Fahnenstangen die Nationalflagge herab. Die Häuser waren so groß und feudal, daß nur wenige noch von Privatleuten bewohnt wurden; die meisten wurden als Botschaften oder luxuriöse Büros genutzt.

»Nur eins wüßt' ich gern«, sagte Oliver. »Warum? Das frage ich mich ständig. Warum? Du hast alles, wovon andere Menschen nur träumen können. Einen reichen Mann, der dich anbetet, Gesundheit, Freunde, Luxus, Ansehen ... *warum?*«

Für Philippa Blackrow, die sich an die Anfänge ihrer Leidenschaft kaum noch erinnern konnte, war die Antwort auf diese Frage so offensichtlich, daß sie sie kaum in Worte fassen konnte. Sie zündete sich eine Zigarette an und sah zu ihrem Sohn hoch, dessen Gesicht sich dunkel vor dem Fenster abzeichnete.

»Nachdem die Briten deinen Großvater erschossen hatten«, sagte sie schließlich, »sind Mummy und ich nach Kanada ausgewandert, um dem ganzen Wirbel zu entkommen. Sie starb dort, als ich vierzehn war. Die Ärzte fanden keine Erklärung für ihre Krankheit, aber ich wußte, was es war. Früher hätte man gesagt, sie starb an gebrochenem Herzen. Das haben die Menschen längst verlernt. Die Ärzte haben uns gesagt, wir sollten nicht so albern sein. Tiere sterben immer noch so, aber was wissen die denn schon? Bis auf den heutigen Tag bin ich überzeugt davon, sie wäre niemals krank geworden, wenn Daddy noch am Leben gewesen wäre. Die Briten haben meine beiden Elternteile umgebracht. Mummys Bruder, mein Onkel Bobby hat mich dann adoptiert, und so kam ich nach England zurück und wurde seine Tochter. Ich durfte nie von Daddy sprechen. Wenn ich auch nur seinen Namen erwähnte, wurde ich sofort auf mein Zimmer geschickt. Onkel Bobby mußte ich Daddy nennen und Tante Elizabeth Mummy. Als hätten meine richtigen Eltern nie existiert. Daddy war der böse Schwager, der Onkel Bobbys bedauernswerte Schwester zur Ehe verführt hatte, und er mußte totgeschwiegen werden. Sie haben wahrscheinlich geglaubt, ich würde ihn irgendwann vergessen, aber das habe ich nie. Je weniger er erwähnt wurde, desto stolzer wurde ich auf ihn, und desto entschlossener war ich, an dem feigen und grausamen Unrechtsregime, das ihn auf dem Gewissen hatte, Rache zu nehmen. Du glaubst, ich hätte alles, wovon andere Menschen nur träumen können? Wovon andere Menschen träumen, spielt keine Rolle. Etwas, wovon *ich* immer geträumt habe, konnte ich nie bekommen. Ich habe immer nur von einer Familie geträumt. Von einem Vater und einer Mutter. Von solchen Luxusgütern brauchen die meisten Menschen nicht einmal zu träumen, für die ist das eine Selbstverständlichkeit. Das habe ich mir immer ausgemalt, wenn ich Stubenarrest hatte. Meine Gedanken kreisten wie die aller Kinder um die Ungerechtigkeit. Ungerechtigkeit ist die schlimmste Sache auf der Welt, Oliver. Alles Übel geht daraus hervor, und nur ein schlechter Mensch erträgt sie ohne Zorn. Du bist übrigens nach dem großen irischen Patrioten Sankt Oliver Plunkett benannt worden, der von meineidigen Protestanten verraten und dazu verurteilt wurde, auf Tyburn Hill da drüben, am oberen Ende der Park Lane, gehängt und gevierteilt zu werden.«

»Und ich hab' immer geglaubt, ich hieße nach Oliver Cromwell, der ihn zur Strecke brachte«, sagte Oliver und blickte über die Dachfirste zum Marble Arch hinüber. »Du malst ein rosarotes, ein sehr sentimentales und, freundlich gesagt, sehr *irisches* Bild von ihm, Mutter. Ein Bild mannhaften Leidens und hehrer Ideale, aber ich erinnere mich, daß der *Selige* Oliver Plunkett, als der er uns in der Schule vorgestellt wurde …«

»Der Heilige Vater hat ihn vor einiger Zeit kanonisiert …«

»Ach ja? Die Schlagzeile muß mir entgangen sein. Wie dem auch sei, soweit ich weiß, dankte er vor seinem Tode Gott dafür, daß er ihm die Gnade erwiesen hatte, leiden zu dürfen, und betete für seine Feinde um Vergebung. Ich habe nirgends gelesen, er hätte ihnen lästerliche Flüche nachgeschickt und allen Engländern ewige Rache geschworen. Was meinst du, hätte der Anblick in Stücke zerfetzter britischer Kinder sein Herz erfreut?«

»Ich erwarte gar nicht, daß du das verstehst. Es wäre mir im Übrigen lieb, wenn wir das nicht weiter vertiefen würden.«

»Das kann ich mir denken«, sagte Oliver und wandte sich vom Fenster ab. »Einem Teil deiner Kindheit kann ich immerhin dankbar sein.«

»Und der wäre?«

»Dank Großonkel Bobbys Adoption ist meine wirkliche Herkunft durch die Maschen geschlüpft. Er hat deinen Vater so tief verbuddelt, daß er nicht wieder auftauchte, als ich für den Dienst durchleuchtet wurde. Glaubst du im Ernst, die Regierung hätte mir eine Stelle gegeben, wenn man dort gewußt hätte, daß ich der Enkel eines Fenierspions und Hochverräters bin? Der Enkel eines Freundes von Casement und Childers und erwiesenen Feindes der Krone?«

»Und jetzt wirst du es ihnen gestehen, nehme ich an.«

»Beileibe nicht, Mutter. Du irrst nämlich, wenn du mir jeden Ehrgeiz absprichst. Du und ich, wir beide sind die einzigen Menschen in der ganzen weiten Welt, die die Wahrheit wissen, und so wird es auch bleiben. Ich habe meine Vorkehrungen getroffen, und du bist eine davon.«

»Nein, wirklich, Oliver? Ich bin eine deiner Vorkehrungen? Aber das ist ja über die Maßen spannend. Bist du auch sicher, daß du nichts vergessen hast?«

»Du schickst deinen Freunden eine Nachricht und sagst ihnen, Leclares letzte Nachricht sei abgefangen worden. Du würdest wahrscheinlich observiert und hättest beschlossen, auf dem Lande abzutauchen.«

»Ja? Habe ich das beschlossen, Schatz?«

»Ja. Von Zeit zu Zeit komme ich dich besuchen, und du versorgst mich mit Informationen über sämtliche Bombenbauer, Mitglieder aller Zellen und aktiven Dienstgruppen, den Adressen aller konspirativen Wohnungen und Waffenlager sowie den Namen aller Rekrutierungsoffiziere, Geldbeschaffer und Sympathisanten, von denen du je gehört hast. Jedes Informationsfitzelchen, jedes bißchen Klatsch und Tratsch, das dir in deinen langen Jahren als Verbrecherin und Verräterin zu Ohren gekommen ist, wirst du mir weitergeben. Das wird meiner Karriere enormen Auftrieb geben und sollte dein Herz in den dir verbleibenden Jahren mit mütterlichem Stolz erfüllen.«

»Ich konnte den Stuhl nicht halten, als du zur Welt kamst«, sagte Philippa. »Lange Jahre habe ich mich gefragt, ob die Hebamme vor lauter Aufregung das Kind weggeworfen und die Scheiße eingewickelt und mir an die Brust gelegt hat. Jetzt bin ich sicher.«

»Rührend, diese Mutterliebe.«

»Und angenommen, ich weigere mich?«

»Das würde ich dir nicht raten, Mutter. In meiner Position kann ich dir das Leben sehr schwermachen, dir, Jeremy, deinen Stiefkindern und besonders dem jungen Mann, der den Auftrag hatte, dir den Brief auszuhändigen.«

»Wer ist das?«

»Du kennst ihn nicht, aber du würdest ihn anbeten, das kann ich dir versichern. Er leidet ewige Qualen wie Jesus am Kreuz, und alles um deiner Sünden willen. Du hast eine Woche Zeit, um Jeremy zu erklären, daß du der Stadt müde geworden bist und dich nach der ländlichen Stille Wiltshires sehnst. Und, Mutter: An deiner Stelle würde ich es mir zweimal überlegen, es mit Falschinformationen zu versuchen. Dann lasse ich es darauf ankommen und liefere dich ans Messer. Dann verbringst du den Rest deines Lebens im schlimmsten Gefängnis von ganz Europa.«

Oliver überquerte den Platz und summte »Lillibulero«. Die Sonne schien, und die Straßen rochen nach Asphalt. Arme Mutter, dachte er, London wird ihr ja so fehlen.

Er machte einen Abstecher ins Berkeley Hotel, um zu telephonieren.

»Nachrichtenredaktion.«

»Hier spricht die Provisional IRA. Wir haben den Sohn des britischen Kriegsverbrechers Charles Maddstone in unserer Gewalt. Als Beweis geht Ihnen seine Kleidung zu. Der Code lautet ›Inneres Inneres Inneres‹. Schönen Tag noch.«

An einen Holzpfosten gekettet, saß Ned auf dem Boden eines Lieferwagens und ihm gegenüber saßen zwei der häßlichsten Männer, die er je gesehen hatte.

Mit fünfzehn hatte er sich bei einem Rugbyspiel das Schlüsselbein gebrochen. Damals hatte er geglaubt, es könne keine schlimmeren Schmerzen geben. Jetzt wußte er es besser. Bei jeder Kurve und jedem Schlagloch, die der in der Fahrerkabine am Lenkrad sitzende Mr. Gaine nahm, durchfuhren ihn so stechende Schmerzen, daß er orangegelbe Punkte vor den Augen sah, das Blut rauschte ihm in den Ohren, und seine inneren Organe schienen im Schock zu explodieren. Es ging von der Schulter aus, aber der bohrende Schmerz spie heftige, sengende Flammen in jeden Winkel seines Körpers. Die Anstrengung, sich beim Atmen nicht zu bewegen oder zu verspannen, hatte ihn bisher vom Sprechen abgehalten, aber jetzt mußte der Lieferwagen auf eine Autobahn gefahren sein, und auf der ebeneren Fahrbahn wagte er, den Mund aufzumachen.

»Mr. Delft ...« setzte er an. Die Männer gegenüber sahen ihn an, »Mr. Delft hat gesagt, ich kann nach Hause ... er hat gesagt, ich wäre ...«

Mr. Gaine wechselte die Spur, um einen Laster zu überholen, und Ned rutschte nach vorn. In seiner Schulter detonierte etwas, und die Schmerzwellen durchfluteten blitzend und kreischend seinen geschundenen Körper.

Fünf Minuten später versuchte er es erneut: »Ich soll ... soll nach Hause dürfen ...« Er konnte nur noch flüstern.

Die Männer betrachteten ihn ein paar Augenblicke mit stummem Interesse und sahen dann wieder weg.

Ned hatte jegliches Raum- und Zeitgefühl verloren. Er wußte nicht, ob er fünf Minuten oder fünf Stunden auf dem Küchenboden liegengelassen worden war. Er hätte nicht sagen können, wie lange sie schon unterwegs waren oder in welche Richtung. Der Lieferwagen hatte einen geschlossenen Kastenaufbau ohne Fenster, nur die wachsende Zahl von PKWs und LKWs um sie herum ließ auf morgendlichen Berufsverkehr schließen.

Er machte einen neuen Anlauf: »Meine Schulter ... die ... ich glaube, die ist ... aus ... ich glaube, die ist ausgekugelt.«

Obwohl fast von Sinnen, bemühte sich Ned merkwürdigerweise noch um Höflichkeit. Er hätte schließlich auch sagen können, seine Schulter *sei* ausgekugelt *worden,* oder gar, Mr. Gaine hätte sie ausgekugelt.

Die Männer sahen sich an.

»Weißt du, wie man 'ne Schulter wieder einrenkt?« fragte der eine.

»Ich rühr' den Scheißer nicht an«, sagte der andere. »Die Zimperliese hat die Hosen voll. Mann, das stinkt vielleicht.«

Durch die Blutbläschen seiner gebrochenen Nase hatte Ned den von ihm ausgehenden Gestank nicht registriert, aber jetzt verstand er, warum er so ein breiig weiches Gefühl zwischen den Pobacken hatte.

»Es tut mir leid ...«, sagte er, und Tränen liefen ihm über das Gesicht. »Ich hab's nicht gemerkt. Es tut mir wirklich leid, aber ...«

»Jetzt halt doch mal den Rand, ja?«

»Mr. Delft hat gesagt ... er hat gesagt, ich kann nach Hause. Er wird böse sein ... und mein Vater ... mein Vater ist ein wichtiger Mann ... bitte, *bitte!*«

Um dem nervenden Gewinsel ein Ende zu machen, wechselten sie sich damit ab, ihn bewußtlos zu treten.

Ich gebe nur selten zu, daß ich vor einem Rätsel stehe, aber eine Weile war mir Ned Maddstones Verschwinden heute unbegreiflich. Es war, als wäre er buchstäblich vom Erdboden verschluckt worden. Aber ich freue mich, daß ich ganz allein hinter die Wahrheit gekommen bin.

Die Nacht war frustrierend. Ich wütete die ganze Zeit gegen das System, das seine Festnahme vertuschte. Typisch, dachte ich bei den verschiedenen Nachrichtensendungen im Fernsehen und am frühen Morgen dann im Radio, es war so absolut typisch, daß die nicht einmal mit dem leisesten Hinweis herausrückten. Man hatte die Polizei unter Druck gesetzt, das stand für mich fest. Irgendein dreckiger kleiner Lakai in der Zentrale war in Aktion getreten und hatte die Verschleierung eingefädelt. Ich war kurz davor, Tom zu fragen, in dessen Haus ich das Souterrain bewohne. Vielleicht wußte der ja etwas. Tom arbeitet in der Parteizentrale am Smith Square und hat seine Ohren überall. Wer wüßte das besser als ich, schließlich lese ich immer seine Akten, wenn er oben seinen Rausch ausschläft. Ich beherrschte mich aber, weil ich keine Lust auf dumme Fragen hatte. Es war einfach nur frustrierend, daß von Neds Festnahme überhaupt nichts durchsickerte.

Rufus und ich hätten nicht nur der Polizei, sondern auch der Presse einen Tip geben sollen, sagte ich mir wütend, es war naiv gewesen, daß ich daran nicht gedacht hatte. Ich habe einen Entschluß gefaßt. Eines Tages werde ich mir ein Schild über den Schreibtisch hängen –

Wir sind hier schließlich in *England*

– und diese Einsicht werde ich bei allen wichtigen Entscheidungen beherzigen. Inzwischen sieht es zwar so aus, als hätte ich der Polizei und denen da oben Unrecht getan, aber eine gute Idee ist das Schild über dem Schreibtisch trotzdem.

An einem normalen Tag erwartete Sir Charles mich gegen Mittag zur Terminplanung in der Catherine Street. Angesichts der ausbleibenden Nachrichten stand für mich aber fest, daß er noch in der Nacht nach London gekommen sein, die Kaution für seinen Sohn gestellt und eine Nachrichtensperre durchgesetzt haben mußte. Ich war fest entschlossen, irgendwie dafür zu sorgen, daß die Presse eingeweiht wurde, auch wenn das einen weiteren anonymen Anruf aus einer Telephonzelle erforderte. Vorher mußte ich aber erfahren, was genau sich in der Catherine Street zugetragen hatte. Ich freute mich schon auf Neds verlegene Rechtfertigungsversuche und verworrene Unschuldsbeteuerungen vor seinem Vater. Ob er ohne Abendbrot ins Bett geschickt worden war? Ob man ihm geglaubt hatte? Ich wollte ihm jedenfalls mit derselben dackeläugigen Taktlosigkeit und demselben tolpatschigen Mitgefühl begegnen, die er mir auf so krasse Weise zuteil werden ließ.

Obwohl ich es kaum erwarten konnte, fuhr ich wie immer gegen halb zehn mit der U-Bahn nach Holborn. Ich wäre gern früher dagewesen, aber das Wichtigste war, den Eindruck zu erwecken, daß für mich heute ein ganz normaler Freitag war.

Als ich in die Catherine Street einbog, sah ich zu meinem Entzücken eine Zivilstreife vor dem Haus. Es ging bergauf. Der Anblick sprach gegen eine vereinte oder durchdachte Verschleierungsaktion; zumindest konnte sie nicht sehr ausgereift sein. Wenn die Polizei unter Druck gesetzt worden war, wäre sie wohl kaum dagewesen, schon gar nicht mit einem zivilen Streifenwagen vor der Haustür. Vielleicht stellte das Drogendezernat gerade das ganze Haus auf den Kopf, dachte ich und freute mich schon auf den Anblick aufgestemmter Dielen und verstreuter

Bücher auf den Perserteppichen. Herrliche Aussichten. Ich sah an der Fassade hoch und glaubte kurz, ein Gesicht zu sehen, das sich am Fenster des Arbeitszimmers im ersten Stock die Nase plattdrückte.

Ich schloß auf, ging die Treppe hoch und bemühte mich um eine Miene, die hoffentlich eine ausgewogene Mischung aus leichter Neugier und gelassener Beherrschung abgab.

Sir Charles saß an seinem Schreibtisch und unterhielt sich mit zwei Polizisten. Das Gesicht am Fenster war das von Portia gewesen, Neds Freundin. Sie hatte sich nicht von der Stelle gerührt und sah ruhelos die Straße auf und ab, die Scheibe war von ihrem Atem beschlagen.

»Ashley, Gott sei Dank!« rief Sir Charles und erhob sich aufgeregt, als ich ins Zimmer kam.

»Was gibt es denn, Sir Charles? Stimmt etwas nicht?«

»Haben Sie Ned gesehen?«

»Nein, Sir, gestern zum letztenmal. Warum? Ist er verschwunden?«

»Seit gestern nachmittag um vier hat ihn niemand mehr gesehen!«

»Ach du meine Güte«, sagte ich. »Aber das ist doch seltam ...«

Die Polizisten musterten mich neugierig, und ich deutete eine Verbeugung an.

»Gentlemen, das ist Mr. Barson-Garland, mein Rechercheur«, sagte Sir Charles und wies in meine Richtung.

Die beiden Polizisten erhoben sich halb auf ihren Stühlen und entboten mir gemessen einen guten Morgen.

»Diese freundlichen Beamten sind mir eine große Hilfe, Ashley, aber gegenwärtig stehen wir alle vor einem Rätsel.«

Eine große Hilfe? Die Metropolitan Police sollte die Kooperation zwischen ihren Dezernaten verbessern, dachte ich. Die Idioten vom Drogendezernat hatten es nicht mal für nötig befunden, diesen armen Schupos zu sagen, daß *sie* Ned hatten.

Ich muß gestehen, ich hatte nicht gedacht, daß ein Bagatelldelikt wie der Besitz von Cannabis dazu führen kann, vierundzwanzig Stunden in polizeilichem Gewahrsam gehalten zu werden. Aber vielleicht hatte Ned nach seiner Festnahme seinen Namen nicht genannt, um seinem Vater die Schmach zu ersparen. Vielleicht hatte eine solch mangelnde Kooperation in Verbindung mit der arroganten Art aller Maddstones die wachhabenden Beamten so aufgebracht, daß sie ihn eingelocht hatten, einfach um ihm eine Lektion zu erteilen.

»Haben Sie die Krankenhäuser schon angerufen?« schlug ich vor. »Oder die Polizeiwachen. Er könnte überfallen worden sein, oder ...«

»Ja, ja«, sagte Sir Charles und setzte sich wieder. Er hatte die gewohnte Haltung der Respektsperson am Schreibtisch eingenommen, die Polizisten saßen ehrerbietig vis-à-vis, Kappen im Schoß, Notizbücher in der Hand, wie Sekretärinnen beim Diktat. »Wir haben alles abgesucht. Eine Vermißtenanzeige ist aufgegeben, alle Polizeiwachen und Krankenhäuser in London sind informiert, und die Beamten vom Sicherheitsdienst müßten jeden Augenblick hier sein. Angesichts meiner Position ist der Aspekt der inneren Sicherheit nicht ganz auszuschließen«, endete er mit gesenkter Stimme.

Dieses »angesichts meiner Position« erinnerte mich sehr stark an Ned. Dieselbe Maddstone-Pseudodemut, die mich zur Weißglut treibt – als wären Ansehen, Autorität und Geburt ein Fauxpas, für den man um Verständnis und Nachsicht bitten müsse.

Der eine Polizist wandte sich an mich: »Wann haben Sie Mr. Maddstone das letztemal gesehen, Sir?«

Ich überlegte. »Ähm, das muß am Mittag gewesen sein. Mal überlegen. Am Vormittag habe ich Korrespondenz erledigt ...« Mein Blick glitt zu Sir Charles' Schreibtisch, wo die Briefstapel immer noch auf Unterschrift warteten. »Die Briefe dort. Dann bin ich gegangen um ... wann sind wir gegangen, Portia?«

Portia wandte sich mit ausdrucksloser Miene vom Fenster weg. Man sah ihr an, daß sie die ganze Nacht kein Auge zugetan und meine Frage gar nicht gehört hatte, nur ihren Namen.

»Ich bin mit deinem Vetter Gordon weggegangen«, erinnerte ich sie. »Um ihm das Parlament zu zeigen. Weißt du noch, wann das ungefähr war?«

»Mittags«, sagte sie mit tonloser Stimme. »Ihr seid zum Mittagessen weggegangen. Und dann seid ihr zurückgekommen.«

»Zurückgekommen?« fragte ich und zog eine Augenbraue hoch. »Wieso, ich bin doch nicht ... doch, stimmt, du hast recht. Ich bin noch mal zurückgekommen, um meine Aktentasche zu holen ... das muß gegen drei gewesen sein, aber da habe ich Ned nicht gesehen. Ihr wart beide oben ... ihr wart – anderweitig beschäftigt«, umschrieb ich es sorgfältig und erntete das dünne Lächeln des einen Polizisten. »Und dann wolltest du doch zu einem Bewerbungsgespräch, oder? Was ist denn passiert?«

Wie ein Sturzbach brach es aus ihr heraus. Man merkte, daß sie die Geschichte schon oft erzählt hatte, anderen und immer wieder sich selbst, als könnte beim Erzählen ein Hinweis auftauchen oder sich ein Sinn ergeben. Ned war nicht dagewesen, als sie nach dem Bewerbungsgespräch auf die Straße kam. Sie hatte in der Catherine Street gewartet, war dann nach Hause gefahren, hatte immer wieder bei Ned angerufen und morgens um sieben endlich einen Angestellten im House of Commons überreden können, Sir Charles in seinem Wahlkreis anzurufen. Er war nach London zurückgekommen und hatte die Polizei benachrichtigt, die bisher jedoch nichts entdeckt hatte.

»Entschuldigen Sie bitte die Frage, Miss«, sagte der eine Polizist an dieser Stelle. »Aber Sie und Mr. Maddstone haben sich nicht zufällig gestritten, oder doch? Gab es Auseinandersetzungen irgendeiner Art?«

Portia starrte ihn an. »Auseinandersetzungen? Ned und ich?

Nein, ausgeschlossen. Wir haben uns noch nie … wir *könnten* uns gar nicht … wir waren wie …«

Sir Charles ging hinüber, gab ihr ein Taschentuch und legte ihr einen Arm um die Schulter. Die Polizisten tauschten Blicke, sahen dann, daß ich sie ansah, und starrten auf ihre Notizbücher. Alles sehr ergreifend.

»Kann ich Ihnen irgendwie behilflich sein?« fragte ich. »Irgendwelche Anrufe erledigen?«

»Danke für das Angebot, Ashley, aber ich glaube nicht …«, begann Sir Charles.

»Da wäre die Frage der Medien, Sir«, unterbrach ihn der eine Polizist. »Die könnten nützlich sein. Haben Sie vielleicht Bekannte in der Zeitungswelt, die Mr. Barson-Garland anrufen könnte?«

Sir Charles erstarrte. Für die Presse hatte er nicht viel übrig. Sie verspottete ihn immer, weil er nicht mehr »auf dem Laufenden« wäre und einen Akzent besäße, neben dem der Herzog von Edinburgh wie ein kleiner Sachbearbeiter klänge. Für die hieß er nur Kläffstein, Mottenstein und Sir Charles Balla-balla.

»Ist das wirklich unabdingbar?« fragte er besorgt. »Dort würde man doch bloß wieder –«

Weitere Erörterungen der Rolle der Presse wurden von lautem Läuten übertönt. Portia schnappte nach Luft, entwand sich Sir Charles' Arm, lief ans Fenster und sah hinab.

»Ach, bloß drei Männer«, sagte sie dumpf.

»Das werden die Beamten vom Sicherheitsdienst sein, Sir.«

Sir Charles stand allein mitten im Raum, und auf einmal sah man ihm sein Alter an. Er hatte Portia nicht nur ihretwegen in den Arm genommen, ging es mir durch den Kopf, er brauchte selbst eine Stütze.

»Ich werde öffnen«, sagte ich.

So verging der Vormittag. Kurz vor Mittag kam schließlich doch ein Informationsbröckchen durch, und das verwirrte mich ziemlich. Als ich mich im Schatten von Big Ben mit Rufus und Gordon wieder mal in einem Pub zum Essen traf, gab ich es ihnen weiter.

»Anscheinend hat die Polizei dem Knightsbridge College einen Besuch abgestattet«, sagte ich. »Vier spanische Studenten wollen einen jungen blonden Engländer gesehen haben, der aufgegriffen und in einem Auto weggefahren wurde. Sie können sich nicht einigen, ob es ein Vauxhall oder ein Ford war und wurden irgendwo hingebracht, um sich Photos von Ned anzuschauen.«

»Scheiße«, sagte Rufus, »die erkennen ihn doch auf Anhieb.«

»Ich versteh' das nicht«, sagte Gordon. »Die Bullen wissen doch schon, daß er es ist. Schließlich haben sie ihn festgenommen, verdammt noch mal.«

»Je mehr Zeit vergeht und je mehr Polizisten an der Sache beteiligt sind, desto weniger wird es den Anschein haben, als hätten sie ihn überhaupt je festgenommen«, murmelte ich, aber Gordon hörte Rufus zu.

»Das Auto war definitiv ein Vauxhall«, sagte der im Brustton der Überzeugung. »Da gibt es gar keinen Zweifel. Ein T-reg Cavalier. Und ich finde, die sahen definitiv nach Drogenfahndung aus. Dreitagebart, Lederjacken, ausgebleichte 501s, Turnschuhe von Adidas. Klassische Drogenfahnder. Das verstehen die unter V-Männern. Lächerlich.«

»Mann, ist ja das totale Chaos. Du meinst, die Drogenfahndung locht den Typ ein und kriegt nicht mal mit, daß er als vermißt gemeldet ist? Vielleicht sollten wir noch mal anrufen.«

»Das würde ein Fiasko geben«, sagte ich. »Paß mal auf, Gordon. Schnallst du nicht, daß die Typen, die wir gestern gesehen haben, egal was für Jeans und was für Turnschuhe sie anhatten, faktisch keine Drogenfahnder waren und auch für kein anderes Dezernat arbeiten?«

Eine Viertelstunde lang redete ich mir den Mund fußlig, bevor sie einsahen, daß es die Sache nur verkomplizieren würde, wenn wir unsere Beteiligung zugaben.

»Es muß ein Zufall sein«, sagte ich. »Ned ist *gekidnappt* worden. Das ist die einzige plausible Erklärung. Die Kidnapper haben rein zufällig diese Zeit und diesen Ort gewählt. Überlegt doch mal; das ist weniger unlogisch, als es sich anhört. Gestern wäre seit langem ihre erste gute Gelegenheit gewesen. Erst ist er monatelang in der Schule, und dann geht er segeln. Aber gestern, da konnten sie Portia und ihm von zu Hause bis zum Knightsbridge folgen, sehen ihn allein auf dem Fußweg und schnappen ihn sich. Wir haben es doch mit eigenen Augen gesehen und natürlich geglaubt, es wäre eine Festnahme. Die Polizei hat unseren Anruf wahrscheinlich gar nicht ernstgenommen. Oder sie haben Rufus im Hintergrund kichern gehört und das Ganze als Schülerstreich abgetan, was es ja auch war. Das Ganze ist purer Zufall. Sonst nichts.«

Mir kam es ziemlich halbgar vor, aber sie schluckten es, nachdem sie eine Zeitlang darauf herumgekaut hatten. Wie zu erwarten, war es Gordon, der den Denkfehler als erster sah.

»Wenn er gekidnappt worden ist, warum gibt es dann keine Lösegeldforderung?«

Mit der Frage hatte ich gerechnet. »Es gibt solche Kidnapper und solche«, sagte ich geheimnisvoll. »Neds Vater war zwei Jahre lang Nordirlandminister.«

Als ihnen die Tragweite dieser Bemerkung aufging, gafften sie mich nur noch an.

»Jetzt versteht ihr wohl auch, warum wir uns aus der Schußlinie halten müssen«, fuhr ich fort. »Das Ganze hat nicht das Geringste mit uns zu tun.«

»Außer daß wir Augenzeugen waren«, gab Gordon zu bedenken. »Vielleicht brauchen sie unsere Aussagen.«

»Da waren doch die spanischen Studenten. Die können ihnen

Beschreibungen noch und nöcher liefern. Wir standen auf der anderen Seite einer vielbefahrenen Straße. Nein, verlaßt euch drauf, wir brächten nur Verwirrung in die Sache.«

Als ich den Pub verließ, war ich zuversichtlich, daß die beiden dichthalten würden. Ich kam in die Catherine Street zurück und stellte fest, daß ich inzwischen einem Polizisten an der Haustür meinen Passierschein vom House of Commons zeigen mußte, um eingelassen zu werden.

In Maddstones Büro steht eine Chaiselongue, ganz plüschig und vergoldet, die Sorte, auf der exotische Prinzessinnen immer mit Panthern posieren. Als ich nach oben kam, war Sir Charles mit kalkweißem Gesicht darauf zusammengesackt. Portia lehnte sich an ihn oder er sich an sie, ihr Gesicht war tränenüberströmt. Während meiner Abwesenheit waren offenbar Nachrichten von einiger Bedeutung eingegangen.

Ein Mann Mitte bis Ende zwanzig saß am Schreibtisch und telephonierte. Als ich den Raum betrat, hatte er mich eingehend gemustert, und ich hatte das unangenehme Gefühl gehabt, daß er mich bei dieser scheinbar so teilnahmslosen Betrachtung bis auf den Grund meiner Seele durchleuchtet hatte und von dem, was er dort vorgefunden hatte, nur mäßig beeindruckt war. Muß eine Art Geheimagent sein, sagte ich mir und versuchte, das unangenehme Gefühl loszuwerden. Die Perfektionierung dieses Blicks gehört bei denen garantiert zur Ausbildung, so wie Unterweisungen zum Umgang mit Codebüchern, Mikrofilmen und Blausäurekapseln.

»Was ist denn los?« fragte ich.

Sir Charles schlug die Augen auf und rang nach Worten. Ein gebrochener Mann. Wenn unsere Staatsmänner so schnell schlappmachen, ist es kein Wunder, daß das Land vor die Hunde geht, dachte ich. Ich häng' bestimmt nicht so schnell in den Seilen, wenn ich an der Macht bin.

Wenn ich an der Macht bin …

Seltsam. Das ist das erste Mal, daß ich diesen Gedanken ausspreche. Ich habe mir immer eingeredet, ich würde Lehrer werden. Sehr seltsam. Jetzt, wo ich's hingeschrieben habe, fühle ich mich angenehm erleichtert. Vielleicht war es mir insgeheim die ganze Zeit klar. Sieh mal einer an.

»Wen haben wir denn da?« fragte der Mann am Schreibtisch, legte den Hörer auf und lächelte mich an.

»Ashley Barson-Garland, ich bin Sir Charles' persönlicher Assistent.«

»Ashley Barson-Garland, Ashley Barson-Garland …« Er griff nach zwei schwarzen Notizbüchern, die neben dem Telephon lagen. »Was unsere Freunde in blau doch für eine scheußliche Handschrift haben … ah ja, da steht es ja. Ashley Barson-Garland. Hier steht, daß Sie Sir Charles' Rechercheur und Edwards Klassenkamerad sind. Aber Sie müssen doch mindestens zweiundzwanzig sein. Oder dreiundzwanzig?«

»Ich werde in zwei Wochen achtzehn«, sagte ich und wurde rot. Neue Schüler an der Schule haben mich schon öfter für einen Angehörigen des Lehrkörpers gehalten, und ich werde ungern daran erinnert, daß ich jünger bin, als ich aussehe.

»So kann man sich täuschen. Ich heiße Smith.«

Smith, also wirklich. Ein bewußter Affront. Ich ging zu ihm, gab ihm die Hand, und er hatte die Stirn, hinterher erst in seine Hand und dann mir ins Gesicht zu schauen, woraufhin ich wieder rot wurde.

»Nun, Mr. Barson-Garland«, sagte er, und offene Ablehnung hätte ich weit weniger beleidigend gefunden als die unbewegte Miene, mit der er ein Taschentuch aus dem Ärmel zog und sich die Hand abwischte. »Ich fürchte, während Sie zu Tisch waren, haben wir schlechte Nachrichten bekommen …«

Der Unterton dieses »während Sie zu Tisch waren« implizierte, ich hätte mich einer schrecklichen, hedonistischen Pflichtvergessenheit schuldig gemacht. Dabei hatte Sir Charles darauf bestanden, daß ich essen ging, und auch die beiden Polizisten hatten gemeint, fürs erste könne ich nichts weiter tun.

»Schlechte Nachrichten?« sagte ich und widerstand der Versuchung von Erklärungen, die mich nur weiteren Demütigungen ausgeliefert hätten.

»... bei der *Times* ist vor einer Stunde offenbar ein Bekenneranruf eingegangen, demzufolge Edward Maddstone gekidnappt worden ist. Wir gehen vorläufig davon aus, daß der Anruf echt war.«

»Aber wer? Warum?«

»Der Anrufer gab vor, für die IRA zu sprechen. Was das Warum angeht ...«

Sir Charles stöhnte auf, und Portia drückte ihn an sich.

»Oh mein Gott«, flüsterte ich. »Ich hatte recht.«

»Sie hatten recht?« Smith zog leicht verwundert eine Augenbraue hoch.

»Na ja, ich hatte das auch schon überlegt«, sagte ich. »Ich meine, es war eine mögliche Erklärung, wissen Sie. Wenn man ... wenn man alles bedenkt«, schloß ich lahm.

»Sie scheinen ein scharfsinniger Bursche zu sein, Mr. Barson-Garland. Hätten Sie etwas dagegen, uns ein wenig von diesem Scharfsinn zur Verfügung zu stellen? Steht Ihnen der Sinn danach?«

Ich nickte nachdrücklich. »Natürlich. Jederzeit.«

»Die *Times* läßt uns Zeit, um die Information zu überprüfen, bevor sie etwas unternimmt, aber sie wird mit Sicherheit etwas unternehmen. Ich halte es daher für ratsam, wenn Sir Charles und die junge Dame verschwinden, bevor der Medienrummel einsetzt und hier der Teufel los ist. Vielleicht fällt Ihnen ja ein gutes Schlupfloch ein. Wo wohnen Sie denn?«

»Tredway Gardens«, sagte ich. »Eine kleine Wohnung.«

»Und *teilen* Sie sich die mit jemandem?« Die Frage klang arglos, aber wieder hatte ich das Gefühl, er sähe etwas in mir, das ihn amüsierte.

»Tom Grove. Er arbeitet in der Parteizentrale, ihm gehört das Haus, und ich wohne im Souterrain. Sir Charles' Parlamentarischer Privatsekretär hat mir die Wohnung besorgt«, sagte ich und ärgerte mich sofort, weil ich das Gefühl hatte, alles ausführen zu müssen.

»Verstehe«, sagte Smith. »So lassen Sie uns wieselflink zu jenem Orte eilen.«

»Ich habe leider keinen Führerschein ...«

»Mein lieber junger Dachs, das überlassen Sie nur mir.«

Während ich dies schreibe, liegt Sir Charles oben in Toms Zimmer und schläft. Dieser Smith hat einen Arzt gerufen und Sir Charles mit Beruhigungsmitteln vollpumpen lassen.

Dem armen Tom Grove hat man nahegelegt, dem Haus fernzubleiben. Portia ist vor einer halben Stunde für weitere Befragungen abgeholt worden, immer noch hysterisch vor Kummer. Ihr gegenüber finde ich das ein bißchen hart, sage mir aber, unsere Obrigkeit wird schon wissen, was sie tut. Smith selbst ist irgendwohin verschwunden, »um dem Amtsschimmel die Sporen zu geben«, was immer das heißen mag, hat aber gesagt, er würde im Lauf des morgigen Tages »mal reinschneien« und ob es mir etwas ausmachen würde, bis dahin »die Stellung zu halten« – der Mann ist wirklich unerträglich eitel.

Die Wohnung ist jetzt herrlich ruhig und nirgends ein Journalist in Sicht. Ein bißchen tut mir Ned ja leid, aber andererseits glaube ich, egal wo er ist und was ihm widerfährt, er kann eine Menge daraus lernen.

Das reicht vorläufig. Ich glaube, ich schau' mir jetzt die Sechs-Uhr-Nachrichten an.

So sehr Portia auch dagegen ankämpfte, ihre Abende zu Hause hatten eine gewisse Routine bekommen. Sie hatte lange versucht, die Krise zu einem Dauerzustand zu machen, und sich wegen jeder Kleinigkeit mit Pete und Hillary angelegt, aber mit den Wochen gingen die Wutausbrüche zurück, und das Leben bekam eine Normalität, der sie nicht widerstehen konnte, auch wenn ihr allein die Vorstellung, es könne so etwas wie Alltag geben, als Verrat vorkam.

Wäre Gordon nicht gewesen, wäre sie bestimmt wahnsinnig geworden. Mit großem Takt und psychologischem Einfühlungsvermögen hatte er vorgeschlagen, statt auf Neuigkeiten zu warten oder unentwegt bei Sir Charles am Bett zu sitzen und vergeblich auf Zeichen der Erholung zu hoffen, könnte sie ihm einen Gefallen tun und ihm Londons Sehenswürdigkeiten zeigen. Den ganzen blöden Touristenscheiß, meinte er. Den Kokolores, der sie jeden Tag wenigstens für ein paar Stunden von Maddstone Junior und Maddstone Senior ablenken würde. Er wäre ihr echt dankbar, er bekäme langsam Heimweh und fände sich in der Stadt noch immer nicht zurecht.

Pete sah ein, daß es grausam gewesen wäre, sie auf ihr Versprechen festzunageln, in den Sommerferien zu jobben, gab den beiden genug Taschengeld für Dauerkarten für die U-Bahn, und so verbrachten sie ganze Tage damit, durch Galerien, Kirchen, Museen und königliche Paläste zu zockeln.

»Ich möchte, daß ihr euch Notizen macht«, hatte Peter gesagt. »Londons Architektur- und Baugeschichte ist ein Diskurs über die Dynamik von Macht und Geld. Ihr werdet sehen, daß es dabei buchstäblich um ökonomische Geologie geht. Von der

Kirche über die Könige zur Aristokratie und weiter über die Handelskapitalisten bis hin zu den Banken und schließlich den Multis. Das läßt sich lesen wie Gesteinsschichten.«

Gordon und Portia nahmen das nicht weiter ernst, drückten im Science Museum fröhlich auf die Knöpfe, lachten sich über die königlichen Leibgardisten schlapp und versuchten, die Wachtposten in ihren Schilderhäuschen vor St. James' Palace dazu zu bringen, die Miene zu verziehen oder die Augen zu bewegen, genau wie alle anderen jugendlichen Touristen, denen sie sich auf ihren Streifzügen durch London anschlossen. Portia merkte, daß sie nach den Ereignissen der letzten Wochen am ehesten so etwas wie Spaß hatte, wenn sie Gordon ihre Lieblingsmuseen zeigte und ihm Bilder erklärte. Es war wohltuend, Fragen beantworten zu können, gebraucht zu werden und sich nützlich zu machen.

Pete bestand nicht darauf, die von ihm geforderten Aufzeichnungen zu sehen. Er hatte mit den Sommerstudenten am Polytechnikum genug zu tun. Einer von denen hatte ihn überredet, einen Arbeitskreis über britischen Kolonialismus in Nordirland zu gründen, und Peter hatte die Kultusbehörde von Großlondon so lange unter Druck gesetzt, bis man ihm eine Studienfahrt nach Belfast finanzierte, damit seine Studenten sich »vor Ort« ein Bild machen konnten, wie er es ausdrückte. Hillary ging in der Arbeit an ihrem Roman auf und glaubte Portia bei ihrem verständigen Vetter in guten Händen.

Zweimal wöchentlich besuchte Portia weiterhin Sir Charles. Sie war erleichtert, als die Journalisten vor dem Krankenhaus endlich abzogen, obwohl das auch ein Zeichen war, daß das Interesse der Öffentlichkeit schwand, und das machte ihr Sorgen. Das sang- und klanglose Verschwinden eines Ministersohns war von anderen Ereignissen überholt, von den Titelseiten ins Innere der Blätter verdrängt worden und schließlich ganz aus ihnen verschwunden. Auf dem Höhepunkt der öffentlichen Aufmerksamkeit, als die Premierministerin ihren Urlaub in Südfrankreich unterbrochen und den Journalisten vor dem Krankenhauseingang versichert hatte, die Fahndung laufe auf Hochtouren, war Neds Kidnapping die Sensation der Sauregurkenzeit gewesen – ein Begriff, der Portia neuerdings mit Abscheu erfüllte. Aber als Ned immer seltener gesichtet wurde und sich die IRA von der ganzen Affaire distanzierte, ließen die Zeitungen zunehmend durchblicken, es handle sich dabei wohl bloß um Familienkrach, den Trotzanfall eines Teenagers, wie man ihn tagtäglich erlebte. Von da an widmete man sich wieder genüßlich der üblichen Augustparade mit 320 Kilo schweren Frauen, Hunden mit zwei Schwänzen und grünen Bohnen, die in Form von »Armageddon« auf hebräisch wuchsen. Die Chefredakteure hatten Britannien Richtung Sommerurlaub verlassen, und ihre Stellvertreter rührten nicht an heilige Kühe. Der einzige, den zu interviewen sich gelohnt hätte, war außerdem Sir Charles, und der sagte kein Wort. Niemandem.

In der Woche nach dem Verschwinden seines Sohnes hatten ihn zwei Schlaganfälle niedergestreckt, die so schwer gewesen waren, daß die Ärzte nicht annahmen, er würde je wieder sprechen oder gar gehen können. Der erste hatte ihn halbseitig gelähmt, der zweite zu reglosem Koma verurteilt. Portia hatte das Gefühl, ihm am Bett ihr Herz ausschütten zu können, ohne Angst vor Mißverständnissen haben zu müssen.

»Nichts Neues, Daddy«, sagte sie, schloß die Tür des Privatzimmers, stellte sich einen Stuhl ans Bett und unterrichtete ihn über die letzten Entwicklungen. Sie empfand einen fast erotischen Kitzel, wenn sie ihn »Daddy« nannte. »In Scarborough ist jemand gesehen worden, aber es war wieder mal falscher Alarm.«

Sie redete sich alles von der Seele. Ab und zu betonte sie den Namen Ned und hoffte, das könnte das Seil sein, das Sir Charles aus dem Brunnen seiner Bewußtlosigkeit heraufziehen würde.

Als sie ihm eines Tages zum tausendstenmal die Geschichte jenes Nachmittags erzählte, an dem Ned mit seinen Schulfreunden ins Hard Rock Café gekommen war, klopfte es. Ein Arzt, den Portia noch nie gesehen hatte, sagte ihr, er habe mit Georgina gesprochen, Sir Charles' Schwester.

»Wir sollten langsam daran denken, die Herz-Lungen-Maschine abzuschalten und den alten Herrn einschlafen zu lassen«, sagte er.

»Aber *Ned* ist der nächste Verwandte«, protestierte Portia aufgebracht. »Das hängt von seiner Entscheidung ab.«

»Es ist jetzt über einen Monat her. Wir müssen der Tatsache ins Auge blicken, daß es kaum noch Hoffnung auf Besserung gibt. Miss Maddstone hat um eine Woche Bedenkzeit gebeten, bevor sie eine Entscheidung trifft. Sie sind meines Wissens keine Familienangehörige, oder?« setzte der Arzt noch hinzu.

Zu Hause in Hampstead erklärte Pete, eine solche Entscheidung habe in einem Privatkrankenhaus eher finanzielle als medizinische Gründe.

»Dahinter steckt die Krankenkasse, darauf geb' ich dir Brief und Siegel«, sagte er. »Vollzeitbetreuung auf der Intensivstation ist äußerst kostspielig. Das sind immer die Geldfritzen, die lautstark fordern, die Maschinen abzuschalten.«

Gordon war überrascht. »Ich dachte, England hätte ein öffentliches Gesundheitswesen?«

»Ein öffentliches Gesundheitswesen?« Peter schnaubte. »Schön wär's ...«

Ach du meine Güte, jetzt geht das wieder los, dachte Portia. Die Falle hätte Gordon inzwischen doch erkennen müssen. Jetzt war Pete nicht mehr zu bremsen.

Peter war auch kaum warmgelaufen, da trat Hillary in die Küche und wollte wissen, welche Kleidung er denn nun auf seine pompöse »Enthüllungsfahrt nach Nordirland« mitnehmen wolle.

Es hatte Portia schon immer erstaunt, daß ihre Mutter in

ihren Schriften und Interviews eine glühende Verfechterin des Feminismus war, im grauen Alltag jedoch soviel Zeit darauf verwendete, Pete jeden Wunsch von den Augen abzulesen. Seit ihrer Kindheit hatte Portia ihren Vater nie auch nur eine Socke aufheben, geschweige denn in die Waschmaschine stecken sehen. Hillary kochte für ihn, erledigte die Einkäufe, wusch seine Sachen und packte seine Koffer, und nie hatte Portia ein Wort der Klage gehört. Wenn, wie Hillary so oft geschrieben hatte, wirklich alle Männer Vergewaltiger waren, fand Portia es seltsam, sie dafür wie Maharadschas zu bedienen.

Während sich die beiden darüber unterhielten, in welcher Garderobe Pete am ehesten selbstsicher, zuverlässig und auf West Belfasts Straßen zu Hause wirken würde, schlug Gordon Portia vor, Pete und Hillary allein zu lassen und einen Spaziergang zu machen.

»Gute Idee«, sagte sie. »Komm, wir gehen ins Flask. Da wird's dir gefallen.«

»Was ist das, ein Park?«

»Nein, ein Pub. Wird dir gefallen.«

Gordon kannte das Flask Inn nur zu gut, war er doch schon zweimal mit Rufus Cade dort gewesen. Aber er wollte Portia die Freude lassen, ihm den Pub zu zeigen. Er war schon früh dahintergekommen, daß sie ihn umso mehr mochte, je hilfloser und unwissender er auftrat. Gordon kannte diesen Mechanismus. Die meisten Mädchen, die er in New York gekannt hatte, waren auch nicht anders gewesen.

»Aber um elf seid ihr wieder da«, sagte Hillary. »Dann könnt ihr euch von Pete noch verabschieden.«

Als sie das Zimmer verließen, klingelte es laut an der Tür, und Portias Herz machte einen Satz. Sie hatte gelernt, nicht zuviel zu erwarten, wenn das Telephon klingelte oder es an der Tür läutete, aber eines Tages würde ein Anruf kommen, und das würde *der* Anruf sein. Man konnte nie wissen ...

»Macht ihr auf?« rief Pete ihnen nach. »Wenn es unwichtig ist, sind wir nicht da.«

Als sie nach unten gingen, erschütterte ein dröhnender Schlag die Haustür, als wäre ein Auto dagegen gedonnert. Ein noch lauterer folgte, und die ganze Diele erzitterte. Beim dritten Schlag splitterte die Tür aus den Angeln und stürzte krachend nach innen, zerbrach die Bodenkacheln und ließ die Treppe erbeben. Drei Männer in Gasmasken und Kampfanzügen stürmten herein.

Im selben Augenblick, auf die Sekunde, klirrte oben im Wohnzimmer eine Scheibe, gefolgt vom dumpfen Aufprall und Zischen von Tränengasgranaten und Hillarys und Petes schrillen Entsetzensschreien.

Dr. Mallo war ein einfacher Mann. Er sah das Leben rational, nicht empirisch. Seine Welt hatte einen beschränkten Horizont, und daher, glaubte er, war ihm das Glück eher hold als den meisten seiner Mitmenschen. Der junge Engländer, der da vor ihm stand, interessierte ihn beispielsweise überhaupt nicht. Als erfahrener Psychiater erkannte er natürlich die unterdrückten Spannungen, emotionalen Sublimierungen und Anzeichen erotischen Schamgefühls, aber genauere Untersuchung und ernsthafte Zuwendung lohnten nur der Papierkram und das Geld, die auf seinen Schreibtisch gelegt wurden. Woher der Mann kam, die Herkunft des Geldes, die Autorität der mitgebrachten Dokumente und die Ursachen seiner Neurosen – das alles waren Fragen, die sich nur einem Empiriker oder – *horribile dictu* – einem Psychologen stellten. Für Dr. Mallo erhoben sich allenfalls Fragen der Authentizität, Quantität, Verläßlichkeit und Zweckdienlichkeit.

»Dieses Geld deckt die Behandlung für ein Jahr ab«, sagte Dr. Mallo. »Bei der gegenwärtigen Kursschwäche des Pfunds muß ich Ihnen allerdings sagen, daß die Summe um grob geschätzt 1,25 Prozent zu niedrig liegt.«

Oliver Delft zog ein dickes Bündel Zwanzig-Pfund-Noten aus der Tasche. »Es handelt sich um einen sehr schweren Fall«, sagte er. »Je nach Ihren Wünschen werden wir jährlich oder vierteljährlich eine Überweisung auf ein Bankkonto Ihrer Wahl tätigen. Ist Ihnen das recht? Es ist ja unglücklicherweise nicht das erste Mal, daß meine Familie Ihre Dienste in Anspruch nehmen muß.«

»Solche Leiden sind oft genetisch bedingt«, sagte Mallo und

sah zu, wie weitere Scheine auf den Tisch gezählt wurden. »Das genügt, 140 Pfund sind 15 Pfund zuviel. Bitte unterzeichnen Sie hier und hier. Ich kann Ihnen in US-Dollars oder aber Schweizer Franken herausgeben.«

Oliver steckte das restliche Geldbündel wieder ein und griff nach dem Stift, der ihm gereicht wurde.

»Dollars, wenn Sie so gut sein wollen.«

»Wie ich sehe, hat Ihr armer Bruder keinen Namen«, sagte Dr. Mallo.

»Ich füchte, Sie werden noch entdecken, daß er viele hat«, sagte Oliver mit bekümmertem Lächeln. »Letztes Jahr war er der rechtmäßige Erbe des Getty-Vermögens. Das hat er über ein halbes Jahr lang aufrechterhalten, fast ein Rekord. Im Lauf der Zeit war er ... warten Sie mal ... Margaret Thatchers heimlicher Liebhaber, ein mißbrauchtes Waisenkind, ein palästinensischer Waffenschieber, ein Mitglied des dänischen Königshauses – ehrlich gesagt, gibt es nichts, was er noch nicht probiert hat.«

»Was Sie nicht sagen«, murmelte der Arzt. »Und im Moment?«

»Lebt er wieder in der Politik. Hält sich für den Sohn eines englischen Ministers namens Maddstone. Hört nur auf den Namen Ed. Oder war es Ned? Keine Ahnung, wie lange das anhält. Das holt er sich natürlich alles aus den Zeitungen. Der echte Maddstone-Junge ist vor zwei Tagen von Terroristen entführt worden. Sie haben vermutlich davon gelesen.«

Mallo antwortete nicht.

»Das ist jedenfalls die momentane Wahnvorstellung«, fuhr Oliver fort. »Es ist traurig, Ihnen den Jungen überlassen zu müssen, aber uns wächst er leider über den Kopf. Er ist jung, äußerst sportlich und neigt zu fürchterlichen Gewaltausbrüchen. Er hat der Familie ein paar entsetzliche Dinge angetan. Wirklich *unverzeihliche* Sachen. Rein äußerlich traut man ihm das nicht zu, aber das ist wahrscheinlich häufig der Fall.«

»Allerdings.«

»Meines Wissens sind solche Manien oft auch sehr hartnäckig. Oft sogar *unheilbar*, habe ich gehört.«

»Das stimmt bedauerlicherweise oft, die wenigsten Patienten reagieren schnell auf die Behandlung. Fall sich jedoch eine Besserung einstellen sollte ...?«

»Ich halte das für sehr unwahrscheinlich«, sagte Oliver. »Sollten sich die Verhältnisse der Familie jedoch ändern und wir willens und imstande sein, ihm noch eine Chance zu geben, dann werden wir Sie wie gewohnt kontaktieren. Andernfalls ...«

»Andernfalls dürfen Sie versichert sein, Sir, daß er hier in allerbesten Händen ist. Und für den Fall seines Dahinscheidens ...?«

»Er ist mir lieb und teuer, und ich baue darauf, daß Sie und Ihr Personal Sorge tragen werden, daß er ein langes und, soweit er dazu imstande ist, erfülltes Leben haben wird. Mein Vater und meine Onkel haben mir versichert, man könne sich in dieser Hinsicht voll und ganz auf Sie verlassen.«

»Selbstverständlich kann man sich auf uns verlassen«, versicherte ihm der Arzt. »Unser Diätplan und unsere Übungen werden höchsten Ansprüchen gerecht. Ich denke, Sie werden auch damit zufrieden sein, welches Augenmerk wir auf Hygiene, Sicherheit und allgemeines Wohlbefinden richten. Wir unterliegen schließlich rigorosen Kontrollen seitens der Behörden. Es gibt Patienten, die seit dreißig Jahren ein glückliches Leben bei uns führen. Wir haben sogar drei Männer hier, die Ihr ... Großvater uns überstellt hat.«

»Sie werden merken, daß Geselligkeit und Gespräche ihn erregen«, sagte Oliver und erhob sich. »Sie geben seinen Wahnvorstellungen noch Auftrieb. Es ist wahrscheinlich das Beste, wenn Sie ihn sich selbst überlassen, bis er sehr viel ruhiger geworden ist. Lassen Sie ihm Zeit, bis die Erinnerungen an sein altes Leben verblaßt sind.«

»Natürlich, natürlich, Sie können sich ganz auf uns verlassen. Und wann werden wir das Vergnügen haben, ihn in Empfang zu nehmen?«

»Meine Freunde müßten im Lauf des Nachmittags mit ihm hier eintreffen. Ich würde gern bleiben, bis er sich fürs erste eingewöhnt hat, aber ich fürchte, die Arbeit läßt mir ...«

»Dafür habe ich vollstes Verständnis. Falls Sie sich hier nichts weiter ansehen möchten, kann ich Sie von einem Wagen direkt zum Flughafen bringen lassen.«

Ned erwachte aus einem Traum, in dem Paddy Leclare Blut- und Speichelflüsse aus dem Mund geströmt waren, und merkte sofort, daß die Bewegungen unter ihm hoher Seegang waren. Er wollte die Augen öffnen. Er hatte kurz das Gefühl, Blut und Schweiß hätten seine Lider festgeklebt, dann merkte er, daß sie in Wirklichkeit weit offenstanden. Es gab bloß nichts zu sehen. Entweder schien hier kein Licht – nicht einmal der geringste Widerschein –, oder er war stockblind geworden. Instinktiv wußte er, daß er nicht erblindet war, sondern sich in absoluter Schwärze befand.

Der stechende Schmerz in seinem Schultergelenk hing wie eine dunkle Wolke über jedem bewußten Augenblick, aber er spürte, daß er andere Qualen in den Vordergrund rücken konnte. Er konnte sich separat auf den glühenden Schmerz der aufgescheuerten Haut an den Handgelenken konzentrieren, auf das Übelkeit erregende Pochen seiner gebrochenen Nase oder auf das Stechen einer gebrochenen Rippe, das bei jedem Atemzug und bei jeder Bewegung seinen Brustkorb durchzuckte. Diese Qualen fielen wie ein wütender Wespenschwarm über ihn her, aber hinter ihnen bohrte die Schulter ständig wie eine böse Erinnerung, schabte und knirschte mit erbarmungsloser Grausamkeit in der Gelenkpfanne. Aber schlimmer als selbst diese Höllenqualen der kaputten Schulter waren andere Leiden, deren Wüten noch unerträglicher war, Verwirrung, Einsamkeit und namenlose Angst.

Entsetzen und Entgeisterung hatten Neds Verstand so blockiert, daß er seiner früheren oder jetzigen Identität immer weniger habhaft wurde. Während dieser Bewußtseinsschwankungen und im Verlauf von Stunden, die Minuten oder Tage gewesen sein mochten, hatte er nach jedem Bild gegriffen, das ihm je heilig gewesen war, sein Vater, Cricket, eine Jacht, die sich in den Wind legte, sein bester Wollblazer, heißes, leicht gesalzenes Porridge, der Klang der Schulglocke am Abend – die Bilder folgten einander ohne jede Ordnung –, zwei silberne Haarbürsten, die er auf einem Flohmarkt gefunden und auf Hochglanz poliert hatte, die Zahnräder an seinem ersten Fahrrad, der stechende, säuerliche Geruch neuer *National Geographic*-Hefte, kalte Milch, frisch angespitzte Bleistifte, sein nackter Körper im Spiegel, Pfefferkuchen, das Klacken von Hockeyschlägern beim Abschlag, der Geruch eines Schallplattenreinigers ... aber er konnte keins der Bilder, auf die er sich konzentrierte, lange festhalten, und je mehr er sie festhalten wollte, desto weiter sprangen sie davon, wie einem ein Seifenstück aus der Hand springt.

Ein bestimmtes Bild, das ihm heiliger war als alle anderen, hatte er lange aufgespart, konnte es aber schließlich nicht mehr fernhalten, und er beschwor Portia, zu ihm zu kommen. Aber sie kam nicht. Ihre Handschrift, ihr Lachen, die glänzende Wärme ihrer Haut, die manchmal in ihren Augen aufblitzende Verruchtheit – all das war fort.

Jetzt war nur Jesus übriggeblieben. Jesus kam zu ihm und bewahrte ihn vor der grenzenlosen Verzweiflung. Neds aufgeplatzte Lippen konnten die Worte seiner Gebete kaum aussprechen. Er bat um Barmherzigkeit, Hoffnung und Liebe. Er bat um ein Zeichen, daß er erhört worden sei. Und plötzlich erhob sich Jesus, schwebte vor ihm und leuchtete im Licht. Ned sah in die gütigen, liebenden Augen seines Erlösers und reckte sich ihm entgegen, um in seinen Armen geborgen und von diesem Schreckensort befreit zu werden. Mit wütendem Fauchen sprang Satan vor und sperrte den Rachen auf. Er riß den Sohn Gottes in blutige Fetzen, wandte sich mit Triumphgebrüll Ned zu, und seine schwarzen Kiefer schlossen sich um ihn.

Ned erwachte erneut in der Dunkelheit, hörte den Motor des Lieferwagens und das leise Rauschen des Verkehrs um sie her. Vielleicht hatte er sich das Meer nur eingebildet.

Mit der Realität verbanden ihn jetzt nur noch der Schmerz und das rhythmische Flappen der Reifen auf dem Asphalt. Ihm war, als wäre er wiedergeboren worden, wiedergeboren in wirbelnde Wüsteneien schrankenloser Einsamkeit und Qualen. Jeder Augenblick wurde zu einer Ewigkeit des Leides, das ihn weiter von allem entfernte, was er einst gewesen war, und ihn einer Existenz näherbrachte, in der Freundschaft, Familie, Zukunft und Liebe unbekannt waren.

Später glaubte er, in einem weißen Raum gewesen zu sein. Er erinnerte sich an grelles Neonlicht und den plötzlichen Gestank, als ein Skalpell den Bindfaden um seine Taille durchschnitt und seine Hose zu Boden fiel. Er meinte, einen Einstich am Arm gespürt zu haben, nach einem brachialen Schlag auf die Schulter traf ihn mit voller Wucht ein neuer Schmerz, warmes Wasser flutete über ihn hinweg und starke Arme trugen ihn fort.

Als er das nächstemal aufwachte, fand er sich in einem Bett in einem kleinen Zimmer wieder, dessen Flächen allesamt cremefarben gestrichen waren. Tür, Wände und Decke, das Fußende des Gitterbetts, die Gitterstäbe vor dem einzigen Fenster und die Wolken am Himmel dahinter – alles war cremefarben. Nur die Farbe des Fußbodens wußte er nicht, weil der Raum so klein war und weil ihn etwas auf dem Bett festhielt. Er hob den Kopf, reckte den Hals und sah, daß Brust und Beine mit zwei breiten schwarzen Gurten fixiert worden waren, die wie Sitzgurte im Auto schlossen. Wenn er den Kopf hob, brannten die Nackenmuskeln, die gebrochenen Rippen verschoben sich und knackten in der Brust, also legte er sich wieder hin und ließ sich von seinen allgemeinen Schmerzen trösten und besänftigen. Er war jetzt ruhiger und auf fast frivole Weise heiter. Der schwarze

Strudel seiner Alpträume hatte nachgelassen, und allmählich fand er das Idiotische seiner Situation unterhaltsam.

Er döste eine Weile, und als er aufwachte, herrschte im Zimmer immer noch dasselbe cremefarbene Tageslicht. Die Haut am Oberarm unter der guten Schulter juckte, und er erinnerte sich, daß der obere Gurt einmal gelöst worden war, daß man ihn aufgerichtet und ihm eine Spritze gegeben hatte. Er glaubte, benommen »guten Morgen« und »vielen Dank« gemurmelt zu haben, dann war er wieder eingeschlafen. Er starrte an die cremefarbene Decke und versuchte, sich zu besinnen. Er war noch nicht weit gekommen, da hörte er Schritte auf einem gebohnerten Boden quietschen. Als sie näherkamen, hob Ned den Kopf zentimeterweit vom Kissen. Eine Tür in der Nähe öffnete und schloß sich, und Ned sank wieder aufs Bett.

Ein Schlüssel drehte sich im Schloß, und Ned zuckte zusammen, verärgert, weil er wieder weggedöst war.

»Ja hallo, junger Herr! Jetzt geht es Ihnen bestimmt schon viel besser.«

Ein molliger kleiner Mann in einem weißen Zahnarztkittel kam lächelnd und zwinkernd ins Zimmer. Ned konnte seinen Akzent nicht einordnen. Ein hochgewachsener, eleganter junger Mann mit weißblondem Haar und blaßblauen Augen blieb an der Tür stehen und hielt eine Nierenschale.

»Es ging Ihnen sehr schlecht, mein Lieber, und wir möchten dafür sorgen, daß Sie wieder auf die Beine kommen.«

Ned wollte sprechen, aber der mollige kleine Mann hob die Hand.

»Nein, nein. Wir können uns später noch genug unterhalten. Ich heiße Dr. Mallo, und ich verspreche Ihnen noch manchen kleinen Schwatz. Aber fürs erste müssen Sie wissen, daß Rolf Sie versorgen wird. Sie haben sich großen Schaden zugefügt, und wir müssen Ihrem Körper Zeit lassen zu heilen. Rolf kann Ihnen etwas gegen Ihre Schmerzen geben …« Er deutete auf den Hünen, der vortrat und mit ausgestreckten Armen die Nierenschale hielt wie ein Meßdiener die Patene, »... und zum Dank werden Sie sich hoffentlich ruhig verhalten und nicht unnötig aufregen, ja?«

Ned nickte und sah zu, wie Dr. Mallo eine Spritze und eine Ampulle aus der Schale nahm.

»Ausgezeichnet, ganz ausgezeichnet. Sie sind ein guter Junge.«

Rolf beugte sich vor und und schnallte Neds Brustgurt los. Ned richtete sich mühsam auf und betrachtete den Arzt, der die Kanüle durch den Korkverschluß der Ampulle stach.

»Aber das ist ja prima! Sie können sich schon alleine aufsetzen!« Dr. Mallo strahlte beifällig, schob den Ärmel von Neds Schlafanzug hoch und rieb ihm den Oberarm mit einem Tupfer ab. »Das ist kalt, ich weiß. Nun, Rolf hat im Umgang mit Kanülen mehr Übung als ich, aber ich hoffe, ich tue Ihnen nicht weh ... Geschafft! Sehen Sie, das war doch gar nichts.«

Ned legte sich wieder hin, und sofort durchflutete ihn warme Ruhe. Er lächelte den Arzt und Rolf an, der sich über das Bett beugte und den Gurt wieder festmachte.

»'s nett ... 's so nett. 's toll ...«

Dr. Mallo strahlte wieder und trat auf die andere Seite des Betts. »Und Ihre Schulter schmerzt nicht gar zu arg?«

»'s gut«, nuschelte Ned, dessen Geist glücklich schwebte. »Ich spüre gar nichts.«

»Wir haben Ihre Schulter fixiert. Sie sind noch jung, und das wird alles wieder zusammenwachsen, glaube ich. So. Schlafen Sie jetzt ruhig und in Frieden.«

Ned konnte sich nicht daran erinnern, daß sie das Zimmer verlassen hatten, und als er wieder aufwachte, war es fast dunkel.

In den nächsten Tagen tat Ned sein Möglichstes, Rolf wenigstens ein paar Worte zu entlocken. Dieser besuchte ihn in regelmäßigen Abständen mit seiner Nierenschale und der Spritze, brachte manchmal frische Verbände mit, eine Plastikflasche zum Urinieren und Gefäße mit Suppe, die Ned nur durch ein glänzendes Stahlröhrchen schlürfen durfte.

Rolf erwies sich als absolut stumm. Wahrscheinlich sprach er kein Englisch. Dr. Mallo, den Ned auch nur jenes eine Mal gesehen hatte, sprach mit einem Akzent, den Ned für deutsch oder skandinavisch hielt, also war es nur logisch, daß auch Rolf Ausländer war.

Nein, Ned war der Ausländer. Egal wo er war, England war weit weg. Das bewies der schmerzerfüllte Alptraum seiner Tage in der Schwärze. Ferne Möwenschreie verstärkten Neds Eindruck, sich am Meer zu befinden, vielleicht auch auf einer Insel. Instinktiv hatte er das Gefühl, irgendwo im *Norden* zu sein. Vielleicht machte die Qualität des Lichts ihn so sicher, vielleicht lag es an seiner Deutung von Dr. Mallos Akzent, den er jetzt zunehmend für den eines Skandinaviers hielt. Das hätte auch zu Rolfs stahlblauen Augen und silberblonden Haaren gepaßt.

Jeweils eine Stunde vor der nächsten Injektion bekam Ned Schmerzen, gewann aber auch geistige Klarheit und konnte über seine Lage nachdenken. Nach einiger Zeit sagte er sich, daß es nicht an der *Art* des Lichts lag, weswegen er sich im Norden wähnte, sondern an seinem immer gleichbleibenden Charakter. Egal wann Ned aufwachte, immer war das Stück Himmel vor seinem Fenster hell, höchstens von sanftem Zwielicht. Ned wußte, je weiter man in dieser Jahrszeit nach Norden reiste, desto kürzer wurde die Nacht. Als er die *Orphana* nach Oban gesteuert hatte, in der Nacht von Paddys Tod, war es nur kurze Zeit richtig dunkel geworden.

Ned war überzeugt davon, daß Oliver Delfts Kollege, Mr. Gaine, ein Wahnsinniger oder Krimineller war. Er hatte Ned zusammengeschlagen und im Verein mit zwei bösartigen, häßlichen, gewalttätigen und grausamen Psychopathen weggebracht. Deren tote und brutale Augen würden Ned nie wieder loslassen. Er war hierher gekommen, wo er voller Rücksichtnahme und Zartgefühl behandelt wurde, aber in einen abgeschlossenen Raum mit Gitterstäben vor dem Fenster eingesperrt und an ein Bett geschnallt worden war. Was hatte das bloß zu bedeuten?

Irgendwo würden Oliver Delft und sein Vater ihn suchen. Vielleicht forderte Mr. Gaine Lösegeld. Ned war so überzeugt von Delfts Geschick und dem Einfluß seines Vaters, daß er sicher war, Mr. Gaine würde damit nicht weit kommen.

Aber was machte sein Vater bis dahin wohl durch? Und Portia, wie es ihr wohl ging?

Es verwirrte ihn, aber sein Vater und nicht etwa Portia kam in seinen grellen und lebhaften Träumen zu ihm, die ihn jetzt im Schlaf heimsuchten. Wenn er wach war und sich vorstellte, was er tun würde, wenn er zurückkam, wenn er an zu Hause, die Schule und all die Orte und Menschen dachte, die er kannte, dann war Portias Bild nie dabei. Ned machte sich keine Sorgen darüber, daß er sie sich bloß per Zwang vor Augen führen konnte. Wahrscheinlich hatte er Angst, sie könnte über sein Verschwinden erbost sein. Sie konnte ja glauben, er wäre ihr davongelaufen. Vielleicht hatte sie sogar Angst, sie hätte ihn an ihrem Nachmittag oben in seinem Zimmer irgendwie enttäuscht, und er wäre wie ein Feigling bei der erstbesten Gelegenheit geflohen. Nach der Aufklärung dieses ganzen Unsinns würde Ned mit ihr zu einem Landgasthaus fahren, und sie würden noch einmal ganz von vorn anfangen.

Einstweilen hoffte Ned, Rolf würde ihm wenigstens mal etwas zu lesen bringen. Wenn die Gurte entfernt waren, konnte er jetzt ohne weiteres sitzen und hatte den Eindruck, daß die rechte Schulter und die Muskeln des Oberkörpers soweit wiederhergestellt waren, daß er Bücher halten konnte. Lesen würde ihm helfen, die Zeit zu verkürzen, die langsamer verstrich, seit seine Schmerzen nachließen und die Medikamente seinen Verstand weniger in Mitleidenschaft zogen. Außerdem hatte die Schule am Ende des Schuljahrs eine Lektüreliste ausgegeben, und Ned wollte den Anschluß nicht verpassen.

Er fragte Rolf jetzt jedesmal.

»Morgen, Rolf. Ich hab' mir gedacht ... gibt es hier zufällig Bücher?«

»Rolf, ich kann mich jetzt eindeutig wieder so gut bewegen, daß ich lesen kann ...«

»Es ist eigentlich ganz egal, was für Bücher, aber falls Sie welche über europäische Geschichte haben sollten ...«

»Könnten Sie Dr. Mallo fragen, was er davon hält? Ich glaube wirklich, ich würde mich dann viel schneller ...«

»Haben Sie Dr. Mallo gefragt? Was hat er gesagt?«

»Rolf, *bitte!* Wenn Sie mich verstehen können, kann ich bitte etwas zu lesen haben? *Irgendwas* ...«

»Rolf, ich möchte Dr. Mallo sprechen. Verstehen? Sie ... sagen ... Dr. Mallo ... herkommen, ja? *Bald.* Ich sehen Dr. Mallo. *Sehr wichtig* ...«

Wut stieg in Ned hoch, und in dieser Wut beging er einen verhängnisvollen Fehler. Es war unmöglich, sagte er sich in den endlosen Stunden seiner Isolation, daß Rolf ihn wirklich nicht verstanden hatte. Er behandelte ihn bewußt grausam.

Eines Morgens hielt er es nicht mehr aus.

»Was hat Dr. Mallo zu meinen Büchern gesagt? Sagen Sie schon.«

Rolf fuhr mit seinen immer gleichen Handgriffen fort, die Gurte zu lösen und Neds Injektion vorzubereiten.

»Ich will wissen, was Dr. Mallo gesagt hat. *Sagen Sie es mir.*«

Ohne ein Wort zu sagen, reichte Rolf ihm eine leere Urinflasche.

Ned kochte ob dieser schreienden Ungerechtigkeit, schob die Flasche unter die Bettdecke und füllte sie, wobei er vor Wut fast platzte.

Rolf beugte sich mit der Spritze vor, und Ned, den die ruhige Routine ebenso verrückt machte wie das Schweigen, riß die Flasche hervor und schüttete Rolf den Inhalt ins Gesicht.

Rolf stand mindestens fünf Sekunden lang unbeweglich da und ließ den Urin von Gesicht und Kinn herabtropfen.

Neds Zorn war sofort verraucht, und er versuchte vergeblich, ein Lachen zu unterdrücken. Rolf bückte sich langsam, legte die Spritze auf das Wägelchen zurück, nahm ein Handtuch, legte es sorgfältig zu einem Viertel seiner Größe zusammen und trocknete sich das Gesicht ab. Die beherrschte Kaltblütigkeit seines Benehmens verwandelte Neds Lachen in Angst, und er plapperte Entschuldigungen wie ein Dreijähriger.

»Bitte sagen Sie Dr. Mallo nichts davon!« flehte er. »Es tut mir leid, Rolf, es tut mir leid! Ich wollte doch bloß ... Es tut mir so leid, ich wußte ja nicht, was ich tat ...«

Rolf legte das Handtuch auf das Wägelchen zurück und richtete sich auf. Er musterte Ned, ohne daß ihm die geringste Verärgerung oder Gefühlsregung anzumerken gewesen wäre.

»Ich weiß nicht, was in mich gefahren ist, Rolf. Bitte verzeihen Sie mir!«

Rolf bedeutete Ned mit einer Geste, sich hinzulegen, wie er es jedesmal machte, wenn er ihn wieder anschnallen wollte.

»Aber was ist mit meiner Spritze? Meine Spritze, Rolf ...«

Rolf ließ die Gurte einschnappen und sah mit schiefgelegtem Kopf auf Ned hinab.

»Rolf, es tut mir *wirklich* leid, ich verspreche Ihnen ...«

Rolf legte beide Hände übereinander flach auf Neds Schulter und drückte mit seinem ganzen Gewicht, wie ein Bäcker beim Teigkneten. Mit einem Knacken sprang das Gelenk aus der Pfanne.

Rolf nickte leicht, drehte sich um und schob das Wägelchen aus dem Zimmer. Ned schrie aus Leibeskräften und hatte nach ein paar Stunden die Stimme verloren.

Die nächsten Tage dehnten sich zu einer Ewigkeit. Er lag einsam da und wimmerte. Ohne Besuch, ohne Schmerzmittel und in seinem eigenen Schweiß und Urin liegend, drehte sich sein ganzes Denken um zwei entsetzliche Tatsachen und eine unbeantwortbare Frage.

Erstens, Rolf hatte nicht die Beherrschung verloren. Hätte er ihm in der Hitze des Gefechts die Schulter ausgekugelt, als Ned ihm ins pisseüberströmte Gesicht lachte, hätte er dafür ein gewisses Verständnis aufgebracht. Die Gewalt wäre entsetzlich gewesen, aber menschlich.

Zweitens, und über diese Grausamkeit mußte Ned immer wieder weinen, hatte Rolf mit Bedacht Neds *gute* Schulter bearbeitet, die linke. Die rechte, die sich nur langsam erholte, hatte er nicht angerührt. Solch unerbittliche, methodisch vorgehende Bösartigkeit machte jede Hoffnung zunichte.

Drittens die Frage: eine Frage, die er sich immer und immer wieder vorflüsterte und die sich dabei immer weiter in ihm ausdehnte und immer größer wurde.

Warum? Was hatte er verbrochen? Um Gottes willen ... *warum*?

III. Die Insel

Endlich, endlich, endlich, endlich.

Papier.

Zwei Stifte.

Filzstifte, damit ich mir nichts antun kann. Damit ich sonst niemandem was antun kann.

Es ist schwer zu beschreiben, wie sie in der Hand liegen. Ich habe so lange keinen Stift mehr gehalten und brauche Ewigkeiten für jedes Wort. Ich behindere mich, weil ich meine Hand so angestrengt beobachte, daß sie die Unbefangenheit verliert und nicht einmal mehr die einfachsten Buchstaben schreiben kann.

Dasselbe Problem habe ich immer wieder mit meiner Stimme. Manchmal sage ich tagelang kein Wort. Ich habe Angst vor Selbstgesprächen. Manchmal höre ich andere Leute vorbeischlurfen, und ihre Stimmen hören sich an wie die Wahnsinniger. Ich möchte nicht so klingen.

Wenn ich mich doch mal zu Selbstgesprächen entschließe, achte ich darauf, daß es korrekte und sinnvolle Sätze werden. »Heute werde ich dreihundert Liegestützen vor dem Mittagessen und fünfhundert Liegestützen nach dem Mittagessen machen«, sage ich mir beispielsweise. Oder: »Heute vormittag werde ich das Vaterunser aufsagen, das Glaubensbekenntnis, alle Choräle, die ich kann, und alle Hauptstädte, die mir einfallen.« Und ich sage mir laut, daß ich nicht verzweifeln darf, wenn ich etwas vergesse. Frustration und Enttäuschung sind die größten Feinde, habe ich festgestellt. Einmal habe ich die Hauptstadt von Indien vergessen. Es klingt blöd, aber ich habe ewig lange geweint und geschrien, mich auf die Brust geschlagen und so brutal an den Haaren gezogen, daß ich sie mir büschelweise ausgerupft habe, und alles nur, weil mir die Hauptstadt von Indien nicht eingefallen ist. Und dann, warum weiß ich bis heute nicht, bin ich eines Morgens mit »Neu Delhi« im Kopf aufgewacht. Das Nichtwissen war so qualvoll gewesen, daß ich mich fast ärgerte, als mir der Name wieder einfiel und dann auch noch so einfach war. Der Gedächtnisschwund hielt nur ein paar Tage an, machte mir aber nicht nur Kummer, sondern führte zu Pickeln, Verstopfung und tiefer Verzweiflung. Ich habe mir vorgenommen, in Zukunft mit heiterem Gleichmut zu reagieren, wenn ich wieder irgendeine Kleinigkeit vergesse.

Vor ungefähr einem Jahr habe ich beispielsweise vergessen, wie mein Biologielehrer hieß. Ich habe vor Vergnügen gelacht. Mich belustigte die Tatsache, daß mein Gehirn Dr. Sewell vergraben hatte. Was soll ich hier auch mit Neu Delhi oder Dr. Sewell anfangen? Der Eigensinn der Erinnerung ist sogar eine Hilfe. Seit ich mich nicht mehr zwinge, mich an etwas zu erinnern, oder mich nach meiner Erinnerungsfähigkeit beurteile, stehen mir alle möglichen Dinge um so deutlicher vor Augen. Manchmal glaube ich, ich könnte mich morgen hinsetzen und problemlos alle Klausuren bestehen. Na gut, wenn ich mir diese beiden Seiten anschaue, muß ich zugeben, daß ich wegen meiner unleserlichen Handschrift bei jedem Prüfer durchfallen würde. Und natürlich weiß ich, daß Dr. Sewell *nicht* mein Biologielehrer war. Er und meine Schule sind erfunden.

Es ist interessant, das Geschriebene noch einmal durchzulesen. Mir fällt auf, daß ich zu Buchstabenverdopplungen neige. Erst wollte ich »durchfallen« mit zwei »f« schreiben. Was hat das zu bedeuten? Ich habe das Gefühl, es könnte mit einer Angst zu tun haben, Dinge zu schnell abzuschließen. Ich habe gelernt, daß man hier alles dehnen muß. Jeder Löffel Essen, jeder Klimmzug, jede Liegestütze, jede Rumpfbeuge und jeder Spaziergang im Zimmer werden aufs genaueste geplant und durch und durch durchdacht. Oh! Sieht das nicht herrlich aus? Durch und durch durchdacht!

… durch und durch durchdacht …

Mein Gott, wie *schön* das ist! Mir ist früher nie aufgefallen, wie Sprache auf dem Papier aussieht. Ich habe unheimlich viel Zeit damit verbracht, mir Wörter auf der Zunge zergehen zu lassen und sie in der Kehle zu rollen, aber noch nie ist mir aufgefallen, daß Wörter selbst in meinem Gekritzel so schön und so unendlich fein aussehen können.

»Durch und durch durchdacht« *klingt* übrigens auch schön. Zumindest, wenn man es in einem einsamen Zimmer laut ausspricht.

Ich finde auch seine *Bedeutung* schön für jemanden in meiner Lage.

So, ich schaue mir das beschriebene Papier an und zwinge mich eine Weile lang nicht dazu, kohärent und konsequent mich und meine Situation zu beschreiben, aus Angst, wenn ich es zu schnell tue, könnte der Tag kommen, an dem mein Schreiben die Gegenwart erreicht hat und ich nichts mehr zu berichten habe.

Konsequent? Meine ich das überhaupt? Ich meine »in zeitlicher Abfolge«, aber da ist doch »konsequent« nicht das richtige Wort.

Chronologisch meine ich. Vieles fällt mir wieder ein, wenn ich mich entspanne.

Wenn ich chronologisch schreibe, stelle ich mich all dem auf andere Weise, glaube ich. So allein, wie ich in diesem Zimmer bin, ist das Leben für meine Sinne und meinen Verstand nur noch ein seltsames Spiel. Wie jedes Spiel kann es amüsant, aber auch zutiefst verstörend sein. Ich nehme an, auf Papier bekommt es die Eigenschaften eines *Berichts*. Alles wird wahr werden, und ich weiß nicht, wie ich reagiere, wenn ich weiß, daß alles wahr ist. Vielleicht treibt es mich endgültig in den Wahnsinn, vielleicht wirkt es befreiend. Es ist riskant, könnte sich aber lohnen, das herauszufinden.

Ich fange mit der Zeit an. Ich glaube, ich habe fünf Stunden gebraucht, um das hier zu schreiben. Meine Zeitvorstellungen beruhen auf Schatten, Mahlzeiten und Zählen. Ich gehe davon aus, daß es um acht Uhr Frühstück gibt. Es spielt keine Rolle, ob es acht oder sieben oder neun Uhr ist, eine Rolle spielt nur das *Verstreichen* der Stunden, nicht wie sie heißen. Als ich vor dem Stimmbruch kurze Zeit im Schulchor gesungen habe, wurde uns beigebracht, wie man Musik nach Intervallen liest. Es war egal, ob die erste gesungene Note ein C oder ein F war, wichtig war nur der Sprung vom ersten zum zweiten Ton, das *Intervall.* Dasselbe hat Julie Andrews den Kindern beigebracht, den … ich werde mich nicht aufregen, wenn mir nicht einfällt, wie die Familie hieß … den Mädchen und Jungen, denen sie »Do Re Mi« beibrachte. So ähnlich ist es mit mir und der Zeit. Dafür gibt es ein Wort. *Stufenleiter* oder so ähnlich …

Angenommen, Frühstück gibt es um acht. Wenn das stimmt, gibt es um halb eins Mittagessen. Das weiß ich, weil ich die Zeitspanne vom Frühstück zum Mittagessen so oft gezählt habe. Einundzwanzig, zweiundzwanzig, dreiundzwanzig, vierundzwanzig und so weiter. Das war eine schlimme Zeit: Tagelang, wochenlang habe ich mich unweigerlich irgendwann verzählt, und das Scheitern hat mich so frustriert, daß ich den Rest des Tages geheult habe. Mir war, als verzählte ich mich bewußt, weil ich mich nicht wieder zum Herrn meiner Zeit aufschwingen wollte. Aber eines Tages hatte ich die Kunst des Zählens soweit perfektioniert, daß ich *keine Masche fallenließ*, wie ich das nannte, und sicher sein konnte, daß zwischen Frühstück und Mittagessen viereinhalb Stunden verstrichen. Ich fand heraus, daß die Zählung (als ich mir sicher war) immer zwischen sechzehntausend und sechzehntausendfünfhundert lag. Sechzehntausendzweihundert Sekunden sind viereinhalb Stunden, aber mir würde die Schamröte ins Gesicht steigen, wenn Sie wüßten, wie lange ich für diese simple Teilungsaufgabe gebraucht habe. Durch sechzig und dann noch einmal durch sechzig zu teilen hört sich kinderleicht an, aber meinem Gehirn fiel es schwer, mit so vielen Zahlen auf einmal umzugehen.

16.200. Sieht gar nicht nach soviel aus, wenn man's hinschreibt. Sechzehntausendzweihundert. Wann sieht es nach mehr aus, in Worten oder in Zahlen? Glauben Sie mir, wenn man sie abzählt, eine Sekunde nach der anderen, scheint es Stunden zu dauern. Dauert es natürlich auch. Viereinhalb.

Das Zimmer hat ein einziges hohes Fenster, und dahinter (das habe ich beim Trampolinspringen auf dem Bett gesehen) steht ein Baum, den ich meine Lärche nenne. Ich konnte eine Lärche nie von einer Eiche unterscheiden, aber ich glaube, Lärchen werden sehr hoch, und mein Baum ist hoch, also kann ich ihn auch Lärche nennen. Wenn die Sonne an Wintertagen tief steht, sehe ich den Lärchenschatten über die Decke ziehen. Damit ließe sich wahrscheinlich eine ganze Menge berechnen, aber ich weiß zuwenig über Sonne und Erde. Wenn ich die Schatten sehe, weiß ich, der Sommer ist vorbei und bald fängt der lange Winter an, und wenn die Schatten verblassen, kommt der Frühling, und der endlose Sommer steht kurz bevor.

Wie Sie sich denken können, habe ich die Tage und Wochen zu zählen versucht, aber etwas hält mich zurück. Ich habe mal mit den Fingernägeln eine Strichliste an der Wand angefangen, aber damit habe ich sie mir schnell abgefeilt und konnte nicht weitermachen. Das Plastikbesteck wird grundsätzlich wieder abgeräumt, und wenn ich mit den Filzstiften die Wände bemale, werden mir die garantiert gleich wieder weggenommen. Jetzt wo ich Papier habe, könnte ich mit den unter Gefangenen üblichen Reihen von Soldaten anfangen und sie durchstreichen, wenn wieder eine Woche vorbei wäre, aber in Wirklichkeit will ich gar nicht wissen, wieviel Zeit vergangen ist. Ich könnte Ihnen nicht sagen, wie viele Winter und Sommer schon verstrichen sind. Manchmal glaube ich drei, manchmal schon fünf.

Eine Zeitlang habe ich gedacht, ich könnte den Sonntag daran erkennen, daß es draußen heller war und drinnen eine gewisse Atmosphäre herrschte. Die Schritte hallten anders durch die Korridore, was sich wahrscheinlich verrückt anhört. Dem Pfleger, der mir die Mahlzeiten brachte, meistens Rolf oder Martin, wünschte ich einen »Schönen Sonntag!«, aber niemand reagierte je darauf. Martin, der mir eine Weile sympathischer war als Rolf, sagte einmal: »Heute ist Mittwoch«, und aus irgendwelchen Gründen erschütterte mich das mächtig.

Als meine Schultern geheilt waren, wurde ich in dieses Zimmer verlegt. Das erste habe ich fast vergessen, was vielleicht ein Segen ist. Ich war dort am Bett festgeschnallt und so ziemlich auf dem Tiefpunkt. Rolf sprach nicht mit mir. Dr. Mallo kam nicht. Meine Erinnerungen plagten mich mehr als der Schmerz. Sie müssen verstehen, daß ich damals noch glaubte, alles würde bald vorbei sein. Ich dachte, der Vater meiner Träume würde kommen und mich befreien, und das schreckliche Mißverständnis würde ein Ende haben. Heute weiß ich es besser. Dr. Mallo hat mir klargemacht, daß dies mein Zuhause ist und daß ich kein anderes habe. Ich war krank. Mein Kopf war voll mit falschen Erinnerungen, die Zeit brauchen, um zu verblassen. Wenn ich mir Zeit lasse und Geduld mit mir habe, werde ich klarer sehen.

Ich bin ein schwerkranker junger Mann. Ich bin ein Phantast, der sich eine Biographie ausgedacht hat, die ihm nicht gehört. Ein Minderwertigkeitskomplex hat mir vorgegaukelt, ich hätte einst das behagliche Leben eines angesehenen Menschen geführt, der überall Zuneigung genoß. Ich habe mir ausgemalt, ich wäre ein glücklicher, angepaßter und beliebter Junge mit einem berühmten und bedeutenden Vater gewesen und hätte eine beschauliche Existenz an einer renommierten Privatschule geführt. Sowas kommt offenbar häufig vor. Viele unglückliche Kinder erträumen sich lieber eine solche Welt, als sich der Wirklichkeit zu stellen. Ich bin ein schwerer Fall, weil die Phantasie so real ist, daß sie die Erinnerung an mein wirkliches Vorleben ausgelöscht hat. Die will partout nicht wieder zurückkommen, so sehr ich mich auch bemühe. Ich bin so stark mit dieser Deckidentität verschmolzen, daß ich sie selbst jetzt, wo ich die Wahrheit kenne, nicht loslassen kann. Dr. Mallo hat gesagt, ich wäre der ausgeprägteste und hartnäckigste Fall, mit dem er es in seiner ganzen beruflichen Laufbahn zu tun bekommen hat. Darauf bin ich fast schon stolz.

Je mehr ich mich mit der Wahrheit abfinde, desto mehr wird mir das Leben hier erleichtert. Das Papier und die Filzstifte sind die Folge eines »Durchbruchs« vor einiger Zeit. Ab und zu sehe ich Dr. Mallo. Vielleicht finden diese Sitzungen regelmäßig statt, alle zwei Wochen oder sogar alle zehn Tage, schwer zu sagen. Vor acht oder neun Visiten bin ich zusammengebrochen und habe zugegeben, daß ich gar nicht Ned heiße und daß alles, was ich für meine Erinnerungen gehalten habe, falsch war, wie er mir schon so oft erklärt hat. Vielleicht dachte er, ich sagte das nur, um ihm einen Gefallen zu tun, denn zunächst änderte sich gar nichts. Er schimpfte mich sogar aus und warf mir vor, ich würde ihm nur nach dem Munde reden, um mir das Leben zu erleichtern. Ein paar Besuche später hat er jedoch gesagt, ich hätte wirklich einen Durchbruch geschafft und dürfte in den Genuß einiger Privilegien kommen. Ich habe gefragt, ob das hieße, daß ich Bücher lesen könne. Bücher wären noch verfrüht, hat er gesagt, die könnten Menschen mit einem so schwachen Realitätssinn gefährlich werden. Zunächst wäre es das Beste, wenn ich Papier und Stifte bekäme und über meine Gefühle Buch führte. Wenn Dr. Mallo dann überzeugt ist, daß ich meine Situation wirklich erfaßt habe, darf ich vielleicht in die Bibliothek.

Was wäre mit anderen Patienten? Wäre es möglich, daß ich mit denen Kontakt bekäme? Ich habe gemerkt, daß Nachmittags- und Abendperioden von einer Klingel markiert werden, und dann höre ich in der Ferne immer Türenschlagen, schlurfende Schritte und manchmal sogar leises Lachen.

Dr. Mallo hat mir zu dieser Beobachtung gratuliert und mir Hoffnungen gemacht, daß ich eines Tages ausgeglichen und stark genug sein könnte, um mit anderen zu verkehren, ohne mich zu gefährden. Vorerst müßte ich aber in erster Linie psychisch stabilisiert werden. Er freut sich, daß ich die Selbstachtung habe, mich körperlich fit zu halten, und ermuntert mich zu Konzentrationsübungen, die auf geistiger Ebene den Liegestützen und Rumpfbeugen auf körperlicher Ebene entsprächen.

Deswegen gehe ich jetzt alles ruhig an und versuche, mich nicht aufzuregen. Ich darf scheinbare Verbesserungen nicht zu hoch einschätzen, denn wenn ich ehrlich bin, muß ich zugeben, daß mir in Träumen und manchmal sogar, wenn ich wach bin, immer noch Echos der alten falschen Erinnerungen durch den Kopf spuken wie verführerische Dämonen. Übertriebener Optimismus hilft mir nicht weiter. Ich habe noch einen weiten Weg vor mir.

Im Korridor höre ich den Stationswagen quietschen. Bald bekomme ich meine Medikamente und das Abendessen. Ich muß die Stifte weglegen, die Blätter ordentlich auf dem Tisch aufschichten und mich gerade hinsetzen. Dr. Mallo soll nicht denken, ich wäre aufgewühlt oder undiszipliniert.

Von Trapp! So hießen die Kinder in *Meine Lieder – meine Träume.* Sehen Sie! Wenn man sich entspannt, fallen einem die Dinge wieder ein. Der Von-Trapp-Familienchor …

Das war ein herrlicher Tag, der mir Mut gemacht hat.

»Na, Ned, mein Freund, wie geht's uns heute?«

»Sehr gut, Dr. Mallo, aber darf ich Sie etwas fragen?«

»Natürlich. Du weißt doch, du kannst mich alles fragen, was du möchtest.«

»Ich finde es falsch, daß Sie mich immer noch Ned nennen.«

»Darüber haben wir uns doch schon unterhalten. Ich rede dich gern mit einem anderen Namen an, der dir gefällt. Hast du einen anderen Vorschlag? Vielleicht einen Namen, an den du dich erinnerst?«

Ned runzelte die Stirn, als er das hörte. »Na ja, manchmal glaube ich, daß ich vielleicht Ashley heiße.«

»Möchtest du, daß ich dich Ashley nenne?«

»N-nein. Er stimmt nicht ganz. Ich bin sicher, daß es einen Ashley gab, der mir ähnlich war. Der Name erinnert mich an einen Menschen, der sich als jemand ausgibt, der er nicht ist, aber es ist alles sehr wirr. Ich glaube nicht, daß ich dieser Ashley bin. Ich hatte gehofft, Sie könnten mir einen Namen geben. Vielleicht fällt mir mein richtiger Name bald wieder ein, aber bis dahin ist mir alles lieber als Ned. Der Name Ned ärgert mich langsam.«

»Wie du möchtest. Ich werde dich ...« Dr. Mallo sah sich um, als hoffe er, einen Gegenstand zu sehen, der ihn auf einen passenden Namen brächte. »Ich werde dich *Thomas* nennen«, sagte er, nachdem er eine Weile ein Bild angesehen hatte, das hinter Ned an der Wand hing. »Was hältst du von Thomas? Ich halte einen englischen Namen für ratsam, denn du bist ein junger Engländer. Das wissen wir immerhin.«

»Thomas ...« Ned wiederholte den Namen voller Freude.

»Thomas …«, sagte er wieder, entzückt wie ein Kind, das ein Geschenk auspackt. »Thomas ist sehr gut, Doktor. Vielen Dank. Der gefällt mir sehr gut.«

»Gut, dann nennen wir dich von nun an Thomas«, sagte Dr. Mallo, »aber dir muß klar sein, was dieser Name bedeutet. Er ist eine Flucht vor Ned, sozusagen das Symbol eines Neuanfangs. Du mußt mit diesem Namen unbedingt realistisch umgehen und darfst dir nicht einreden, Thomas hätte eine Vergangenheit, in die du dich zurückziehen kannst. Es ist ein Name, den wir uns heute gemeinsam ausgedacht haben; er hat praktische Gründe und ist ein Zeichen für deinen Fortschritt. Mehr nicht.«

»Absolut!«

»Also dann: Thomas, mein junger Freund. Wie geht's uns heute?«

»Ich glaube, es geht mir gut«, sagte Ned. »Ich bin in letzter Zeit richtig glücklich.«

Er fand, der neue Name klang toll. Er löste ein Gefühl aus, das er in seinem Zimmer später hegen und pflegen mußte. »Grüß dich, Thomas.« »Thomas, sieht man dich auch mal wieder.« »He, schau mal, da ist Thomas!« »Der gute alte Thomas …«

Dr. Mallo betrachtete einen dicken Papierstoß vor sich auf dem Tisch, und ein Lächeln umspielte seine Mundwinkel: »Endlich kann ich auch deine Handschrift ohne allzu große Mühe lesen.«

»Ja, sie ist besser geworden, oder?« stimmte Ned begeistert zu. »Ich stelle fest, daß ich die Buchstaben immer leichter hinmale.«

»Und *langsamer*, hoffe ich? Nicht mehr so aufgeregt?«

»Total.«

»Du hast jetzt schon einen richtigen Bart. Stört er dich nicht?«

»Na ja«, Ned fuhr sich mit der Hand über das Gesicht. »Ich mußte mich erst daran gewöhnen. Er juckt und sieht wahrscheinlich total komisch aus.«

»Nein nein. Was soll daran komisch sein? Ein Bart ist doch etwas ganz Natürliches.«

»Na ja …«

»Möchtest du dich mit deinem Bart mal sehen?«

»Darf ich? Ehrlich?« Ned zappelte mit den Beinen und wippte auf den Fußballen.

»Ich wüßte nicht, was dagegen spräche.«

Dr. Mallo zog eine Schreibtischschublade auf, holte einen kleinen Handspiegel heraus und reichte ihn Ned. Der nahm ihn und legte ihn mit abgewandtem Gesicht auf die wippenden Oberschenkel.

»Hast du Angst hineinzuschauen?«

»Ich – ich weiß nicht so recht …«

»Laß die Fersen am Boden und atme ein paarmal tief durch. Eins-zwei-drei, eins-zwei-drei.«

Neds Knie hörten auf zu wippen, er drehte den Kopf, griff nach dem Spiegel, schluckte zweimal und schlug langsam die Augen auf.

»Was hältst du davon?«

Ned starrte ein unbekanntes Gesicht an. Es starrte genauso überrascht und entsetzt zurück. Ein ausgemergeltes Gesicht mit hervortretenden Wangenknochen und tiefliegenden Augen. Das strohfarbene Haupthaar hing in langen Strähnen über die Ohren, der Bart war struppiger und rötlich. Ned strich sich mit der freien Hand über die Wange und sah im Spiegel eine knochige Hand das bärtige Gesicht reiben und am Schnurrbart zupfen.

»Gefällt dir dieses Gesicht?«

Ned wich den Augen im Spiegel aus. Ihr kaltes Blau wirkte verärgert. Anscheinend mochten sie ihn nicht.

»Wer ist das?« rief Ned. »Wer ist dieser Mann? Ich kenne ihn nicht!«

Dem Gesicht im Spiegel liefen Tränen in den Bart. Es leckte

sich die aufgeplatzten Lippen. Sein Mund verzog sich angewidert beim Anblick von Thomas' Gesicht.

»Das reicht. Gib mir den Spiegel.«

»Wer ist das? Er haßt mich! Wer ist das? Wer ist das? Das bin nicht ich! Ist das Thomas? Ned ist das nicht. Wer ist das?«

Dr. Mallo drückte seufzend auf einen Summer unter dem Schreibtisch. Das Experiment war fehlgeschlagen. Eine geschmacklose, obwohl nicht uninteressante Szene. Diese bemitleidenswerte Verzweiflung, dieser umfassende Identitätsverlust. Als Student hatte Mallo eine Seminararbeit über das Werk Piagets geschrieben, die ihm jetzt wieder einfiel. Wäre er noch ein Mann mit akademischen Ambitionen gewesen, hätte er hier das Material für einen Aufsatz vor sich gehabt. Aber Mallo hatte sich von allen Karriereträumen verabschiedet. Er sah zu, wie Rolf hereinkam, dem Jungen den Spiegel entwand und ihm mit der methodischen Effizienz, die ihn nie im Stich ließ, die Handgelenke zusammenband.

»Beruhige dich, Thomas. Jetzt siehst du wohl ein, daß du noch einen weiten Weg vor dir hast. Wir gönnen dir vorläufig etwas Ruhe. Erst einmal kein Schreiben mehr, nur friedliches Nachdenken. Chlorpromazin«, sagte er in Richtung Rolf, »75 Milligramm, würde ich sagen.«

Ned ließ den Handspiegel, der umgedreht auf dem Schreibtisch lag, nicht aus den Augen. Er bekam nicht mit, wie Rolf ihm den Ärmel hochschob. Er kannte nur noch einen Wunsch: Noch einmal dieses eingefallene Gesicht sehen und ihm die bösen Augen ausreißen.

Vereinzelte Tage fielen aus dem Rahmen, dann erhielt Ned vollgehäufte Essensteller, und Blumenvasen und Schalen mit frischem Obst wurden ihm auf den Tisch gestellt. Morgens führten Martin und Rolf ihn aus dem Zimmer und stellten ihn am Ende des Korridors unter eine Dusche. Dort hielten sie ihn fest und wuschen ihn mit einem Schwamm. Dann, immer noch unter dem Duschkopf, aber mit abgedrehtem Wasser, schnitten sie ihm die Haare und rasierten ihn. Wenn er in sein Zimmer zurückkam, war gewischt und geputzt worden. Der Nachttopf war verschwunden, und in der Luft hing das süße Kiefernaroma eines Raumsprays.

An den Nachmittagen dieser außergewöhnlichen Tage besuchte ihn Dr. Mallo mit zwei anderen Menschen, einem Mann und einer Frau, die keine weißen Kittel trugen, und mit denen ein Hauch von Außenwelt ins Zimmer drang. Ned faszinierten die Handtasche der Frau und die Aktenmappe des Mannes. Sie hatten Gerüche, die er interessant und betörend, aber auch beängstigend fand.

Sie unterhielten sich in einer Sprache, die Ned nicht verstand, der Sprache, die auch Rolf und Martin sprachen und die er schon lange für eine skandinavische hielt. In diesen Gesprächen fiel wiederholt sein Name, jetzt immer Thomas, niemand nannte ihn mehr Ned.

Die Frau sprach ihn manchmal an.

»Erinnern Sie sich an mich?« fragte sie ihn auf englisch mit starkem Akzent.

»Ja, wie geht es Ihnen?« antwortete Ned dann.

»Nun, wie geht es *Ihnen*?«

»Oh, viel besser, danke. Schon viel besser.«

»Sind Sie glücklich hier?«

»Sehr glücklich, vielen Dank. Ja. Wirklich sehr glücklich.«

An einem Sommertag kamen sie wieder, aber diesmal waren sie zu dritt. Das Paar, das er schon kannte, aber außerdem eine Frau, jünger als die anderen und weit wißbegieriger. Ned spürte, wie nervös Dr. Mallo auf ihre Fragen reagierte, und versuchte nach Kräften, seine Antworten auf die vermutlichen Wünsche des Arztes abzustimmen.

»Wie lange sind Sie schon hier, Thomas?« Die neue Frau sprach sogar besser Englisch als Dr. Mallo, und sie wandte sich direkt an Ned. Die anderen stellten ihm aus Höflichkeit Fragen, machten aber nie den Eindruck, als interessierten sie sich sonderlich für seine Antworten. Dieser Frau mußte Ned jedoch sehr wichtig sein, und sie achtete sehr genau darauf, wie er antwortete.

»Wie lange?« Ned sah zu Dr. Mallo hinüber. »Ich weiß nicht genau, wie lange ...«

»Schauen Sie nicht den Arzt an«, sagte die Frau, »ich möchte wissen, wie lange *Sie* schon hier zu sein glauben.«

»Das weiß ich nicht genau. Drei oder vier Jahre vielleicht. Oder ein bißchen länger?«

Die Frau nickte. »Verstehe. Und Sie heißen Thomas, ja?«

Ned nickte begeistert. »Definitiv.«

»Aber als Sie hier ankamen, hießen Sie Ned.«

Ned hörte den Namen nicht gern. »Ich war damals ziemlich durcheinander«, sagte er. »Ich mußte mir über viele Dinge erst klarwerden. Ich hatte alle möglichen Phantasien.«

»Haben Sie unter den anderen Patienten Freunde gefunden?«

Dr. Mallo richtete das Wort an die junge Frau, sie hörte eine Weile zu und schien ihm dann in die Parade zu fahren. Ned glaubte, ein paar Worte zu verstehen, die so ähnlich wie »besser« und »Hysterie« klangen.

Seltsam, wie klein Dr. Mallo plötzlich wirkte, und wieviel Angst er vor der jungen Frau hatte. Er legte den Kopf auf die Seite, während er ihr zuhörte, nickte und lächelte, fuhr sich rasch mit der Zunge über die Lippen und machte sich Notizen auf seinem Klemmbrett. Die Frau überragte ihn zwar um Haupteslänge, aber er wirkte nicht nur ihrer Größe wegen so klein neben ihr, dachte Ned. Sein ganzes Auftreten erinnerte Ned daran, wie er selbst sich benahm, wenn er Rolf oder auch Dr. Mallo gefallen wollte.

Die Frau wandte sich wieder an Ned. »Der Arzt sagt, daß Sie es seit Ihrer Ankunft vorziehen, nicht mit anderen Patienten zu verkehren.«

»Ich … ich glaube, ich bin noch nicht so weit.«

Die Frau zog die Augenbrauen hoch. »Warum nicht?«

Ned wußte, daß er Dr. Mallo nicht anschauen durfte, um Tips oder Hilfestellungen zu bekommen. Der Arzt würde sich mehr freuen, wenn er zeigte, daß er selbständig denken konnte.

»Ich wollte erst mehr Selbstvertrauen entwickeln, verstehen Sie. Ich möchte niemanden anlügen, wenn ich von mir erzähle. Außerdem spreche ich nur Englisch«, fügte er hinzu, »und hatte Angst, man könnte mich nicht verstehen.« Das letzte hatte er sich selbst ausgedacht, und er hoffte, Dr. Mallo würde sich über seine Findigkeit freuen.

Wieder folgte ein heftiger Wortwechsel, an dem sich jetzt auch das Paar beteiligte. Dr. Mallo nickte vehement und machte sich weitere Notizen. Ned sah, daß er sehr bemüht war, zufrieden zu wirken.

»Ich komme Sie bald wieder besuchen, Thomas«, sagte die junge Frau. »Ich hoffe, die Gesellschaft einiger englisch sprechender Menschen wird Ihnen guttun. Versprechen Sie mir, daß Sie versuchen, sich mit anderen Patienten zu unterhalten? Ein oder zwei reichen vorläufig. Unter Aufsicht für den Fall, daß Sie nervös werden. Ich könnte mir vorstellen, daß Ihnen das Freude macht.«

Ned nickte und bemühte sich, tapfer und entschlossen dreinzuschauen.

»Gut.« Sie sah sich um. »Sie haben hier ja gar keine Bücher.«

»Ich schreibe wieder«, sagte Ned fast trotzig. »Ich habe sogar ein paar Gedichte verfaßt.«

»Sie schreiben bestimmt bessere Gedichte, wenn Sie etwas zu lesen bekommen. Es gibt nichts Heilsameres als Bücher. Auf Wiedersehen, Thomas. Ich schaue bei meinem nächsten Besuch bei Ihnen vorbei, und dann möchte ich hier Bücher sehen. Wir werden uns über Ihre Lektüre und Ihre neuen Freunde unterhalten.«

Als Martin am Abend mit dem Essen kam und Obstschale und Blumenvase wieder mitnahm, wimmerte Ned förmlich:

»Die Frau hat gesagt, ich muß mit anderen Menschen reden. Stimmt das? Ich will nicht. Ich will in Ruhe gelassen werden. Sagen Sie Dr. Mallo, ich will niemanden kennenlernen. Schon gar nicht Engländer.«

»Du tust, was Doktor sagt. Wenn Doktor sagt, du sollst andere Menschen lernen, du lernst andere Menschen«, erwiderte Martin. »Egal, ob Engländer oder nicht Engländer. Nicht deine Wahl. Wahl von Doktor. Und hier, sieh mal.« Martin ließ eine schwere englische Enzyklopädie neben das Bett fallen. »Du wirst lesen.«

An diesem Abend schlief Ned mit einem Lächeln auf den Lippen ein. Die verschüttete Erinnerung tauchte wieder auf, wie ihm ein lieber alter Mann aus den *Geschichten von Onkel Remus* vorgelesen hatte. Irgendwas von Brer Rabbit, dem Teerbaby und dem Dornbusch. Er wußte nicht genau, warum die Geschichte so wichtig war, er wußte nur, daß sie es war.

Babe sah vom Schachbrett auf, als Martin einen zögernden Patienten durch die Glastrennscheibe in den Wintergarten führte.

Noch glattrasiert vom amtsärztlichen Besuch gestern, bemerkte Babe. Den blauen Augen und dem flachsblonden Haar nach noch so ein blöder Skandinavier. Ganz schön verängstigte Augen. Na ja, kann auch gespielte Angst sein. Mißtrauisch und wachsam unter dem Deckmantel von Fügsamkeit und Thorazinnebel. Den Ausdruck habe ich doch tausendmal gesehen. Der Mann ist schon ewig und drei Tage hier, das steht fest. Geht auf Nummer sicher. Warum haben wir den wohl nie zu Gesicht bekommen? Was ist *sein* großes Geheimnis, fragt man sich? Hat sich aber mutterseelenallein fit gehalten, wie man sieht. Die ganze Gymnastikpalette. Apropos Gymnastik, Martin hat's garantiert auch bei ihm versucht, der alte Hinterlader. Ist aber abgeblitzt, nach dem bösen Griff zu urteilen, mit dem er den Burschen festhält. Schau mal einer an. Gibt der Denke ja richtig was zu tun.

Babe sah wieder aufs Schachbrett und stimmte über den Figuren ein lautes Murmeln an.

»Ach, und jetzt versuchst du's mit 'nem Halbslawischen, was, du alte Ludentöle? Da kenn' ich aber ein paar Methoden, um dich zu schlagen ...« Was bist du doch für ein Meister im vernuschelten Sabbeln, Babe, fügte er innerlich hinzu.

»Du sitzt da«, sagte Martin zu dem jungen Mann.

Spricht *Englisch* mit ihm, sapperlot! Gottvaters ureigenste englische Zunge. Gut, Martin foltert sie gehörig, aber Englisch ist es doch.

Babe hätte sich fast verraten, aufgerichtet und in ihre Richtung gesehen.

Beruhige dich, Babe. Martin kann jede Menge Gründe haben, Englisch zu sprechen. Der Junge kann trotzdem Finne, Flame oder Holländer sein. Muß noch kein Brite aus Britenland sein. Voreilige Schlüsse sind für die Katz. Englisch ist die Lingua Franca aller noblen internationalen Einrichtungen. Wird in jeder Edelbank, jedem Edelbordell und jeder Edelklapsmühle von hier bis zum Balkan verstanden.

Der junge Mann hatte sich gesetzt, versuchte aber, wieder aufzustehen.

»Ich habe gesagt *setzen*«, sagte Martin und stieß ihn aufgebracht zurück. »Du sitzt, du bleibst.«

Junge, warum *sagst* du nichts?

Babes Blick huschte von einer Schachfigur zur nächsten, er zog mit den Fingern an den Lippen. Niemand wäre darauf gekommen, daß ihm die Existenz einer Welt außerhalb der vierundsechzig Felder vor ihm bewußt war, und erst recht hätte niemand gemerkt, daß er sich voll und ganz auf diesen seltsamen Neuzugang in der Welt des Wintergartens konzentrierte.

Martin ging durch den Raum und musterte die anderen Patienten, während der Neue auf seinem Plastikstuhl hin und her rutschte.

»Kann ich jetzt bitte gehen?« greinte der junge Mann schließlich.

Ihr Engel des Allmächtigen, steht mir bei! Nicht nur Brite. *Engländer!* Englisch wie ein Maibaum! Englisch wie die Folter! Englisch wie Heuchelei, Päderastie und *The Parliament of Fowles!* Fünf kleine Wörter, aber ich kann sie aufdröseln und ihren Code knacken, das kostet mich ein Lächeln.

Kann ich jetzt bitte gehen? Privatschule. Und zwar eine *gute,* keine von den Klippschulen. Eine von den drei besten, wenn ich mich nicht täusche, und das habe ich noch nie getan, Gott sei's geschlagen und rochiert.

Läufer f3-g2, Turm ungedeckt …

Winchester, Eton oder Harrow?

Zieh den Bauern vor dem Königsläufer vor, opfere ihn nachher, dann gewinnt dein Damenflügel Spielraum …

Winchester nicht, glaube ich. Zu höflich.

Nimm ihm den Springer mit deinem Läufer, und die schwarzen Felder gehören dir …

Eton? Glaube ich nicht. Die Haltung paßt nicht. Die würde ein Etonian auch hier nicht aufgeben. Dann bleibt nur Harrow. *Semper floreat herga.*

»Babe, ich möchte, daß du jemanden kennenlernst.«

Martin beugte sich über das Brett und sprach ihn auf schwedisch an.

»Will keinen kennenlernen«, brummelte Babe in derselben Sprache, nahm auf dem Brett einen ungeschickten Figurentausch vor und warf die anderen Figuren um. »Laß mich in Ruhe.«

»Du hast hier nichts zu sagen, Alter. Er heißt Thomas. Du kannst ihm Schach beibringen.«

Ned bückte sich und hob einen schwarzen Läufer auf. Babe schnappte ihn sich und knallte ihn aufs Brett, ohne Ned eines Blickes zu würdigen.

»Setz und spiel Schach«, befahl Martin Ned. »Das ist Babe. Er ist unser ältester Gast. Schon vor Dr. Mallo hier, stimmt's, Babe?«

»Hier, bevor du als wäßriger Samentropfen deinem sodomitischen Vater am Bein runtergelaufen bist, du elendes perverses stinkendes Gekröse«, murmelte Babe auf englisch und stellte sorgfältig die weiße Dame wieder auf.

»Was? Was sagt er?«

»Er sagt, daß er wirklich schon sehr lange hier ist«, sagte Ned. »Du, Martin, muß ich wirklich mit ihm reden? Kann ich nicht bitte in mein Zimmer zurück? Oder wenigstens allein sein?«

»Du redest«, sagte Martin. »Ich komme Mittagszeit zurück. Du setzt. Du redest. Du spielst Schach. Seid nett zu anderer.«

Etwa eine Minute herrschte Schweigen am Tisch. Babe stellte

die Figuren wieder auf, Ned setzte sich und konzentrierte sich darauf, elend auszusehen.

Über Babes Schulter sah er eine Rasenfläche, die sich draußen vor dem Wintergarten hinabzog. Am Fuß des Hanges stand eine Baumreihe, deren Dichte einen Fluß vermuten ließ. Draußen waren weitere Patienten, saßen auf Bänken und gingen umher. Er war erstaunt, daß all das möglich war.

Die Helligkeit des Raums und die Ausdünstungen anderer Menschen, vermischt mit dem säuerlichen Geruch, den das Sonnenlicht auf dem Vinyl erzeugte, benebelten Ned. Er spürte, daß der mißtrauische Martin irgendwo stand und ihn nicht aus den Augen ließ, deshalb zeigte er kein Interesse an einem Gespräch, sondern saß eingeschnappt da und funkelte die Schachfiguren an, als wären es Feinde.

Was der alte Babe direkt unter Martins Nase gesagt hatte, falls sich Ned nicht verhört hatte, brachte ihn ganz außer sich. Babe hatte den Pfleger als elendes perverses stinkendes Gekröse beschimpft und durch Nuscheln und hastige Aussprache bewußt unverständlich klingen wollen. Er mochte ein verrückter und häßlicher alter Mann sein, aber er war garantiert unterhaltsamer als ein einsames Zimmer.

»Du machst das goldrichtig, Bursche«, sagte der alte Mann plötzlich. Er starrte auf das Schachbrett und nuschelte, aber Ned verstand ihn klar und deutlich. »Du hast Martin durchschaut. Je geknickter du aussiehst, desto lieber ist ihm das. Antworte nicht gleich, leg eine Hand ans Kinn, damit man deine Lippen nicht sieht, und spiel weiter die beleidigte Leberwurst. Du machst das astrein.«

Ned bekam Herzklopfen. Er setzte den Ellenbogen auf den Tisch und stützte das Kinn in die Handfläche.

»Sind Sie Engländer?«

»Was glaubst denn du?«

»Sieht Martin her?«

»Steht mit einem Becher Kaffee in der Hand da und starrt deinen Hinterkopf an, grimmig wie eine wütende Schmeißfliege. Hast ihm 'ne Abfuhr erteilt, was, Bursche? Schon gut. Mußt nicht rot werden. Das versucht er bei allen Neuzugängen. Vielleicht ziehst du mal? Du willst mir doch nicht erzählen, die hätten euch in Harrow kein Schach beigebracht.«

Ned schnappte nach Luft und sah unwillkürlich hoch.

Babe zupfte an den Lippen und starrte aufs Schachbrett, als wäre kein Wort gefallen. Durch Speicheltropfen murmelte er im Singsang: »War'n Fehler, dich so zu überfallen. Ich bin ein fürchterlicher Angeber, 'tschuldigung. Aber was ein Professor Higgins kann, kann Babe schon lange. Guck gefälligst aufs Brett und zieh, du verwöhnte Pappnase.«

Ned stieß einen Bauern vor und nahm seine vorige Haltung wieder ein, die Hand verbarg den Mund. »Aber woher wissen Sie das? Ich meine … nicht daß es *stimmt*, nicht daß ich *wirklich* dort war. Haben Sie Dr. Mallos Unterlagen gelesen? Haben Sie unsere Gespräche mitbekommen?«

»Immer sachte mit den jungen Pferden, Thomas. Wollen doch nicht wie ein Elefantenbulle auf den Porzellanladen zustürmen. Oder sonst ein Bulle, ob vor einem Tor, in einem Laden oder plündernd und lüstern aus dem Meer steigend. Du wirst dich an meinen verrückten Umgang mit Metaphern und Anspielungen noch gewöhnen. Aber merk dir, wenn wir uns heute und in den nächsten Tagen anständig benehmen, dann kümmert sich Martin keinen feuchten Dreck mehr um uns. Er glaubt, daß ich ein verrückter alter, seltsamer alter, harmloser alter, komischer alter, ekelhafter alter Mann bin, aber dir traut er nicht über den Weg. Rolfie und er halten es für ihre Berufung, diese Anstalt vor der idiotischen liberalen Leichtgläubigkeit des guten Dr. Mallo zu beschützen. Wenn du plötzlich Erlaubnis hast, unter die Leute zu kommen, dann liegt das an der Neuen, die gestern zur Inspektion hier war, oder etwa nicht?«

»Doch, stimmt genau!« hauchte Ned.

»Also dann – meine Güte, du mußt aber noch viel über Schach lernen, du junger Affe. Hast du noch nie von einer Gabel gehört? – je nun, das hatt' ich mir gedacht. Diese Reformerin hatte sich das ›Neue Besen kehren gut‹ doch auf die Alabasterbrüste tätowiert. Mallo und sein Personal spielen verrückt wie die Verrücktesten unter uns, weil die hier aufgekreuzt ist. Wenn du bisher nicht mit uns reden durftest, hat das seinen Grund, und sie mögen es überhaupt nicht, wenn eine liberale Schlampe hier antanzt und ihnen mit ihren neumodischen Ansichten kommt. Wer hat dich hier einbuchten lassen?«

Ned schwieg.

»Keine Lust, drüber zu reden? Ich zwing' dich zu nichts, Junge.«

»Nein, darum geht es nicht. Ich weiß es bloß nicht.«

»Und wie lange bist du schon hier?«

»Ich ...« Ned wußte nicht, was er sagen sollte.

»Man verliert schnell das Zeitgefühl. Hast du die leiseste Ahnung, wann du das letztemal tun und lassen konntest, was du wolltest?«

»Das war am 30. Juli. Aber ich war krank ... ich habe mir alles mögliche eingebildet. Ich denke lieber nicht daran zurück. Sonst werde ich nie wieder gesund. Dr. Mallo hat gesagt, ich muß alles, was damit zusammenhängt, vergessen, das sind alles Wahnvorstellungen ...«

»Wahnvorstellungen sind das Einzige, worauf du dich hier verlassen kannst. 30. Juli, ja? Und welches Jahr?«

»1980«, sagte Ned, der immer aufgeregter wurde, »und außerdem heiße ich nicht Thomas. In Wirklichkeit heiße ich ...«

»Behalt's für dich. Vorläufig. Wenn sie deinen Namen geändert haben, sollte niemand hören, daß du mir deinen alten verrätst. Los, mach einen Zug. Zieh endlich. Hol den armen Läufer aus der Bredouille, wenn du kannst.«

Ned betrachtete die Schachfiguren, die vor seinen Augen verschwammen.

»Kann ich Sie Babe nennen?«

»Natürlich kannst du das, und es wird mir ein Vergnügen sein, diesen Namen von einer so wahren und trefflichen Stimme gesprochen zu hören. Und wenn wir unsere Wärter erst davon überzeugt haben, daß es ihre Idee war, uns zusammenzuzwingen, lehrt Babe Thomas als erstes anständiges Chess, Échec, Shachmatyin, Schach, Scacchi ... nenn es, wie du willst, denn gegenwärtig hast du von Tuten und Blasen keine Ahnung, du junger Dämlack. Schach matt, so sieht das doch aus.«

»Ich fürchte, ich beherrsche gerade mal die Regeln.«

»Ich stell' die Figuren wieder auf, und du wendest dich ab. Laß den Kopf hängen wie eine lustlose Lilie im Lenz. Ich langweile dich, und du findest mich olfaktorisch abstoßend, soll heißen, für dich stinke ich wie der stinkendste Stinkginster aller Zeiten. Aber eins wüßt' ich gern, bevor du dich abwendest.«

»Was denn?«

»Wie lange bist du deiner Meinung nach schon hier?«

»Also, das Jahr kann ich jetzt nicht sagen, aber es muß ... keine Ahnung. Drei Jahre? Vier?«

»Zehn, Thomas, mein Freund. Nächsten Monat bist du zehn Jahre hier.«

»Was?«

»Schrei nicht so! Und sieh weiter zu Boden. Wir schreiben heute den 18. Juni im Jahre des Heils 1990.«

»Aber das kann doch nicht ... das kann unmöglich so lange sein! Das hieße ja, daß ich siebenundzwanzig Jahre alt bin! Das ist unmöglich!«

»Ich will dir ja nicht zu nahe treten, Thomas, aber du siehst eher wie siebenunddreißig oder siebenundvierzig aus. An den Schläfen hast du die ersten grauen Haare, und in deinen Augen liegt nicht gerade jugendlicher Übermut. Aufgepaßt, er starrt zu uns rüber. Dreh dich weg.«

Martin kam mit einem fiesen und sarkastischen Lächeln auf Ned zu. »Das war schnelle Partie. Du nicht gut in Schach? Du läßt verrückten Alten dich schlagen?«

Ned schüttelte den Kopf.

»Ich mag ihn nicht«, sagte er und deutete auf den nuschelnden Babe. »Er riecht so streng.«

»Du kommst und spielst und redest mit Babe jeden Tag. Jeden Tag eine Stunde länger. Ist gut für ihr beide.«

»Aber ...«

»Kein aber. Kein aber. Du machst Beschwerde, und ich sorge für ihr zusammen alle Zeit. Vielleicht Zimmer teilen? Du magst das? Du magst Zimmer teilen mit altem Stinkmann?«

»Niemals«, sagte Ned wütend. »Niemals. Ihr könnt mich nicht zwingen!«

In den nächsten acht Wochen kehrte Ned täglich mit kleinen Zetteln am Körper in sein Zimmer zurück. Auf denen stand alles über Schachtheorie, Angriffe, Verteidigungen, Gambits, Kombinationen und Endspielstrategien, was Babe wußte. Die Schulung begann mit Partien, die Philidor und Morphy gespielt hatten und wurde mit Meisterpartien der Romantik fortgesetzt, die eigene Namen hatten wie Gemälde: Namen wie die Immergrüne, die Zwei Herzöge und die Unsterbliche. Von dort ging es weiter ins Zeitalter von Steinitz und über den modernen Stil bis hin zu einer sogenannt hypermodernen Positionstheorie, von der Ned Kopfschmerzen bekam. Dann kam ein Kurs über Eröffnungszüge und Gegenspiel, dessen Terminologie ihn zum Lachen brachte. Die Caro-Kann und das Damenindisch, die Sizilianische und die Französische Verteidigung, das Gioco Piano und die spanische Eröffnung. Die Drachenvariante, der Tartakower und das Nymzowitsch-System. Das abgelehnte

Damengambit und das angenommene Damengambit. Der Marshall-Angriff. Der Maróczy-Aufbau. Der vergiftete Bauer.

»Erst wenn wir eine anständige Partie Schach spielen können, werden wir Freunde. Du hast das Zeug zu einem anständigen Spieler. Jeder hat das Zeug zu einem anständigen Spieler. Man braucht nur ein gutes Gedächtnis und darf sich nicht als geistigen Stümper sehen. Wenn ein Mensch lesen und schreiben kann, dann kann er auch eine Partie Schach spielen.«

Ned wollte Babe soviele Fragen stellen, aber alle wurden mit einer wegwerfenden Geste über dem Brett abgetan.

»Schach, Bursche. Wir spielen eine Partie Schach ohne Wimpernschlag. Dein Zug, und achte auf deine Grundreihe.«

In der ersten Woche, die Ned im Wintergarten verbrachte, hatte Dr. Mallo ihn dort aufgesucht und Babe gebeten, draußen spazieren zu gehen.

»Ich möchte mich mit meinem Freund Thomas unterhalten. Ich rühre die Figuren nicht an«, hatte der Arzt beteuert, und Babe war davon geschlurft und hatte halblaute Flüche in seinen Bart gebrabbelt.

»Na, wie gefällt er dir, Thomas?«

»Er ist irgendwie komisch«, sagte Ned unsicher. »Er ist ein sehr seltsamer Mann, und oft verstehe ich ihn nicht. Er kann ungeheuer grob werden, aber solange ich mich ruhig verhalte, störe ich ihn anscheinend nicht.«

»Und hast du dich schon mit anderen Patienten unterhalten?«

»Ich versuch's ab und zu«, sagte Ned. »Ich weiß nicht, wer von denen Englisch kann. Gestern habe ich den Mann da drüben wütend gemacht, weil ich mir einen Stuhl neben ihm genommen habe, und da hat er mich auf englisch beschimpft.«

»Ach richtig, Dr. Michaels, ein sehr unglücklicher Mann. Ich fürchte, von dem wirst du kaum ein sinnvolles Wort hören. Labil, aber nicht gefährlich. Ich freue mich, daß du hier draußen sitzen kannst, Thomas. Und Babe ist nicht –« Ned merkte instinktiv, daß Dr. Mallo das Schachbrett verständnislos ansah »– Babe ist auch nicht *neugierig*? Er setzt dir nicht mit Fragen zu?«

»Er fragt mich gar nichts«, sagte Ned mit Enttäuschung in der Stimme, »außer wann ich endlich ziehe oder warum ich unter dem Tisch ständig mit den Knien wippe.«

»Ha! Verstehst du, das ist mir so wichtig, weil es dich wieder zu Phantasien über deine Herkunft anspornen könnte. Wenn du gefragt wirst, wer du bist und woran du leidest ...?«

»Ich weiß nicht, was ich dann sagen soll, Doktor. Ich würde wohl sagen, daß ich Thomas heiße und daß es mir langsam besser geht. Ich rede nicht gern über mich.«

»Prima. Ist Babe ein guter Schachspieler?«

Ned zuckte die Achseln.

»Nicht wenn du mich fragst. Wenn du aufpaßt, kannst du ihn in vier Zügen matt setzen«, sagte Dr. Mallo, stand auf und verabschiedete sich mit einem knappen und zufriedenen Nicken.

»Matt in vier Zügen, meine Fresse und die von allen anderen hier!« hatte Babe verhalten gezischt, als Ned ihm das Gespräch zusammenfaßte. »Der Mann gibt vielleicht einen Scheiß von sich, das ist doch alles erstunken und erlogen. Wenn du deinen h-Bauern da stehenläßt, bist du matt und zwar in einem Zug.«

»Wann reden wir endlich über etwas anderes als Schach, Babe?«

»Wenn du mich geschlagen hast.«

»Aber das schaff' ich doch nie!«

»Glaubst du. Ich hab' dir das Nimzowitschindisch aufgeschrieben. Wird dir gefallen.«

Im Lauf der nächsten Wochen beschäftigten ihre Partien Ned immer mehr. Diagonale Spannungen und energetische Kraftfelder der Figuren ließen ihn nicht mehr los und verfolgten ihn in den Schlaf. Schach und das Potential der verschiedenen Figuren beherrschten all seine Gedanken. Er lernte, Züge im Kopf nachzuspielen, ohne sich das ganze Brett vorstellen zu müssen. Seine Fragen drehten sich nur noch um Schach, und das freute Babe.

»Ruhig Blut. Du verwechselst Strategie mit Taktik. Sowas erinnert mich an die Lektionen beim Militär. Schau mal, die Strategie ist der Schlachtplan, der große Entwurf. Wir werden die Schlacht gewinnen, indem wir den Hügel da einnehmen. Die Eroberung des Hügels ist die Strategie. Und *wie* erobern wir ihn? Das ist dann eine Frage der Taktik. Wir können den Feind mit Artillerie zermürben und mit einem Sturmangriff der Panzergrenadiere nachsetzen. Wir können ihn aus der Luft bombardieren. Oder wir tun so, als marschierten wir gegen ein anderes Ziel, bis er irgendwann glaubt, der Hügel wäre uns scheißegal. Nachts senden wir dann die Elitetruppen mit dem Messer zwischen den Zähnen und Stiefelwichse im Gesicht und nehmen den Hügel durch reine List. Es gibt jede Menge taktische Manöver im Dienste der einen großen Strategie. Kommst du mit?«

Ned war so versunken in die Schachdetails, daß er erst später wieder an die Wendung »die Lektionen beim Militär« dachte. Bei seinem Alter mußte Babe noch im Krieg gekämpft haben. Im Zweiten Weltkrieg. Als Ned ihn gefragt hatte, ob er Engländer wäre, hatte Babe geantwortet »Was glaubst denn du?«, was Ned für eine rhetorische Verneinung gehalten hatte. Was Akzent und Tonfall anging, war Babes Stimme jedoch durch und durch englisch, ein volltönendes und herrlich altmodisches Englisch, das Ned an alte Radiosendungen erinnerte. Aber *wie* er sprach, seine Wortwahl und der komische Dreh, den er bestimmten Floskeln gab, das hatte etwas Unenglisches. Es erinnerte ihn an eine Art Bühnenirisch oder das Englisch von Hollywoodpiraten. Er würde schon noch mehr über ihn herausfinden.

Nach zweimonatigem Training stand Ned nun eine aufregende Woche bevor. Zum erstenmal hatte er ein Remis geschafft. Babe hatte es ihm mit über dem Brett ausgestreckter Hand angeboten, aber der aufgeregte Ned sah den Sieg schon vor Augen und hatte abgelehnt. Babe hatte dann einen Figurentausch von Damen und Türmen erzwungen, und die Partie hatte sich in dem Remis totgelaufen, das ihm von Anfang an beschieden gewesen war. Aber Ned hatte schwarz gespielt, und mit Schwarz ein Remis zu erzielen, war immer ein gutes Ergebnis. Schach sei so fein ausbalanciert, hatte Babe erklärt, daß der Vorteil des ersten Zuges genüge, um in Turnierspielen mehrheitlich Weiß gewinnen zu lassen. Ned wußte deshalb, daß dieses Ergebnis mit schwarz ein Wendepunkt gewesen war.

Am Tag darauf hatte Babe schwarz gespielt und mit Leichtigkeit gewonnen. Ned ärgerte sich und schmiedete nachts umfassende Pläne für einen Großangriff am Tag darauf.

Er schlief über der Idee ein, die Winawer-Variante der Französischen Verteidigung zu probieren, weil er spürte, daß Babe die nicht mochte. Als er aufwachte, stand ihm ein ausgereifter Schlachtplan vor Augen. Er beschränkte sich nicht auf die reinen Schachregeln, sondern umfaßte auch Psychologie, und als Rolf, der die Morgenschicht hatte, ihn in den Wintergarten brachte, wirkte er schon griesgrämig, und man sah ihm den Schlafmangel an.

»Ich hätte gestern nicht so verlieren müssen«, sagte er, ohne Babe höflich einen guten Morgen zu wünschen wie sonst. »Sie haben mich in die Falle gelockt. Es war erbärmlich.«

»Du liebe Zeit«, sagte Babe und stellte die weißen Figuren vor sich auf. »Sind wir heute mit dem falschen Bein aufgestanden?«

»Spielen wir einfach«, sagte Ned mürrisch, hoffte inständig, Babe würde den Königsbauern vorziehen, starrte aber unverwandt den c-Bauern an, als erwarte er eine englische Eröffnung oder ein aufgeschobenes Damenindisch.

Achselzuckend spielte Babe Be2-e4, und Ned schickte ihm

sofort seinen Königsbauern entgegen. Babe zog den Springer g1-f3, und Neds Hand glitt zum Damenspringer, als wollte er auf eine italienische oder spanische Partie hinaus. Dann zog er die Hand mit einem verärgerten »Ts!« zurück und fing an zu grübeln. Er brauchte fünf Minuten für den zweiten Zug, das langweilige und scheinbar ultrasolide Defensivmanöver Bd7-d6, das die Französische Verteidigung kennzeichnet. Babe setzte routiniert seinen Spielaufbau fort, und Ned reagierte stockend. Das Herz schlug ihm bis zum Hals, als ein Zug nach dem anderen das Muster wiederholte, das er sich in der Nacht ausgedacht hatte und das sich zu genau der Winawer-Variante entwickelte, auf die er es abgesehen hatte. Dann kam der Moment, wo Babe mit äußerster Konzentration ziehen mußte, um eine Falle zu umgehen, die ihn, wie Ned genau wußte, einen strategisch wichtigen Bauern kosten würde. Babe machte nicht den leichten und augenfälligen Zug, und Ned, der mit gesenktem Kopf dasaß, sah aus dem Augenwinkel, daß Babe aufblickte und ihn musterte. Ned rührte sich nicht, sondern fixierte weiterhin stirnrunzelnd das Brett und ließ sich nichts anmerken, als Babe den Fehler vermied und den einzig möglichen Zug machte. Ned hatte nicht nur nicht auf die billige taktische Falle gesetzt, wie er es noch zwei Wochen zuvor getan hätte. Er wäre sogar enttäuscht gewesen, wenn Babe darauf reingefallen wäre. Er wußte, daß seine Position gut war, und nur darauf kam es an.

Nach einer Stunde spannungsgeladenen und totenstillen Spielens lag Babe einen Bauern zurück und mußte ungedeckte Figuren umgruppieren, um allen möglichen taktischen Katastrophen vorzubeugen. Wenn eine Position gewonnen wird, ergeben sich für den Spieler in der Offensive Dutzende von Angriffsmöglichkeiten, Fallen und fesselnden Opfern. Ned überlegte gerade, ob er ein spektakuläres Damenopfer wagen sollte, das, wie er glaubte, in fünf oder sechs Zügen zum Schachmatt führen würde, da stieß Babe seinen König um und lachte glucksend in sich hinein.

»Auf der ganzen Linie an die Wand gespielt, du hinterhältiger Sohn einer Berghure.«

»Sie geben auf?«

»Natürlich gebe ich auf, du niederträchtiger Sack. Mein Aufbau ist so löchrig, daß es an ein Wunder grenzt, wenn das Brett nicht auf den Boden kracht. Das hast du alles geplant, was, Junge? Vom ersten Flunsch bis zum letzten verrückten Stottern. Oh, du bist verschlagen. Verschlagen wie Whisky.«

Ned sah erschrocken hoch. »Aber das Spiel selbst, das bestand doch nicht nur aus Tricks und Psychologie, oder? Ich meine, auch das reine Schachspiel war doch einfach gut.«

»Reines Schachspiel gibt es nicht, Bursche. Es gibt nur gutes und schlechtes Schach. Gutes Schach arbeitet ebenso mit dem Atem des Gegners und seiner Kopfhaltung wie mit seiner Verstandesschärfe und der Stellung seiner Springer. Gutes Schach berücksichtigt nicht nur das Feld, auf das eine Figur bewegt wird, sondern auch, *wie* sie dorthin gerückt wird. Hast du gemerkt, daß du gerade eine Smyslov-Schraube eingesetzt hast? Doch, hast du. Eine leibhaftige Smyslov-Schraube.«

»Eine was?«

»Wassili Smyslow war ein Weltmeister aus der Sowjetunion. Ich hab' ihn zufällig mal spielen gesehen. Ein Meister des Endspiels und der schlauste Fuchs, gegen den man antreten konnte. Wenn der die Figur bei einem Zug absetzte, *schraubte* er sie ins Feld, er drückte sie aufs Brett und drehte sie langsam, als sollte sie für alle Zeit dort bleiben. Hat seine Gegner mit dem billigen Trick in Angst und Schrecken versetzt. Dasselbe hast du grade gemacht, als du deinen Turm aufs siebte gezogen hast. Aber das ist noch nicht alles. Du hast das allergrößte Schachgeheimnis verstanden: Der beste Zug ist nicht immer der beste Zug. Nein, der beste Zug ist der, den dein Gegner am wenigsten sehen will.

Und das hast du ein ums andre Mal gemacht. Du wußtest, daß ich die manierierte Taktikhölle der Französischen hasse, was? Ich hab's dir nie gesagt, aber du hast es gespürt. Mein Gott, Junge, ich bin so stolz auf dich, ich könnte dich umarmen.«

Ned sah, daß Babe Tränen über das Gesicht liefen.

»Das habe ich alles Ihnen zu verdanken«, sagte er.

»Das ist Sakko wie Beinkleid! Wie lange ist es her, neun ... nein, achteinhalb Wochen, seit du mir das erstemal einen Bauern zugeschoben hast. Und jetzt schau dich an, jetzt schau dir an, was du mit sechzehn billigen Holzklötzchen alles anstellen kannst. Hättest du je geahnt, daß dein Verstand so weit vorausdenken und so fies spielen könnte? Hm? Hättest du das geahnt? Gib doch zu, daß du dich selbst überrascht hast.«

»Stimmt, ich habe mich selbst überrascht«, sagte Ned. »Ich weiß nicht, wie ich das angestellt habe. Ich kann's kaum glauben. Ich fass' es einfach nicht. Es liegt an Ihnen. Sie haben das erreicht.«

»Gar nichts habe ich erreicht. Ich habe dich bestenfalls die Kraft deines eigenen Verstandes erkennen lassen. Kein Spieler auf der ganzen Welt könnte dich jetzt noch einen Patzer oder Stümper nennen. Die Großmeister werden dich natürlich schlagen, aber du wirst dich auf einem Schachbrett nie blamieren, nicht einmal, wenn du so alt wirst wie ich. Darauf müssen wir unbedingt anstoßen.«

Ned lachte. »Soll ich Rolf herpfeifen?«

»Ich mein's ernst. Versenke dich in deine Erinnerungen und hol deinen Lieblingsdrink hervor. Wie heißt er? Stehst du auf Whisky wie ich, oder bevorzugt man als Harrovian die prachtvollen, schweren Weine aus Bordeaux? Oder behagt dir womöglich das geschwätzige Sprudeln des Champagners, der nur für Huren und Ganoven taugt? Ich für mein Teil sehne mich nach dem salzig öligen Bunnahabhain, dem geheimnisvollsten aller Single Malts von Islay. Ich spüre seine eigenartig kompakte

Flasche in der Hand und kratze mit dem Fingernagel über das Blei um den Korken ... he! Hab' ich was Falsches gesagt?«

Tränen tropften von Neds Kinn aufs Schachbrett.

»Nichts, gar nichts ... aber wissen Sie, ich hatte nie die Chance, etwas zu trinken. Mein Lieblingsgetränk ist ... oder war ... ein Glas kalte Milch.«

Ihm fiel plötzlich wieder ein, wie Oliver Delft die Kühlschranktür aufgemacht hatte, und er schluchzte auf.

»Psst!« machte Babe. »Lass' dir deinen Kummer nicht anmerken. Es tut mir leid, Thomas, es tut mir ehrlich leid. Ich hatte ja keine Ahnung. Meine dämliche Zunge glaubt, sich auf blumige Rede zu verstehen. Die Frauen fanden, ich verführte mit Worten, und manchmal lasse ich die Erinnerung daran wieder aufleben. Es ist die einzige mir verbliebene Eitelkeit an diesem Ort zerstörter Geister, und in meiner vulgären Hast habe ich dich an eine Stätte geführt, die du nie besuchen konntest. Aber mach dir nichts draus. Eines Tages wirst du froh und glücklich dorthin zurückkehren können.«

»Nein!« sagte Ned nachdrücklich. »Das darf ich nicht. Auf keinen Fall. Es gibt Dinge in meiner Vergangenheit, die ich noch immer nicht verstehe, und Dr. Mallo hat gesagt ...«

»›Dr. Mallo hat gesagt‹! Tröste dich mit dem Gedanken, daß dieser Mann zu Sätzen wie ›Wenn ich mich nicht sehr irre, kannst du ihn in vier Zügen matt setzen‹ imstande ist. Dr. Mallo kann Scheiße nicht von Schokolade unterscheiden, da wirst du mir doch nicht widersprechen. Seine Seele ist aus Eiter und sein Verstand ein vergammelter Kuhfladen. Er ist ein Versager, und nichts, was er sagt, kann dich verletzen.«

»*Er* ist ein Versager? Was sind *wir* denn dann?« fragte Ned mit erstickter Stimme. »Was um Gottes willen sind wir denn dann?«

»Tja, das muß jeder für sich entscheiden, Thomas. So, Rolf kommt, schneuz' dich mal anständig, als hättest du in der Sonne Staub in die Nase bekommen.«

Am Nachmittag verabschiedete sich Ned von Babe mit einer Bitte: »Wollen Sie mein Lehrer sein, Babe? Bringen Sie mir alles bei, was Sie wissen. Genau wie beim Schach. Lehren Sie mich soviel Naturwissenschaft und Literatur und Philosophie, wie Sie nur können. Lehren Sie mich Geschichte und Geographie. Lehren Sie mich Musik, Kunst und Mathematik. Würden Sie das tun? Sie wissen soviel und ich so wenig. Ich sollte nach Oxford gehen, aber ...«

»Freu dich, daß dir das erspart geblieben ist«, hatte Babe geantwortet, »dann gibt es nämlich noch Hoffnung. Ja, ich werde dich unterrichten, Thomas. Wir werden die Prachtstraße der Philosophie entlangwandern, wie wir über den schmalen Pfad des Schachspiels getrippelt sind, und wer weiß, was wir unterwegs alles über uns selbst erfahren werden?«

Babe konnte im Wintergarten und draußen auf dem Rasen bleiben, solange er wollte. Er sah zu, wie Ned durch die Glastrennscheibe geführt wurde, und lächelte in sich hinein.

Eine unverschämt bezaubernde Schachpartie hatte der Bursche da gespielt.

Babe hatte nicht direkt einen Gotteskomplex, aber der Geist, den er so gewissenhaft am Leben erhalten hatte, gierte nach Betätigung, wollte etwas formen und erschaffen. Er hatte immer gewußt, daß er der geborene Lehrer war: Seine Vita activa und ihre Ideale hatten ihn schließlich lediglich hier hergebracht. In der Außenwelt hatte er seine wahre Berufung verleugnet, und hier wurde ihm die Gelegenheit geboten, in einem letzten Akt der Hingabe Erlösung zu finden. Hingabe, die diesmal nicht den Armen galt, nicht den Enteigneten, den unterlegenen und unterjochten Massen, sondern Hingabe an das Leben des Geistes und die Kraft des menschlichen Willens.

Als Ned zwei Monate zuvor im Wintergarten aufgetaucht war, hatte Babe kurz davor gestanden, seinen lange Zeit eisern aufrechterhaltenen Wirklichkeitsbezug fahren zu lassen. Er war drauf und dran gewesen, die über Jahre sorgfältig errichtete und treu bewahrte Bastion des Geistes zu schleifen. Ned ahnte nichts davon, aber ihre gemeinsamen Schachpartien waren Babes Rettung gewesen. Sie mochten bei Ned viel erreicht haben, aber für Babe hatten sie noch mehr getan.

Babes Gehirn war eine Laune der Natur, und die Natur hatte Besseres verdient, als daß diese Laune mit dem alten Mann dahinging, der ihr Quartier bot. Sein ungeheures photographisches Gedächtnis war die erste Gabe gewesen, die ihn ausgezeichnet hatte. Ein Gedächtnis ohne Energie, Willenskraft und Ziel war wertlos, aber Babe brachte auch diese Eigenschaften mit und zwar in furchterregendem Ausmaß. Ohne sie hätte dieses Gehirn trotz aller Geschwindigkeit und Leistungsfähigkeit die entsetzliche Tyrannei von Medikamenten, Isolation und Elektroschockbehandlung niemals überlebt, der es so viele Jahre ausgesetzt gewesen war.

Babes Gehirn und sein Gedächtnis waren letztlich ein genetischer Zufall, auf den er nicht besonders stolz sein konnte: Nach und nach hatte er jedoch erkannt, daß es sein Wille war, einzig und allein sein Wille, der ihn von anderen Menschen unterschied, und Wille konnte im Gegensatz zu anderen Geistesgaben gelehrt und weitergereicht werden und so ewiges Leben erlangen.

Mit Ausnahme der *Universal British Cyclopedia* (hrsg. von F. S. Dorrington) erlaubten die Pfleger Ned nur schwedische, deutsche und dänische Bücher. Während Ned mit Dorringtons Werk, das das menschliche Wissen von Aahhotep bis Zwingler erschöpfend zu behandeln schien, vollauf zufrieden war, hatte Babe andere Pläne. Er hatte Ned das Buch abgenommen, aufs Geratewohl aufgeschlagen und verächtlich geschnaubt.

»Nun schau dir das an«, sagte er und zeigte wütend auf einen Eintrag. »Schau dir bloß die beiden Grays an.«

Über Babes Schulter sah Ned, daß es unter dem Namen Gray zwei Einträge gab, der erste galt einem George Gray und begann mit den Worten »Profichampion aus Queensland, der mit nur siebzehn Jahren durch sein außergewöhnlich waghalsiges Spiel eine Sensation in der Billardwelt auslöste ...«, der zweite, kürzere Eintrag behandelte Thomas Gray und lautete: »englischer Dichter, begraben in Stoke Poges«.

»Oder hier«, sagte Babe und blätterte eine Seite zurück: »›Grappa, italienischer Berg, im Ersten Weltkrieg Schauplatz heftiger Kämpfe zwischen italienischen und deutsch-österreichischen Truppen‹. Kein Wort über das himmlische und widerliche Getränk, dem der Ort seine Unsterblichkeit verdankt! Nein, nein, nein, das bringt's nicht. Das wird hiermit konfisziert. Wir setzen dich sofort auf die schwedischen und deutschen Bücher an.«

»Aber ich kann weder Schwedisch noch Deutsch, Babe ...«

»Fällt dir ein Klassiker ein, den du gut kennst? Vielleicht haben sie den in einer der beiden Sprachen.«

Ned trat von einem Fuß auf den anderen. »Ein Klassiker?«

»Ein Roman, du wirst doch schon mal einen Roman gelesen haben.«

»Wir haben in der Schule den *Bürgermeister von Casterbridge* durchgenommen. Und den *Herrn der Fliegen*.«

»Natürlich habt ihr das, du armes Lämmchen. Und die *Schatzinsel,* hast du die mal gelesen? Ich weiß zufällig, daß sie die auf deutsch haben.«

»Na klar!« sagte Ned begeistert. »Die muß ich mindestens sehsmal gelesen haben.«

»Nur sechsmal? Was hat dir denn nicht gefallen? Das Buch ist ein Meisterwerk.«

»Aber da versteh' ich doch kein Wort. Mein Deutsch beschränkt sich auf *Sprechen Sie Englisch?* und *Achtung, Schweinshund!*«

»Wir lesen es zusammen. Du wirst staunen.«

Die Wochen verstrichen, und mit anfangs qualvoller Langsamkeit kämpften sie sich durch die Seiten der *Schatzinsel.* Nach *Ein Weihnachtsmärchen, Der scharlachrote Buchstabe* und *Der Graf von Monte Christo* merkte Ned, daß er schneller lesen und eigene Sätze bilden konnte. Nach einiger Zeit las er auch alleine und schaffte deutsche Bücher in seinem Zimmer schneller als englische in seiner Kindheit. Dann folgten Schwedisch, Latein, Französisch, Spanisch und Italienisch.

»Gewandtheit ist gleich Notwendigkeit mal Zuversicht durch Zeit«, lautete Babes Standardformel. »Wenn ein Fünfjähriger eine Sprache lernen kann, dann kann sie einem Fünfzigjährigen nicht zu hoch sein.«

»Ein Fünfjähriger kann auch stundenlang herumtoben, stürzen und fallen, ohne müde zu werden«, beschwerte sich Ned dann, »das heißt noch lange nicht, daß ein Fünfzigjähriger das auch kann.«

»Werd nicht pampig. Das will ich nicht gehört haben.«

In den Sommermonaten spazierten Babe und Ned manchmal zusammen über den Rasen, unterhielten sich leise auf schwedisch (es machte Spaß, den Pflegern zu verheimlichen, daß Ned die Landessprache gelernt hatte und verfolgen konnte, worüber das Personal in seiner Gegenwart sprach), und Babe forderte Ned auf, von seiner Vergangenheit zu erzählen.

»Charlie Maddstone. Was du nicht sagst. Hab' nie selber unter ihm gedient, aber ein paar von meinen Freunden. Und der ist in die Politik gegangen? Ein großer Fehler für so einen Mann. Dafür war er hundert Jahre zu spät zur Welt gekommen.«

Es war eine ungeheure Erleichterung für Ned, über sein Leben sprechen zu können, und er spürte, wie er Fortschritte machte. Sein Wissensdurst wuchs, und schon bald unterhielt er sich mit Babe über Dinge, die ihm ein Leben lang fremd gewesen waren.

»Schau mal, wir besiegen die Zeit, Ned.« Wenn sie außer Hörweite des Personals waren, nannte Babe ihn jetzt bei seinem richtigen Namen. »Was halten alle Menschen in der Wirklichkeit, außerhalb dieser blöden Insel, für das kostbarste Gut, das sie kennen? Zeit. ›Der alt böse Feind‹ wird sie genannt. Was kriegst du immerzu zu hören? ›Wenn ich bloß mehr Zeit hätte.‹ ›Hätten wir Welt genug und Zeit‹. ›Nie hat man genug Zeit.‹ ›Ich hatte nie Zeit, mich mit Musik zu beschäftigen, das Leben zu genießen, die Namen der Sterne am Himmel, der Pflanzen auf Erden und der Vögel in den Lüften zu lernen. Ich hatte nie Zeit, mir Italienisch beizubringen.‹ ›Ich hatte keine Zeit, darüber nachzudenken.‹ ›Wo soll ich denn die Zeit dafür hernehmen?‹ ›Ich hatte nie Zeit, ihr zu sagen, wie sehr ich sie liebe.‹

Und wir, du und ich, haben alle Zeit der Welt, und wenn wir das als das herrlichste Geschenk ansehen, das die Menschheit je empfangen hat, dann erkennen wir plötzlich, daß wir auf dieser Insel eins werden mit Augustinus in seiner Zelle und Montaigne in seinem Turm. Wir sind die Erwählten, die Privilegierten. Wir haben das, was der reichste Mann auf Erden am meisten ersehnt und sich mit all seinem Geld nicht kaufen kann. Wir haben, was Henri Bergson Gottes schlimmstes Werkzeug für Folter und Wahnsinn nannte. Zeit, Ozeane an Zeit zum Sein und Werden.«

An manchen Tagen fiel Ned diese Rede wieder ein, er stimmte Babe zu und dankte dem Schicksal für seine Gefangenschaft, die ihn zum Herrn der Zeit machte. Aber je mehr er lernte, desto mehr bockte er an anderen Tagen und haderte mit sich.

»Verstehst du, warum du hier bist, Babe?« fragte er einmal.

»Ach, Ned, das ist doch ganz einfach. Ich bin hier, weil ich wahnsinnig bin. Wir sind alle hier, weil wir wahnsinnig sind. Hat man dir das bei deiner Aufnahme nicht erklärt?«

»Sei doch mal ernst. Du bist nicht wahnsinnig, und ich bin auch nicht wahnsinnig, auch wenn ich das nur dir zu verdanken habe. Hast du immer noch so wenig Vertrauen zu mir, daß du nichts von dir erzählen willst? Ich weiß ja nicht mal, wie du richtig heißt.«

Sie waren über den Rasen gegangen, jetzt blieb Babe stehen und zog an seinem Bart. »Ich entstamme einem verarmten Zweig des großen altehrwürdigen schottischen Geschlechts der Frasers und wurde auf den Namen Simon getauft. Als jüngstem von sechs Geschwistern ist der Spitzname ›Babe‹ an mir hängengeblieben. Wegen meines Gedächtnisses bin ich direkt von der Universität weg verpflichtet worden«, sagte er und starrte über den Rasen hinweg auf die kahlen Hügel in der Ferne. »In dem geräumigen Schädel, mit dem Gott mich geschlagen hat, bleiben die Dinge haften. Damals blieben sie noch schneller und stärker haften. Intelligenz und Zielstrebigkeit hatten nichts damit zu tun. Ich erinnerte mich an die Zeiten von Derbygewinnern genauso wie an Spinozas Postulate und Kants kategorischen Imperativ. Im kalten Krieg konnte man einen Mann wie mich gut gebrauchen. Aber ich hatte ein Gewissen, Ned, und eines Tages suchte ich einen befreundeten Schriftsteller auf. Ich sagte, ich wollte mit ihm zusammen ein Buch schreiben. Ein großes Buch, das in den USA verlegt werden müßte, denn in Britannien hätte es nie und nimmer das Tageslicht gesehen. In dem Buch wollte ich all die schmutzigen Tricks offenlegen, die ganzen verlogenen Ausflüchte und dreckigen Lügen, die der Westen während seines entwürdigenden Kampfes um Vormachtstellung gegenüber dem angeblichen Feind ersonnen hatte. Ich bin kein Verräter, Ned, und könnte nie einer werden. Ich liebte England. Ich liebte es zu sehr, um es auf der Suche nach seiner verlorenen Größe unter das Niveau eines Mistkäfers hinabsinken zu lassen. Langer Rede kurzer Sinn, jener befreundete Schriftsteller war kein Freund, und ich fand mich hier wieder. Sie nutzen dieses Krankenhaus, wenn es ihnen in den Kram paßt. Wenn jemand zur Bedrohung wird, weißt du. Die Sowjets haben ihre psychiatrischen Verwahranstalten und wir eben auch, wie du jetzt weißt. Unsere sind ein besser gehütetes Geheimnis, das ist der einzige Unterschied, den ich bisher feststellen konnte.«

Ned überlegte eine Weile. »Ich glaube, etwas in der Richtung muß ich vermutet haben«, sagte er schließlich. »Deswegen wollte ich es von dir hören. Wenn du deshalb hier bist, muß auch ich deshalb hier sein. Nur weißt du warum und ich nicht. Irgendeine – ich weiß nicht – eine *Verschwörung* hat mich hergebracht, und der will ich auf die Spur kommen.«

»Wir sind nur der Sterne Tennisbälle, Ned, aufgespielt, gewechselt, wie es ihnen paßt.«

»Das glaubst du doch selber nicht. Du glaubst an den Willen. Das hast du doch selbst gesagt.«

»Wie jeder Mensch mit einem letzten Rest an Anstand glaube ich stets das, woran ich morgens beim Aufwachen glaube. Manchmal kann ich mir nichts anderes vorstellen, als daß unser Tun von unseren Genen festgelegt wird, manchmal kommt es mir so vor, als würden wir einzig und allein von unserer Erziehung bestimmt. Aber es ist wahr, an guten Tagen hege ich in der Tat die Hoffnung, daß wir und nur wir unser Dasein gestalten.«

»Also Züchtung, Züchtigung oder Zarathustra.«

»Ha!« Babe schlug Ned auf den Rücken. »Es macht sich, das Wesen macht sich«, dröhnte er über die weite, verständnislose Rasenfläche. »Paß mal auf«, sagte er und hakte sich bei Ned ein, »wenn du verstehen willst, woran du bist, dann wende doch mal die Logik an, die ich dir unter Aufopferung meines Hirnschmalzes beigebracht habe. Zücke Occams Rasiermesser und schneid das Unwichtige und Verwirrende weg. Betrachte nur das, was du weißt. Hab' ich dir mal von Zenon erzählt?«

»Das war der mit dem Paradox, daß Achill nie die Ziellinie erreicht, oder? Ja, von dem hast du mir erzählt.«

»Gut, aber er hat uns noch mehr zu sagen. Ich zeig's dir.«

Babe zog Ned zu einer großen Kiefer, die sich dem hohen Zaun am unteren Rasenende entgegenneigte.

»Wir setzen uns unter den Baum. Große Denker sitzen immer unter Bäumen. Das machen Akademiker so. Das Wort leitet sich übrigens von *akademeia* her, dem Hain, wo Platon lehrte. Auch das französische *lycée* heißt übrigens nach einem Garten, dem *Lykeion*, wo Aristoteles seine Schüler unterwies. Buddha und Newton fanden angeblich unter Bäumen Erleuchtung, und dort wird sie auch über Ned Maddstone kommen. Jetzt paß auf. Ich nehme einen Kiefernzapfen, einen stabilen Strobilus, lege ihn vor dich hin und stelle dir folgende Frage. Ist das ein Haufen?«

»Wie bitte?«

»Ist das ein Haufen?«

»Nein, natürlich nicht.«

Babe legte einen zweiten Zapfen auf den Boden. »Und jetzt, ist das jetzt ein Haufen? Natürlich nicht, jetzt haben wir zwei Kiefernzapfen. Apropos, ist dir mal aufgefallen, daß ›Nadelhölzer‹ das Anagramm ›zehn oder alle‹ ergibt? Auch so eine von

Gottes Dreckarbeiten, könnte man denken. Schau dir die Struktur so eines Zapfens an. Erst eine Dreierreihe, dann fünf, dann acht, dann dreizehn und so weiter. Eine Fibonacci-Reihe. Das kann doch kein Zufall sein, oder? Schon wieder hat sich Mr. Gott verraten. Aber das ist Nebensache. Hier liegen also zwei Zapfen. Gut, ich lege einen dritten hin. Ist das jetzt ein Haufen?«

»Nein.«

»Gut, noch einen.«

Ned lehnte sich an die weiche warme Kiefernrinde und sah Babe zu, der herumkroch, Kiefernzapfen suchte und einen nach dem anderen vor ihm auf den Boden legte.

»Ja«, sagte er schließlich, mehr um Babe einen Gefallen zu tun, als weil er wirklich der Meinung war, »ich würde sagen, das ist definitiv ein Haufen.«

»Wir haben einen Haufen!« Babe klatschte in die Hände. »Einen Kiefernzapfenhaufen! Siebzehn von den schmucken Dingern. Ned Maddstone teilt der Welt also mit, daß siebzehn Stück offiziell einen Haufen ergeben?«

»Na ja ...«

»Siebzehn Kiefernzapfen ergeben einen Haufen, sechzehn aber nicht?«

»So genau würd' ich das nicht sagen ...«

»Und da liegt der Hund begraben. Die Welt ist voller solcher Haufen, Ned. Dies ist gut, das ist nicht gut. Dies ist Pech, aber das eine himmelschreiende Ungerechtigkeit. Dies ist Massenmord und das Genozid. Dies ist Kindsmord, das Abtreibung. Dies ist rechtmäßiger Geschlechtsverkehr, das Vergewaltigung. Der Unterschied besteht in einem einzigen Kiefernzapfen, manchmal verrät uns nur so ein einziger kleiner Zapfen den Unterschied zwischen Himmel und Hölle.«

»Ich verstehe nicht, was das eine mit dem anderen zu tun haben soll ...«

»Ned, du hast selbst gesagt, daß dich eine Verschwörung hergebracht hat. Genausogut kannst du sagen, ein Haufen hätte dich hergebracht. Wer ist eine Verschwörung? Warum? Wieviele genau? Mit welcher Absicht? Sag jetzt nicht, ein Haufen, einfach ein Haufen, nicht mehr und nicht weniger. Sag mir, es waren siebzehn oder vier oder fünfhundert. Du mußt die Sache in ihrer Quidditát sehen, ihrer Wesenhaftigkeit und tiefsten Natur mitsamt allen Akzidentia. Andernfalls wirst du dein Lebtag nicht dahinterkommen, was dir zugestoßen ist, und wenn du tausend Jahre lang hier wärst und tausend Sprachen lerntest.«

Es war tiefer Winter, und die Insel glitzerte kristallweiß unter einem ewigen Leichentuch winterlicher Dunkelheit. Die Stühle waren aus dem Wintergarten in einen Salon im Inneren des Gebäudes gebracht worden. Babe und Ned saßen in einer Nische und spielten an einem Resopaltisch Backgammon.

Die Nischen, die sich an der Salonwand entlangzogen, gehörten zu den kümmerlichen Gewölberesten des Klosters, um dessen ursprüngliche Mauern herum das Krankenhaus erbaut worden war, und die romanischen Blendarkaden hatten Babe und Ned endlich einmal Anschauungsmaterial geliefert, als sie sich mit Bauformen der Architekturgeschichte beschäftigten. Ansonsten hatten nur Sonne und Wolken am Tage, Sterne bei Nacht und die im Sommer durch die Fenster zu erkennenden geschwungenen Hügel Ned die Gelegenheit geboten, sich den Lernstoff zu veranschaulichen.

Sie spielten ein ungewöhnliches Backgammon. Da es im ganzen Krankenhaus kein Spielbrett gab, spielten sie mit fünf Würfeln aus Papier und sonst nichts. Das Brett und die dreißig Steine gab es nur in ihrer Phantasie. Ihre exzentrischen Spiele belustigten die Pfleger. Einmal waren zwei Patienten wütend geworden und hatten versucht, das imaginäre Spielbrett vom Tisch zu reißen und darauf herumzutrampeln – weil es ihren ohnehin gestörten Wahrnehmungssinn zum Narren hielt, hatte Ned vermutet. Die Wahnsinnigen, die Dinge sehen konnten, die für andere unsichtbar waren, waren in ihrem Stolz verletzt, wenn sie etwas nicht sehen konnten, was für andere offensichtlich vorhanden zu sein schien. Da ihre Spiele die anderen zu sehr verstörten, durften Ned und Babe in dieser Nische sitzen, abseits von den Tischen in der Mitte des Raumes, wo sich die anderen aufhielten.

Ned und Babe fiel es leicht, die vor ihnen liegenden Steine zu sehen. Sie spielten um hundert Pfund pro Punkt, und im Moment stand Babe bei Ned mit zweiundvierzig Millionen Pfund in der Kreide. Der Spielaufbau verlangte ihnen keine besondere Konzentration ab, und sie konnten gleichzeitig Gespräche über komplexe Themen in Sprachen ihrer Wahl führen, ohne je die Steineverteilung des anderen in Frage zu stellen oder sich darüber zu streiten, wieviele Steine am Ende vom Brett gewürfelt werden mußten. Manchmal ließ Ned wie an diesem Abend einen flachen Stein um die Finger einer Hand wandern. Babe hatte ihm Zaubertricks mit Münzen und Karten beigebracht, und er wollte in Übung bleiben und ließ französisch fallen, palmierte, stahl und manipulierte während ihres Gesprächs.

Seit einer Woche hatte ausnahmsweise Ned den Lehrer gespielt und dem ahnungslosen Babe erklärt, was es mit Cricket auf sich hatte.

Babe ließ sich gerade über die Schriften von C. L. R. James aus, einem von ihm sehr verehrten Historiker und Gesellschaftskritiker.

»Jammerschade, daß ich ihn nie wieder lesen kann, Thomas«, sagte er seufzend. »Die Passagen, wo er über Cricket ins Schwärmen kam, habe ich immer überblättert. Er brachte es mit dem Leben auf den westindischen Inseln in Verbindung, mit dem Kolonialismus, Shakespeare, Hegel und allem möglichen sonstigen Scheiß. Mit dem altklugen Puritanismus meiner Jugend habe ich das für sentimentalen Schnickschnack gehalten.«

»Ich war ein guter Spieler, weißt du«, sagte Ned. »Ich hätte vielleicht für Oxford gespielt, eventuell sogar für eine Grafschaft, wenn nicht alles anders gekommen wäre. Mensch, ich find's albern, sich auf italienisch über Cricket zu unterhalten. Können wir wechseln?«

»Klar«, sagte Babe auf holländisch. »Das paßt besser, oder? In den Niederlanden spielen sie doch ein bißchen.«

»Kann sein. Der Held meines Vaters war Prinz Ranjitsinji. Von dem hab' ich dir doch erzählt, oder? Aus dem goldenen Zeitalter des Cricket. Es hieß, der Anblick seines Leg-glide wäre nur mit dem des Taj Mahal im Mondschein zu vergleichen.«

»Ich hab' das Taj Mahal mal im Mondschein gesehen«, sagte Babe. »Überschätzt, völlig überschätzt, dieses ...«

»Ich weiß«, sagte Ned leicht ungeduldig, »hast du erzählt. Ich konnte letzte Nacht nicht schlafen, ich hab' wieder von meinem Vater geträumt.«

»In diesen langen Wintern schweifst du in deinen Träumen immer in die Vergangenheit zurück«, sagte Babe, akzeptierte Neds Kontra und legte ihm den Würfel hin. »Deine Schulter ziept, und du machst dir Sorgen. Der Frühling ist nicht mehr fern. Er wird dich aufheitern.« Er pfiff leise und verhalten eine Melodie.

»*Die Walküre*«, sagte Ned geistesabwesend. »Akt Eins, Szene Drei. ›Siehe, der Lenz lacht in den Saal‹.«

»Eins plus mit Sternchen. Und das?« Babe pfiff wieder.

»Mir doch Wurst.« Ned verfiel ins Englische. »Ich hab' heut' abend keine Lust auf Tests. Ich will es immer noch *wissen*, verstehst du. Ich *muß* es einfach wissen.«

»Was weißt du denn nicht?«

»Es dürfte dir inzwischen aufgefallen sein, daß ich kein Idiot bin, Babe. Wir sind hier in einem privaten Irrenhaus, oder wie Dr. Mallo es lieber nennt, in einer ›internationalen Luxusklinik‹. Umsonst kommt hier keiner rein. Jemand hat für dich bezahlt, und jemand hat für mich bezahlt. Und sie zahlen noch immer.«

»Die wahren Künstler in den Nachrichtendiensten sind nicht die Spione, Ned. Die wahre Kunst besteht darin, Staatsdiener und Minister zu bearbeiten, die an die Geheimfonds herankommen. Am Gelde hängt, zum Gelde drängt doch alles. Wenn du deine schwarzen Kassen und verdeckten Konten gut genug vertuschen kannst, wenn du ganze Ströme von Staatsgeldern umlenken, waschen und absaugen kannst, dann und nur dann darfst du dich mit vollem Recht einen Spion nennen.«

»Meinetwegen. Das Wie ist also kein großes Geheimnis. Aber in meinem Fall ist das Warum noch unbeantwortet. Das macht es so sinnlos. Nach meiner Ankunft dachte ich, ich wäre gekidnappt worden. Aber Kidnapper blechen nicht ein Leben lang für ihre Geiseln. Deshalb glaubte ich nach ein paar Jahren das, was Mallo mir erzählte, daß ich ein Phantast mit so tief verschütteter wahrer Vorgeschichte wäre, daß nicht einmal Erinnerungen übrig geblieben wären. Ich weiß, daß das nicht stimmt, und habe es im Grunde immer gewußt. Ich weiß, daß man mich sehr bewußt hier hergebracht hat. Aber wer und warum? Das verstehe ich noch immer nicht. Niemand kann mich doch im Ernst auch nur eine Sekunde lang für einen Sympathisanten der IRA gehalten haben, und falls doch, dann hätten sie mich doch nicht hier hergebracht, wo Leute wie du sitzen.«

»Du weißt genau, daß es hier auch echte Wahnsinnige gibt, Ned. Wir beiden sind die einzigen Insassen, die sich schmeicheln, aus politischen Gründen festgehalten zu werden. Du streitest es zwar immer wieder ab, aber hast du dir wirklich nie überlegt, daß die Leute, die uns hier verklappt haben, gute Gründe gehabt haben könnten? Vielleicht bin ich eingewiesen worden, weil ich wirklich wahnsinnig bin. Absolut unzurechnungsfähig.«

»Doch«, gab Ned lächelnd zu, »natürlich habe ich mir das überlegt. Und natürlich *bist* du wahnsinnig, wenn wir unter einem Wahnsinnigen einen Freidenker verstehen, der jede einzelne Norm der zivilisierten Welt hinterfragt und ablehnt. Und egal wie zurechnungsfähig du bei deiner Einlieferung warst, im Lauf der Zeit bist du definitiv wahnsinnig geworden. Das solipsistische Horten deines Geistes und das hoffärtige Schanzwerk deines Willens gegen die mächtige Autorität der Institution Klinik, das alles sind Psychopathologien par excellence. Psychopathologien, die jedoch den Künstler, den Revolutionär und den Liebhaber genauso privilegieren wie den Wahnsinnigen. Insofern kannst du dich vom Urteil der Unzurechnungsfähigkeit freisprechen.«

»Du liebe Güte, Thomas, sprich mir bitte auch die Verantwortung ab, dir je diesen Duktus beigebracht zu haben.«

»Ich habe diese Art des Diskurses gewählt, um dich zu provozieren, das weißt du ganz genau. Ich komme wieder und wieder auf dasselbe Problem zurück. Irgendwie muß ich es mir mit dem britischen Geheimdienst – wenn ich ihn der Einfachkeit halber so nennen darf – verscherzt haben. Kannst du mir wenigstens darin zustimmen?«

Babe nickte.

»Erinnerst du dich an den Tag, als wir unter der *Picea abies* gesessen haben und du mich mit Zenons Paradoxon des Haufens vertraut gemacht hast?«

»Ja.«

»Wo es dir darum ging, mir beizubringen, Fakten klar zu beurteilen? Das Konkrete vom Abstrakten zu scheiden und das Sein vom Schein?«

»Ich glaube nicht, daß ich es so formuliert habe, aber ja, ich erinnere mich daran.«

»Nun, ich durchdenke allabendlich die fünf meiner Meinung nach feststehenden Dollpunkte meiner Geschichte und prüfe, ob ich sie wirklich klar beurteile. Ich komme nicht weiter.«

»Was meinst du mit Dollpunkten?«

»Ist doch klar. Erstens, ich erkläre mich unwissentlich bereit, den Brief eines IRA-Kuriers zu befördern. Zweitens, ich werde wegen des Besitzes von Drogen festgenommen, die mir untergeschoben worden sind. Drittens, da ich den Brief noch bei mir habe, bringt man mich vom Polizeirevier in eine, wie ich heute annehme, Tarnwohnung des britischen Geheimdienstes und verhört mich. Viertens, am Ende des Verhörs sagt man mir, ich würde nach Hause gebracht. Fünftens, ich werde nicht nach Hause gebracht, sondern zusammengeschlagen und hierher verfrachtet, wo ich mich seitdem befinde. Du wirst mir doch wohl zustimmen, wenn ich diese fünf Punkte für die wichtigen Tatsachen halte, oder?«

»Du mußt es ja wissen.«

»Was soll das heißen ›du mußt es ja wissen‹? Jahrelang habe ich mir den Kopf an der Wand dieser Tatsachen eingerannt.«

»Was den Schluß erlaubt, daß sie dir nicht weiterhelfen«, sagte Babe sanft. »Vielleicht hast du noch nicht den richtigen Zugang gefunden. Dann würdest du nicht unaufhörlich gegen eine starre Tatsachenwand anrennen, sondern in den Ereignissen ein Muster erkennen. Ein Muster, das dir etwas offenbaren würde. Wenn du deine Tatsachen durchnumerierst, konstruierst du einen Kausalzusammenhang, der das Muster unter Umständen verschleiert.«

»Aber es *gibt* kein Muster. Das sag' ich doch die ganze Zeit.«

»Frag dich mal nicht, was dir *zugestoßen* ist. Frag dich, was *dir* zugestoßen ist.«

»Was soll denn das jetzt wieder heißen?«

»Hattest du beispielsweise Feinde? Die Möglichkeit hast du noch nie erwähnt.«

»Ich hatte auf der ganzen Welt keine Feinde!« sagte Ned aufbrausend. »Ich war der beliebteste Junge der ganzen Schule. Ich war kurz davor, Schulsprecher zu werden. Ich war Mannschaftskapitän im Cricket. Ich war verliebt. Ich war auf dem Sprung nach Oxford. Wer sollte mich denn da hassen?«

Babe lachte.

»Was gibt's denn da zu lachen?«

»Entschuldige bitte. Ich versuch's dir zu erklären. Du hast gerade einen Menschen skizziert, der zwar sehr wohl glücklich sein mag, aber danach hatte ich nicht gefragt. Du beschreibst einen Menschen, für den der klassische Satz ›ich hasse ihn einfach‹ geradezu erfunden worden ist.«

»Da komm' ich nicht mit.«

»Willst du vielleicht behaupten, du hast diese Gemeinplätze nie gehört? ›Wie bitte, er ist ein Musterschüler *und* eine Sportskanone? *Und* er sieht gut aus? Erzähl mir nicht, er ist auch noch sympathisch, sonst find' ich ihn echt zum Kotzen.‹ So reden echte Menschen in der echten Welt, Ned, das solltest du eigentlich wissen.«

»Aber ich *war* sympathisch ...«

»Sympathisch ist ein Haufenwort. Stapel genug ›sympathische‹ Handlungen aufeinander, glaubst du, die ergeben einen sympathischen Haufen? Was warst du wirklich? Was hast du *getan?* Deine Handlungen definieren dich, nicht deine Eigenschaften.«

»Ich habe nichts getan.«

»Dann eben deine *Untätigkeit*.«

»Willst du damit sagen, irgendwer hat mich gehaßt?«

»Vielleicht nicht gleich gehaßt. Versuchen wir doch mal, deine Dollpunkte separat zu behandeln. Den großen, deine Ankunft hier, den vergessen wir mal, und konzentrieren uns auf die Tatsachen, mit denen alles ins Rollen kam. Mal angenommen, man hat dir das Dope untergejubelt, um dich bloßzustellen. Wem hätte das etwas genützt?«

»Niemandem. Wie soll so eine Dummheit denn irgendwem nützen? Das hätte doch bloß den Menschen wehgetan, denen ich etwas bedeutete.«

»Aha. Genau das könnte beabsichtigt gewesen sein. Aber vielleicht versprach sich irgendwer auch einen konkreteren Vorteil davon. Schulsprecher, Mannschaftskapitän und mit einem wunderschönen Mädchen zusammen. Es gibt genug jugendliche Heißsporne, die jedes einzelne davon oder auch alle drei bis zum Wahnsinn begehren könnten. Wer wäre beispielsweise

Schulsprecher geworden, wenn du wegen Drogenbesitzes der Schule verwiesen worden wärst?«

»Woher soll ich denn das wissen?«

»Kannst du dir wirklich niemanden denken?«

»Hm, Ashley Barson-Garland wahrscheinlich.«

»Ashley Barson-Garland. Beschreib mir den. Alles, was dir einfällt. Und sag's in Zahlen, nicht in Haufen.«

Ned erzählte Babe alles über Ashley und endete seine Beschreibung mit »... aber er mochte mich, da bin ich sicher ...«, was sogar ihm selbst lahm vorkam.

»Hat er möglicherweise Verdacht geschöpft, daß du die fünf Seiten seines Tagebuchs gelesen hast?«

»Ich habe mir wahnsinnig Mühe gegeben, mir nichts anmerken zu lassen. Nein, das kann er unmöglich gewußt haben.«

»Ach Ned. Du treue Seele. Erinnere dich an dein damaliges Selbst. Denk an den Wonneproppen zurück. Was wußtest du denn damals schon? Wie gut konntest du etwas verbergen? Hattest du die geringste Verstellungskunst? Ist dir denn nicht klar, daß ein raffinierter, sarkastischer, bitterer und voreingenommener Mensch wie dieser Barson-Garland von eigenen Gnaden dich weit leichter lesen konnte als du sein Tagebuch? Snobs sehen auf Schritt und Tritt soziale Kränkungen, und Schwindler halten jeden Blick für Ranküne. Er hat es vielleicht nicht *gewußt*, aber kannst du wirklich ausschließen, daß er es *geahnt* hat?«

Ned biß sich gereizt auf die Unterlippe. »Meinetwegen, aber selbst wenn, warum soll er mich gleich hassen?«

»Das hängt von deiner Vorstellungskraft ab.«

»Ich dachte, du hättest gesagt, ich soll alles unvoreingenommen analysieren. Mit Vorstellungskraft läßt sich alles mögliche ausmalen, also was soll das?«

»Jetzt verwechselt du Vorstellungskraft mit Phantasie. Vorstellungskraft ist die Fähigkeit, sich in andere Menschen hineinzuversetzen. Es ist unsere nüchternste und klarsichtigste

Fähigkeit. Wenn du deine Vorstellungskraft einsetzt, wirst du einsehen, daß du aus Ashleys Perspektive alles hattest, was er haben wollte. Um ehrlich zu sein, ich vermute, daß er sogar in dich verliebt war, sich das aber nicht eingestehen konnte.«

»Daß ich nicht lache!«

»Denk daran, was du gelesen hast. Wie er da wütend in die Kreissäge masturbiert hat. Aber wir müssen nicht darauf herumreiten, es war nur so ein Gedanke.«

»Das *alles* ist leider nur so ein Gedanke.«

»Warum regt es dich dann so auf?«

»Es regt mich nicht auf ...« Neds Knie wippte auf und ab, was seit langer Zeit nicht mehr vorgekommen war. Er unterbrach sich. »Na gut, dann regt es mich eben auf. Weil es so sinnlos ist. Weil es uns nicht weiterbringt.«

»Es regt dich auf, weil es *nicht* sinnlos ist und uns der Wahrheit näherbringen könnte. Der Wahrheit, daß andere dich nicht so gesehen haben, wie du gerne möchtest. Vielleicht hielten sie dich für arrogant, rücksichtslos und unausstehlich eitel, für so selbstsicher, daß selbst deine Umgänglichkeit und dein Charme wie Dolche in ihre neidischen, korrupten Halbstarkenherzen stießen. Aber heute bist du ein erwachsener Mann, der sich nicht in die eigene Tasche lügen sollte.«

»Aber selbst wenn«, sagte Ned gereizt, »dann glaub' ich immer noch nicht, daß sich Ashley Barson-Garland allen Ernstes Drogen besorgt, bloß damit ich von der Schule fliege. Der hatte doch keinen blassen Schimmer von ... *Cade!*« Ned drosch mit der Faust auf den Tisch und zerdrückte den Doppelwürfel aus Papier. »Scheiße, Mann, *Rufus Cade.*«

»Laß nur«, sagte Babe, als Ned versuchte, den Würfel wieder zurechtzubiegen. »Rufus Cade. Den Namen hör' ich zum erstenmal.«

»Der hatte auch nichts zu melden. Ich hab' ihn aus der A-Mannschaft genommen ... aber das ist doch lachhaft. Niemand könnte so nachtragend und kleinlich sein ... er hat allerdings Cannabis geraucht, das weiß ich. Immerzu.«

»Siehst du, plötzlich haben wir zwei Jungen mit Motiven, wenn auch noch so trivialen. Und einer von ihnen kommt sogar an die, sagen wir mal, Mordwaffe heran.«

»Weißt du was?« sagte Ned, der nur mit einem Ohr zuhörte. »Irgendwie hatte ich immer so ein Gefühl, daß Rufus mich nicht mochte. Ich kann's nicht ganz erklären, aber er konnte mir nie in die Augen sehen. Er war nicht direkt grob, aber ich weiß noch, wie ich die *Orphana* nach Paddys Tod nach Oban zurückbringen mußte. Da war Rufus auch dabei und war total fies. Ich glaube, er ärgerte sich, weil ich das Kommando übernommen hatte. Ich verstand das nicht und war sauer. Vielleicht war ich wirklich arrogant. Aber du stellst das ja dar, als wären Ashley und er rasende Iago-Figuren gewesen, die Othellos Sturz einfädelten. Ich war nicht Othello, Mensch, ich war bloß ein Schuljunge.«

»Und was hatte Othello verbrochen? Er war stattlich, gutaussehend und erfolgreich. Und er hatte Desdemona.«

»Aber Rufus hatte Portia nie auch nur *gesehen.* Ashley hat sie am selben Tag kennengelernt wie ich, aber *Ashley* ... ich meine, von dem wurde immer gemunkelt, er wäre, na ja, du weißt schon, andersrum ... was nicht heißen soll, daß ich dir zustimme und er in mich verliebt war«, fügte Ned hastig hinzu. »Schließlich konnte er mich ja schlecht gleichzeitig lieben und hassen.«

»Sag bloß, du hast den ganzen Catull vergessen, den ich dir mühsam einzubleuen versucht habe«, sagte Babe bekümmert.

»*Odi et amo,* schon gut. Aber wenn du darauf rauswillst, auch Portia hätte mich gehaßt, dann sind wir geschiedene Leute, aber für immer. Ich *weiß,* daß das nicht stimmt. Aber wenn ...« Neds Stimme verlor sich, und er starrte grübelnd auf den Tisch.

»Kommt dir eine Idee?« fragte Babe nach einer langen Pause.

»Wenn's Wissen gäb, der Seele Bildung im Gesicht zu lesen, dann würde ich sagen, du wägst unwägbare Gedanken, und dir geht ein Licht auf.«

»*Gordon.* Gordon Fendeman.« Ned zog den Namen in die Länge. »Portias Vetter. Ich weiß noch dunkel ... die beiden waren so komisch, als ich sie vom Flughafen abgeholt hab'. Sie waren zusammen in den Ferien gewesen, und ich mochte es nicht, daß er so dicht bei ihr stand. Ich war nicht direkt eifersüchtig, aber ich weiß noch, daß ich es nicht mochte. Ich fühlte mich nicht wohl dabei. Und Portia sagte, sie hätte meine letzte Postkarte nie gelesen, weil Gordon sie verschmiert hätte. Aus Versehen, sagte sie, aber wer weiß.«

Babe hörte sich aufmerksam alles an, was Ned über Gordon zu sagen hatte.

»Mal sehen, ob ich alles mitbekommen habe«, sagte er. »Ashley und Gordon wollten sich genau an dem Tag das House of Commons ansehen, an dem du aus Schottland und Portia und Gordon aus Italien zurückgekommen waren, ja?«

»Genau. Ich weiß noch, daß ich's schön fand, daß Gordon die Wiege der Demokratie zu sehen kriegen würde.«

»Meine Güte, das hast du hoffentlich nicht so *gesagt.*« Babe verkniff sich ein Grinsen.

»Und was wäre daran nun wieder so verkehrt?«

»Vielleicht ein kleines bißchen schwülstig?«

»Öhm, kann sein ...« Ned mußte ebenfalls grinsen. »Jedenfalls sind sie dann, als Portia und ich am ... als wir oben im Bett lagen, da sind sie zurückgekommen.« Ned schlug wieder auf den Tisch. »Mann, jetzt hab' ich's! *Jetzt hab' ich's!*«

»Gordon und Ashley sind zurückgekommen?«

»Ja, aber *mit Rufus.* Verstehst du? Ashley muß die ganze Zeit in irgendeinem Pub mit ihm verabredet gewesen sein. Rufus und er waren dicke Freunde. Rufus war im selben Zug wie ich aus Schottland nach London zurückgekommen. Ashley hat

Gordon zu dem Treffen mit Rufus mitgenommen, und alle drei sind dann zurückgekommen, als Portia und ich noch oben waren.«

»Was haben sie gesagt?«

»Sie waren nur ganz kurz da. Ashley hat gesagt ... was hat der noch gesagt? Ich glaube, er wollte irgendwas abholen. Er hat was hochgerufen. ›Ihr jungen Leute amüsiert euch man ...‹ Genau das hat er gesagt. Und jetzt kommt's, Babe! *Meine Jacke hing unten in der Diele am Treppengeländer.* Mann, die müssen im Pub gesessen und alles ausgeheckt haben. Sie wußten sogar, wo ich hinwollte! Sie wußten, daß ich Portia zum Knightsbridge bringen wollte ...«

»Hey hey hey, Ned, immer mit der Ruhe.«

»Stell dir doch mal vor, die sitzen da im Pub, lassen sich volllaufen, ziehen über den beschissenen Ned Maddstone her und wie schön es wäre, wenn dem mal einer eine reinwürgen würde. Da haben sie beschlossen, mein Leben zu ruinieren. Sie brauchten ja bloß anonym bei der Polizei anzurufen. Und sie haben mir das Zeug lachend in die Jacke gesteckt. ›Ihr jungen Leute amüsiert euch man!‹ Genau das hat Ashley hochgerufen, und ich hab' gehört, daß Rufus und Gordon losprusten mußten. Ich weiß noch, daß ich gerührt und stolz war. Ich dachte, meine Freunde gackerten wie die Backfische, weil sie sich vorstellten, was Portia und ich da oben machten, und deshalb war ich stolz. Aber sie lachten, weil sie wußten, daß ich so gut wie ruiniert war. Da fällt mir noch was ein! *Sie haben dabei zugesehen!*« Neds Knie wippten unkontrollierbar auf und ab, als ihm das damalige Geschehen Stück für Stück wieder einfiel. »Ich weiß noch genau, als die Polizisten mich in den Wagen stießen, habe ich aus einem Hauseingang auf der anderen Straßenseite Lachen gehört. Sie haben mir das Leben zerstört und dabei *gelacht*.«

Ned war bleich geworden. Er hatte Speichelbläschen in den Mundwinkeln, genau wie die echten Wahnsinnigen, mit denen sie

Tag für Tag zu tun hatten. Babe beugte sich vor und legte ihm eine Hand auf den Arm. »Schon gut, mein Freund. Ist ja schon gut. Tief durchatmen. *Vielleicht* bist du auf die Wahrheit gestoßen …«

»Natürlich bin ich das! So *muß* es gewesen sein! Verflixt, warum ist mir das bloß nicht früher klargeworden?«

»Das weißt du doch. Ich hab's dir doch gesagt. Du hast es nicht gesehen, weil du nicht genau hingesehen hast. Sieh jetzt mal genau hin. Vier Schuljungen, und einem davon wird ein dummer Streich gespielt, das hast du mir gerade erzählt. Übel, klar, ziemlich übel sogar, aber laß dich doch nicht –«

»Sie haben *gelacht,* Babe! Sie haben mich ausgelacht.«

Martin mischte sich plötzlich ein. »Was ist denn hier los? Habt ihr beiden Turteltäubchen Krach?«

Durch eine wütende Antwort hätte Ned fast verraten, daß er Schwedisch konnte, aber Babe kam ihm zuvor.

»Kein Krach, Martin … kann mich bloß nicht an die Zahlen erinnern. Hab' die Zahlen vergessen«, sagte er benommen nuschelnd und starrte das unsichtbare Backgammonbrett an.

»Ihr zwei beide verrückt«, sagte Martin auf englisch. »Alle hier verrückt«, er breitete die Arme aus und bezog alle anderen Anwesenden mit ein, »aber ihr seid die Meistestverrückten. Jetzt Zeit, ihr geht in Zimmer. Morgen ist Inspektion. Rasiert euch am Morgen und benehmt euch.«

Ned konnte in jener Nacht nicht schlafen. Drei feixende Gesichter gingen ihm nicht aus dem Sinn. Fendeman, Garland und Cade. Die Namen gingen ihm im Kopf herum wie der Rhythmus eines Zuges oder wie donnernde Hufe auf einer Rennbahn.

Fendeman, Garland und Cade. Fendeman, Garland und Cade. Fendeman, Garland und Cade. Fendeman, Garland und Cade.

Auch Babe lag in dieser und vielen folgenden Nächten wach. Ihm war an Ned ein besorgniserregender Wandel aufgefallen.

»Es gefällt mir nicht, daß du deinen Motor so hochjagst«,

sagte er. »Du kannst nirgends hinfahren. Du kannst dich nur aufzehren.«

Ned ignorierte solche Warnungen. Er zog sich mehr und mehr in die Vergangenheit zurück, durchlebte immer wieder seine letzten Tage in der Welt, hörte jede Silbe wieder, die Fendeman, Garland und Cade gesagt hatten, und sah vor seinem geistigen Auge jeden Blick und jede Geste wieder. Nach und nach konnte er sich durch ihre Augen sehen.

Aus Rufus Cades Perspektive sah er den arroganten Ned, den anmaßenden Ned, den lässigen Schnösel Ned. Jedes nette Lächeln, jede höflich gemurmelte Entschuldigung schien ihm jetzt Grund zu Ressentiments zu liefern.

Ned verstand, daß er für Ashley der Inbegriff von Souveränität, Attraktivität, unerreichbaren Privilegien, Vollkommenheit und Anmut gewesen sein mußte. Auch daß er ihm den Ferienjob als Rechercheur seines Vaters besorgt hatte, konnte als gönnerhafte Beleidigung gewertet werden.

Auch für Gordon, der erst kurze Zeit in dem unbekannten Land lebte, mußte er das Paradebeispiel des abgehobenen, nichtjüdischen, fremdartigen Engländers gewesen sein. Mit ansehen zu müssen, wie er von seiner Kusine Portia düpiert wurde, weil sie von einem Jungen besessen war, der in allem das Gegenteil von ihm war, mußte Gordons Haß erweckt haben.

Ned verstand, daß einem alles, was er damals hatte und war, auch abstoßend, häßlich, erdrückend und widerlich vorkommen konnte. Alles in und an ihm – der Cricketpullover mit V-Ausschnitt, die schwungvolle Stirnlocke, das bedauernde Lächeln und die hübschen Augen, die unangestrengte Sportlichkeit, der zarte Teint und das pfirsichfarbene Erröten, Stimme, Tonfall, Auftreten und Gang – all das mußte in bestimmten Leuten einfach den Wunsch erweckt haben, Ned Maddstone vom Sockel zu stoßen.

Aber wie konnten sie bloß? Wie hatten sie übersehen können,

daß Ned von all dem nichts geahnt hatte? Wie hatte ihnen seine unschuldige Phantasielosigkeit, Herzlichkeit und Naivität entgehen können? So arrogant er auch aufgetreten sein mochte, Ned wäre in jenen Tagen nie auf die Idee gekommen, seine Gefühle könnten mehr wert sein als die anderer. Daß sie zu einer so unerschütterlichen Einschätzung seiner Persönlichkeit gekommen waren, zeugte von einer Arroganz, die die seine weit überstieg. Sie hatten sich ihre Wut nicht anmerken lassen. Sie hatten vorgegeben, ihn zu mögen. Sie hatten kaltblütig geplant, ihn vor seinem Vater und seiner Freundin bloßzustellen, als hätte er kein Gefühlsleben, keine eigene Sicht der Dinge und kein Recht auf Glück. Daß sie ihn als Symbol ohne Leben oder Schmerzempfinden hatten behandeln können, machte sie zu unvorstellbar bösen Menschen. Es bestand nicht die geringste Aussicht, daß Ned ihnen je vergeben würde.

Fendeman, Garland und Cade. Fendeman, Garland und Cade.

»Ich habe versucht, dieselbe Denkmethode auf die Ereignisse nach meiner Festnahme anzuwenden«, sagte er eines Morgens zu Babe, der einen Schaltplan zeichnete.

»Jetzt konzentrieren wir uns mal auf das Nächstliegende, ja? Weißt du, was das ist?«

»Der Schaltplan von einem Hi-Fi-Verstärker.«

Babe schüttelte den Kopf. »Du gibst dir keine Mühe. Zähl mal die Kondensatoren.«

»Ein Taschenrechner. Der Thermostat einer Zentralheizung. Das Kontrollpult einer automatischen Melkanlage. Wen juckt das? Wir sind soweit gekommen, Babe, wir dürfen jetzt nicht aufgeben. Mir ist jetzt klar, was bis zu meinem Eintreffen auf dem Polizeirevier passiert ist. Die drei haben meine Festnahme geplant. Aber sie wußten nichts von dem Brief. Ich muß verstehen, was danach passiert ist.«

Babe seufzte und legte den Stift beiseite. »Eine Alarmanlage, noch dazu eine sehr elegante«, sagte er und faltete die Zeichnung zusammen. »Hier, du kannst sie dir später anschauen. Ich frag' dich irgendwann ab.«

Ned steckte sie ungeduldig ein. »Klar«, sagte er, »irgendwann.«

»Gehen wir es noch einmal durch«, sagte Babe. »Ein Mann namens Oliver Delft hat dich in ein Haus auf dem Land gebracht. Du hast in der Küche gesessen und ihm erklärt, wie du an den Umschlag mit den belastenden Codewörtern gekommen bist. Versetz dich wieder in dieselbe Situation. Stell sie dir vor, fühl sie. Delft steht mit seinem Weinglas vor dir, du sitzt mit dem Milchkarton am Tisch ...«

Ned schloß die Augen und versuchte, sich das Gespräch wieder ins Gedächtnis zu rufen.

»... Noch vor den *News at Ten* bist du wieder zu Hause ... Du hast doch nichts gegen ein Tonbandgerät, oder? Erzähl mal von deinem Freund Paddy Leclare ... Er war nicht mein Freund, er war nur der Segellehrer der Schule ... Wir haben etliche von der Schule organisierte Segeltörns gemacht ... Er fragte und fragte.«

»Kannst du dich noch an die Fragen erinnern?«

»Er hat mich alles mögliche gefragt. Wollte alles über die fragliche Segeltour wissen. Wie lange wir am Giant's Causeway gewesen wären ...« Ned kniff die Augen fester zusammen. »Er war locker, fast gelangweilt. Du machst das prima, Ned, echt gut. Jetzt haben wir's bald geschafft ... und kein Mond am Himmel? ... Das ist gut, Ned. Ausgezeichnet, ausgezeichnet. Und woher kam der Umschlag? ... Weiß nicht, aus einem Laden, nehm' ich an, einer Schreibwarenhandlung ... Nein, nein. Wo hat er ihn rausgezogen? Aus der Hosentasche? Einem Safe? Was? ... Ach so, aus einer kleinen Tasche auf dem Kartentisch ... Irgendein Markenname? Adidas, Fila, irgend so was? Gut, gut. Fast geschafft, alter Knabe. Dein Kumpel Rufus Cade noch außer Hörweite, richtig? Verstehe. Auf dem Umschlag stand nichts. Oder doch? ... Er fragte und fragte.«

»Und er beugt sich über dich«, Babes Stimme schien aus

weiter Ferne zu kommen. »Er fragt dich aus, das Tonband läuft, und er sieht fast gelangweilt aus, sagst du.«

»Er bekam plötzlich einen Krampf und wurde etwas wacher«, sagte Ned.

»Einen Krampf?« sagte Babe stirnrunzelnd. »Wie meinst du das?«

»Na ja, er sprang hoch und lief hin und her. Ich hab' gefragt, ob was nicht stimmt, und er hat gesagt, er hätte einen Krampf. Dann ist er kurz weggegangen und mit einer Tüte mit Kleidern zurückgekommen ...«

Babe beugte sich vor. »Was hattest du gesagt?« fragte er. »Was hast du gesagt, unmittelbar bevor er den Krampf bekommen hat? Kriegst du den genauen Wortlaut noch zusammen?«

»Er hatte mich nach dem Umschlag gefragt, wo ich den für Paddy abliefern sollte, die ganzen Einzelheiten ...«

»Aber was genau hast *du* gesagt?«

»Ich hab' ihm gesagt, was Paddy mir aufgetragen hatte – ich hab' ihm gesagt, daß ich den Umschlag bei einem Mr. Blackrow abgeben sollte, Philip R. Blackrow in ... wie hieß die Straße noch gleich? Das war ein Platz, genau: Heron Square, W 1. Nummer dreizehn, glaube ich –« Ned stockte. Babe sah ihn über den Tisch hinweg entsetzt an. »Was ist denn? Babe, was um Himmels willen ist denn los?«

Babe schüttelte den Kopf und gab ein Geräusch von sich, das halb ein Stöhnen und halb ein Lachen war.

»Fehlt dir was? Was ist denn los?«

»Ach, Ned, Ned, Ned.« Babe schaukelte auf seinem Stuhl vor und zurück. »Warum hast du mir das nie erzählt? Du hast immer nur Blackrow gesagt. Aber Paddy hat nicht *Philip* Blackrow gesagt, das ist nicht der Name, den er genannt hat.«

»O doch. Ich war schließlich da, Herrgott noch mal, nicht du! Der Name und die Adresse lauteten Philip R. Blackrow, 13 Heron Square. Das habe ich klar und deutlich gehört.«

Babe bog sich vor Lachen. »Philip R. Blackrow! Ach du armes Schäfchen, das hast du gehört? Verstehst du denn nicht? Es ging nicht um Philip *R.* irgendwas, es ging um *Philippa. Philippa Blackrow.* Das war der Name. Philippa Blackrow.«

»Philippa? Warum bist du dir da so sicher?« Ned starrte Babe entgeistert an. »Ich meine, klar, möglich wär's, aber – hast du sie etwa gekannt?«

»Ich hätte viel früher eins und eins zusammenzählen sollen«, sagte Babe. »Du hast den Namen Blackrow erwähnt, und ich hab' nicht geschaltet. Du bist so ein Idiot, Babe.«

»Worauf bist du nicht gekommen? Wenn du etwas weißt, Babe, dann sag's endlich.«

»Delft und Blackrow, ich fass' es nicht, daß ich so schwer von Begriff war. Aber wer außer mir erinnert sich andererseits an ein paar Namen, die er vor dreißig Jahren mal flüchtig in einer Akte gesehen hat? Oh, du bist ein Pechvogel, Ned Maddstone, wirklich ein Pechvogel.«

»Sag's endlich, Babe. Spann mich nicht auf die Folter.«

»Hast du mal von Jack Custance gehört?«

Ned schüttelte den Kopf.

»Ist im Zweiten Weltkrieg als Hochverräter erschossen worden. Englisch wie ein Porzellanhund, aber Fenier bis ins Mark. Er hinterließ Frau und Kind, eine Tochter namens Philippa. Die Frau starb in Kanada, und ihr reicher Bruder Robert Wheeler hat die kleine Philippa nach England zurückgeholt und adoptiert. Sie wuchs als Philippa Wheeler auf, heiratete einen Peter Delft und bekam ein Kind, das in der Akte daten-, namen- und geschlechtslos war. Peter Delft starb am 19. September '61, wenn mein Gedächtnis nicht trügt – was es natürlich nicht tut. Am 19. April '63 heiratete sie zum zweitenmal, einen Handelsbankier namens Jeremy Blackrow. Als ich '63 auf die Akte stieß, war das der letzte Eintrag. So wurde aus Philippa Custance erst Philippa Wheeler, dann Philippa Delft und schließlich Philippa

Blackrow. Ich befaßte mich mit Jack Custances Akte, weil ich seine Jugend recherchierte. Ich hatte den langweiligen Auftrag bekommen, etwas über das Profil des typischen britischen Sympathisanten der irischen Republikaner zu referieren, als ließe sich so etwas klar definieren.«

»Philippa Blackrow war Oliver Delfts Mutter?« Ned artikulierte sorgfältig jedes einzelne Wort, als hätte er Angst, die Bedeutung des Gesagten könne wanken und in sich zusammenfallen. »Er war ihr Sohn. Er war der Sohn ausgerechnet der Person, der ich Paddys Brief aushändigen sollte?«

»Keine Querverweise«, sagte Babe und kniff verächtlich die Lippen zusammen. »Ihr Sohn bewirbt sich beim Dienst, und niemand bringt ihn mit der Tochter eines verurteilten Verräters in Verbindung. Na ja, von einem Geheimdienst, der nicht imstande ist, einen ausgewachsenen Oberst des KGB in den eigenen Reihen zu enttarnen, wäre eine solche Lappalie auch zuviel verlangt. Aber kein Wunder, daß Oliver einen Krampf bekam, als du aus heiterem Himmel ihren Namen nanntest. Dem muß der Arsch auf Grundeis gegangen sein.«

»Dann war er also auch ein Verräter?«

»Nicht unbedingt. Er kann ja zum Dienst gegangen sein, ohne die wahren Beziehungen seiner Mutter zu kennen.«

»Jedenfalls konnte er mich mit der Kenntnis dieses Namens nicht frei herumlaufen lassen«, sagte Ned.

»Genau. Wenn er beruflich weiterkommen wollte, mußte er eine Lösung finden, dich loszuwerden und alle Spuren zu verwischen. Wie er dich losgeworden ist, wissen wir. Aber ich frage mich, wie er die Spuren verwischt hat ...« Babes Stimme verlor sich.

Ned zog ihn am Ärmel. »Woran denkst du?«

»Versetz dich in Delfts Lage«, murmelte Babe mehr zu sich als zu Ned. »Er hat Dienst. Ein Telex geht ein. Ein Jugendlicher ist mit einem Schreiben aufgegriffen worden, das den Dienst interessieren könnte. Er verhört dich, alles läuft prima, du stellst dich als unschuldig heraus. Er entdeckt, daß seine Mutter in die Angelegenheit verwickelt ist. Wie reagiert er? Sein Abteilungsleiter wird ihn am nächsten Tag zur Rede stellen. ›Laut Dienstbuch sind Sie zu einem Polizeirevier geschickt worden, Oliver. Wer war der Junge? Was hatte es mit dem auf sich?‹ Was hättest du an Delfts Stelle gemacht?«

»Da komm' ich nicht mit«, sagte Ned. »Was genau …?«

»Pst!« Babe legte einen Finger an die Lippen, »ich würde so tun, als würde ich dich einsetzen, genau. ›Ich hab' ihn umgedreht, Chef. Er liefert eins-a Informationen. Aber Hände weg, er gehört mir, und ich hab' keine Lust, daß er verbrennt.‹ Aber dafür mußte er Gegenleistungen erbringen. Gut, er hat das Tonband, aber da ist der Name seiner Mutter drauf, er braucht also ein neues. Ned, mußtest du ihm zufällig noch irgendwas Genaues aufs Band sprechen? Nach seinem Krampf, mein' ich?«

»Ich weiß nicht genau … *doch!* Portias Familie! Er hat sich nach ihrem Vater erkundigt. Ich hab' ihm gesagt, was ich wußte, und er wollte die genaue Adresse haben. Ich mußte sie ihm sogar zweimal auf Band sprechen. Aber warum? Das verstehe ich noch immer nicht.«

»Ich war in einem schmutzigen Gewerbe«, sagte Babe. »Ich erklär' dir mal, was Delft gemacht hat.«

Als Ned abends im Bett lag, gesellte sich ein weiterer Name zu denen, die ihm bereits im Schädel pochten. Jetzt hieß es *Delft*, Fendeman, Garland und Cade.

Delft, Fendeman, Garland und Cade. Delft, Fendeman, Garland und Cade. Er skandierte die Namen mit der Faust auf den Schenkel. Er kratzte sie sich mit dem Fingernagel in die Handfläche. Er brannte sie seinem Gedächtnis ein. Delft, Fendeman, Garland und Cade. Delft, Fendeman, Garland und Cade.

Im Frühjahr hatte Ned es immer am schmerzlichsten gespürt, auf der Insel eingesperrt zu sein. Wenn der schier endlose Winter das Feld räumte und die Tage wieder länger wurden, kehrten die Zugvögel zurück und mit ihnen Gedanken an eine Welt außerhalb. Das Gezwitscher beim Nestbau machte Ned die Beschränkungen seines Geistes bewußt. Literatur, Naturwissenschaft und Philosophie konnten es weder mit der absoluten Schönheit von Osterglocken und Vogelgesang aufnehmen noch die schreckliche Sehnsucht lindern, die sie in ihm entfachten.

Eines Tages Mitte April, nur eine Woche, nachdem der Wintergarten wieder aufgemacht worden war, saß Ned vor dem Schachbrett und wartete auf Babe. Sie spielten nur noch selten. Ned war es peinlich, daß er den Älteren so mühelos schlagen konnte, und es ärgerte ihn, daß Babe so willensschwach war, daß es ihn gar nicht zu kümmern schien, wer gewann.

Martin trat ins Sonnenlicht und blinzelte. Lächelnd kam er auf Ned zu.

»Du wartest auf Babe, hm?«

»Natürlich«, antwortete Ned.

»Da wartest du lange. Babe hatte letzte Nacht Herzinfarkt. Babe liegt jetzt im Bett und stirbt.«

Ned schoß hoch und packte Martin am Kittel.

»Hey, Thomas! Du läßt los. Willst du in Strafezelle gefesselt werden?«

»Bring mich zu ihm!« schrie Ned. »Bring mich sofort zu ihm.«

»Ich bring' dich zu niemand«, grinste Martin höhnisch. »Für wen du dich hältst? Du gibst mir nicht Befehle. Ich geb' *dir* Befehle.«

Ned ließ Martins Kragen los und strich ihn besänftigend glatt. »Bitte, Martin«, sagte er. »Versteh doch. Babe bedeutet mir alles. Er ist mein Vater, mein Bruder und mein einziger Freund. Wir sind wie … wie du und Henrik.« Ned deutete auf einen jungen schwedischen Neuzugang, der zitternd in einem Korbstuhl am anderen Ende des Raums saß und seine Knie umschlungen hielt. »Du und Henrik, ihr seid euch so nah. Das ist wunderschön. Genauso ist es bei Babe und mir. Das verstehst du doch, oder? Das verstehst du bestimmt. Ich weiß, daß Dr. Mallo das verstehen würde. Er hätte nichts dagegen, daß ich jetzt bei Babe bin, bestimmt nicht.«

Martin zog die Augen zusammen und wich Neds Blick aus. »Ich lasse dich zu Babe, und du sagst Dr. Mallo nichts Böses von mir?«

»Nie, Martin. Ich würde Dr. Mallo nie Böses über dich sagen. Du bist mein Freund, Martin. Mein guter Freund.«

Ned ließ sich von Martin auf die Krankenstation führen. Er brachte ihn an Mallos Büro vorbei in einen Korridor, den er noch nie gesehen hatte.

Babe war der einzige Patient in dem kleinen Viererzimmer. Er lag mit einem Schlauch in der Nase auf dem Rücken und wirkte plötzlich alt und verbraucht. Ned kniete sich an sein Bett und sah auf das Gesicht hinab, das ihm soviel bedeutete.

»Babe«, flüsterte er, »Babe, ich bin's, Thomas.«

»Ich komme zurück in halbe Stunde«, sagte Martin. »Du gehst dann. Siehst Babe nicht wieder.« Er schloß die Tür und sperrte ab.

Ned sah, wie sich Babes dicke Augäpfel unter den schlaffen Lidern hin und herbewegten.

»Ned?« Der Name war ein bloßes Hauchen.

Ned ergriff eine Hand. »Ich bin's«, sagte er, und Tränen liefen ihm über das Gesicht. »Verlaß mich nicht, Babe. Du darfst mich nicht verlassen. Bitte … bitte … ich werde wahnsinnig.

Ich weiß, daß ich dann wahnsinnig werde.« Seine Stimme versagte, und er schluchzte auf. »Babe! O mein Gott, Babe! Ich bring' mich um, wenn du stirbst. Ich schwöre es bei Gott.«

Babe fuhr sich mit der geschwärzten Zunge über die trockenen und rissigen Lippen. »Ich sterbe«, sagte er. »Sie legen mich in eine Kiste im Nebenzimmer. Das haben sie vor einer Stunde gesagt, als ich aufgewacht bin. Sie versiegeln mich in einer Kiste und bringen mich aufs Festland, wo man mir den Totenschein ausstellt, mich in einen Sarg legt, zunagelt und nach Hause schickt. In England werde ich dann verbrannt.«

»Bitte sag so etwas nicht«, die Tränen tropften aus Neds Gesicht auf die Bettdecke.

»Wir haben nur eine halbe Stunde«, flüsterte Babe, »also hör mir gefälligst zu. '69 wollte ich mich aus England absetzen. Bevor ich weg konnte, haben sie mich erwischt und hergebracht, aber sie sind mir nie auf die Schliche gekommen.«

»Babe, bitte! Du regst dich zu sehr auf ...«

»Wenn du nicht zuhörst, sterbe ich jetzt sofort«, zischte Babe und umklammerte Neds Hand. »Halt einfach mal die Klappe und hör mir zu. Sie haben mich geschnappt, bevor ich fliehen konnte. Aber ich hatte in die eigene Tasche gewirtschaftet. Ich kannte Dutzende von Kontonummern. Konnte sie alle auswendig. Ich habe sie alle aufs Kreuz gelegt und die Gelder auf ein einziges Konto umgeleitet. Hier, nimm, nimm schon!«

Babe öffnete die Hand, die Neds umklammert hatte. Er hatte sich einen zusammengefalteten Zettel zwischen die Finger geklemmt. »Nimm schon. Da ist das Geld, nach dreißig Jahren ist es vielleicht mehr, als du ausgeben kannst. Die Cotter Bank in Genf. Nachdem sie herausgefunden hatten, daß es weg war, sind sie hergekommen und wollten mich ausquetschen. Ich hatte alles verschleiert, und sie waren stinkwütend. ›Wo ist es? Was hast du damit gemacht?‹ Da war ich erst einen Monat hier, aber Mallo hatte mir die ganze Zeit Stromstöße verpaßt und mich mit Tranquilizern abgefüllt. Meine Gewalttätigkeit hatte ihm keine andere Wahl gelassen. Ich hatte ja gewußt, daß sie kommen würden, und wollte gewappnet sein. Als es soweit war, sabberte ich, gackerte, säuselte, geiferte und flennte. Du wärst stolz auf mich gewesen, Ned. Ich war der Verrückteste der Verrückten. O welch ein edler Geist war da zerstört. Sie sind fluchend abgezogen und haben geglaubt, sie hätten die Zurechnungsfähigkeit des einzigen Menschen vernichtet, der ihnen sagen konnte, wo das ganze Geld abgeblieben war. Ich wüßte ja zu gern, wie sie's ihrem Minister erklärt haben. So, jetzt liest du den Zettel, lernst ihn auswendig und vernichtest ihn. Die Cotter Bank in Genf. Sobald du hier rauskommst, gehört das ganze Geld dir.«

»Was soll ich denn mit Geld?« Ned ließ seinen Tränen weiterhin freien Lauf. »Ich will kein Geld, ich will dich! Wenn du stirbst, sterb' ich auch. Du weißt doch, daß ich hier nie rauskomme.«

»Du *wirst* hier rauskommen!« schrie Babe energisch. »Und zwar in einem Sarg. Hör zu. Am Bett liegt ein Metallöffel. Nimm ihn. Los, nimm ihn schon!«

Ned weinte über diesen unlogischen Wahnsinn, nahm den Löffel aber.

»Versteck ihn. Nein, nicht an dir. Nicht in einer blöden Tasche! Martin durchsucht dich unter Garantie.«

»Wo denn dann?« Ned sah verwirrt auf Babe hinab.

»Im Rektum, Mann! Stoß ihn dir tief ins Rektum. Scheißegal, wenn's blutet.«

»O Babe ...«

»Mach schon, mach endlich, oder ich schwöre dir beim allmächtigen Gott, daß ich dich auf dem Totenbett verfluchen werde. Na also! Scheißegal, wenn du schreien mußt, scheißegal, wenn du blutest wie ein Schwein, schieb ihn hoch, schieb ihn hoch! So. Kannst du stehen? Und sitzen? Gut, gut, dann geht's.«

Babe ließ sich ins Kissen zurücksinken und kam wieder zu Atem. »Weiter«, sagte er dann. »Weiter, Ned. Du hast den Zettel. Schau ihn dir an. Die Cotter Bank in Genf. Das hab' ich lieber nicht aufgeschrieben. Lies den Zettel durch. Da steht eine Zahl, ein Paßwort und eine Antwort auf diese Parole. Lern sie auswendig. Sag sie mir ... gut, und noch mal. Noch mal ... und ein letztes Mal. Jetzt schluckst du den Zettel. Kauen und schlucken. Noch mal die Zahl ... die Paßwörter ... die Adresse.«

»Was soll das, Babe? Du machst mir Angst.«

»Ich schulde dir das Geld. Vom Backgammon. Du bist ein wahnsinnig guter Spieler. Das ist fast alles, mein Junge. Jetzt denk an letzten Winter zurück. Die Woche vor Weihnachten. Den Tag, an dem wir uns über Philippa Blackrow unterhalten haben. Da hatte ich dir einen Schaltplan gezeichnet, weißt du noch? Hast du ihn behalten, wie ich gesagt hatte?«

»Der müßte in meinem Zimmer sein. Bei den ganzen anderen Papieren. Warum?«

»Heute ist Donnerstag. Paul hat Nachtwache. Mit dem kommst du doch gut klar. Verwickel ihn in ein Gespräch, stell ihm Fragen zum Thema Fußball, wenn er dich einschließt. Du brauchst einen klaren Kopf für das Timing. Mit dem Teelöffel verhinderst du, daß der Türriegel einschnappt. Du hast viel zu tun. Du wirst deine ganze Kraft brauchen. Mit dem ersten Boot am Morgen bringt man mich aufs Festland. Herrgott, was ist das?«

Ein Schlüssel drehte sich im Schloß, und die Tür ging auf. Martin winkte Ned zu sich.

»Du kommst jetzt mit. Laß Babe, komm mit.«

»Du hast gesagt, eine halbe Stunde!«

»Der Doktor, er kommt und untersucht Babe. Du kommst.«

Ned warf sich aufs Bett, sein tränenüberströmtes Gesicht näßte Babes Bart.

»Lebewohl, mein Junge. Du hast mir schon das Leben gerettet.

Mein Geist wird in deinem weiterleben. Erschaffe große Dinge in meinem Geiste und zu meinem Gedächtnis. Wir haben uns geliebt. Und jetzt hör um meinetwillen mit dem Flennen auf. Geh leise und verbringe diesen letzten Tag mit Erinnern. Geh alles noch einmal durch. Vergiß mich nicht und behalt mich lieb.«

»Komm jetzt! *Los!*« Martin kam ans Bett und riß Ned grob weg. »An die Wand. Ich durchsuche dich. Viele schlimme Sachen auf Krankenstation.«

Von der Tür warf Ned einen letzten Blick ins Zimmer zurück, dann stieß Martin ihn gegen die Wand.

Babe hatte die Augen geschlossen. Er konzentrierte sich darauf, sein Herz immer schneller schlagen zu lassen, bis es in seiner Brust barst.

Eine Stunde nach dem Mittagessen kam Martin in den Wintergarten und berichtete Ned, daß Babe gestorben sei.

Ned saß allein vor dem Schachbrett und nickte. »Hatte er Schmerzen?«

»Keine Schmerzen«, Martin sprach leise und fast ehrfürchtig. »Sehr friedlich. Er hatte Herzinfarkt nochmal und war schnell tot. Dr. Mallo sagt, da war nichts, was niemand hätte tun können«, fügte er in rechtfertigendem Ton hinzu. »Nicht in irgendeinem Krankenhaus in der Welt.«

»Hast du was dagegen, wenn ich den Rest des Tages in meinem Zimmer verbringe?« fragte Ned leise. »Ich möchte nachdenken und … und beten.«

»Gut, ich bringe dich.«

Schweigend gingen sie zu Neds Zimmer. Martin sah sich die Bücher und Papiere an, die stapelweise an den Wänden lehnten. »Babe hat dir viele Sachen beigebringt, ja?«

»Ja, Martin. Sehr viele.«

»Hier auch einige Bücher in meiner Sprache, aber du sprichst sie nicht.«

»Ein wenig, ich kann ein wenig lesen, aber nicht gutt sprechen«, antwortete Ned in stockendem Schwedisch.

»Ja. Du hast schlechten Akzent. Vielleicht jetzt Babe weg, wir werden gutere Freunde«, sagte Martin. »Du bringst Englisch bei, ich Schwedisch. Du bringst auch Musik und die Mathematik bei.«

»Das wäre schön«, sagte Ned. »Darüber würde ich mich freuen.«

»Ich gehe früh Schule weg. Ich laufe weg von zu Hause, weil mein Vater schlägt mich. Je mehr du beibringst, je mehr Freunde.«

»Gut.«

»Es ist nicht nötig, daß du mit mir nett sein mußt«, sagte Martin und sah verlegen zu Boden. »Ich verstehe das. Ich bin manchmal böse. Ich habe böse Gefühle in meinem Herz. Du mußt für mich beten auch.«

»Natürlich.« Ned spürte, daß ihm unwillkürlich Tränen über die Wangen liefen.

»Gut, Thomas«, sagte Martin. »Ich gehe jetzt.«

Ned brauchte eine knappe halbe Stunde, um Neds Zeichnung des Schaltkreises wiederzufinden, und weitere zwei Stunden, bis er sie verstanden und auswendig gelernt hatte.

Pauls Schicht begann mit dem Abendessen. Ned übte ohne den Teelöffel und unterhielt sich kurz mit ihm, als er die Tür schon zuzog.

»Ach übrigens«, sagte er, hielt die Tür innen am Knauf fest und sprach durch den Spalt. »Bevor du abschließt. Könntest du mir eventuell einen Gefallen tun? Weil ich dir die Spitznamen aller englischen Fußballvereine beigebracht habe? Einen ganz kleinen Gefallen.«

»Gefallen?« Paul wirkte beunruhigt.

»Hast du vielleicht ein Stück Kaugummi für mich?«

Paul grinste. »Vielleicht nach dem Essen. Mal sehen.«

»Danke. Spielt Trondheim heute?«

»Klar spielen die heute.«

»Dann drück' ich dir die Daumen«, sagte Ned fröhlich und zog die Tür ins Schloß. »Bis nachher.«

Um neun kam Paul noch einmal mit einem Becher heiße Schokolade und Tabletten.

»Wofür denn die?« fragte Ned argwöhnisch. »Ich bekomm' doch gar keine Medikamente.«

»Dr. Mallo fürchtet, daß du wegen Babe erregt bist«, erklärte Paul. »Sie sind nicht stark. Bloß damit du besser schläfst.«

»Na gut«, sagte Ned fröhlich, warf sie in den Mund und schluckte. »Sehr aufmerksam von dem guten Doktor.«

»Ich hab' auch Kaugummi für dich.«

Ned nahm den Streifen und strahlte. »Hollywood, ist ja toll! Paul, du bist ein Held.«

»Gute Nacht, Thomas. Schlaf gut.«

»Ach, wart mal«, sagte Ned, als Paul die Tür wieder schließen wollte. »Wie hat Trondheim denn gespielt?«

Er hatte den Löffel in der rechten Hand, die er rechts an den Türrahmen gelegt hatte. Er lehnte sich immer stärker dagegen, bis er nur noch durch ein paar Zentimeter mit Paul reden konnte. Der Löffelgriff hielt die Schloßfalle zurück.

»Drei zu eins? Ein großer Sieg für dich«, sagte er. »Na, dann bis morgen früh vielleicht. Gute Nacht.«

Er schloß die Tür endgültig. Der Löffel ragte aus der Lücke zwischen Tür und Rahmen in den Raum hinein. Als Pauls Schritte im Korridor verhallten, zog Ned sachte an der Tür, die nachgab. Der Löffel hielt die Falle zurück. Ned weinte fast vor Erleichterung, ging zu seinem Tisch, spuckte die Schlaftabletten aus und faltete zum letztenmal Babes Schaltkreisdiagramm auseinander.

Als es nach seinem Zeitgefühl zwischen halb drei und drei Uhr morgens sein mußte, ging er zur Tür und zog sie auf. Der

Löffel fiel zu Boden und klirrte metallisch. Ned fluchte, bückte sich und hob ihn auf.

Das ganze Haus lag in tiefem Schweigen, als er am leeren Wintergarten vorbeiging und sein Hollywood-Kaugummi kaute. Nur die Knochen seiner nackten Füße knackten und störten die Stille, die wie ein Leichentuch über dem Gebäude hing.

Vor Mallos Büro lauschte er eine Minute, bevor er eintrat. Drinnen schaltete er die Schreibtischlampe ein, blinzelte im plötzlichen blendenden Licht und sah sich um. Die Gardinen waren vorgezogen, aber unter der Tür fiel ein Lichtstreifen hinaus. Er durfte keine Zeit verlieren, ging zielstrebig zu einem Holzkästchen an der Wand, öffnete es und nahm einen Schlüssel heraus. Einer Eingebung folgend, griff er nach einem zweiten, kleineren Schlüssel und probierte ihn bei dem grauen Aktenschränkchen an der Wand gegenüber aus. Er paßte. Ned sah sich im Büro um, fand eine Plastiktüte und stopfte die ganzen Papiere und Akten hinein. Oben machte er einen festen Knoten in die Tragetasche, nahm den Kaugummi aus dem Mund, verschluckte den kleinen Schlüssel, steckte den Kaugummi wieder in den Mund, schaltete die Schreibtischlampe aus und schlich in den Korridor zurück.

Er kam zum Pflegerzimmer, kaute gleichmäßig seinen Kaugummi und drückte die Plastiktüte unter dem Arm fest an den Körper, damit sie beim Gehen nicht knisterte. Er hörte Musik, und ein Lichtrechteck fiel in den Flur. Der Raum, in dem Paul sitzen mußte, hatte ein Fenster zum Flur, den Ned durchqueren mußte. Er schlich darauf zu und hatte sich eben hingekniet, um unterhalb der Sichtlinie vorbeizukriechen, als die Tür aufging und Paul herauskam. Neds Herz raste, und er erstarrte. Die Plastiktüte knisterte, was in Neds Ohren wie ein Laster klang, der tausend Eierkartons aus Plastik überfährt.

Ohne in Neds Richtung zu schauen, ging Paul in den gegenüberliegenden Raum. Das kraftvolle Plätschern eines Urinstrahls in einer Toilettenschüssel hallte durch den Korridor. Ned erschauerte vor Erleichterung, stand auf und ging weiter. Als er an der offenen Tür vorbeikam, sah er kurz nach links. Paul stand mit gespreizten Beinen und dem Rücken zum Flur da, schüttelte ab und summte die Ode an die Freude. Er trug T-Shirt und Jeans, und der ungewohnte Anblick dieser Alltagskleidung erregte Ned. Sie versicherte ihm gleichsam, daß die Außenwelt existierte und greifbar nah war.

Er bog um die Ecke und lehnte sich an die Wand. Die Nacht war kühl, aber der Angstschweiß rann ihm von den Schläfen am Hals hinab. Er hörte auf zu kauen und lauschte mit offenem Mund. Er hörte die Spülung, Schritte überquerten den Korridor, und eine Tür schloß sich. Minzspeichel floß ihm aus dem Mund. Er sog ihn ein und kaute weiter.

An der Wand gegenüber sah er das blinkende grüne Lämpchen der Alarmanlage. Auf Zehenspitzen ging er hin, inspizierte sie und legte im Kopf Babes Schaltplan über das wirkliche Kontrollkästchen. Der Schaltkreis für den Korridor der Krankenstation war mit »Zone 4« beschriftet. Ned nahm den Schlüssel aus Mallos Büro und steckte ihn in das Generalschloß. Er rutschte heraus, und den Bruchteil einer Sekunde lang befürchtete er, den falschen Schlüssel verschluckt zu haben. Er versuchte es noch einmal, und diesmal glitt er ohne weiteres hinein. Ned schluckte erleichtert und drehte den Schlüssel um neunzig Grad nach rechts. Das blinkende grüne Lämpchen wich einem blinkenden roten. Ned hielt den Atem an, legte in einer Reihe von Kippschaltern unten im Kästchen den vierten um und drehte den Schlüssel um weitere neunzig Grad nach rechts. Er wartete einen Augenblick, dann drehte er ihn mit zwei Bewegungen in die Ausgangsposition zurück. Als der Schlüssel von drei Uhr in die Nullstellung glitt, piepte die Anlage kurz und schrill, und Ned hätte vor Schreck fast aufgeschrien. Er drückte sich an die gegenüberliegende Tür und wartete, ohne die Lämpchen der Alarmanlage aus den Augen zu lassen. Das grüne Lämpchen blinkte wieder, aber daneben war jetzt ein neues rotes Lämpchen zu sehen, das viermal in Folge blinkte und nach einer kurzen Pause wieder viermal, was jedem, der sich mit dem System auskannte, verriet, daß Zone 4 überbrückt worden war. Beim Pflegerzimmer um die Ecke regte sich nichts, und die Lautstärke der Musik aus Pauls Radio blieb unverändert. Nur für Ned war das Piepen so ohrenbetäubend gewesen wie ein Kavalleriesignal in der Hölle. Er trat noch einmal vor die Alarmanlage und zog vorsichtig den Schlüssel heraus. Die Lämpchen blinkten weiter, aber alles blieb ruhig. Er zog ein Kaugummiklümpchen aus dem Mund und drückte es auf das blinkende Rot, preßte es so fest, daß an den Seiten kein Schimmer hervordrang. Dann trat er einen Schritt zurück und besah sein Werk.

Seine einzige Sorge war, daß man das Kaugummiklümpchen entdecken würde, wenn die Anlage am Morgen ausgeschaltet wurde. Wenn es *nach* dem Abschalten des Alarms entdeckt wurde, machte das nichts, aber wenn sie es entfernten, während die Anlage noch in Betrieb war, wußten sie anhand des viermaligen Blinkens sofort Bescheid, und dann war der Teufel los. Ned bearbeitete das Klümpchen mit dem Schlüsselende und drückte es platt, bis es mit der Fläche des Kontrollkästchens eine Ebene bildete. Das grüne Lämpchen war zwar seine einzige Lichtquelle, aber Ned preßte und modellierte, bis der Kaugummi seiner Meinung nach so gut wie unsichtbar geworden war.

Schließlich war er zufrieden, daß alles wieder normal aussah, steckte den Schlüssel in den Mund und glitt lautlos auf die Türen zu, die auf die Krankenstation führten.

Babe war tot, und er, Ned, hatte sich seit achtzehn Jahren nicht mehr so lebendig gefühlt. Das Blut rauschte in seinen Ohren, sein Herz pochte und puckerte wie eine Maschine mit lockerem Treibriemen, und jede Faser seines Körpers vibrierte vor Kraft und Energie. Es spielte keine Rolle, was ihm noch zustieß, er wußte, daß er die Wiederkehr so intensiver Erregung niemals bedauern würde. Dr. Mallo und sein gesamtes Personal konnten hinter der nächsten Tür hervorspringen, Rolf konnte ihn gegen die Wand knallen und ihm die Schultern wieder auskugeln, alle Privilegien, Bücher und Papiere konnten ihm für immer und ewig weggenommen werden, man konnte ihn auf Dauer unter Chlorpromazin und Elektroschocks setzen, trotzdem war dieser kurze Ausbruch wahren Lebens den Versuch wert gewesen.

Dr. Mallo und sein Personal sprangen nicht hinter der nächsten Tür hervor. Die nächste Tür führte in den Raum neben Babes Sterbezimmer, und die Krankenstation blieb so still wie die Grabkammer, die sie momentan war. Neds Hand schloß sich um den Türknauf, und er drehte. Wenn er bei der Alarmanlage einen Fehler gemacht hatte, hätte er das jetzt gemerkt. Er stieß die Tür auf. Keine Klingel schrillte los, keine Sirene ertönte. Alles blieb ruhig. Er schloß die Tür hinter sich und tastete nach dem Lichtschalter.

Er stellte fest, daß er in einem Lagerraum mit Wandregalen stand, die bis unter die Decke mit Arzneimitteln gefüllt waren. In der Mitte des Raums stand ein Tapeziertisch, auf dem eine gut zwei Meter lange und knapp einen Meter breite Kiste mit dicken Seilschlaufen an den Enden lag. Ned ging darauf zu und legte die Hände auf den Kistendeckel.

»Hallo, Babe«, flüsterte er. »Bisher klappt alles wie am Schnürchen.«

Er stellte die Plastiktüte ab und sah sich um. Er hielt noch immer den Teelöffel fest in der linken Hand, hoffte aber, besseres Werkzeug zu finden. Er suchte die Regale ab, fand aber nichts Geeignetes. Er wollte schon aufgeben, da sah er unter dem Tisch einen blauen Werkzeugkasten.

Er nahm einen schweren Meißel heraus, stemmte den Kistendeckel hoch und achtete darauf, keinen Nagel zu verbiegen. Er brauchte fast eine Viertelstunde und war naßgeschwitzt, als er den Deckel endlich abheben und auf den Boden legen konnte.

In der Kiste lag Babes mit weißen Leintüchern bedeckter Leichnam. Ned schluckte, nahm den Stoff und zog ihn weg. Vor Entsetzen hätte er fast aufgeschrien.

Babe lächelte. Das Lächeln, das Ned im Lauf der letzten acht Jahre ans Herz gewachsen war. Das verschlagene Grinsen des Komplizen, das immer Aufregung und Wonne verheißen hatte, wenn sie ein neues Sachgebiet in Angriff nahmen.

Wart mal, bis du Joyce kennenlernst, Alter!
Und nächste Woche Faraday und die Magneten – du wirst dein blaues Wunder erleben!!
Morgen zur Schlacht von Lepanto, Ned, mein Bester!
Wagner. Richard Wagner! Einmal im Ohr, nie mehr raus!
Der Marshall-Angriff. Keine Eröffnung für Hasenherzen.
Dann wollen wir Herrn Schopenhauer mal Heil! sagen, was?
Russische Bewegungsverben, Ned. Die machen einen wahnsinnig.

Ned beugte sich vor und streichelte Babes Bart.

»Los geht's«, sagte er.

Ned hatte eine schwere Leiche erwartet und den ganzen Abend überlegt, wie er es anstellen sollte, Babe aus der Kiste zu hieven. Er hatte vorgehabt, ihm die Hände unter die Arme zu legen und ihn unter Aufbietung all seiner Kräfte hochzuwuchten, bis er ihm in einer Art Feuerwehrgriff mit dem Gesicht nach unten über den Rücken fiel. Nur hatte er nicht bedacht, was für eine enorme Belastung das für seine schwachen Schultern bedeuten würde. Er zog und zerrte an Babes Leiche und spürte das linke Schultergelenk auf die altvertraute Weise knirschen. Er hatte sich seit mindestens sieben oder acht Jahren keine Schulter mehr ausgekugelt und konnte sie zwar sehr gut wieder einrenken, aber nichts wäre schlimmer gewesen, als ausgerechnet heute nacht in seiner Bewegungsfähigkeit eingeschränkt zu werden. Wahrscheinlich war es besser, wenn das Gewicht auf der rechten Schulter lastete. Er holte ein paarmal tief Luft und zog.

Mit Babe über der Schulter schwankte er vom Tisch zurück und ging in die Knie. Er war schweißgebadet, und seine rechte Schulter brannte vor Schmerz. Babes Kopf knallte auf den Boden, und der Körper sackte hinterher, als ihm mit dem Knacken eines trockenen Zweiges das Genick brach.

Ned kam unsicher wieder auf die Beine und streckte vorsichtig die Arme. Die rechte Schulter klackte leise, blieb aber in der Gelenkpfanne. Ned atmete tief durch und wartete, bis sich seine Atmung wieder beruhigt und das Zittern in Armen und Beinen nachgelassen hatte. Er streckte sich, holte noch einmal tief Luft, schaltete das Licht aus, öffnete die Tür und horchte. Zufrieden stellte er fest, daß nur sein Herzklopfen die tiefschwarze Nachtstille störte, bückte sich und packte Babe unter den Achselhöhlen.

Schritt für Schritt zog er die Leiche durch die Krankenstation zur Alarmanlage. Das Radio um die Ecke spielte Musik. Ned erkannte Griegs »Aases Tod« und sah unwillkürlich Babe an, um mit ihm gemeinsam über den Witz zu lachen.

Er schleifte die Leiche um die Ecke und legte sie mit dem Gesicht nach oben ab. Dann hockte er sich vor Babes Füße und stieß ihn über den Boden an der Tür zum Pflegerzimmer vorbei. Falls Paul noch einmal pinkeln mußte, würde er über die Leiche stolpern. Dann war alles aus. Ned bückte sich so tief er konnte, ohne den Druck auf Babes Fußsohlen zu verringern, und schob ihn weiter. Jetzt war er direkt unter dem Fenster und stieß immer hastiger. Wenn das Radio bloß etwas Lauteres mit mehr Trommeln spielen würde. Wenn schon Trauermusik, warum dann nicht *Siegfrieds Tod,* Verdis *Dies Irae* oder den »Gang zum Hochgericht«? Griegs gedämpfte Streicher klagten weiter, Ned brachte das Fenster hinter sich, stand auf, packte Babe wieder unter den Achseln, was ihm leichter fiel, und schleifte die Leiche rückwärts über das Linoleum in den eigenen Gebäudeflügel.

In seinem Zimmer bedurfte es einer weiteren Belastung der Schultern, um Babe aufs Bett zu wuchten. Ned vergaß, vorher die Bettdecke zurückzuschlagen, und mußte die Leiche erst auf die eine und dann auf die andere Seite wälzen, um die Bettdecke unter ihr hervorziehen und Babe zudecken zu können. Er machte sich Vorwürfe, weil er sich so dumm angestellt hatte. Babe hätte diesen Mangel an Vorausschau und Geistesgegenwart bestimmt mißbilligt.

»Tut mir leid«, flüsterte er. *»Mea culpa. Mea maxima culpa.«*

Ned bettete den Kopf aufs Kissen, zog die Decke hoch, beugte sich vor und drückte Babe einen letzten Kuß auf die Stirn. »Adieu, mein bester und liebster Freund. Egal was kommt, du hast mir das Leben gerettet.«

Auf dem Rückweg in den Lagerraum ging Ned noch einmal in Mallos Büro, hängte den Schlüssel zur Alarmanlage wieder an den Haken und klebte den Kaugummirest unter den prächtigen Ledersessel des Arztes. Eines Tages würde Dr. Mallo ihn finden und sich fragen, wie er da hingekommen war.

Er duckte sich unter dem Fenster des Pflegerzimmers weg, aus dem jetzt triumphierend die Ouvertüre aus Rossinis *Barbier von Sevilla* dröhnte, ging an der Alarmanlage vorbei in den Lagerraum, schloß die Tür hinter sich und schaltete das Licht an.

Er durfte sich jetzt nicht den kleinsten Fehler erlauben und plante jeden Schritt mit äußerster Sorgfalt. Er legte die Plastiktüte in die Kiste und sah sich um. Während er Babes Leiche durch die Korridore geschleift hatte, war ihm eine Idee gekommen, und er suchte die Regale ab, bis er auf einen Karton mit der Aufschrift »Diacetylmorphin EP« stieß. Er riß ihn auf, leerte den Inhalt, Plastiktütchen in Hülle und Fülle, in die Kiste und legte auch noch eine Tüte mit Kanülen dazu. In der Kiste war Platz für einen weiteren Karton. Und noch einen. Ned überlegte kurz, dann legte er einen Müllsack mit ausreichend Platz für die ganzen Plastiktütchen dazu.

Ursprünglich hatte er die Schrauben aus der Türangel nehmen und mit dem Teelöffel innen an den Kistendeckel schrauben wollen, aber im blauen Werkzeugkasten entdeckte er eine Schachtel mit Holzschrauben und sogar einen Handbohrer und ein Bohrerset. Nur ein Seil konnte er nicht finden, weswegen er das Tuch, unter dem Babe gelegen hatte, in Streifen riß und diese straff zusammenflocht. Er bohrte Löcher in die Innenseite des Kistendeckels und achtete darauf, nicht bis zur Außenseite vorzustoßen. Dann drückte er das improvisierte Seil dagegen, schraubte den geflochtenen Stoff fest und ließ gerade genug Spiel, um eine Hand darunterschieben zu können. Mit aller Kraft zog er daran, bis er sicher war, daß der Stoff nicht reißen und die Schrauben halten würden.

Ned legte den Deckel auf die Kiste und brachte die Nägel mit ihren ursprünglichen Löchern zur Deckung. Er drückte den Deckel fest und sah, daß drei Nägel nicht hineinglitten, sondern hochstanden. Er korrigierte sie und versuchte es noch einmal. Als er halbwegs sicher sein konnte, daß die Nägel ihre Löcher finden würden, hob er den Deckel wieder ab und legte ihn verkehrt herum quer auf die Kiste.

Er sah sich ein letztes Mal um und schob den Werkzeugkasten wieder unter den Tisch. Er musterte die Regale und suchte den Boden ab. Mit Ausnahme des querliegenden Kistendeckels war alles wieder wie vor Betreten des Raums.

Ned holte tief Luft, machte das Licht aus und tastete sich in dem stockdunklen Raum vor, bis sein Bein an den Tisch stieß. Er stieg hinauf und richtete sich auf, bis sein Kopf fast die Decke streifte. Er hob den Deckel an, fuhr darüber hin, bis er die Stoffschlaufe spürte, hob ihn mit diesem Griff an, hielt ihn wie einen Normannenschild vor sich, trat in die Kiste und legte sich auf sein Plastikbett. Er brachte den Deckel in die richtige Position, versicherte sich, daß alles in Ordnung war, solange er ihn an der geflochtenen Schlaufe festhielt, und konzentrierte sich so sehr darauf, wach zu bleiben, daß er unverzüglich einschlief.

Die Tür zum Lagerraum fiel ins Schloß, und Ned war mit einem Schlag hellwach. Dünne Lichtstreifen fielen in die Dunkelheit der Kiste, und im ersten Moment glaubte er, daß zuviel Zeit verstrichen sein mußte. Vielleicht war man überein gekommen, die Leiche noch dazubehalten und erst abends aufs Festland zu bringen. Wahrscheinlich war Babe schon in Neds Zimmer entdeckt worden, und man machte Jagd auf ihn. Er verfluchte sich, weil er eingeschlafen war. Wäre er wach geblieben, hätte er vielleicht gemerkt, daß alles zu lange dauerte, und einen anderen Fluchtweg gesucht. Babe hatte ihm erklärt, die Insel läge mindestens fünfzig Kilometer vor dem Festland, aber selbst der Versuch, in die Freiheit zu schwimmen, wäre besser gewesen, als hier schmählich entdeckt zu werden.

Das Gähnen und Stöhnen morgendlich müder Stimmen beruhigte ihn. Er schob die Hand in die Stoffschlaufe, zog den Deckel so fest, wie er konnte, wartete und wagte kaum zu atmen.

Zwei Männer unterhielten sich auf dänisch.

»Wir nehmen sie auf die Schultern.«

»Wofür sind dann die Seile an den Enden da?«

»Die schneiden einem bloß in die Hände. Glaub mir, ich mach' das nicht zum erstenmal. Auf die Schulter. Du zuerst, eins, zwei … *drei.*«

»Ich denk', das war 'n alter Mann. Scheiße, ist der schwer.«

»Das liegt wohl mehr am Holz. Komm.«

»Au!«

»Was ist denn?«

»Ich denk', du hast die Nägel eingeschlagen. Ich hab' mich grad in den Finger geschnitten!«

Ned verlor die Orientierung, als er in der Kiste hin und her geworfen wurde. Zweimal krachte er auf den Boden, als Türen aufgeschlossen und geöffnet werden mußten, und jedesmal hatte er Angst, der Deckel würde hochspringen und er entdeckt werden. Er machte sich darauf gefaßt, kämpfen und weglaufen zu müssen.

Endlich drang kalte Morgenluft durch die Seitenwände der Kiste, und er hörte Möwenschreie, gefolgt vom Quietschen einer Lieferwagentür. Mit einer Achtlosigkeit, die ihm alle Knochen durchrüttelte, wurde die Kiste auf einen Metallboden gestoßen, die Tür wurde zugeworfen, und ein Motor sprang an.

Ned erinnerte sich an die infernalischen Qualen seiner letzten Fahrt in einem Lieferwagen. Er sah wieder die toten Augen der Männer vor sich, die ihn bewußtlos getreten hatten, und hörte wieder das rhythmische Flappen der Reifen auf einem geriffelten Damm. Er erinnerte sich an Mr. Gaine und an jede Einzelheit der beiden Schläger. Nur den Ned, der diese infernalischen Qualen an Leib und Seele durchgemacht hatte, konnte er sich nicht mehr vorstellen. Jener Ned war so unschuldig, entsetzt und geblendet von der Welt und ihrer Grausamkeit gewesen wie ein neugeborener Welpe. Er war ein Niemand ohne Willenskraft, Energie oder Ziel gewesen. Jenen Ned gab es seit fast zwanzig Jahren nicht mehr: Er war ausgelöscht worden, als Rolf seine linke Schulter ausgekugelt und seine letzten Hoffnungen zunichte gemacht hatte. Der Ned, der heute auf Reisen ging, hatte nichts mehr mit jenem Wesen gemein, er war ein Mann mit einem stählernen Willen, ein Racheengel – ein Werkzeug Gottes.

Ned richtete sich auf den Felsen auf und sah zu der Fähre hinüber, die noch einen knappen Kilometer von der Küste entfernt war. Wenn sie einlief, würde die Mannschaft die jetzt mit Eisenketten und Werkzeug beschwerte Kiste auf den Pier schleppen, wo man sie nach einer gewissen Zeit öffnen und den Betrug herausfinden würde. Vielleicht hatte die Insel eine Nachricht aufs Festland geschickt, und Ned wurde schon gesucht.

Er fröstelte und nahm eine große gelbe Segeltuchtasche von den schmerzenden Schultern, die er an Bord der Fähre aus dem Kapitänsspind gestohlen hatte. Dort hatte er auch Kleidung und eine Brieftasche mit zweieinhalbtausend dänischen Kronen gefunden. Er wußte nur nicht, ob das ein Vermögen war oder kaum für ein kleines Frühstück reichte.

Eine halbe Stunde später betrat er ein vollbesetztes Café in der Århusstraße. Es überraschte ihn nicht weiter, sich in Dänemark wiederzufinden. Babe hatte gesagt, die Krankenhausinsel läge im Kattegat, irgendwo zwischen der schwedischen Küste und Nordjütland. Ned marschierte geradewegs zum Tresen und bestellte eine Tasse Kaffee und einen Teller Rührei mit Speck. Er suchte sich einen Platz und sah sich um. Draußen parkten fünf große Laster, und er sagte sich, Frechheit siegt.

»Hey!« übertönte er den Lärm des Musikautomaten. Die anderen Gäste sahen hoch und starrten ihn an. »Fährt hier jemand nach Süden? Ich muß heute abend in Deutschland sein. Ich beteilige mich an den Benzinkosten.«

Die meisten Männer in seinem Blickfeld zuckten die Achseln und sahen wieder auf ihre Teller. Ein paar schüttelten bedauernd die Köpfe, aber niemand sagte etwas. Mist, dachte Ned, was jetzt?

Hinter ihm sagte jemand in gebrochenem Dänisch: »Ich muß heute abend in Hamburg sein. Sie können gerne bei mir mitfahren.«

»Phantastisch!« rief Ned auf deutsch. »Sie sind mein Lebensretter!«

»Oh, Sie sind Deutscher«, sagte der andere. »Dem Himmel sei Dank. Dänisch ist ein Alptraum.«

»Find' ich auch«, sagte Ned und lächelte mitfühlend. »Da bekommt man Nasenbluten von. Möchten Sie einen Kaffee? Sie haben hoffentlich nichts dagegen, wenn ich schnell noch frühstücke.«

»Nein, machen Sie nur«, sagte der andere, setzte sich zu ihm an den Tisch und gab ihm die Hand. »Dieter heiß' ich übrigens.«

»Karl«, sagte Ned. »Freut mich. Ah, prachtvoll!« Er lächelte die Kellnerin an, die ihm einen Teller hinstellte. »Ach, und bitte einen Kaffee für meinen Freund hier«, fügte er auf dänisch hinzu.

Jemand hatte eine Zeitung auf dem Tisch liegengelassen, und Ned suchte eine Wechselkurstabelle. Erleichtert stellte er fest, daß er über zweihundert Pfund dabeihatte. Falls es in den letzten zwanzig Jahren keine Wahnsinnsinflation gegeben hatte, konnte er sich damit einige Zeit frei bewegen.

Ned setzte sich nach vorne neben Dieter und erfuhr, daß dieser mit einer Ladung Zellstoff aus Skagen unterwegs war, das achtzig Kilometer nördlich des Ålborger Hafencafés lag. Ned überschlug, daß sich die deutsche Grenze dann etwa zweihundertvierzig Kilometer weiter südlich befand. Die Fähre mußte eben in den Hafen von Ålborg einlaufen. Alles hing davon ab, ob Dr. Mallo die Polizei alarmiert hatte. Er mußte entdeckt haben, daß Unterlagen aus seinem Aktenschrank verschwunden waren, und Ned war sicher, daß ihn das abhalten würde, irgendwelche Behörden zu kontaktieren. Schlimmstenfalls würde er Oliver Delft anrufen, aber auch das war unwahrscheinlich. Ned hätte an

Mallos Stelle einen Totenschein gefälscht und nach Kräften verdrängt, daß es den lästigen Engländer je gegeben hatte.

Dieter erwies sich als nicht sehr anspruchsvoller Gesprächspartner. Seine Welt drehte sich fast ausschließlich um seine Frau Trude, ihre Kinder, deren Photos im ganzen Fahrerhaus hingen, und Fußball, wovon Ned wenig Ahnung hatte. Sein Wissen beschränkte sich auf das Wenige, was Paul ihm über die skandinavischen Ligen beigebracht hatte, und Trondheims Leistungen interessierten Dieter nicht sonderlich.

»Nicht viel Verkehr«, sagte Ned einmal.

»Sechzehnter April«, sagte Dieter. »Das ist hier ein gesetzlicher Feiertag. Die Königin hat heute Geburtstag, hab' ich gehört.«

»Ach klar.«

Am Stadtrand von Århus machten sie Mittagspause, und hier machte Ned seinen ersten Fehler. Sie saßen am Tisch, und Ned griff nach einem kleinen Gegenstand, den Dieter ins Café mitgebracht hatte.

»Was ist denn *das?«* fragte er, hielt ihn hoch und starrte ihn verblüfft an.

»Woll'n Sie mich auf den Arm nehmen?« Dieter lachte. Als er sah, daß Ned es ernst meinte, kniff er die Augen zusammen. »Wollen Sie ernsthaft behaupten, Sie wissen nicht, was das ist?«

Ned versuchte, den offenkundigen Schnitzer mit einem Lachen zu überspielen. »Ich wollte bloß sagen, daß ich noch nie so eins gesehen habe«, sagte er.

»Noch nie so eins gesehen? Dann schauen Sie sich mal um, Mann!«

Ned musterte die Nachbartische und sah mindestens sechs gleichartige Dinger.

»Na ja, aber die *Farbe* ...«, sagte er und versuchte, unbekümmert zu klingen. »Ihres ist rot, normalerweise sind die doch schwarz oder grau.«

»Wo haben Sie denn die letzten zehn Jahre verbracht?« wollte Dieter wissen. »Wer kommt denn heutzutage noch ohne Mobiltelephon aus?«

Telephon! Ein mobiles Telephon. Ned hätte sich in den Bauch beißen können, daß er nicht von selbst darauf gekommen war. Jetzt achtete er darauf und sah, daß mindestens zwei Leute in die Geräte hineinsprachen. »Ich ... Es ging mir nicht gut«, sagte er. »Ich war im Krankenhaus.«

»Hört sich eher nach einem Gefängnis an.«

»Nein nein, ein Krankenhaus. Glauben Sie mir, Dieter. Jetzt geht's mir prima. Absolut topfit, aber ich habe ... wissen Sie, ein paar Sachen hab' ich einfach verpaßt.«

Sie gingen zusammen zum Laster zurück, aber auf der Weiterfahrt nach Süden, Richtung Åbenrå und deutsche Grenze, war Dieter schweigsamer als zuvor. Ned saß neben ihm und überlegte fieberhaft. Er kam zu dem Schluß, daß die halbe Wahrheit das Beste war. Es hatte ihm gerade noch gefehlt, daß Dieter eine Polizeistreife anhielt. Die Drogenmengen in seiner Segeltuchtasche wären schwer zu erklären gewesen.

»Um die Wahrheit zu sagen, ich bin aus einem dänischen Krankenhaus weggelaufen«, sagte er schließlich. »Meine Familie hat mich einliefern lassen, weil ich ein Drogenproblem hatte, aber jetzt bin ich über'n Damm. Ehrlich. Wieder topfit. Ich will zu meiner Freundin nach Hannover. Ich habe alles verpfuscht, aber ich werde ein neues Leben anfangen. Ich brauche bloß etwas Hilfe, um nach Hause zu kommen.«

»Wie lange waren Sie da?« fragte Dieter, ohne die Augen von der Straße zu wenden.

»Fast ein Jahr.«

»Fast ein Jahr, und Sie wissen nicht, was ein Handy ist?«

»Ich hab' Elektroschocks bekommen. Ich vergesse manchmal Sachen. Was soll ich sagen? Ich bin kein schlechter Mensch, Dieter, wirklich nicht.«

»Klar«, sagte Dieter und hüllte sich wieder in Schweigen.

Nach einer qualvollen Stille, die Ned nicht mit Bitten oder weiteren Rechtfertigungsversuchen zu unterbrechen wagte, sagte Dieter unsicher und verlegen: »Ich hatte vor ein paar Jahren auch ein Drogenproblem. Ich bin Ingenieur, wissen Sie. Hatte eine gute Stelle und ein klasse Gehalt. Dann wurde mir das Heroin ein bißchen zu wichtig, und ich bin rausgeflogen. Ich habe es nur meiner großartigen Frau Trude und der Gnade und Liebe meines Erlösers Jesus Christus zu verdanken, daß ich heute clean und gesund bin. Ich nehme Sie zu meiner Kirche in Hamburg mit. Eine Kirche ist besser als jedes Krankenhaus. Menschen wie uns kann nur der Herrgott helfen.«

»Gott segne Sie«, flüsterte Ned. »Sie sind wahrlich ein barmherziger Samariter.«

Das Kompliment ließ Dieter erröten, und er sagte: »Ich nehme an, Sie haben keinen Paß.«

»Stimmt«, antwortete Ned. »Den hab' ich leider nicht.«

»Den wollen sie an der Grenze nicht immer sehen, aber auch wenn nicht, prüft der Zoll auf jeden Fall meinen Frachtbrief. Es ist besser, wenn die Sie nicht zu Gesicht bekommen. Bis dahin sind es noch sechzehn Kilometer. Ich halte an der nächsten Tankstelle, und Sie verstecken sich bei der Fracht. Die wird nie durchsucht.«

»Ich gebe Ihnen noch Geld für den Diesel.«

Eine Schrecksekunde lang fürchtete Ned, er hätte sich gleich noch einmal in die Nesseln gesetzt. Vielleicht gehörte Diesel längst der Vergangenheit an, und Laster fuhren heute mit Methan, Wasserstoff oder weiß Gott was.

»Geld? Ich will kein Geld von Ihnen«, sagte Dieter. »Ich mache das für meinen Erlöser. Das ist meine Belohnung.«

Während der sechzehn Kilometer zur Tankstelle horchte Ned Dieter behutsam nach seiner Sucht aus und wieviel sie ihn gekostet hatte.

»Heroin ist so teuer?« fragte er verwundert.

»Ja, aber es kommt einen billiger, wenn man es raucht«, sagte Dieter. »Aber das müssen Sie doch wissen. Oder was haben Sie genommen?«

»Cannabis.«

»Ihre Familie hat Sie wegen *Cannabis* aus dem Verkehr gezogen? Meine Güte! Meine Mutter kifft jeden Abend.«

»Meine Eltern sind sehr altmodisch«, sagte Ned, dem aufging, daß er über diese Welt noch sehr viel zu lernen hatte.

Als sie auf eine Ampel am Stadtrand von Hamburg zurollten, nahm Ned voller Gewissensbisse seine Segeltuchtasche, öffnete die Beifahrertür und sprang auf die Straße hinab.

»Tut mir leid, Dieter«, rief er ins Fahrerhaus zurück, »aber ich glaube nicht, daß Ihre Kirche mir helfen kann.«

Dieter schüttelte traurig den Kopf, fuhr mit ächzender Druckluftbremse wieder an und hupte zweimal. Ned sprang beiseite und winkte und winkte, bis der Laster hinter einer Kurve verschwunden war. Hoffentlich hatte Dieter die Abschiedsgeste noch im Außenspiegel mitbekommen und wußte, daß seine Hilfsbereitschaft angekommen war.

Denn das war sie. Ned war vor und hinter der Grenze höchstens eine Stunde zwischen den Zellstoffballen eingepfercht gewesen. Die Ladetüren waren gar nicht geöffnet worden, aber jemand hatte beim Durchwinken direkt neben Neds Ohr zweimal mit der flachen Hand an die Wand geschlagen, wovon ihm immer noch die Ohren dröhnten. Dieter amüsierte sich darüber und zog ihn während der ganzen Fahrt durch Schleswig-Holstein damit auf.

»Der Herr hat da zu Ihnen gesprochen, Karl. Glauben Sie mir.«

Ned wandte sich von der Straße ab und sah sich um. Es wurde spät, und er hatte noch viel zu tun. In einer kleinen Sparkasse wechselte er seine Kronen in Mark, dann überquerte er eine Straße, ging in einen U-Bahnhof hinab und fuhr nach St. Pauli. Er wurde das Gefühl nicht los, daß Babe ihn beobachtete und sein Vorhaben strikt ablehnte.

In St. Pauli ging er auf die Reeperbahn. In der Bar Bemmel, gegenüber vom Lehmitz, setzte er sich ans Fenster, vor sich ein Glas Milch, während draußen auf der Straße das bunte Treiben der Touristen an einem typischen Freitagabend in Gang kam. Die Lichter, die Farben, der Lärm, die Musik, das alles war ihm neu. Er sah Männer und Frauen mit Schmuck und Metallstücken in Nasen, Ohren und Augenbrauen. Er sah schwarze Männer mit blondgefärbten und Asiaten mit orangefarbenen Haaren. Er sah Männer Hand in Hand vorbeispazieren. Einmal streckte ihm eine Frau mit kahlgeschorenem Kopf im Vorbeigehen die Zunge heraus. Es sah aus, als hätte sie einen Metallstecker in der Zunge. Ned kniff die Augen zusammen und mußte schlucken.

»O wackre neue Welt, die solche Bürger trägt ...«, murmelte er und schüttelte sich wie ein Hund, der aus dem Wasser steigt.

Am U-Bahnhof hatte er sich einen Stadtplan und drei Broschüren für Touristen gekauft. Er hatte alles schon zweimal durchgelesen, als eine Kellnerin an seinen Tisch kam und sagte, wenn er bleiben wolle, genüge es nicht, im Lauf von zwei Stunden ein Glas Milch zu trinken.

»Stimmt natürlich«, sagte Ned. »Bringen Sie mir einen von denen da«, bat er sie und zeigte auf einen rosa Cocktail am Nebentisch.

»Alle Cocktails zehn Mark«, sagte die Kellnerin.

Ned vermutete (beziehungsweise wußte, denn er sah es ja vor sich), daß seine dänische Fischerkluft aus Jeans, weißem Wollpullover und gefütterter Jacke bei Hamburgs Nachtschwärmern nicht gerade als Haute Couture galt. Mit verständnisvollem Lächeln gab er ihr einen Zwanzigmarkschein.

»Ich war den ganzen Tag fischen. Stimmt so. Gönnen Sie sich auch einen Drink.«

Der mißtrauische Blick wich auf der Stelle einem strahlenden Grinsen. »Dankeschön!«

»Äh, ich hab' ganz vergessen zu fragen«, sagte er, als sein Cocktail kam. »Was ist da alles drin?«

»Preiselbeersaft, Grapefruitsaft und Wodka«, lautete die Antwort. »Er heißt Seebrise.«

»Guter Name«, sagte Ned und probierte vorsichtig. »Mhm … köstlich.«

»Sie machen in Hamburg Urlaub?« Die Kellnerin deutete auf den Stadtplan und die Broschüren, die vor Ned auf dem Tisch lagen.

»Genau. Will mich mal richtig amüsieren. Ist das hier ein gefährliches Viertel?«

»Die Reeperbahn? Ach nein!« Die Vorstellung amüsierte sie. »War sie vielleicht mal, aber heute wimmelt's hier nur so von Geschäftsleuten und Touristen.«

»Aha«, sagte Ned, »dann gibt es hier keine Dealer oder so?« Er klang arglos, sah ihr aber unverwandt in die Augen.

Sie beugte sich vor, wischte seinen Tisch ab und flüsterte ihm ins Ohr: »Suchen Sie zufällig etwas? Können Sie zahlen?«

»Ich suche in der Tat etwas«, antwortete Ned. »Kennen Sie da jemand … *Seriöses?* Ich wäre Ihnen *äußerst* dankbar.« Er sah bedeutsam auf seine Brieftasche und dann wieder auf die Kellnerin.

»Ich rufe einen Freund an. Der hat Kontakte. Denken Sie an *Uptown* oder *Downtown*?«

Ned überlegte kurz, warum sie plötzlich amerikanische Begriffe benutzte, bevor ihm deren Bedeutung aufging.

»Ach so«, sagte er. »*Downtown* bitte.«

»Aha.« Sie wirkte überrascht. »Mal sehen, was ich tun kann.«

»Danke … ähm, wie heißen Sie eigentlich?«

»Cosima.«

»Danke, Cosima. Karl Freytag, sehr angenehm.«

Ned sah Cosima nach, die zur Bar zurückging und telephonierte. Kaum dreißig Sekunden später legte sie auf und nickte ihm zu. Er nickte zurück und prostete ihr zu. Dann nahm er seine Segeltuchtasche, ging auf die Herrentoilette und bereitete sich auf das Treffen vor.

Der Mann, der eine halbe Stunde später in die Bar Bemmel kam, war überraschenderweise älter als Ned, um die fünfzig. Er erinnerte eher an einen gutsituierten Verleger oder erfolgreichen Werbefachmann als an den tätowierten Lederjackengangster, den Ned erwartet hatte.

»Gunther. Sie möchten ins Geschäft kommen, habe ich gehört«, sagte der Mann und setzte sich ohne Handschlag. »Womit kann ich dienen, Herr Freytag?«

»Nehmen Sie bitte das, was ich unter dem Tisch in der Hand habe«, sagte Ned. »Es ist eine Spritze ... keine Angst, sie hat eine Schutzkappe.«

»Hören Sie«, sagte Gunther und wollte wieder aufstehen. »Ich kaufe nicht, sondern verkaufe.«

»Dann *besorgen* Sie mir einen Käufer«, sagte Ned. »Ich habe pharmazeutisch reines flüssiges Diacetylmorphin, das reinste Heroin der Welt. Und zwar eine Menge, mit der Sie ein Vermögen scheffeln können.«

Gunther stockte. »Wieviel?«

»Den Gegenwert einer halben Million, was Sie ohne weiteres verdoppeln können, wenn Sie es anständig strecken. Ich möchte vierhunderttausend in bar, eine gültige Kreditkarte und einen falschen Paß.«

Gunther sah Ned fünf Sekunden lang in die Augen, dann griff er unter den Tisch und nahm die Spritze.

»Ich brauche mehr, um es zu prüfen.«

Das hatte Ned erwartet. »Für zweitausend als Pfand.«

Gunther nickte, und Ned reichte ihm unter dem Tisch ein Fläschchen.

»Ich geh' mal eben telephonieren.« Gunther stand auf, zog ein kleines Handy aus der Tasche und entfernte sich außer Hörweite. Ned sah, wie er sich eine Zigarette ansteckte, wählte und in das kleine Gerät sprach. Er war voller Bewunderung für die Technologie und fragte sich, was diese Telephone für eine Reichweite haben mochten. Gunther war zu weit weg, als daß Ned von dem Gespräch etwas mitbekommen hätte, aber als er an den Tisch zurückkam, schien er alles gedeichselt zu haben und lächelte kurz.

»Ihre Zweitausend sind da drin«, sagte er und warf ein Zigarettenpäckchen auf den Tisch. »Ich bin in einer Stunde zurück. Wenn uns die Qualität überzeugt, fahren wir zusammen weg und lassen den Rest Ihrer Ware prüfen. Cosima behält Sie im Auge. Wenn Sie mit meinen Zweitausend verschwinden, bevor ich zurück bin, geht's Ihnen an den Kragen, lassen Sie sich das gesagt sein. Wenn alles glattgeht, haben Sie in zwei Tagen Ihren Paß; die Kreditkarte und das Bargeld bekommen Sie noch heute abend. Sind Sie damit einverstanden?«

»Alles bestens«, Ned reichte ihm die Hand und lächelte. »Ich werde Sie mit einer Flasche Champagner erwarten.«

»Bis dann«, sagte Gunther, schüttelte Ned kurz die Hand und ging.

»Tschüs«, sagte Ned.

Fünf Minuten später winkte Ned Cosima zu sich.

»Vielen Dank, Cosima«, sagte er und gab ihr einen Hundertmarkschein. »Das war sehr nett von Ihnen.«

Cosima lächelte und steckte das Geld in die Schürze. »Da nicht für.«

»Gunther ist Ihr Freund?«

Sie lachte. »O nein«, sagte sie. »Mein Vater.«

Ned überspielte seine Überraschung. »Ach so. Ach, noch

etwas, Cosima«, sagte er, als ihm ein Gedanke kam. »Welches Hamburger Hotel ist Ihrer Meinung nach das beste?«

Sie musterte Ned mit halb geschlossenen Augen wie ein Maler, der ein Modell taxiert. »Für Sie, würde ich sagen, das Vier Jahreszeiten am Neuen Jungfernstieg. Sehr nobel. Sehr altmodisch. Ganz wie Sie.«

»Sehr schmeichelhaft. Eine letzte Frage, danach hätte ich nur noch gern eine Tasse Kaffee und ein Glas Milch.« Von der Seebrise fühlte er sich schwindelig und angeheitert. »Gibt es irgendwo in der Nähe ein anständiges Herrenbekleidungsgeschäft, das in einer Stunde noch offen hat? Ich brauche auch ein paar Koffer.«

»Sie sind hier in Hamburg«, sagte Cosima. »Hier schließt nichts.«

»Wunderbar. Hätten Sie Lust auf einen gemeinsamen Einkaufsbummel? Natürlich erst, wenn das Geschäft mit Ihrem Vater unter Dach und Fach ist.«

Cosima lächelte fröhlich. »Nichts lieber als das. Hugo Boss, würde ich sagen. Etwas Dunkles und Elegantes.«

Die American Express Platin, die Gunther für Ned aufgetrieben hatte, war auf einen Paul Kretschmer ausgestellt. Die schwarzgekleidete Blondine an der Rezeption würdigte sie kaum eines Blickes, schob sie durch den Schlitz eines Geräts unter dem Tresen und gab sie Ned zusammen mit seinem Zimmerschlüssel zurück. Ned nahm an, daß das eine Art Kasse war, aber er hatte so etwas noch nie gesehen.

»Ach übrigens«, sagte er. »Ich muß am Montagmorgen nach Genf fliegen.« Er gab ihr einen zusammengefalteten Hundertmarkschein und lächelte über das ganze Gesicht. »Wären Sie so gut, mir ein Ticket zu reservieren?«

»Aber natürlich, Herr Kretschmer«, sie strahlte ihn an. »Mit Vergnügen. Fliegen Sie lieber mit Swiss Air oder Lufthansa?«

»Oh, das überlasse ich gern Ihnen«, sagte Ned. »Erste Klasse bitte.«

»Erste Klasse?« Sie runzelte kurz die Stirn. »Ich weiß nicht, ob es bei so kurzen Flügen eine Erste Klasse gibt.«

»Sei's drum ...« Ned winkte ab. »Sie haben mein vollstes Vertrauen.«

»Vielen Dank, Herr Kretschmer. Kann ich sonst noch etwas für Sie tun?«

»Ich habe einen langen Tag hinter mir«, antwortete Ned. »Ich möchte bloß noch duschen und ins Bett. Bitte keine Anrufe durchstellen.«

Er ging zu den Aufzügen hinüber und versuchte, angesichts der verschwenderischen Fülle an Marmor, Mahagoni und Eichenvertäfelungen aus dem späten 19. Jahrhundert nicht beeindruckt auszusehen. Keine Anrufe! Er mußte über seine eigene Frechheit grinsen.

Die Empfangsdame sah ihm nach, wie er mit federndem Schritt zu den Aufzügen ging, und wandte sich an ihren Chef:

»O mein Gott«, sagte sie seufzend, »ich glaube, ich habe mich gerade verliebt.«

»Ich mich auch«, sagte ihr Chef.

Den Samstagvormittag verbrachte Ned mit der Fernbedienung des Fernsehgerätes und las die in seiner Suite ausliegenden Zeitschriften. Gegen Mittag rief Gunther ihn an und lud ihn zum Abendessen in seine Wohnung ein, die vom Hotel nur einen Katzensprung entfernt war.

»Ich fühle mich geehrt«, erwiderte Ned. »Ich möchte heute nachmittag noch ein paar Einkäufe erledigen, Ihre charmante Tochter hätte nicht zufällig Lust, mich durch die Stadt zu begleiten? Ich versichere Ihnen, daß ich keine Hintergedanken hege.«

Gunther lachte durchs Telephon. »Da wird sie aber enttäuscht sein«, meinte er. »Auf die hatte sie sich so gefreut!«

Mit Cosimas Unterstützung kaufte Ned einen Laptop, einen

Drucker und eine stattliche Anzahl von Büchern über elektronische Datenverarbeitung und das Internet. In den Zeitschriften in seinem Zimmer wimmelte es nur so von Artikeln darüber, und er wollte wissen, was genau es mit einer Welt auf sich hatte, der offensichtlich so große Bedeutung zukam. Er hatte sich bei Cosima schüchtern nach dem Internet erkundigt, und nach ihrer Erklärung war er verwirrter als vorher.

Das Geschäft, wo er den Computer kaufte, hatte für ihn schlichtweg die Magie von Aladins Höhle. Er hatte sich Mühe gegeben, auf die Bildschirmgraphiken, die ausgedruckten Farbphotos, Scanner, Videokameras, GPS-Geräte und handtellergroßen elektronischen Terminkalender nicht allzu perplex zu reagieren. CDs erinnerten ihn an eine Folge von *Raumschiff Enterprise,* die er als Kind mal gesehen hatte, und als sein neues Mobiltelephon verrückt spielte, als er erstmals hineinsprechen wollte, mußte er erst recht an Captain Kirk und seine Mannschaft denken. Als ihm klarwurde, daß diese Telephone mehr als bloß Funkgeräte waren und mit jedem anderen Telephon oder Handy im ganzen Land kommunizieren konnten, machte er Stielaugen, und Cosima und der Verkäufer konnten das Lachen kaum unterdrücken. Er war Rip Van Winkle, der aus jahrzehntelangem Schlaf erwacht war.

Am Bahnhof setzte er sich in einen Photoautomaten und ließ vier Paßbilder machen.

Während er darauf wartete, daß die Aufnahmen im Ausgabeschlitz auftauchten, murmelte er halblaut: »Ein Glück, daß sich nicht alles verändert hat. An diese Geräte kann ich mich noch recht gut erinnern.«

Der Gepäckträger des Hotels mußte zweimal laufen, um alle Einkäufe vom Taxi in die Suite zu bringen, und Ned betrachtete den Stapel der Anschaffungen im Salon mit so komischer Bestürzung, daß sich Cosima auf die Zehenspitzen stellte und ihm einen Kuß gab.

»Wo kommst du bloß her, Karl?«

»Nenn mich bitte nicht Karl«, sagte Ned. »Hier bin ich Paul Kretschmer.«

»Du mußt von einem anderen Planeten kommen. Oder vom Himmel?«

»Vom Himmel?« Ned lächelte. »Nein, so kann man es wohl kaum nennen.«

»Woher dann? Du siehst zum erstenmal einen Computer, ein Handy, eine CD, einen Palm Pilot, eine Videokamera ... wo kommst du her?«

Sie wollte ihn ins Schlafzimmer ziehen, aber er stemmte sich dagegen wie ein Maulesel.

»Cosima ...«

»Schau an. Allem Anschein nach bist du auch noch unberührt. Du mußt doch keine Angst haben.«

Angst.

Ned merkte plötzlich, daß er nach allem, was er in den letzten vierundzwanzig Stunden getan hatte, und angesichts der fremden Welt, in der er nach achtzehn Jahren gelandet war, allen Grund zur Angst hatte. Diese unergründliche Welt aus Infrarot, Mikrowellen und GPS, aus Geräten, Tasten und Piepsern mußte ihn doch ängstigen. Es mußte ihn auch ängstigen, daß er in dieser Welt keine Menschenseele kannte, Gunther mußte ihn ängstigen, und mehr als alles andere mußte es ihm eine Heidenangst einjagen, mit welch unerschrockener Leichtigkeit er bisher jede Klippe gemeistert hatte. Ihm war allerdings auch klar, daß er sich in einen Menschen verwandelt hatte, der nie wieder Angst haben würde. In der Vergangenheit hatte er Angst gehabt, weil er ein Spielball des Schicksals gewesen war. In Zukunft würde er nie wieder zum Opfer der Ereignisse werden. Er war genug gestraft. Ab sofort würde er dafür sorgen, daß andere ihre gerechte Strafe empfingen, und für Angst war da kein Platz.

»Na gut«, sagte er und folgte Cosima ins Schlafzimmer. »Dann zeig's mir. Ich lerne schnell.«

Am Nachmittag darauf stattete Gunther dem Vier Jahreszeiten einen Besuch ab und holte mit einem triumphierenden »Tata!« einen nagelneuen deutschen Paß aus der Tasche. Ned nahm ihn gierig, aber bevor er ihn noch aufgeschlagen und sein Bild kontrolliert hatte, verriet sich wieder einmal seine Unwissenheit.

»*Deutschland?* Hier steht ja gar nicht, welches ...«

Gunther drehte sich erstaunt zu seiner Tochter. »*Welches?*«

»Es *gibt* nur ein Deutschland«, sagte Cosima. »Und zwar seit '89. Willst du vielleicht behaupten, das wüßtest du nicht?«

»Ähm, doch ... natürlich.« Ned lächelte. »Ich ... ähm ... ich hab's nur kurz vergessen.«

»Vergessen?« Gunther starrte ihn ungläubig an.

»Und ich hatte gedacht, du wärst ein verlorener Berliner aus dem Osten, der von der Stasi gefoltert worden und gerade erst in die Gesellschaft zurückgekehrt ist«, sagte Cosima seufzend. »Aber jetzt bin ich mit meinem Latein am Ende.«

»Wer sind Sie?« fragte Gunther. »Wer zum Teufel sind Sie? Sie sind Deutscher, kennen sich in Deutschland aber nicht aus.«

»Sagen wir einfach, ich war lange weg. Ist das denn so wichtig? Wir haben Geschäfte gemacht und uns gegenseitig geholfen. Ich bin euch beiden sehr dankbar.« Ned griff nach einer Flasche Champagner. »Morgen früh fliege ich in die Schweiz, darum wollen wir jetzt anstoßen und als Freunde scheiden.«

»Laß mich mal«, sagte Cosima und nahm die Flasche, »es geht leichter, wenn du den Korken *drehst,* siehst du? Wann kommst du denn zurück?«

»Das weiß ich noch nicht genau. Ach, Gunther, haben Sie zufällig Kontaktleute in Genf, die mir nützlich werden könnten?«

»Haben Sie noch mehr zu verkaufen? Falls ja, nehme ich Ihnen gern beliebige Bestände ab.«

»Nein, nein. Es könnte bloß sein, daß ich noch einen Paß brauche.«

»Wenden Sie sich an meinen Freund Nikki«, sagte Gunther und schrieb eine Telephonnummer auf eine Visitenkarte. »Er ist Russe, aber ohne seine Einwilligung läuft in Genf gar nichts.«

»Danke.« Ned steckte die Karte ein und reichte Gunther ein Glas. »Zum Wohl.«

»Zum Wohl.«

Cosima hatte feuchte Augen, als sie mit ihrem Vater aufbrach. »Ich werde dich nie wiedersehen«, schniefte sie und klammerte sich an Neds Jackett.

»Quatsch. Du hast mich mit offenen Armen empfangen, natürlich sehen wir uns wieder. Ich vergesse meine Freunde nicht. Eines Tages werde ich dich rufen.«

»Komm, Kleines«, sagte Gunther, der schon an der Tür stand. »Auf Wiedersehen, Karl, Paul, oder wie Sie auch heißen mögen. Sollten Sie wieder mal so eine Lieferung haben –«

»Dann sind Sie der erste, der davon erfährt«, versicherte Ned ihm.

Er schloß die Tür hinter ihnen und legte das Ohr ans Holz.

Er hörte, wie Gunther draußen im Korridor zu seiner Tochter sagte: »Der kommt aus der geschlossenen Anstalt, verlaß dich drauf.«

»Papi, das ist der vernünftigste Mensch, den du und ich je gesehen haben, das weißt du doch.«

»Der kriegt ja nicht mal eine Champagnerflasche auf!«

»Und das beweist, daß er einen Knall hat? Du kriegst nicht mal ein Glas Essiggurken auf.«

»Wer kommt denn sonst an dermaßen klinisch reinen Stoff ran? Das ist die einzige logische Erklärung, das kann ich dir flüstern.«

Streitend bogen sie um die Ecke und gingen zu den Aufzügen.

Ned lächelte, sah sich um und betrachtete die ganzen herumliegenden Pakete. Das Kofferpacken würde ewig dauern.

Ned betrat die Eingangshalle der Banque Cotter Cantonaise und lächelte die Schalterdame mit dem kostbaren Perlencollier an.

»Könnte ich wohl den Direktor wegen meines Kontos sprechen?«

Babe hatte gut reden, einfach ein paar Zahlen und Paßwörter aufzuschreiben, aber wie genau stellte man das an, von einem Schweizer Nummernkonto Geld abzuheben? Ned machte sich auf eine große Enttäuschung gefaßt. Er stellte sich einen aalglatten Bankangestellten vor, der ihn mit unverhohlener Verachtung ansah.

»Sir, dieses Konto wurde vor dreißig Jahren eröffnet. Es kann nicht Ihres sein.«

»Ich ... es gehörte meinem Vater.«

»Uns liegen keinerlei Anweisungen von seiner Seite vor. Können Sie sich ausweisen, Sir? Haben Sie eine Vollmacht?«

In seiner Vorstellung drückte der Beamte im Stresemann auf einen Knopf unter dem Tisch, und Ned wurde in hohem Bogen an die Luft gesetzt oder wanderte wegen versuchten Betrugs gleich ins Kittchen. Oder aber die Briten hatten vorgesorgt und in der Bank eine Nachricht hinterlassen.

»Sir, dieses Konto ist vor vielen Jahren aufgelöst worden. Unser Sicherheitsbeamter wird Sie jetzt zum britischen Konsulat begleiten.«

Vielleicht war die ganze Angelegenheit eine Ausgeburt von Babes Phantasie gewesen.

Im Endeffekt erwies sich alles als ganz einfach.

Die Schalterdame reichte ihm ein Formular, und er trug die Kontonummer ein. Ein Feld für Paßwörter gab es nicht. Sie nahm das Formular, warf einen kurzen Blick darauf und verschwand, begleitet vom Schnappen eines elektrischen Schlosses, in einem Raum hinter dem Schalter. Unmittelbar darauf erschien in der Eingangshalle ein flotter junger Mann, der dem

Angestellten im Stresemann, den sich Ned vorgestellt hatte, so ähnlich sah, daß er grinsen mußte.

»Schönen guten Tag, Sir«, sagte er auf englisch und reichte ihm die Hand. »Pierre Gossard. Darf ich Sie bitten, mich zu begleiten?«

Ned fand sich in einem luxuriös möblierten Büro wieder, das sich vornehmlich durch einen Rokokoschreibtisch und zwei Stühle aus derselben Epoche auszeichnete. Gossard setzte sich an seinen Schreibtisch und wies auf einen der Stühle.

»Nur ein paar Formalitäten«, sagte er und gab einige Daten in den Desktop-Computer ein, der nicht gerade zu den reichen Verzierungen des Tisches paßte. »Wären Sie wohl so freundlich, mir den ersten Teil des Paßworts aufzuschreiben?«

Er reichte Ned einen Empfehlungszettel, dieser schrieb »Simon sagt« hin und gab ihn Gossard zurück, der einen kurzen Blick darauf warf, auf seinen Bildschirm sah und nickte. Er gab Ned den Zettel zurück.

»Und der zweite Teil?«

Ned schrieb »Dies ist ein Überfall« und reichte den Zettel wieder über den Tisch.

Gossard steckte den Zettel mit einem dünnen Lächeln in ein Metallkästchen.

»Sicherheitspapier«, erklärte er. »Schon vernichtet. Alles scheint seine Richtigkeit zu haben, mein Herr. Womit kann ich dienen?«

»Nun, zunächst wüßte ich gern meinen Kontostand.«

»Mhm ...« Gossard tippte etwas ein. »Als börsengebundenes Konto ist es an die führenden europäischen Indexwerte gekoppelt, und Sie werden verstehen, daß ich Ihnen nur den Kontostand bei Börsenschluß am Freitag nennen kann. In den letzten dreißig Jahren ist jedoch eine recht beträchtliche Summe aufgelaufen.«

Ned nickte, als spräche er den ganzen Tag über nichts anderes als börsengebundene Konten, europäische Indexwerte und beträchtliche Summen. Gossard nahm einen zweiten Empfehlungszettel, schrieb eine Zahl hin und reichte ihn Ned.

»In Schweizer Franken?« sagte der nach kurzem Schlucken.

»Ganz recht«, sagte Gossard.

Ned schluckte noch einmal und machte sich hastig ans Kopfrechnen. Das Pfund stand bei zweieinhalb Franken. Ach du liebe Zeit.

»Ich muß mir noch überlegen, wie ich mit dem Konto zu verfahren gedenke«, sagte er so beiläufig er konnte. »Können wir einen weiteren Termin für Freitag abmachen? Brauchen Sie sonst noch etwas von mir?«

»Nein, nichts, Sir. Da Ihr Konto so alt ist, fällt es nicht unter die aktuelle Meldepflicht. Andererseits ist es noch nicht so alt, daß es infolge des neuen Entschädigungsabkommens mit den jüdischen Organisationen geprüft werden müßte.«

»Ausgezeichnet«, sagte Ned. »Sagen wir Freitag, elf Uhr?«

»Mit dem größten Vergnügen, Sir.«

Als Ned seine Suite im Hotel d'Angleterre erreichte, zitterte er immer noch. Er setzte sich auf den Balkon, trank einen Kaffee und sah auf den See hinaus. Im Schaum der Fontäne schimmerte ein Regenbogen.

Ned starrte in den Regenbogen und weinte.

»Ach, Babe. Warum kannst du jetzt nicht bei mir sein?«

Er sah auf den Notizblock des Hotels, auf dem er ein paar Berechnungen vorgenommen hatte.

»Das ist allerdings eine beträchtliche Summe«, flüsterte er, und Tränen tropften auf den Block. »Selbst bei dem, was man heute für eine Tasse Kaffee hinblättert, sind 324 Millionen Pfund eine beträchtliche Summe. Oh, Babe, es gibt doch noch Gerechtigkeit. Wirklich und wahrhaftig.«

IV. Durch und durch durchdacht

Simon Cotter kam im Herbst 1999 mit einem Privatjet in England an. Sein Ruf als Risikokapitalgeber eilte ihm voraus.

Jeder ehrgeizige junge Mensch in Europa wollte mit diesem ungewöhnlichen Freibeuter ins Geschäft kommen. Niemand nutzte die Dot.com-Blase virtuoser, um junge, dynamische und ehrgeizige Träumer zu finanzieren, deren Start-ups nach dem Gang an die europäischen Technologiebörsen Erstnotierungen fanden, bei denen erfahrene Börsianer Stielaugen bekamen. Gelegentlich hörte man, die geschwollene, irisierende Membran des E-Commerce würde in absehbarer Zeit platzen, aber momentan erlebte niemand einen steileren Aufschwung als Simon Cotter von CotterDotCom. Die Pessimisten unkten, der Ballon sei von heißer Luft in die Stratosphäre hochgetragen worden, und die Welt litte unter Höhenkrankheit. Die Anhänger ließen sich nicht davon abbringen, die Neugründungen würden von Innovations- und Unternehmungsgeist beflügelt und alle Skeptiker überleben.

Cotter war noch keine vierzig, aber dem Vernehmen nach wog jedes seiner Lebensjahre fünfundzwanzig Millionen. Eine Website verfolgte sein geschätztes Vermögen im Auf und Ab der Märkte, und an einem Oktobertag verdiente er laut dieser Quelle in nur acht Stunden Börsenzeit vier Millionen Pfund Sterling. Der Mann des Jahrtausends war erschienen, und die britischen Medien gerieten außer Rand und Band, als er sich in England niederlassen wollte, dem – wie es hieß – Land seiner Geburt.

Er war ledig und übte angeblich auf Männer wie Frauen unwiderstehliche Anziehungskraft aus. Zyniker meinten, mit soviel

Geld und Macht würde auch eine tote Nacktschnecke Charisma und Sex-Appeal verströmen. Nicht unbedingt, wurde ihnen entgegengehalten – schaut euch Bill Gates an. Nicht alles Gold glänzt.

Niemand wußte, woher Simon Cotter so unversehens aufgetaucht war, was ihn erst recht mit einem Geheimnis umgab. Gerade war die Welt noch cotterfrei gewesen, im nächsten Moment war er größer als Harry Potter. Eben das wurde in Gedichten besungen, die den zufälligen Reim begeistert ausschlachteten.

Es ging das Gerücht, der Mann spreche neun Sprachen und sei ein unschlagbarer Backgammonspieler. In Frankreich hielt man ihn für einen Franzosen, aber auch Deutschland, Italien und Österreich beanspruchten ihn für sich. In der Schweiz wies man darauf hin, daß seine Firmenzentrale bei Genf lag, keine fünf Kilometer von dem Ort entfernt, wo das World Wide Web erfunden worden war, und beharrte darauf, Cotter wäre schweizerischer als das Jodeln. Andere rieben sich die Nase und raunten hinter vorgehaltener Hand etwas von der russischen Mafia, kolumbianischen Kartellen und anderen finsteren und gefährlichen Winkeln der Welt. Genf mochte der Ursprung des World Wide Web sein, sagten sie, die Stadt war aber auch der Geldwaschsalon der Welt. Dreck und Geld liegen nahe beisammen, sagten sie. Das wird ein schlimmes Ende nehmen, sagten sie. Je leerer das Faß, desto heller der Klang, sagten sie.

Klügere Köpfe hüllten sich in Schweigen und ignorierten die Latrinenparolen. Geschwätz ließ die Kurse steigen, und Geschwätz ließ sie wieder fallen. Schwatzen konnte jeder Idiot. Klatsch und Tratsch waren billig und wurden immer billiger. Die ganze Revolution in der Telekommunikation mit ihren Faxgeräten, Pagern, Mobil- und Satellitentelephonen, E-Mails, Intranets und Videokonferenzen in Echtzeit war nichts als ein billiges und schnelleres Mittel, um zu quatschen und zu klatschen und zu tratschen. Sollte es mehr sein als das, würde es ihnen schon nicht weglaufen. Wir überlegen uns das in aller Ruhe, sagte man in dieser Fraktion. Der Wartende auf dem Bahnsteig kommt vielleicht später an als der auf den fahrenden Zug Aufspringende, hat aber bessere Chancen auf einen guten Sitzplatz und eine angenehmere Reise. Wir werden gesund und munter ankommen. Wer ständig eine neue Sau durchs Dorf treibt, ist schnell aus der Puste.

Auch Cotter schwieg sich aus. Seine Pressesprecher verkündeten mit großem Tamtam und Aplomb jedes neue von CDC finanzierte verheißungsvolle Start-up, und von Zeit zu Zeit nahm er an der Eröffnungsfeier ausgewählter neuer Dot.Com-Firmen persönlich teil, aber der Robespierre der digitalen Revolution verweigerte alle Interviews und warf der Welt keine Theorien zum Fraß vor. Da er dunkles Haar und einen Vollbart hatte und nie die Sonnenbrille abnahm, hatte die Presse schnell Spitznamen für ihn gefunden. Er war der Jesus des Cool, der CybErlöser.

Als er bei einer Firmeneröffnung in Lausanne einem Londoner Wirtschaftsjournalisten ganz untypisch eröffnete, er werde bald nach Hause kommen, jubelte ganz England vor Stolz und Freude. Sofort bot man ihm Karten für den letzten Silvesterabend des Jahrtausends im Dome an, die Mitgliedschaft in vier Clubs, Kreditkonten bei einem Dutzend Herrenschneidern sowie die Gelegenheit, auf Channel Four von Chris Evans interviewt zu werden. Letzteres schlug er aus.

»Ich bin völlig uninteressant«, mailte er dem Produzenten. »Mit jedem anderen sind Sie besser dran. Glauben Sie mir, ich würde Sie nur langweilen.«

Man glaubte ihm kein Wort, und der Presserummel, der ihn in Heathrow empfing, hätte jeden Popstar zufriedengestellt.

Unter den Briten, die die Berichte sahen und die Kommentare und Analysen hörten, die in den folgenden Wochen die Medien überschwemmten, waren viele, die auf der Stelle Briefe an ihn aufsetzten, ihre Ideen für weltbewegende neue Internet-Seiten darlegten oder einfach schamlos um Geld, Arbeit oder Spenden für wohltätige Zwecke bettelten.

Die Reaktionen dreier Menschen lohnen jedoch eingehendere Betrachtung.

Ashley Barson-Garland, Mitglied des Unterhauses und Anwalt der Krone, hatte kürzlich in der seltsamen Lotterie gewonnen, die einfachen Abgeordneten das Recht gab, persönliche Gesetzesvorlagen im Parlament einzubringen. Barson-Garland hatte alles daran gesetzt, eine Novellierung voranzutreiben, die den Ruf seiner Partei als Hort traditioneller Werte stärkte. Für ihn stand fest, egal wann die nächste Wahl stattfand, alle Parteien würden sich als wahre Hüter der Familie profilieren wollen. Da seine Partei die Wahl mit großer Sicherheit verlieren würde, nahm er an, am meisten würde er profitieren, wenn er sich als prominentester Verfechter der Familienwerte bei den Torys einen Namen machte. Hatte sich der Staub der Niederlage erst gelegt und war der gegenwärtige Parteivorsitzende erst von der politischen Bühne abgetreten, was unumgänglich war, brauchten die Torys jemanden wie Ashley, um sie im Jahre 2005 zum Sieg zu führen, und dieses Jahr hatte er schon vor langer Zeit als Jahr seines Einzugs in die Downing Street auserkoren.

Seine Vorlage verlangte die bisher schärfsten Gesetze zur Kontrolle des Internet. Alle britischen Provider sollten strafrechtlich zur Verantwortung gezogen werden, wenn sie pornographische Schriften, Abbildungen und Darstellungen verbreiteten. Barson-Garland forderte, eine lückenlose Brandmauer um die Insel zu ziehen, um die britische Familie vor der »Flutwelle an Schmutz und Schund« zu bewahren, die »unsere wehrlose Jugend« und andere »gefährdete Gruppen unseres Gemeinwesens« zu »überschwemmen« drohe. (Was den Einsatz von

Klischees anging, hatte er schon vor langer Zeit alle Skrupel abgelegt. Sie funktionierten. Aus unerfindlichen Gründen funktionierten sie, und nur ein Narr konnte denken, er käme ohne sie aus.) Sein *Internet Service Providers Act* sah die Einrichtung einer unabhängigen Behörde vor, die das Recht hatte, E-Mails stichprobenartig zu kontrollieren, analog dem Recht der Polizei, Radarfallen aufzubauen. Wer sich solchen Gesetzen entgegenstellte, hielt sich vielleicht für einen Freund der Freiheit, aber Barson-Garland würde zeigen, daß er in Wirklichkeit ein Feind der Familie war. Überhaupt konnten nur Menschen mit unlauteren Absichten oder Hintergedanken Einwände gegen eine Reinigung des Cyperspace haben. Normale, anständige und unbescholtene Bürger konnten seine Gesetzesvorlage nur begrüßen.

Er erwartete keine Ratifizierung; Gesetzesvorlagen einzelner Abgeordneter wurden praktisch nie angenommen, aber er konnte auf dem heißumkämpften Gebiet der Familie Land gewinnen und Begriffe besetzen, wenn er »Mißstände beim Namen nannte«. Die Labour-Regierung versuchte bereits, ihre Familienfreundlichkeit unter Beweis zu stellen, und sprach von Steuersenkungen für Familien, Kinderfreibeträgen und anderen Dingen, die selbst bei Menschen, die von ihnen profitierten, nur Gähnen hervorriefen. Barson-Garlands Vorlage sollte ein Revier markieren, und New Labour mußte gute Miene dazu machen. Wurde sein Vorhaben angegriffen, konnte er daraus politisches Kapital schlagen.

Die Illustrierten der Mittelschicht hatte er schon auf seiner Seite. Ashley Barson-Garlands Große Nationale Brandmauer appellierte an die »Ängste« (ein Euphemismus für Borniertheit und Vorurteile) der »schweigenden Mehrheit« mit ihrer Angst vor »Scheinasylanten« und »zügellosem« Euro-Föderalismus. Was war das Internet denn anderes als schleichende kulturelle Durchmischung und Durchseuchung? Kinder (*Kinder* um

Himmels willen!) waren homosexuellen Propagandisten, antikapitalistischen Fundamentalisten, Drogendealern und Perversen auf Gedeih und Verderb ausgeliefert. Gott sei Dank nahm ein Mann wie Ashley Barson-Garland den Kampf gegen sie auf. Im großen und ganzen war sein *Internet Service Providers Act* ein »Schritt in die richtige Richtung« und »setzte deutliche Zeichen«.

Heute abend verfolgte der Held der normalen, anständigen und unbescholtenen Bürger eine Sondersendung der BBC über das »Dot.Com-Phänomen«, in erster Linie, um zu kontrollieren, ob seine Interviewaussagen von den Produzenten der Sendung gekürzt, verfälscht oder ganz weggelassen worden waren. Als Aufnahmen von Simon Cotter kamen, lachte er verächtlich angesichts der begleitenden journalistischen Phrasendrescherei, horchte aber auf, als er hörte, Cotter kehre nach England heim. Er öffnete seinen Laptop, gab das Paßwort ein und notierte folgendes in sein Tagebuch:

Wie Winston Churchill muß ich manchmal nur Wörter wie »Patriotismus«, »England« oder »Heimat« lesen oder hören, und schon habe ich Tränen in den Augen. »Senile Demenz« nennt man das wohl. In der Hinsicht muß ich frühvollendet sein. Welch eine Kehrtwende … in meiner Jugend zuckte und näßte mein Schwanz, wenn ich Wörter wie »Jugend« oder »Knabe« sah. Heute fallen mir »Familie«, »Herd« und »Vaterland« auf, und meine Augen zucken und nässen. Zweifellos verschiedene Symptome derselben Krankheit …

Dieser Simon Cotter ist interessant. Er bekennt keine Farbe. Risiken bringen ihn erst zur vollen Entfaltung, und er muß einfach der geborene Tory sein, auch wenn er immer den Hippie herauskehrt. Seit der Glanz von New Labour verblaßt, müssen Menschen wie er gehegt und gepflegt werden. Höchstwahrscheinlich sieht er meine Vorlage instinktiv als Bedrohung an.

Aber wenn ich mich um einen Termin bei ihm bemühe ... ihm deutlich mache, daß ich seinen Beitrag zu schätzen weiß und bemüht bin, alle relevanten Gruppen an einen Tisch zu bringen, alle zu Wort kommen zu lassen und alle Meinungen zu berücksichtigen, Für und Wider abzuwägen, einzubeziehen und nicht auszuschließen usw. usf., schmeichelt ihm vielleicht der Gedanke an eine Zusammenarbeit. Er wäre ein wirklich guter Fang ...

Ashley klappte den Laptop zu und sah wieder auf den Fernseher. Seine Vorlage wurde diskutiert. Ein halbstarker Millionär im T-Shirt und mit strähnigem Haar warf Barson-Garland vor, sein Ziel sei ein steriles Intranet, das Britannien vom Rest der Welt isolieren würde.

»Der Cyberspace funktioniert wie eine moderne Metropole«, beharrte dieses ausgemachte Rindvieh in Vokalen, die Ashley zusammenzucken ließen, und mit ansteigenden Satzmelodien, als brächte er ausschließlich Fragen vor. »Neben Einkaufszentren, Galerien, Museen und Bibliotheken hat es seine Elendsviertel und Rotlichtbezirke. Natürlich. Das gilt für Amsterdam, New York, Paris, Berlin und London. Das gilt nicht für Riad in Saudiarabien oder Montgomery in Alabama. Wo leben wir lieber, in London oder in Riad? In Amsterdam oder in Alabama? Überlegen Sie mal. Freiheit ist nicht ohne Sex, Drogen und Rock 'n' Roll zu haben. Das Internet macht da keine Ausnahme.«

Ashley schnaubte verächtlich. »Und Sex, Drogen und Rock 'n' Roll sind nicht ohne zerfallene Kommunen, dysfunktionale Familien und moralische Wüsteneien zu haben, die von Witzfiguren wie dir zusätzlich verpestet werden«, sagte er.

Die Formulierung gefiel ihm und er setzte sie an den Schluß seines Tagebucheintrags.

Rufus Cade schloß die Wohnungstür hinter sich und plumpste in ein Sofa.

»Scheiße, ich werd' zu alt für sowas«, sagte er sich ächzend.

Er sah den blinkenden Anrufbeantworter, hörte ihn aber nicht ab. Wahrscheinlich Jo, Jane oder Julie, die ihm Geld aus dem Kreuz leiern wollte. Warum hatte er bloß nie ein Mädchen geheiratet, deren Name nicht mit J anfing? Nur ein einziges Mal? Nur aus Daffke. Lucy im Büro, das war mal ein gutes Mädchen. Ein gutes Mädchen, eine saugute Nummer und alles. Zoë auch. Und Dawn. *Die* bedrohten ihn wenigstens nicht mit gerichtlichen Verfügungen und Anwaltsbriefen. Die nannten ihn »Roofy« und zogen ihn wegen seiner Plauze durch den Kakao. Im nächsten Leben konnten ihm alle Js im Mondschein begegnen. Blöde Bettelschnepfen. Schulgelder, Krankenkassenbeiträge, Urlaube. Jedes einzelne Kind, dachte er wütend und hackte das letzte Koks auf dem gläsernen Couchtisch, jeder kleine Rotzlöffel muß sich heutzutage die Zähne richten lassen. Irgendein Arsch in Soho hat entschieden, daß Spangen cool sind, und jetzt gibt es weit und breit keinen Teenager mehr, der nicht mit sauteuer und kreischbunt verdrahteten Beißerchen rumläuft. Auf die war alle geschissen.

Er griff nach der Zeitung. Von der Titelseite grinste ihn ein frischgebackener Dot.Com-Millionär mit lodernder Akne an.

»Arschlöcher«, murmelte Rufus. »Scheiße, Mann, wie machen die das bloß?«

Vor einer Woche erst hatte Rufus Michael Jackson, Madonna, Marilyn Monroe und den Prince of Wales zur Gründungsfeier einer neuen E-Commerce-Firma im Business Design Centre geschickt (E-Schäftsleute nannten die sich jetzt; selten so gelacht).

Aus irgendeinem Grund hatten die Leute, die hinter der Eröffnung steckten – CotterDotCom, wer sonst? – auch Rufus eingeladen, was ihn ärgerte und verwirrte. Es hatte ihm gerade noch gefehlt, mit ansehen zu müssen, wie Madonna Wein verschüttete und versoffene Zeitungsfritzen Michael Jackson an den Haaren zogen. Warum zum Geier wollten die ihn bloß dabeihaben? Abschlagen konnte er es ihnen schlecht. Wes Brot ich ess', des Lied ich sing' und so, und CDC zahlte besser als alle anderen. Für die meisten Leute war seine Agentur schon weg vom Fenster (viel zu Achtziger, Schatz, ein alter Hut), und das bedeutete, daß der Auftrag eines angesagten Unternehmens wie CDC ein Ritterschlag und damit Gold wert war. Rufus wäre splitternackt durch brennende Reifen gesprungen, wenn die es von ihm verlangt hätten.

Wie eine fette Zitrone hatte er dagestanden und zugesehen, wie seine Models mit Drinks und Häppchen durch den Raum glitten. Er hatte sich eine Präsentation angehört, die ihn langweilte und nervte, und er hatte sich betrunken. Gut, er hatte sich Stoff besorgt, der Vormittag war also nicht ganz umsonst gewesen. Apropos, sagte er sich und sah auf die Uhr, John mußte bald kommen.

Das war echt deftig gewesen. Grad hatte er in der Kabine eine prima Nase gezogen, da stand da dieser große alte Fettsack vor dem Spiegel und kämmte sich.

– Hab' ich mehr von, wenn Sie was brauchen.

– Was brauchen? Polente schien der nicht zu sein, aber Vorsicht war besser als Nachsehen.

– Wenn Sie nicht interessiert sind, kein Problem. Sehr rein und sehr billig. Probieren Sie mal.

Der Typ reicht mir ein Päckchen, einfach so. Ich pack' mich weg. Meine Fresse, war das hochoktaniger Schnee. Puh! Bläst einem glatt den Schädel weg.

– Wieviel? frag' ich, als ich vom Lokus zurückkomm', Augen tränen, Herz stampft wie 'ne Dampflok.

– Fünfzig das Gramm.

Fünfzig? Ich glaub', mein Schwein pfeift. Vor fünfzehn Jahren hab' ich schon sechzig gezahlt. *Fünfzig.* Die Sache muß 'n Haken haben.

– Was geht ab, Mann? Da ist doch was faul.

– Sie müssen gleich 'ne Unze nehmen. Muß das Zeug loswerden.

– Nichts dagegen, aber soviel Bares hab' ich nicht dabei.

– Und Karte?

– Sehr witzig. Dachte erst, der meint Kreditkarte. Ach, verstehe. Ich geb' ihm meine Geschäftskarte.

– *Gesichter?* Soll'n das sein?

– Modellagentur, die Kellner da draußen. Sind von mir.

– Die Doppelgänger?

– In der Branche heißen sie individuelle Ersatzkräfte.

– Aber sonst geht's danke, ja? Doppelgänger. Und ich denk' noch, das ist echt Prince Charles. John übrigens. Anruf genügt.

Weg ist er und läßt mich mit gut zwei Gramm stehen, die er nicht mal zurückhaben will. Danach kann ich mich an nichts mehr erinnern, kann ich Ihnen sagen. Und am Tag drauf krieg' ich 'ne ganze Unze für fünfhundertfünfzig Schleifen. War flott weg, achtundzwanzig Gramm in fünf Tagen. *Dreißig* Gramm inklusive der Gratisprobe. Du treibst mit deinen Kräften Raubbau, Rufus, und zwar Tagebau.

Es klingelte an der Tür. Er erhob sich vom Sofa und ging zur Sprechanlage an der Wand.

»John.«

»Hi. Kommen Sie rauf.«

Als John am oberen Treppenabsatz ankam, war sein Gesicht schweißüberströmt, und er keuchte wie ein kaputtes Akkordeon.

»Mannomann«, rang er nach Luft. »Noch nie von Fahrstühlen gehört?«

»Hm, tut mir leid, Mann.« Die Wohnung lag im zweiten Stock,

aber selbst der schwabbelige, übergewichtige und unsportliche Rufus bewältigte sie normalerweise, ohne zu japsen und zu schnaufen wie ein sterbendes Walroß.

»Woddie gefällig?«

»Nee, muß noch fahren.«

Rufus schenkte sich einen Drink ein und verfolgte aus dem Augenwinkel, wie John eine Tüte aus der Tasche zog und auf den Couchtisch legte.

»Hacken Sie sich ruhig auch eine«, sagte Rufus.

»Sie ziehen die Line, und ich zieh' Leine, Meister.«

Ein Segen. Die meisten Dealer konnten sich gar nicht von einem trennen. Oder noch schlimmer, sie blieben zu Hause, und man mußte zu ihnen kommen. Diese erzwungene Kumpelhaftigkeit war für Rufus das Schlimmste am Drogenleben. Wenn man ein Kotelett haben wollte, ging man zum Fleischer, sagte, was man wollte, und ging mit dem Teil in der Tüte wieder raus. Kein Geschwätz oder sonst ein Scheiß. Kein »Bis die Tage, Alter«. Aber wenn man zum Dealer kam, weil man neues Schnupfpulver brauchte, mußte man sich auf stundenlanges Gefasel über Musik, Sport, Politik, genmanipuliertes Getreide und die Sünden der Weltbank gefaßt machen. Man bewegte sich gesellschaftlich auf spiegelglattem Parkett und durfte sich nie anmerken lassen, daß man den Typ womöglich für subaltern oder sozial unterlegen hielt. Man mußte vorgeben, das ganze Geschäft hätte mit Freundschaft zu tun, und man wäre auf derselben, studentisch unkonventionellen Wellenlänge. Ein Segen, daß John ihn mit dem ganzen Scheiß verschonte.

Trotzdem wäre es ihm lieber gewesen, der andere hätte eine Line gezogen. Bloß um zu zeigen, daß er ein User war. Dealer, die keine User waren, machten Rufus nervös. Er bekam dann immer ein schlechtes Gewissen.

»Kann ich Sie mal was fragen?« fragte John, der schon im Aufbruch war, an der Tür. Er wirkte etwas zappelig.

»Klar. Bin ganz Ohr.«

»Sie haben nicht zufällig Lust, bei 'ner größeren Sache mitzumachen?«

»Größer?«

»Wegen meinem Bruder, ne. Der ist vor ein paar Wochen mit 'nem Herzinfarkt zusammengeklappt ...«

»Ach du Scheiße«, sagte Rufus. »Tut mir echt leid.« Und du machst es auch nicht mehr lange, dachte er. Bei dir gibt's keinen Genpool, nur einen Schmalzpool.

»Geschenkt. War der letzte Drecksack. Konnte ihn nicht ab. Bloß, ich war sein einziger Verwandter, hab' fünf Kilo von dem Scheißstoff geerbt und weiß nicht, wie man den loswird. Hab' ich in 'nem Schrank gefunden, als ich die Wohnung aufgelöst hab'.«

»Nur zu gern, John. Echt, nur zu gern, der Stoff ist super, aber ich deal' nicht. Ich weiß gar nicht, wie das geht.«

»Das mein' ich auch nicht. Ich hab' von 'n paar Typen oben in Stoke Newington gehört, die interessiert sein könnten. Türken. Dachte, Sie könnten vielleicht mit mir hochfahren und die Sache durchziehn. Wie wär's mit sechzig-vierzig?«

»Wenn Sie die Leute schon kennen, wofür brauchen Sie mich dann noch?«

»Na, ich will mich nicht übern Tisch ziehen lassen. Sie sind ein richtiger Geschäftsmann, mit Privatschulakzent und so, dieses gewisse Etwas. Bei Ihnen machen die nie im Leben krumme Dinger. Bei einem wie mir reißen die sich doch den Stoff untern Nagel und machen mich alle, verstehen Sie?«

»Sechzig-vierzig?«

»Genau. Ist nur fair, schätz' ich.«

Rufus stellte eigene Schätzungen an. Ein Kilo waren tausend Gramm. Fünfzigtausend Schleifen. Fünf mal fünf waren fünfundzwanzig, das war dann also eine Viertelmillion. Vierzig Prozent von einer Viertelmillion waren ... hunderttausend. Hundert Riesen. *Einhundert Riesen.*

»Abgemacht«, sagte er. »Was sind das für Leute?«

»Na ja, Pfadfinder nicht grade. Drogendealer eben, ne? Aber Geschäft ist Geschäft, schätz' ich mal. Paßt Ihnen Donnerstagabend? Ich ruf' die an und mach' alles klar. Ich kann Sie auch abholen, und wir fahren zusammen hoch.«

Sie besiegelten den Deal per Handschlag, und als John langsam die Treppe hinunterwatschelte, setzte sich Rufus aufs Sofa und atmete tief durch. Hundert Riesen. Einhundert Scheißriesen.

Mit hundert Riesen konnte er im Netz eine internationale Agentur aufmachen. Doppelgänger, Singende Telegramme, Partyservice. Damit konnte er elektronisch auf der ganzen Welt Bräute und Typen buchen lassen. Die zahlten eine Aufnahmegebühr, und er besorgte ihnen Aufträge. Mit hundert Riesen konnte er einen tollen Internetauftritt hinlegen, Webdesign, Demo-Website, Finanzierungsplan – das ganze Drum und Dran. Damit würde er zu CotterDotCom gehen; das mußte die einfach umhauen. Vielleicht bekam er sogar den Messias höchstpersönlich zu sehen.

Rufus stippte die Ecke einer Kreditkarte in die Tüte und hackte die längste Line seines Lebens.

Das Frühstück bei den Fendemans war eine chaotische Angelegenheit, die alle angestammten Alters- und Geschlechterrollen über den Haufen warf. Gordon aß nichts, probierte aber jeden Morgen einen neuen Kaffee oder Tee aus, Portia spachtelte Speck, Würstchen und Eier, und wenn sich Albert überhaupt mal blicken ließ, beschränkte er sich auf eine Scheibe Toast.

Das hatte seine Gründe. Albert hatte morgens selten Appetit. Für ihn war alles Zeitverschwendung, was ihn seinem Zimmer mit den Computern fernhielt. Einmal hatte er eine Tasse Kaffee über einer USB-Schnittstelle verschüttet, ein andermal hatte ein volles Glas Orangensaft einen Drucker zerstört. Portia hatte eine neue Eiweißdiät entdeckt. Dabei ging es darum, so wenige Kohlenhydrate aufzunehmen, daß sie ihren Urin täglich mit Diabetiker-Teststreifen prüfte, um zu kontrollieren, wieviele Ketone ihr Körper auslaufen ließ, wofür sie vom Rest der Familie liebevoll veräppelt wurde. Gordon kostete jeden Morgen andere Tee- und Kaffeesorten, weil er beruflich mit Tee und Kaffee zu tun hatte. Den Kaffee spuckte er meistens aus, weil er das schwache Herz seines Vaters geerbt hatte und sein Kardiologe es mißbilligte, wenn er Koffein zu sich nahm. Java, der Kater, fraß alles, was er in die Pfoten bekam, am liebsten jedoch Sardinen in Tomatensoße, weil er seine Schrullen hatte.

An diesem besonderen Morgen experimentierte Gordon in der Küche mit Kakao und veranstaltete eine fürchterliche Schweinerei. Der feine Puder setzte sich auf allen Flächen ab, alle Finger trugen ihn weiter, und allmählich breitete sich Panik aus.

»Wo ist mein Kohlenhydratzähler?« jammerte Portia.

»Dad, du saust mit dem Zeug das ganze Haus ein«, beschwerte

sich Albert, der in die Küche kam und die Hände vor Gordons Gesicht spreizte. »Schau dir das an. Je mehr man saubermachen will, desto mehr setzt es sich überall fest. Ich habe Kakao auf der Tastatur, Kakao auf dem Bildschirm und Kakao auf der Maus.«

»Das ist ja fast schon ein Popsong«, sagte Gordon anerkennend. »Ach komm, Junge, ist doch nur Puder. Versuch mal den Mocha hier, der ist nicht schlecht.«

»Neunzehn Gramm pro hundert!« keuchte Portia. »Das darf doch nicht wahr sein.«

»Nein, Schatz«, sagte Gordon, der ihr über die Schulter sah und Mocka auf die Seiten ihres Buchs tropfen ließ. »Das sind die Mengenangaben für *gesüßten* Kakao. Der ungesüßte hat nur drei Gramm, siehst du?«

»Trotzdem könntest du ruhig besser aufpassen«, sagte Portia verärgert und zog das Buch unter seiner tropfenden Tasse weg.

»Wenn du auch nur ein hundertstel Milligramm eingeatmet hast, sollte mich das wundern«, sagte Gordon. »Na, Sohnemann«, wandte er sich an Albert, der sich am Waschbecken emsig die Hände wusch. »Wieviele Anfragen gab's gestern?«

»Ein neuer Rekord. Dreihundertachtundzwanzig. Aus sieben Ländern. Nicht schlecht, was?«

»Nicht schlecht«, fand auch Gordon.

»Stell dir mal vor, wieviel das wäre, wenn bloß die Hälfte, ach was, ein Viertel davon bestellt hätte.«

»Wir werden das Kind schon schaukeln, Albie.«

»Ich werde in E-Mails ständig gefragt, ob wir direkt verkaufen. Jedesmal, wenn ich nein sagen muß, habe ich das Gefühl, wir verlieren Marktanteile.«

»Direktverkauf ist ein Alptraum«, sagte Gordon. »Wir beliefern die Supermärkte, da sollen die sich drum kümmern.«

»Meinetwegen, Dad, aber du weißt doch, wie die unsere Produkte präsentieren. Die untersten Regale, keine Sonderangebote, keine Zielgruppenwerbung, keine Treueprämien, gar nichts.«

Portia ging in die Diele, um die Zeitung und die Post zu holen. Den Streit hatte sie schon hundertmal gehört, seit Gordon Albert beauftragt hatte, die Firmen-Website zu gestalten. Als loyale Gattin und Mutter gab sie beiden recht. Vielleicht sollte sich das Unternehmen dem E-Commerce öffnen, wie Albert fand. Aber vielleicht hatte Gordon auch triftige Gründe, wenn er den Aufwand scheute, sichere Transaktionen im Netz zu garantieren, und Angst vor den finanziellen Belastungen hatte, die ihnen aus Werbung, Transport und zusätzlichen Kosten für das Personal erwuchsen, das eingestellt werden mußte, um für reibungslose Abwicklung zu sorgen.

Das Café Ethica, das Gordon vor fünf Jahren mit dem von Portias Mutter Hillary geerbten Geld gegründet hatte, war ein durchschlagender Erfolg geworden. Gordon war der Held aller Studenten, Ökokrieger, Antikapitalisten und selbsternannten Schützer der Dritten Welt. Fairhandel wurde neuerdings groß geschrieben, und Gordons Mut, die gutbezahlte Stelle eines erfolgreichen Warenterminhändlers aufzugeben, eigene Wege zu gehen und direkt mit Kleinbauern und Genossenschaften in den ärmsten und exportabhängigsten Ländern der Welt Handel zu treiben, hatte ihn zu einem der angesehensten Geschäftsleute des Landes gemacht. Er war in *Question Time* und *Newsnight* zu sehen gewesen, und vielerorts munkelte man, falls er die britische Staatsbürgerschaft annehmen sollte, wäre ihm die Erhebung in den Adelsstand so gut wie sicher. Portia blieb auf Distanz und durchstreifte weiterhin die heiligen Hallen der Wissenschaft. Albert hatte mal angeboten, auch ihr eine Website zu entwerfen, aber sie hatte dankend abgelehnt. Sie konnte sich nicht vorstellen, daß eine Homepage über sienesische Temperamalerei ihr oder ihren Studenten viel nützen würde.

»Für dich Pornographie und ein Brief«, sagte sie zu ihrem Sohn, als sie mit der Post zurückkam. »Für uns natürlich Rechnungen.«

Als Pornographie bezeichnete Portia Alberts Lieblingslektüre.

So gut wie täglich plumpste ein neues Computer- oder E-Commerce-Blatt auf die Fußmatte, er verschwand damit in seinem Zimmer und tauchte Stunden später mit geröteten Wangen und abwesendem Blick wieder auf. Wenn die Zeitschriften wenigstens richtige Pornographie wären, dachte sie manchmal wehmütig. Mit Sex konnte sie etwas anfangen. Die Gratis-CDs der Blätter lagen überall herum. Portia, die sich gern an allen Arten von Kunsthandwerk versuchte, um nicht bloß als dröge Professorin und Autorin teurer Bücher zu abseitigen Themen dazustehen, hatte daraus allerlei amüsante Installationen gebastelt. Eine Tischplatte bestand ausschließlich aus AOL-Einsteiger-CDs, die sie mit Acryl versiegelt hatte. Im ganzen Haus gab es Mobiles und Skulpturen aus den Silberlingen. Zu Stapeln zusammengeklebt, verwendete sie sie auf ihrem Schreibtisch als Stifthalter. In der Küche dienten sie als Untersetzer und Sets.

Albert stand vor dem Toaster, öffnete seinen Brief und schnappte plötzlich nach Luft.

»Ich fass' es nicht«, sagte er und reichte ihn Gordon. »Halt, stop. Wasch dir die Hände, bevor du ihn anrührst. Erst kannst du ihn lesen, Mum.«

Portia nahm den Brief und hielt ihn am Fenster hinter der Spüle ins Licht. Sie war früh weitsichtig geworden. Zuviele Diavorträge und zuviel Entzifferungsarbeit über zuvielen Dokumenten in zuvielen dunklen toskanischen Bibliotheken.

Der Brief war auf teurem Firmenbriefpapier gedruckt.

CotterDotCom

Sehr geehrter Mr. Fendeman,

Sie sind uns als Autor und Webmaster der Café-Ethica-Website aufgefallen. Wie Sie wissen, hat sich unsere Unternehmenskette in der expandierenden Welt des elektronischen Handels bereits einen Ruf für Qualität und Innovation erworben. Dennoch sind wir ständig auf der Suche nach analytisch denkenden, kreativen und innovativen Mitarbeitern bei unserer Mission, an vorderster Front der digitalen Revolution neue Firmen zu gründen. Unserer Ansicht nach erfüllen Sie alle diese Voraussetzungen.

Wenn Sie interessiert sind, unsere Londoner Filiale aufzusuchen, um Möglichkeiten zu besprechen, bei der Erstellung und Leitung einer neuen Fairhandelssparte mitzuwirken, würden wir uns freuen, Ihnen unsere Anstellungsbedingungen zu unterbreiten, die kompetitive Aktienoptionen, private Krankenversicherung, Altersvorsorge sowie ein Gratifikationsprogramm beinhalten.

Bitte behandeln Sie dieses Angebot vorerst vertraulich.

Wir würden uns freuen, Sie persönlich kennenzulernen.

Simon Cotter

Gordon nahm Portia den Brief ab.

»Da nimmt dich einer auf die Schippe«, sagte er. »Ich meine, beim besten Willen, Albie, da führt dich einer an der Nase ’rum.«

»Wird sich zeigen«, sagte Albert, riß seinem Vater den Brief aus den seifigen Händen und ging zum Telephon.

»Aber Spätzchen«, rief Portia. »Und Oxford?«

Albert wählte und hörte sie nicht.

Sie standen da und beobachteten, wie er nervös in den Hörer sprach. Plötzlich stand er stramm, und Portia sah, daß er rot wurde.

»Um drei?« fragte er. »Klar. Kein Problem. Fünfzehn Uhr. Ich bin da. Natürlich. Klar.«

Mit zugleich benommener und verklärter Miene legte er auf.

»Na?«

»Ich habe ihn gesprochen! Ich habe wirklich und wahrhaftig mit ihm gesprochen.«

»Du willst doch nicht etwa hingehen!«

»Spinnst du?« Albert warf seiner Mutter einen ungläubigen und überraschten Blick zu. »Natürlich gehe ich hin! Hast du doch gehört. Heute nachmittag um drei. In sein Büro.«

»Aber du sagst ihm, daß du im Oktober nach Oxford gehst, ja? Du erwähnst ausdrücklich, daß eine Festanstellung frühestens in drei Jahren in Frage kommt.«

»Scheiß auf Oxford. Ich habe gerade mit Simon Cotter gesprochen, Mum. Mit Simon Cotter.«

»Na und? Ist das vielleicht Mutter Teresa und Albert Schweitzer in Personalunion? Dein Studium geht vor.«

»Das *ist* mein Studium.«

»Weiß der überhaupt, wie alt du bist?«

»Mum, bei CDC arbeiten Leute mit Milchzähnen. Für Cotter arbeiten Millionäre ohne Hodenabstieg und Frauen, die ihre BHs noch ausstopfen müssen.«

»Na, wenn das nicht vielversprechend ist.«

»Ach, tu doch nicht so. Ich wäre da bei weitem nicht der Jüngste.«

»Gordon, sag du doch mal was.«

Gordon hatte wieder den Brief in der Hand. Ihr Mann strahlte irgend etwas aus, das Portia beunruhigte. War er gereizt? *Neidisch* doch wohl kaum. Auf den zweiten Blick stellte sie bestürzt fest, daß es keinen Zweifel geben konnte. Es *war* Neid. Das erkannte sie daran, wie er sich mit der Zunge über die Lippen fuhr und wie seine Augen den Brief überflogen, als suchte er immer noch Hinweise auf einen Schabernack. Alles verriet ihr, daß er definitiv eifersüchtig auf den eigenen Sohn war. Er ärgerte sich, mißgönnte ihm den Erfolg und war sauer. Außer Portia wäre es niemandem aufgefallen, aber als sie es sah, drehte sich ihr der Magen um.

»Schön«, sagte Gordon mit der aufgesetzten Weisheit eines Mannes, der viel von der Welt gesehen hat. »Wenn du schon zu ihm gehen mußt, dann paß wenigstens auf, daß du nichts unterschreibst – *gar nichts,* ohne es vorher mit uns zu besprechen. Wenn er dir einen Vertrag anbietet, lassen wir den von unseren Firmenanwälten prüfen, bevor du unterzeichnest. Diese Leute klingen überzeugend, und das ist alles absolut einleuchtend, aber dahinter …«

»Klar, Dad, klar. Mein Gott!« Albert grinste seine Eltern an und verzog sich aus der Küche, eine Scheibe Toast zwischen den Zähnen.

Oliver Delft haßte Politiker. Bei den meisten Leuten entsprang die Abneigung gegen diese Schmarotzerkaste einem Ekel vor ihrer offenkundigen Heuchelei, ihren Tricksereien und ihrer populistischen Vulgarität. Delft waren sie aus fast entgegengesetzten Gründen zuwider. Ihn brachten ihre zermürbend träge moralische Integrität und das pathologische »Rechenschaftsdenken« zur Weißglut. Rechenschaft im doppelten Sinne. Ihre kleinkarierte Fixiertheit auf Buchprüfung, finanzielle Transparenz und Abrechnungsrichtlinien fand er ebenso abstumpfend und widerlich wie ihr ständiges nervöses Schielen auf parlamentarische Ethikkommissionen, »praktische Leitlinien« und investigative Journalisten. Wenn etwas getan werden mußte, sollte es ohne Skrupel oder Vorbehalte getan werden. Die ewige moralische Bedenkenträgerei war nach Olivers Ansicht so gut wie immer die unmoralischste Option. Er hatte sie vor dem Kosovo gewarnt, vor Tschetschenien, Nigeria, Ost-Timor, Zimbabwe, Myanmar – er hätte ein Dutzend kleine, örtlich begrenzte Krebsgeschwüre aufzählen können, die von rascher Nächstenliebe in Form von invasiver Chirurgie profitiert hätten, statt dessen aber im Namen »friedensstiftender Maßnahmen« oder »konstruktiven Engagements« geblüht hatten und gewuchert waren – die Politiker hatten nicht zugehört, und ihre Ignoranz war sie teuer zu stehen gekommen.

Das größte Geheimnis der Geheimdienste war, daß sie Profite erwirtschafteten. Diese schlichte und überraschende Tatsache hatte Delfts Abteilung vor noch mehr ministerieller Einmischung bewahrt, als sie ohnehin schon erfuhr. Geheimnisse brachten Geld, und Britannien wahrte in puncto finstere Machenschaften mit dem Rest der Welt eine solide Außenhandelsbilanz – zumal es keine ideologischen Faktoren mehr gab, die die Welt verkomplizierten und Intellektuelle und Fanatiker zu Märtyrern und Verrätern machten. Solange im Hauptbuch keine roten Zahlen auftauchten, konnte sich Delft darauf verlassen, daß sein Minister ihm mehr Handlungsspielraum ließ, als irgendeiner seiner Amtsvorgänger seit dem Zweiten Weltkrieg genossen hatte. Trotzdem war jede Einmischung für Delft eine Einmischung zuviel. Es war eine traurige Tatsache, daß die Aktionäre einer Firma mit satten Profiten gieriger hinter jedem Penny herjagen als die einer Firma, die plus minus null abschließt oder gar Gewinnwarnungen herausgibt. Im Lauf der Jahre hatte Delft genug abgesahnt, um einem gepolsterten Ruhestand entgegensehen zu können, aber mehr konnte ja nie schaden. Zur Zeit stand seine Rechtschaffenheit jedenfalls außer Frage. Jedes Pony für seine Töchter und jede Halskette für seine Frau wurde vom ehrlichen Geld seines mageren Beamtengehalts und seiner schrumpfenden Erbschaft bezahlt. Daß er für ein künftiges besseres Leben Vorsorge getroffen hatte, konnte niemand ahnen. Er war abgesichert. Nach außen führte er jedoch weiterhin eine glanzlose und mühselige Existenz. Heute hatte er beispielsweise jede Menge Besprechungen.

Die alle vierzehn Tage stattfindende KPBE-Sitzung ließ er mit der üblichen Geduld über sich ergehen. Die Kommission zur Planung und Bereitstellung von Etatmitteln war der Geistesblitz eines dreiundzwanzigjährigen Wunderkindes aus dem Schatzamt gewesen, und Olivers heimliche Verachtung für die neumodischen Buchprüfungsmechanismen, die sich diese Kreaturen ausdachten, kannte keine Grenzen. Die doppelte Buchführung der guten alten Zeit mit Federkiel und fein liniertem Kanzleipapier war sicherer und weniger leicht zu manipulieren gewesen. Die KPBE bediente sich dagegen der neuesten »Inputprogramme« und »Nominalbuchungsverfahren«, um die Finanzlage der Abteilung prüfen zu können, und konnte sich –

weit wichtiger – eines eigenen Logos rühmen sowie ressortspezifischer Farbcodierung und Bildschirmschoner. Das machte sie zum Hätschelkind der Minister und immunisierte sie gegen alle Kritik.

In einem schwachen Moment hatte Oliver Ashley Barson-Garlands Einladung zum Lunch zugestimmt, um dessen armselige persönliche Gesetzesvorlage zu besprechen. Das Treffen fand in Mayfair im Mark's Club statt. Der geschmackvolle Dekor und die diskrete Versiertheit des Personals (»Guten Tag, Sir Oliver« – woher zum Geier kannten die seinen Namen? Solche Leute brauchte er in den eigenen Reihen) stimmten ihn etwas milder, und nachdem er sich in die Speisekarte vertieft hatte, konnte er sich vorstellen, auf seine Kosten zu kommen, trotz der Aussicht, in Gesellschaft eines Politikers zu sein.

Ashley tauchte mit zwei Minuten Verspätung in der oberen Bar auf und brauchte fünf Minuten für eine wortreiche Entschuldigung, die er, wie Oliver merkte, für charmant und selbstironisch hielt.

Er tröstete sich mit dem Gedanken, daß er sechs oder sieben Jahre älter sein mußte als dieses unappetitliche Wesen mit Hängebacken und schütterem Haar, das ihn in Grund und Boden redete. Olivers heimliches Laster war Eitelkeit. Sein Interesse für Hautpflege und Herrenkosmetik war nur seiner Frau bekannt, und kein Kollege oder Untergebener hätte es je vermutet. Dünkel, Ehrgeiz und schlechte Seife hatten sich, wie Oliver feststellte, in Ashleys Züge ähnlich tief eingegraben, wie in der Blütezeit des Empire Gin und Tropensonne ihre Spuren in den Gesichtern hinterlassen hatten. Eine Kur mit Feuchtigkeitslotionen, Face-Peelings und Zell-Regenerationsmasken hätte bei diesem Teint Wunder gewirkt, aber gegen die Falten des Doppelkinns und den trüben Blick konnte auch sie nichts ausrichten. Vielleicht will uns die Natur auf diese Weise warnen, dachte er.

»Wie ich sehe, hat man Ihnen die Karte gereicht«, sagte Barson-Garland, als die geisttötende Geschichte seiner Taxifahrt aus Westminster in die Charles Street endlich ein Ende gefunden hatte. »Was den Wein angeht: Sollen wir uns nach Burgund aufmachen? Was meinen Sie? Zum Beginn gäbe es einen Corton Charlemagne mit einem reichen Bouquet, und ich weiß zufällig, daß man hier neuerdings einen La Tache führt, den nur ein Wahnsinniger verschmähen würde.«

Oliver hatte sehr wohl gesehen, daß der einzige La Tache auf der Weinkarte über vierhundert Pfund die Flasche kostete. Wahrscheinlich wußte auch Barson-Garland, daß Oliver das wußte. Hm, sagte er sich. Willst mir imponieren, was? Mich dir gewogen machen. Du mit deiner Old-Harrovian-Krawatte und den Christ-Church-Manschettenknöpfen. Herrgott, wie kann man bloß College-Manschettenknöpfe tragen?

Sie gingen aus der Bar in den Speisesaal hinunter. Barson-Garland hatte ein mit Beluga-Kaviar überhäuftes gekochtes Ei bestellt, das er beim Reden mit abstoßender Eleganz aß.

»Zunächst möchte ich Ihnen versichern, daß ich Sie nicht zur Unterstützung meiner Vorlage bewegen möchte«, sagte er. »So etwas gehört sich nicht. Ganz und gar nicht. Wie Ihnen jedoch bekannt sein dürfte, gibt es sowohl im Parlament als auch in der Öffentlichkeit Unklarheiten, was die Umsetzung dieser Vorlage angeht. Mancherorts zieht man ihre technische, rechtliche und praktische Machbarkeit in Zweifel. Wie Sie wissen, hängt alles von der Einrichtung einer neuen Körperschaft ab, grob gesagt einem Pendant der amerikanischen National Security Agency. Die Zentralstelle unseres Nachrichtendienstes ist dafür nicht recht geeignet. Oder sehen Sie das anders?«

Oliver wiegte seinen Kopf auf eine Weise, die als Nicken ausgelegt werden konnte.

»Das dachte ich mir. Die mir vorschwebende Behörde hätte beträchtliche, um nicht zu sagen ehrfurchtgebietende Befugnisse. Wir verfügen heute über Satelliten, die die Oberfläche unseres Planeten abtasten, ich denke jedoch an elektronische Potentiale, die uns quasi Abtastungen *unter* der Oberfläche erlauben würden. Wir haben den Makrokosmos erobert, jetzt sollten wir uns Zugang zum Mikrokosmos verschaffen. Und da gibt es nun Menschen, die Sorge tragen, ich wollte ein Grundrecht mit Füßen treten, wie der *Guardian* es heute morgen erst formulierte.«

Oliver machte eine weitere unverbindliche Kopfbewegung. Er malte sich die Szene aus, wie Barson-Garland Presseberichte über seine Aktivitäten in ein Album klebte und es seiner Mutter schickte.

»Meines Erachtens benötigen wir eine bewährte Persönlichkeit des öffentlichen Lebens«, fuhr Ashley fort und tupfte sich die Mundwinkel mit der Serviette ab, »einen Menschen von unerschütterlicher Loyalität und erwiesener Professionalität auf dem Gebiet der inneren Sicherheit, der der Verantwortung gewachsen wäre, eine solche Behörde aufzubauen. Wenn an den richtigen Stellen bekannt würde, daß sich ein Mann mit der Reputation eines Sir Oliver Delft dieser Aufgabe anzunehmen bereit wäre...« Barson-Garland nippte an seinem Wein und ließ den Rest in der Schwebe.

»Ich habe noch nichts gehört, was den Schluß zuließe, Ihre Vorlage könne durchkommen«, sagte Oliver.

»Natürlich nicht. Man wird sie abschmettern. Das steht fest. Davon können wir ausgehen und entsprechend handeln. Wichtig ist wieder einmal die Besetzung der Begriffe. Darum geht es. Damit wird die Möglichkeit ausgesprochen, daß eine Regierung über solche Machtfülle verfügt. Der Geist ist dann quasi aus der Flasche. Störende Feinheiten wie die öffentliche Meinungsbildung können, ähm, abzittern.«

»Ich erinnere Sie nur ungern daran, aber Sie sind nicht an der Regierung, B-G. Sie sitzen in der Opposition.«

»Ach, das«, Ashley winkte ab. »Eine Woche kann in der Politik eine lange Zeit sein, aber ein Jahrzehnt vergeht wie im Fluge. Die Heilige Margaret kommt einem doch schon vor wie ein Traum aus grauer Vorzeit, oder nicht? Auch Sankt Tony wird im Handumdrehen im Vakuum der Geschichte verschwinden. Eine längerfristige strategische Perspektive ist ganz im Sinne Ihres Dienstes, da werden Sie mir doch kaum widersprechen. Ich schlage Ihnen eine informelle Verbindung vor. Gewissermaßen eine Wette auf die Zukunft. Ich könnte mir denken, daß Sie nicht zum erstenmal Beziehungen zu unangenehm ehrgeizigen Politikern wie mir pflegen. Wie Sie sehen, übe ich mich zumindest in der Tugend der Selbsterkenntnis.«

»Inwiefern würden Sie davon profitieren, wenn ich meinen Vorgesetzten das Konzept einer Behörde nahebrächte, wie sie Ihnen vorschwebt?«

»Das *Land* würde davon profitieren«, sagte Ashley. »Das klingt salbungsvoll, aber ich halte es zufällig für wahr. Außerdem würde ich damit mein Revier abgrenzen. In der Opposition hat man nur wenige Möglichkeiten, mehr zu tun als zu reden. Die Beliebtheit meiner Vorlage in der Presse und großen Teilen der Öffentlichkeit ist das Eine, darüber hinaus jedoch muß ich meiner Partei deutlich machen, daß ich mich in den von Leuten wie Ihnen bewohnten dunklen und schlüpfrigen Korridoren zu bewegen weiß, ohne auf die Schnauze zu fallen. Können Sie mir da folgen?«

»Mhm«, sagte Oliver, »ich glaube schon.« Barson-Garland erinnerte ihn an jene Giftkröten, deren Schädel dem Aberglauben zufolge Edelsteine enthielten. Häßlich und gefährlich, gewiß, aber mit der Aussicht auf große Reichtümer, wenn man sie in den Griff bekam.

»Geschäfte zum beiderseitigen Nutzen sind ethisch nicht verwerflich«, sagte Ashley, als könnte er Gedanken lesen. »Ganz im Gegenteil, finde ich.«

»Erinnern Sie sich an unsere erste Begegnung?« fragte Oliver.

Die Frage brachte Ashley kurz aus dem Konzept. »Da muß ich überlegen«, sagte er, drehte sein Weinglas am Stiel und kniff die Schweinsäuglein zusammen. »Ich rühme mich eines guten Gedächtnisses. Das müßte bei der Weihnachtsfeier des *Telegraph* im Brooks' Club gewesen sein. Dezember 1989.«

»O nein«, sagte Oliver. »Es ist viel länger her. Sie gingen noch zur Schule.«

Entsetzt malte sich Ashley lange zurückliegende verstohlene Zusammenkünfte in Manchesters öffentlichen Toiletten aus. »Ach ja?« sagte er mit mißglücktem Lächeln. »Da müssen Sie mir auf die Sprünge helfen. Wann und wo soll das denn gewesen sein?«

Sein dunkelrot anlaufendes Gesicht und die in den Augen aufblitzende Furcht waren Olivers Aufmerksamkeit nicht entgangen. »In der Catherine Street«, sagte er und ließ sein Gegenüber nicht aus den Augen. »Sie arbeiteten damals für Charles Maddstone. Als Privatsekretär oder Assistent, etwas in der Art.«

»Meine Güte«, sagte Ashley. »Daß Sie sich daran noch erinnern!«

Oliver fiel seine schlagartige Erleichterung auf, und er wünschte sich – nicht zum erstenmal – die Machtfülle eines J. Edgar Hoover, um das Vorleben seiner politischen Herren und Meister eingehender ausleuchten zu können. In Barson-Garlands Kindheit mußte ein dunkles Geheimnis lauern. Oliver fragte sich, ob er aus Verhältnissen kam, deren er sich schämte. Die sonore Patrizierstimme und der Savile-Row-Nadelstreifenanzug für fünfzehnhundert Pfund waren zu schön, um wahr zu sein. Na, dank der Existenz einer freien und unabhängigen Presse brauchte man die Ressourcen eines Geheimdienstes heutzutage kaum mehr anzuzapfen. Je weiter Barson-Garland auf der Karriereleiter nach oben stieg, desto mehr würden die Medien über sein Vorleben an den Tag bringen.

»Ich bin schockiert, daß ich mich daran gar nicht erinnere«, sagte Ashley. »Nun hatte Sir Charles natürlich alle möglichen politischen Kontakte, und ich war jung und ahnungslos ... Moment mal!« Ashley starrte Oliver an, und es fiel ihm wie Schuppen von den Augen. »Jetzt hab' ich's. Sie sind Smith! Meine Güte! Smith haben Sie sich damals genannt. Smith. Ich war zwar ein Milchbart, aber selbst damals habe ich keine Sekunde lang geglaubt, daß Sie wirklich so hießen. Stimmt doch, oder? Sie waren Smith.«

Delft neigte den Kopf. »In der Tat.«

»Kaum zu glauben«, sagte Ashley. »Welch ein Zufall. Das war aber auch eine böse Sache. Ich habe bestimmt seit – was? – fünfzehn Jahren nicht mehr daran gedacht. Oder mehr? Da war doch nichts ...« Er senkte die Stimme. . »Können Sie mir zufällig etwas über den Fall Maddstone erzählen, was damals nicht an die Öffentlichkeit kam?«

Oliver zuckte die Schulter. »Ich vermute, eines schönen Tages wird man einen Fluß ausbaggern und einen Schädel heraufbringen.«

Ashley nickte weise. »Der arme alte Ned.«

Man servierte ihnen das Hauptgericht, und der Sommelier trat an Ashley heran, um ihn den La Tache kosten zu lassen.

»Das Recht scheint eine einträgliche Angelegenheit zu sein«, bemerkte Oliver trocken. »Der arme Staatsdiener dankt Ihnen für den berauschenden Einblick in das Leben der Haute Volée.«

Ashley lächelte. »Keine Ursache«, sagte er. »Was das Geldausgeben angeht, bin ich ein blutiger Anfänger. Mein Weinhändler hat vorige Woche fallenlassen, Simon Cotter hätte ihm kürzlich Carte Blanche gegeben, Europas besten Weinkeller zusammenzustellen. Er hat schon über eine Million ausgegeben.«

»Meine Herren«, murmelte Oliver.

»Aber das Beste kommt noch. Man hat den Mann noch nie etwas Anderes als Milch trinken sehen.«

»Milch?«

»Milch«, sagte Ashley. »Ich habe morgen übrigens eine Audienz bei ihm. Ich glaube, wenn er *mir* Milch anbietet, bekomme ich nervöse Zuckungen und einen Schreikrampf.«

»Braucht er einen Anwalt?«

»Nein nein. Ich möchte ihm auf den Zahn fühlen. Seine politische Ausrichtung ist bislang unbekannt. Im Grunde scheint sein ganzes Leben von einem Geheimnis umgeben zu sein«, fügte Ashley mit einem bedeutungsvollen Blick hinzu.

»Ich fürchte, da kann ich Ihnen nicht weiterhelfen«, sagte Oliver, der den Blick zu Recht als Bitte um Aufklärung verstand. »Wir kennen nicht einmal sein Geburtsdatum.«

»Sie sind ihm also bereits nachgegangen?«

»Selbstverständlich. Wir sind auch nicht schlauer als Sie. Falls wir jedoch etwas in Erfahrung bringen sollten ...«

Oliver ließ Ashley im Glauben, die Geheimdienste stünden zu seiner Verfügung. Immerhin war nicht auszuschließen, daß die Konservativen unzurechnungsfähig genug waren, ihn eines Tages zum Vorsitzenden zu wählen. Vorher brauchte er allerdings einen teuren Imageberater. Von dermatologischer Behandlung mal ganz abgesehen. Aber war Barson-Garland nicht geschieden? Das kam nicht gut an. Fürsprecher der Familie sollten glücklich verheiratet sein. Nein, es war nur eine Trennung gewesen, fiel Oliver ein, und die Presse hatte die Fährte noch nicht aufgenommen. Sie war die Tochter eines Grafen gewesen, wenn er sich recht erinnerte. Nicht ganz die populistische Note, um die sich die Konservative Partei heutzutage bemühte. Andererseits durfte man den Snobismus der britischen Wähler nie unterschätzen. Die Privatschule und die Oxforder Manieren eines Blair waren ihnen lieber als der aufgesetzte »Mann des Volkes«-Quatsch, mit dem Hague auf Yorkshire machte. Und was den armen alten John Major anging ...

Nein, die Gezeiten der Geschichte hatten seltsameres Treibgut als Barson-Garland in die Downing Street geschwemmt und würden es zweifellos wieder tun. Falls Ashley Simon Cotter wirklich überreden konnte, ein paar seiner Millionen in die Schatullen der Torys umzuleiten, war er kaum noch aufzuhalten.

Oliver setzte sein charmantestes und vertraulichstes Lächeln auf. »Ein vorzügliches Essen, Ashley. Ich wüßte nicht, wann ich das letztemal besser gespeist hätte. Das sollten wir öfter machen.«

»Wie wäre es – was haben wir heute?« Ashley sah auf die Uhr. »Donnerstag. Wie wäre es, wenn wir uns an jedem ersten Donnerstag im Monat hier treffen? Wir besprechen alles Nötige und arbeiten uns durch die Weinkarte.«

»Eine wunderbare Idee.«

»Soll ich vorschlagen, Sie hier als Mitglied aufzunehmen?«

Oliver hob abwehrend die Hände. »Das übersteigt meine Verhältnisse«, sagte er. »Ganz entschieden.«

Sie verabschiedeten sich, und beide glühten vor Selbstzufriedenheit und gutem Wein.

Die Titelmusik von *Mission Impossible* erklang in Jim und Micky Drapers Zelle. Sie wurde von Mickys Kopfkissen gedämpft, war aber laut und hartnäckig genug, um die Brüder abzulenken, die *The Shawshank Redemption* sahen und nicht gestört werden wollten.

»Scheiße«, sagte Jim. »Kein Schwein ruft am Sonntagnachmittag an. Geh nicht ran.«

Die Melodie verstummte erst nach einer ganzen Minute.

Tim Robbins und seine Mithäftlinge saßen auf dem Dach des Shawshank-Gefängnisses und tranken Bier.

»Die haben vielleicht Glück«, sagte Jim. »Ich könnte auch ein Pint vertragen.«

»Ich könnte ein bißchen Sonne vertragen«, sagte Micky.

Mission Impossible ging wieder los.

»Was soll der Scheiß?«

»Mal sehn, wer dran ist.« Micky ging zum Etagenbett und schob das Kissen weg. »Nicht zu erkennen. Nummer verweigert. Soll ich mit dem Arschloch reden?«

Jim hielt das Video an, und Micky drückte die Taste des Handys.

»Spreche ich mit Mr. Draper?«

»Micky Draper. Wer ist'n da?«

»Guten Tag, Micky«, sagte eine unbekannte Männerstimme. »Tut mir leid, Sie beim Sonntagnachmittagsfilm zu stören. Tim Robbins flieht, und der Gefängnisdirektor bringt sich um. Morgan Freeman kommt endlich auf Bewährung raus und trifft sich in Mexiko mit Robbins. Hübscher Film. Ich verrat' Ihnen, wie er ausgeht, denn ich fürchte, Sie werden ihn nicht zu Ende sehen können.«

»Scheiße, Mann, wer *sind* Sie?«

»Einer, der es gut mit Ihnen meint und Sie nur wissen lassen will, daß Ihnen und Ihrem Bruder alle Privilegien ab sofort entzogen sind.«

»Häh?«

»Jim und Sie genießen ganz außerordentlichen Komfort und ebensolche Protektion. Finden Sie das nicht etwas ungerecht?«

»Wer ist dran?« Jim wendete den Blick vom Bildschirm ab.

»Irgendein abgehobener Spinner«, sagte Micky. »Wir sollen angeblich unsere Privilegien verlieren.«

»O nein«, sagte die Stimme. »Kein Spinner. In Anbetracht der Tatsache, daß ich mir die Mühe mache, Ihnen eine Warnung zukommen zu lassen, finde ich das etwas undankbar. Die Gefängnisbeamten müßten jeden Augenblick da sein. Sie werden Ihnen den Fernseher wegnehmen, den Toaster, den Wasserkessel, das Radio, die Möbel – selbst das Mobiltelephon, mit dessen Hilfe wir diesen entzückenden Plausch führen. Ich fürchte, Sie beide landen in der Hackordnung wieder ganz unten.«

»Wer ist denn dran?« wollte Jim wieder wissen.

»Irgendein Arsch, der uns ins Bockshorn jagen will. Hat Snow Sie auf uns angesetzt?«

»Ich muß zu meinem Bedauern gestehen, daß ich nicht die Ehre habe, Mr. Snow zu meinem Bekanntenkreis zu zählen. Ich habe das alles selbst in die Hand genommen. Stellen Sie sich jetzt neben das Etagenbett, Micky. Die Wachteln sind unterwegs. Ich habe das ungute Gefühl, daß sie schlechte Laune haben. Jim und Sie sind in letzter Zeit etwas weich und schwabbelig geworden, ich hoffe, Sie können etwas einstecken. Leben Sie wohl.«

Micky warf das Handy aufs Bett.

»Worum ging's überhaupt?«

»Irgend 'n Sackgesicht«, sagte Micky. »Wollte uns für dumm

verkaufen. Wenn ich je rauskriege, wer das war –« Micky drehte sich zur Zellentür, aufgeschreckt vom Geräusch metallbeschlagener Absätze, die durch die Korridore auf ihre Zelle zuknallten. »Nee du«, sagte er. »Das kann doch nicht sein.«

»Was denn?« fragte sein Bruder entgeistert.

In einem Tonfall, den sie seit Jahren nicht mehr gehört hatten, schrie eine Stimme ihre Namen, und die Zellentür schwang auf.

»Draper, J., Draper, M. Neben den Betten aufstellen. *Inspektion!*«

Fünf Schließer betraten die Zelle, gefolgt vom Gefängnisdirektor Martin Cardiff.

»Sieh mal einer kuck. Was haben wir denn da? Sieht ganz nach einer Orgie aus. Ihr lebt hier ja in Saus und Braus. In meinem ganzen Leben habe ich noch keine solche Dekadenz gesehen. In meinem ganzen Leben nicht.« Das entsprach nicht ganz der Wahrheit, denn Direktor Cardiff kannte nichts Schöneres, als sich morgens zu einer Tasse Kaffee und einer Scheibe Toast zu den Brüdern in die Zelle zu gesellen. »Schaut euch das an, Jungs. Ein Sofa, Bücher, Zeitschriften, eine Kaffeemaschine. Sogar ein kleiner Kühlschrank. Ist ja richtig heimelig.«

»Scheiße, Martin, was ist denn los?«

Cardiff kniff die Augen zusammen. »Martin? *Martin?* Herrjemine. Wo bleiben denn eure Manieren? Und wie wäre es mit etwas mehr Respekt?«

Cardiff nickte einem seiner Beamten zu, der daraufhin vortrat und Jim Draper einen solchen Hieb in die Magengrube verpaßte, daß er zu Boden ging und nach Luft rang.

»Für dich immer noch *Mister Cardiff,* du fetter Sack. Du fetter *widerlicher* Sack«, fügte er angeekelt hinzu, als sich Jim übergeben mußte.

Micky wollte auf Cardiff losgehen. »Was soll denn das? Scheiße, Mann, was soll denn das?«

Diesmal schlug Cardiff selber zu. Seine Faust landete an

Mickys Hals, und das eiserne Bettgestell erdröhnte, als Micky mit dem Kopf dagegen krachte.

»Womit die zweite Runde eingeläutet wäre«, sagte Cardiff. »Auf zum Tag Wrestling, Jungs.«

Die Schließer lachten und fielen über die Brüder her.

Eine Stunde später lagen Jim und Micky nackt auf dem Boden der leeren Zelle. Die Schließer hatten alles konfisziert, sogar Etagenbett und Matratzen. Bevor die Tür hinter ihnen ins Schloß fiel, hatten sie die Zelle mit dem Schlauch ausgespritzt, um Blut und Erbrochenes wegzuspülen.

Fünf Jahre lang hatten Jim und Micky Draper das Gefängnis beherrscht. Ohne ihr Wort war nichts gegangen, hatte nichts geklappt und war nichts gedealt worden. Wie üblich war dieses Arrangement den Strafvollzugsbeamten bestens zupaß gekommen, und wie üblich hatten sie die Drapers entschädigt, indem sie ihnen Komfort und Bewegungsfreiheit in einem Ausmaß einräumten, das normalen Insassen versagt blieb. All diese Vergünstigungen waren ihnen urplötzlich und ohne jeden Grund entzogen worden. Die Häftlinge in den Nachbarzellen mußten ihr Winseln um Gnade gehört haben, und ihre Misere hatte sich garantiert schon im ganzen Gefängnis herumgesprochen. Macht beruht auf Stärke und scheinbarer Unverwundbarkeit. Viele Häftlinge hatten Grund, die Drapers zu hassen, und ohne Schutz und Protektion würde sich ihr Leben von Grund auf ändern.

Jim hob den Kopf. Die Poster waren von den Wänden gerissen worden, und er sah nur Blutspuren und Hafties. Sein Bruder lag neben ihm auf dem Boden.

»Micky?« flüsterte er, und von der Anstrengung schossen ihm stechende Schmerzen durch den ganzen Körper. »Am Telephon. Wer war das, verdammt noch mal?«

Aber Micky war bewußtlos.

Jim ließ den Kopf zurückfallen und versuchte, sich zu konzentrieren. In einem Jahr waren sie draußen, aber es würden zwölf Monate voller Angst und Qual werden. Ab sofort waren sie in der Hölle. Eins tröstete Jim jedoch. Die Drapers hatten anderen Menschen eines voraus, und dieser kleine Unterschied hatte sich in einem Leben voller Scherereien und Gewalt stets als Vorteil erwiesen und ihnen Kraft gegeben. Sie waren zu zweit.

»Meines Erachtens sollten sie so bald wie möglich getrennt werden«, sagte Simon Cotter.

»In verschiedene Zellen verlegt werden, meinen Sie?«

»Sogar verschiedene Flügel. Wäre das machbar?«

»So gut wie erledigt, Sir.«

Cotter bedeckte die Sprechmuschel mit der Hand und zuckte bedauernd die Schultern in Richtung des Jugendlichen, der eben sein Büro betreten hatte. »Bin sofort für Sie da«, sagte er. »Muß hier nur eben was klären.«

Albert verstand das als Aufforderung, draußen zu warten, und wandte sich zur Tür.

»Nein, nein. Bleiben Sie ruhig. Setzen Sie sich, setzen Sie sich.«

»Sir?«

»Nicht Sie, Cardiff.«

»Störe ich bei einer Besprechung, Sir?«

»Nein, nein, überhaupt nicht. Wie geht's unseren Freunden denn heute morgen?«

»Na ja, Sir, Micky war achtzehn Stunden k. o., aber jetzt ist er bei Bewußtsein. Beide werden sich allerdings einen Monat lang per Strohhalm ernähren müssen.«

»Das hört man gern. Gut gemacht.«

»Ähm …«

»Heraus mit der Sprache, Mr. Cardiff.«

»Ich glaube, Sie haben mir versehentlich zuviel gezahlt, Sir.«

»Das ist sehr anständig von Ihnen, Mr. Cardiff, aber es war nicht zuviel, sondern Ausdruck meiner Anerkennung, daß ein Job zu meiner Zufriedenheit ausgeführt wurde. Ihre E-Mail war sehr eindrucksvoll und höchst amüsant geschrieben. Weit über bloße Pflichterfüllung hinaus. Sie sollten eine literarische Karriere ins Auge fassen.«

»Ich danke Ihnen, Sir. Von ganzem Herzen.«

»Auf Wiederhören.« Cotter legte auf und lächelte über den Schreibtisch hinweg. Belustigt hatte er beobachtet, wie der Junge hochkonzentriert den Teppich musterte, als bekäme er von dem Gespräch nichts mit, wenn er das Telephon nicht ansah. Unlogisch, aber menschlich und auf charmante Weise höflich. »Entschuldigen Sie bitte. Ich freue mich, Sie kennenzulernen. Ich bin Simon Cotter.«

Albert stand auf und wollte ihm über dem Schreibtisch die Hand geben.

»Nein nein. Ich setze mich zu Ihnen. Für Tische haben wir hier nicht viel übrig. Da stellt man Computer und Telephone drauf, aber für Gespräche sind sie nicht da.«

Sie gaben sich die Hand, und Simon führte Albert zu einer Sitzecke.

»Tja«, sagte er, setzte sich in einen Sessel und bot Albert das Sofa gegenüber an. »Ich habe Ihnen ja geschrieben, wie sehr ich Ihre Arbeit für die Firma Ihres Vaters schätze. Einfach brillant. Fast hätte ich gesagt ›für einen Amateur‹, aber in diesem Spiel gibt es nur Amateure, und Ihre Arbeit ist brillant, egal welche Maßstäbe man anlegt.«

»Amateur ist französisch für ›Liebhaber‹«, sagte Albert schüchtern. »Und ich habe es aus Liebe zur Sache gemacht.«

»Um so besser! Ich hatte in meinem Brief nicht erwähnt, daß ich Café Ethica zu den überzeugendsten Start-ups der letzten Jahre zähle. Ihr Vater muß ein ungewöhnlicher Mann sein.«

Albert strahlte. »Das ist er allerdings! Früher war er an der Börse und hat Terminkontrakte für Tee und Kaffee gehandelt, aber dann war er mal in Afrika und hat gesehen, wie die Menschen dort leben, und das hat seine Einstellung radikal geändert. Heute sagt er, Kaffee könne man vielleicht an der

Warenterminbörse handeln, aber Menschen wären keine Waren.«

»Menschen sind keine Waren … ja, das stimmt. Das sind sie allerdings nicht. Was hält er eigentlich davon, daß Sie eventuell bei uns einsteigen?«

»Also, da die Website ein ziemlicher Erfolg war, ist er, glaube ich, davon ausgegangen, nach der Universität würde ich … na ja …« Albert verstummte und sah den verständnisvoll nickenden Cotter an.

»Er ist davon ausgegangen, Sie würden sein Teilhaber werden? Sich um die Cyberseite des Lebens kümmern?«

Albert nickte. »Und meine Mutter …«

Simon preßte eine Hand auf sein unwillkürlich hochzuckendes Knie. »Ihre Mutter ist die berühmte Portia Fendeman, nicht wahr?« sagte er beiläufig. »Ich habe ihre Bücher gelesen.«

»Ich glaube, sie hat Angst, daß ich keinen Abschluß mache.«

»Das ist verständlich. Die hätte jede Mutter. Meines Wissens wollen Sie im Oktober nächsten Jahres nach Oxford gehen – übrigens sehr bescheiden von Ihnen, das nicht namentlich zu erwähnen. An welches College?«

»St. Mark's.«

»Warum gerade dorthin?«

»Meine Mutter sagt immer, das wäre das beste.«

»So so … St. Mark's ist das mit dem berühmten Maddstone Quad, oder?«

»Ich glaube ja.«

»Sehr pittoresk, wenn ich mich recht entsinne.«

»Meine Mutter wollte schon immer, daß ich dorthin gehe. Sie mag die Vorstellung nicht, daß mein Studium zu kurz kommt.«

»Ich finde, da hat sie recht«, sagte Cotter. »Ich bin total ihrer Meinung.«

Alberts unverhohlene Enttäuschung konnte einem leid tun. »Oh …«

»Aber der Gedanke, daß *wir* zu kurz kommen, gefällt mir auch nicht«, fuhr Cotter fort. »Bis Oktober sind ja noch rund zehn Monate. Wie wäre es mit einer Vereinbarung? Sie steigen jetzt bei uns ein, und wenn Sie und Ihre Eltern Oxford in zehn Monaten immer noch für eine gute Sache halten, dann studieren Sie. Uns wird es wohl noch geben, wenn Sie dort fertig sind, voll qualifiziert und ausgestattet mit Doktorhut und Talar. In den Semesterferien können Sie schließlich auch weiterhin für uns arbeiten, und wenn Sie sich hier so gut schlagen, wie ich es von Ihnen eigentlich erwarte, wäre es ja denkbar, Ihnen einen Vorschuß zu zahlen, so eine Art Stipendium. Wir haben sowieso vor, in Oxford eine Stiftungsprofessur für Informationstechnologie einzurichten, die Universität dürfte also geneigt sein, unseren Vorschlägen zuzustimmen. Wie alle altehrwürdigen englischen Institutionen wird man dort im Karrée springen und alle möglichen würdelosen Purzelbäume schlagen, sobald man Geld wittert. Wie finden Sie das?«

»Ich finde ... ich finde ...«, Albert suchte vergeblich nach dem treffenden Wort. »Ich finde das toll.«

»Dann lasse ich von meiner Rechtsabteilung einen Vertrag aufsetzen. Ich bin ein Mann schneller Entschlüsse, was Sie hoffentlich nicht stört. Angenommen, ich lasse Ihnen bis heute abend um fünf per Kurier den Entwurf zukommen. Ihre Eltern wollen den bestimmt mit einem Anwalt durchgehen. Wäre es Ihnen möglich, bis Freitag zu einer Entscheidung zu kommen? Melden Sie sich einfach bei mir, wenn Sie alles durch und durch durchdacht haben.«

Albert sah Cotter über die Schulter. Ein Diaprojektor warf hinter ihm die Wendung »Durch und durch durchdacht« an die Wand.

»Ah, Sie haben es schon gesehen. Mein Wahlspruch. Das werden Sie überall wiederfinden. Auf unseren Bildschirmschonern und unserem Desktop-Hintergrund.« Cotter erhob sich, und Albert sprang automatisch auf.

»Mr. Cotter, ich weiß gar nicht, wie ich Ihnen danken soll.«

»Simon bitte. Wir halten hier nichts von Formalitäten. Keine Schlipse, keine Nachnamen.« Cotter legte Albert den Arm um die Schulter und begleitete ihn zur Tür. »Und dank eines glücklichen Umstands werden Sie feststellen, daß man bei uns ausschließlich Kaffee und Tee von Café Ethica trinkt. Jetzt müssen Sie mich bitte entschuldigen. Es geht hier momentan etwas hektisch zu. Ich will gerade eine Zeitung kaufen. Sie ahnen ja nicht, was für Komplikationen dabei auftreten können.«

»Wieso? Ich mach' das jeden Tag«, sagte Albert, verblüfft von der eigenen Schlagfertigkeit. »Man drückt dem Mann am Kiosk das Geld in die Hand und ... *voilà!*«

»Ha!« Simon knuffte ihn scherzhaft. »Erst genial, und dann auch noch witzig!« Ganz die Mutter, dachte er. Er war ihr erschreckend ähnlich. »Schön wär's, wenn das wirklich so einfach wäre«, sagte er dann. »Die Murdochs dieser Welt können einem fast leid tun. Es geht um kein Trendblatt, bloß die alte *LEP*, aber trotzdem, die Auflagen ...«

»LEP?«

»*London Evening Press.* Von anno dazumal. Finden Sie nicht auch, daß der *Standard* dringend Konkurrenz braucht? Wer weiß, vielleicht richten wir Ihnen eine eigene Kolumne ein. Okay, ich höre dann bis Freitag wieder von Ihnen.«

Als Albert auf dem Weg zum Restaurant, wo Gordon und Portia auf ihn warteten, die Waterloo Bridge überquerte, drehte er sich um und betrachtete den riesigen Glasturm, den er gerade verlassen hatte. Er war weder abergläubisch noch religiös, aber er verstand einfach nicht, welche Macht oder Gottheit ihn mit diesem unverschämten Glück überhäuft hatte. Wie bei allen Siebzehnjährigen waren seine Schuldgefühle und Komplexe größer als sein Selbstbewußtsein, und in der Regel erwartete er vom Schicksal eher Bestrafungen als Belohnungen. Vor viereinhalb Jahren hatte er bei der Bar-Mizwa die Finger hinter dem

Rücken gekreuzt, und während der ganzen Zeremonie waren ihm fürchterliche Blasphemien durch den Kopf gegangen. Danach hatte er wochenlang in ständiger Angst vor göttlicher Vergeltung gelebt, aber nichts war passiert. Gott hatte seinen Zorn kundgetan, indem er ihm gute Freunde, eine eiserne Gesundheit und nette Eltern gegeben hatte. Und jetzt war er auch noch ein Günstling am Hof von König Cotter geworden.

Auf der Treppe zu Christopher's nahm er zwei Stufen auf einmal. Portia und Gordon saßen nervös an einem Tisch, tranken Mineralwasser und sahen ihn nicht kommen. Er griff sich einen Kellner und strahlte ihn an.

»Können Sie bitte eine Flasche Champagner an den Tisch da drüben bringen? Den besten, den Sie haben.«

»Sofort, Sir.« Der Kellner deutete eine Verbeugung an und eilte davon.

»Spätzchen!« Portia winkte ihn an den Tisch. »Wie war's? Wie ist es gelaufen?«

»Wahnsinn, ich weiß gar nicht, wo ich anfangen soll.«

Albert kam sich schrecklich erwachsen vor, setzte sich und erzählte ihnen von Simon Cotters Plänen.

»Wie ihr seht, schlage ich zwei Fliegen mit einer Klappe«, sagte er. »Ist das nicht toll?«

Der Kellner trat mit einem Eiskühler und einer Flasche Cristal an ihren Tisch.

Gordon hatte stirnrunzelnd sein Besteck angestarrt, als suchte er in Alberts hektischer Nacherzählung den verborgenen Haken. Jetzt sah er zum Kellner hoch. »Was soll das? Ich habe keinen Champagner bestellt.«

»Ähm, das war ich, Dad. Ich zahl's dir bald zurück, versprochen.«

Portia drückte Albert die Hand. »Völlig richtig«, sagte sie und sah Gordon bittend an, »das muß doch gefeiert werden, findest du nicht auch, Schatz?«

Albert hörte den drängenden Unterton in der Stimme seiner Mutter und schloß sich an.

»Dad, ich weiß, daß das alles etwas plötzlich kommt, aber findest du es denn nicht großartig? Ich meine, ich kann dabei doch nur gewinnen.«

Plötzlich lächelte Gordon und legte Albert eine Hand auf die Schulter. »Doch, es ist allerdings großartig, Albert. In meiner Zeit in der City bin ich einfach etwas mißtrauisch geworden. Bestimmt ist alles in Ordnung. Ich bin stolz auf dich. Wirklich.«

»Er hat ...« Albert errötete, »er hat gesagt, du müßtest ein ungewöhnlicher Mann sein, Dad.«

»Ja? Ehrlich? Na, ein ungewöhnlicher Mann ist er selber.«

»Er kauft gerade eine Zeitung, wußtet ihr das? Die *London Evening Press*.«

»Bist du sicher? Im Wirtschaftsteil steht davon kein Wort.«

»Doch, bestimmt. Er hat gesagt, es wäre eine komplizierte Angelegenheit, aber der *Standard* bräuchte dringend Konkurrenz. Und in Oxford will er eine Stiftungsprofessur einrichten.«

»Das ist ja alles schön und gut«, sagte Portia, »aber was ist das für ein Mann? Hat er irgendwann die Sonnenbrille abgenommen? Hältst du ihn für einen Juden? Auf Bildern sieht er unglaublich dunkel und attraktiv aus. Glaubst du, seine Haare sind gefärbt?«

»Um Himmels willen, Mum ...« Gordon und Albert sahen sich an und lachten in männlicher Solidarität.

»So etwas ist gar nicht so unwichtig«, sagte Portia leicht gekränkt. »Das verrät eine ganze Menge über einen Menschen.«

»Er hat all deine Bücher gelesen. Hat er jedenfalls gesagt. Was verrät dir *das* über ihn?«

Vater und Sohn lachten wieder, weil Portia plötzlich so durcheinander war.

»Stoßen wir auf diesen Ausbund an Geschmack und Urteilskraft an«, sagte Gordon und erhob sein Glas.

»Auf Simon Cotter«, sagten sie im Chor.

Rufus Cade saß in seiner Wohnung und bedachte das vor ihm aufgestapelte Geld mit liebevollen Blicken. Er hatte es zweimal gezählt und war drauf und dran, es ein drittesmal zu zählen. Hunderttausend Pfund in gebrauchten Zwanzigernoten zu zählen, ist eine ganz ordentliche Aufgabe, aber wenn einem das Geld gehört und weder Finanzbeamten noch Exfrauen in die gierigen Klauen fallen kann, ist es ein recht angenehmer Zeitvertreib.

Auf der kleinen verbliebenen Freifläche des Couchtisches hackte er eine Line. Endlich, *endlich* kam er auf einen grünen Zweig. Das war heute sein letzter Abend als User. Diese ganzen Zwanzigernoten würde er anständig nutzen. Er würde die Firma umstrukturieren, sich mit einem Mädchen zusammentun, dessen Name nicht mit J anfing, und aufs Land ziehen. Frische Luft, Fitneß und eine ausgewogene Ernährung würden das schwabbelige, schwitzende und rotäugige Schwein, das er nur zu gut kannte, in einen Menschen verwandeln, den er achten konnte. Er betrachtete das Geld und merkte, daß er sich sein ganzes verpfuschtes Leben lang eigentlich nie hatte riechen können. Als erstes würde er uneigennütziger werden. War das nicht der richtige Weg, der weniger begangene? Der wahre Weg zum Selbst führte über erste Tapser auf die Mitmenschen zu.

Früh ins Büro gehen zu können, mit einem klaren und nüchternen Kopf, das wäre doch was. Nüchternheit mußte ihren eigenen Kitzel haben, eine unzerstörbare Hochstimmung, die nie in einem schrecklichen Tief endete. Man würde ihn mit Fröhlichkeit und Humor gleichsetzen. Dieses Wochenende würde er nutzen, um bei sich klar Schiff zu machen. Gleich würde er damit anfangen und die Whiskygläser und den silbernen Strohhalm wegwerfen. Vielleicht würde er sogar bei seinen Eltern vorbeifahren. Er malte sich die Szene aus. Die Freude seiner Mutter, ihn zu sehen, mit einem Blumenstrauß unter dem Arm und einem Scherz auf den Lippen, stand ihm plastisch vor Augen, und er strahlte, wie er seit Jahren nicht mehr gestrahlt hatte. Im Grunde war er nicht schlecht. Er besaß einen trockenen Humor und eine stille Liebenswürdigkeit, die ansprechend genug gewesen waren, um drei Frauen zu Gattinnen zu machen und unzählige andere zu Affairen.

An der Wand hinter ihm summte die Sprechanlage, und das Herz schlug ihm bis zum Hals, als ihn die rauhe Außenwelt so unsanft aus seinen Träumen riß. Er stand vom Sofa auf, nahm den Hörer ab und merkte verdutzt, daß seine Stimme zittrig war.

»Wer ist da?«

Eine ihm unbekannte Stimme sprach übertrieben deutlich in die Anlage, um den Straßenverkehr zu übertönen. »Ich bin ein Freund von John. Ich muß Sie unbedingt sprechen.«

Rufus sah sich zu dem Geld um, das hinter ihm auf dem Tisch aufgestapelt lag. »Das paßt mir gerade ganz schlecht«, sagte er. »Ich ... ich erwarte Besuch.«

»Es dauert höchstens fünf Minuten. Es ist zu Ihrem eigenen Schutz.«

»Na gut ... zweiter Stock.«

Rufus drückte auf den Summer und rannte in die Küche, um einen Müllsack zu holen. Er stopfte das Geld hinein und warf den Sack in die Ecke hinter einen Sessel. Als es an der Tür klopfte, lief ihm Schweiß über das Gesicht, und er war außer Atem.

Er fuhr sich mit dem Ärmel über die tropfnasse Stirn und öffnete die Wohnungstür. Ein großer, breitschultriger Mann unbestimmbaren Alters stand vor ihm, lächelte entschuldigend, verbarg die Augen aber hinter einer verspiegelten Sonnenbrille.

»Tut mir leid, daß ich so spät noch störe.«

»Macht nichts ... herein. Ich wollte bloß gerade ... na ja.«

Der Mann betrat die Wohnung und ging ins Wohnzimmer durch. Rufus starrte ihn ungläubig an.

»Moment mal ... ich kenne Sie doch.«

»Ich heiße Cotter. Simon Cotter.«

Rufus war schon schwindlig von der Anstrengung, das Geld zu verstecken. Die Gegenwart eines Simon Cotter in seiner Wohnung brachte ihn völlig ins Schleudern. Sein erster Gedanke war, daß mit den Doppelgängern bei der Eröffnungsfeier in Islington etwas schiefgegangen war. Aber warum um Gottes willen sollte Cotter ihn deswegen höchstpersönlich zu Hause besuchen? Noch dazu an einem Freitagabend? »Da steig' ich nicht ganz durch. Haben Sie nicht gesagt, Sie wären ein Freund von John?«

»Doch«, sagte Cotter. »Ich möchte Sie warnen.«

»Warnen?«

»Die Brüder Suleiman sind ziemlich aufgebracht.«

Rufus blinzelte. »Wie bitte? Die Brüder Suleiman? Ich glaube nicht, daß ich jemanden dieses Namens kenne.«

»Sie haben ihnen eine teure Ladung Kokain verkauft. Wovon nur wenige Unzen echt waren. Der Rest war leider Brausepulver. Sie sind alles andere als glücklich. Brausepulver kann man mit nur geringem Profit an Süßigkeitenläden weiterverkaufen. Lächerlich gering. Sie wollen ihr Geld zurück. Vielleicht wollen sie ein paar Körperteile von Ihnen als Zugabe. Mit denen ist leider nicht zu spaßen.«

Rufus wurde schwindelig. Schweiß brannte ihm in den Augen. »Ich habe keine Ahnung, wovon Sie überhaupt reden«, sagte er und merkte, daß seine Stimme viel zu zittrig und schrill war, um überzeugend zu klingen.

»Wirklich nicht?« Cotter zog die Augenbrauen hoch. »Dann verschwende ich sowohl Ihre als auch meine Zeit. Ich dachte, Sie wollten vielleicht wissen, was hier gespielt wird.«

»Natürlich will ich das wissen, aber ...«

»Sie haben Ramsch verkauft, und der Käufer will Rache. Das ist doch nicht schwer zu verstehen.«

»Aber das war *Johns* Stoff! John hat den ganzen Deal eingefädelt. Ich bin doch nur als ...«

»Stimmt, aber John hat es faustdick hinter den Ohren. Rein zufällig weiß ich, daß er denen von Anfang an erzählt hat, *er* wäre die ganze Zeit *Ihr* Mittelsmann gewesen. Für die Suleimans ist John ein Niemand. Ein Kuli, sonst nichts.«

»Aber das ist gelogen!« Rufus klammerte sich an Cotters Revers. »Sie müssen ihnen das sagen. Sagen Sie ihnen, ich hätte in gutem Glauben gehandelt. Auf Sie hören die. In gutem Glauben.«

»Ich?« Mit der Lässigkeit eines Mannes, der Fliegen von seinem Mantel verscheucht, packte Cotter Rufus' Hände und drückte sie nach unten. »Warum um alles in Gottes schöner Welt sollte ich Ihnen auch nur im geringsten helfen?«

»Weil Sie wissen, wie es wirklich war! Sie können denen das klarmachen.«

Cotter sah auf die Uhr. »In höchstens fünf Minuten sind sie hier. Ich habe die Haustür nur angelehnt. Jammerschade, daß Sie so schlecht in Form sind. Soweit ich weiß, haben sie eine Schwäche für Macheten.«

Rufus konnte vor Erstaunen und Entsetzen kaum noch stehen. »Das meinen Sie nicht im Ernst. Wir sind hier in England.«

Cotter sah ihn belustigt an. »Stimmt«, sagte er. »Wir sind hier in England. Und Sie sind Engländer. Also wischen Sie sich das Gesicht ab, lassen Sie das Flennen und reißen Sie sich am Riemen. Würde ich Ihnen jedenfalls empfehlen. Vielleicht lassen sie Sie am Leben, man weiß ja nie. Der Anblick einer verrotzten, verschwitzten und zitternden Heulsuse wird sie jedenfalls erst richtig auf die Palme bringen, das kann ich Ihnen flüstern. Allen Ernstes. Mit Fieslingen kenn' ich mich aus.«

Rufus schob sich auf die Zimmerecke zu, beherrscht vom Gedanken, den Müllsack zu schnappen und sich aus dem Staub zu machen.

»Ach, da haben Sie's gebunkert, ja?« Cotter warf einen Blick hinter den Sessel. »Na, wenigstens müssen sie es nicht lange suchen. Das spricht vielleicht für Sie.«

»Erbarmen!« kreischte Rufus.

»Erbarmen?« Cotters Stimme klang hart und kalt. »Haben Sie gerade ›Erbarmen‹ gesagt?«

»Sie können das Geld haben. Nehmen Sie es.«

»Lieber Cade, ich habe schon mehr Geld, als ich je ausgeben könnte. Lesen Sie denn keine Zeitung?«

»Dann lassen Sie mich laufen. Helfen Sie mir. Zahlen Sie sie aus, ich werde alles tun, was Sie wollen.«

»Alles? Meinen Sie das ernst?«

»Ich schwöre es!« Etwas in Cotters Stimme ließ Rufus Hoffnung schöpfen. »Sagen Sie, was, und ich tue es.«

»Gut. Setzen Sie sich.«

Rufus gehorchte unverzüglich. Schweiß und Speichel tropften ihm vom Kinn aufs Sofa. Es war viele Jahre her, seit Cotter letztmals einen erwachsenen Mann dermaßen hatte schlottern sehen. Sein Gesicht, seine Hände, seine Füße – er zitterte am ganzen Leibe.

»Was soll ich tun? Sagen Sie es, ich tu' alles.«

»Ich möchte, daß Sie eine Zeitmaschine bauen.«

»Was?«

»Ich möchte, daß Sie eine Zeitmaschine bauen und zwanzig Jahre in die Vergangenheit zurückreisen.«

»Ich – ich verstehe Sie nicht.«

»Nein? Dabei ist es so einfach«, sagte Cotter. »Und nur das kann dich retten. Ich möchte bloß, daß du zu dem Tag zurückkehrst, an dem du zusammen mit Ashley Barson-Garland und Gordon Fendeman beschlossen hast, mein Leben zu ruinieren.

Geh schon und spul das Band zurück. Widerruf deinen Entschluß.«

Rufus sah ihn benommen an. Er halluzinierte. Ausgerechnet an dem Tag, an dem er beschlossen hatte, das Koksen aufzugeben, kam er auf einen üblen psychotischen Trip.

»Weißt du nicht mehr?« fuhr Cotter fort, nahm die Sonnenbrille ab und starrte ihn an. »Weißt du nicht mehr, wie du mir das Dope in die Tasche meiner Segeljacke gesteckt hast? Weißt du nicht mehr, wie du im Hauseingang in Knightsbridge gestanden und gelacht hast, als ich abgeführt wurde? Geh zurück und mach es ungeschehen. Wenn du das für mich tust, zahle ich die Brüder Suleiman aus – und nicht nur das. Ich sorge dafür, daß du für den Rest deines erbärmlichen, ekligen Lebens wie die Made im Speck leben kannst.«

»*Ned?* Ned Maddstone?« Rufus sprang vom Sofa auf. »Mein Gott, ja. Du bist es. Scheiße, ey, ich fass' es nicht.«

»Aber warum hab' ich bloß den Eindruck, daß das unmöglich ist? Ich kenn' mich ein bißchen mit Physik und Technologie aus, und irgend etwas sagt mir, daß eine Zeitmaschine deine Erfindungsgabe übersteigt.«

»Herrgott, wo bist du denn gewesen? Was ist damals *passiert?«*

»Finger weg!« Cotter stieß ihn zurück, als sich Rufus wieder verzweifelt an seine Jacke klammerte. »Du wagst es noch, mich anzurühren?«

»Du machst dich über mich lustig, was? Du willst mich verscheißern. So sieht deine Rache aus. Du willst, daß ich kalte Füße kriege. Scheiße, Mann ...«

»Du wirst bald erfahren, was kalte Füße sind«, sagte Cotter. »Du wirst feststellen, daß das keine Phrase ist. Du wirst auch feststellen, daß es etwas Schlimmeres als Angst gibt. Namenloses Grauen.«

»Das meinst du doch nicht ernst«, Rufus mußte fast lachen,

als er Cotters Miene sah. »Hey, Mann, wir waren *Kinder!* Wir wußten doch gar nicht, was wir da machten. Außerdem bist du *gekidnappt* worden, das stand doch in allen Zeitungen. Damit hatten wir gar nichts zu tun. Herrgott …«

»Mein Vater starb. Mein *Vater.* Sechs Monate lang hat er sich ans Leben geklammert, unfähig, zu sprechen oder sich zu bewegen. Er ist voller Qualen, voller Angst und Schuld gestorben, weil er glaubte, sein einziger Sohn wäre wegen ihm und seiner Arbeit gekidnappt und ermordet worden. Ein ehrlicher, anständiger Mann, der sein ganzes Leben seinem Vaterland gewidmet hat. Ein Mann, der in seiner Charakterstärke unermeßlich weit über dir stand. Er starb an den Folgen dessen, was du und deine Freunde mir angetan habt.«

Rufus sah sich vor Angst bebend um, als unten auf der Straße Bremsen quietschten. Cotter ging zur Tür und setzte die Sonnenbrille wieder auf.

»Ich möchte, daß du an mich denkst, wenn sie sich ans Tranchieren machen. Ich möchte, daß du an ein verängstigtes und verstörtes Kind denkst, dem durch deine Bosheit und deinen Neid alles geraubt wurde.«

Rufus hatte sich hinter den Sessel gezwängt, stand jetzt wieder mitten im Zimmer und umklammerte sein Geld.

»Von der Feuerleiter wissen sie«, sagte Cotter. »Die wird bestimmt bewacht.«

»NED!« kreischte Rufus.

Cotter verließ die Wohnung.

»MADDSTONE!«

Cotter eilte eine halbe Treppe hoch, blickte ins Treppenhaus hinab und sah drei Männer in den zweiten Stock heraufkommen. Einmal blitzte Silber auf, als einer von ihnen eine glänzende Klinge von einer Hand in die andere nahm. Aus der Wohnung hörte er Rufus immer wieder seinen Namen kreischen.

Die Tür schlug zu, und die Schreie verstummten.

Fünf Minuten später öffnete sich die Wohnungstür wieder, und die drei Männer kamen heraus. Einer trug einen schwarzen Müllsack. Wortlos gingen sie die Treppe hinab.

Simon wartete, bis er ihren Wagen anfahren hörte, dann schlich er hinunter und betrat wieder die Wohnung.

Rufus lag auf dem Fußboden in einer sich ausbreitenden Blutlache, die schon die Ränder des Teppichs erreicht hatte. Auf dem Couchtisch drei Meter weiter lagen seine Beine säuberlich nebeneinander, wie zwei frisch von einem Floristen angelieferte Blumensträuße.

»Eieiei, Rufus«, sagte Simon. »Ob du je wieder auf die Beine kommst?«

Rufus starrte zu ihm hoch. »Geh zum Teufel«, zischte er. »Geh zum Teufel, Ned.«

Simon sah hinab und schüttelte den Kopf. »Puh!« sagte er angewidert. »Ich hatte recht, was? Jetzt *weißt* du, was kalte Füße sind. Der Finder tut mir echt leid. Mal überlegen, deine Putzfrau kommt am Montag, glaube ich. Vielleicht sollte ich ihre Gefühle schonen und die Polizei benachrichtigen. Vielleicht mit einem anonymen Anruf ... damit kennst du dich ja aus, oder? Du hast übrigens Schwein gehabt, ist dir das eigentlich klar? Das Verbluten soll eine ganz angenehme Todesart sein. Wahrscheinlich tut es gar nicht so weh. Die Schockwirkung hat etwas Barmherziges. Auch wenn ich mit dem Wort nicht viel anfangen kann.«

Er ging, und Rufus schrie hinter ihm her. Seine Stimme klang rauh, und in der nächsten Stunde, in der das Leben ihn langsam verließ, tröstete er sich mit dem Gedanken, daß Simon jedes einzelne Wort gehört haben mußte.

»Ich habe dich von Anfang an richtig eingeschätzt, du Scheiß-Ned, Scheiß-Maddstone«, hatte er ihm nachgerufen. »Du warst ein arrogantes Arschloch. Ich hab' dich vom ersten Augenblick an durchschaut! Du Arschloch, Ned. Du Arschloch. Du hast es verdient. Egal was du durchgemacht hast, du hast es verdient.«

Simon schob den Riegel zurück und schloß die Tür, lehnte sich dagegen, bis das Schloß einrastete. Rufus' Worte hatten das Rauschen in seinen Ohren nicht übertönen können. Langsam ging er nach unten und in die kalte Luft hinaus.

Zitternd vor Hochgefühl sah Ned in den Nachthimmel. Die Sterne zwinkerten ihm zu.

»Vier!« flüsterte er und zwinkerte zurück.

Barson-Garlands Seite war ein durchschlagender Erfolg. Ashley orientierte sich an den Kolumnisten der Abendzeitung der Konkurrenz und stellte fest, daß er die Gabe besaß, Binsenweisheiten in gängige Polemik zu kleiden. Abgestumpften Pendlern, die fremdwortreiche Misanthropie habituell mit Scharfsinn und Intelligenz verwechselten, sprach er damit aus dem Herzen. London hatte einen ungezügelten Appetit auf pointierte Kritik an politischer Korrektheit, und Ashley gab ihm nur zu gern neue Nahrung. Wie nur wenige Journalisten verstand er sich darauf, aktuelle bürgerliche Vorurteile in Worte zu kleiden und sich als »unbequemer Querdenker« aufzuführen, der keine »Tabubrüche« scheute. Obwohl seine Gesetzesvorlage mit Pauken und Trompeten durchgefallen war, galt er weiterhin als Anwalt des »gesunden Menschenverstandes«, des »Anstands« und »Gemeinwohls«, der tiefsitzenden Gefühle der »schweigenden Mehrheit« und seiner geliebten »Ängste der Menschen draußen im Lande«. Auch in der Partei machte er von sich reden. Als Hinterbänkler erreichte er für die Konservativen mehr als die Fraktionsführer in der ersten Reihe. Einer der wichtigsten politischen Korrespondenten der BBC hatte ihn erwähnt, als es um Anwärter auf die Rolle des Parteivorsitzenden bei den nächsten Wahlen ging. Alles lief wie geschmiert.

Simon Cotter hatte ihn bei seiner Vorlage nicht unterstützen können, sein Bedauern jedoch in einem barocken Stil zum Ausdruck gebracht, der Ashleys eigenem gar nicht so unähnlich war.

»Ich zweifle nicht daran, daß staatlicher Zugriff auf das Internet auf lange Sicht unausweichlich ist«, hatte er ihm zugestimmt. »Die Erfordernisse sicherer Zahlungsabwicklung, öffentlicher Moral und systemischer Virenbekämpfung werden im Lauf der Zeit zwangsläufig dazu führen. Nur kann ich dem nach außen hin unmöglich beipflichten. Sie werden verstehen, daß ich mich allein aus kommerziellen Gründen auf die Seite der Bürgerrechtler stellen muß. Wenn es soweit ist, werden Sie vermutlich eine Rolle bei der Einführung spielen, und ich darf Ihnen versichern, daß Sie hier bei CDC auf volle Unterstützung zählen können. Ich hätte indes noch ein anderes Anliegen. Wie Sie wissen werden, haben wir kürzlich die *London Evening Press* erworben. Mein Chefredakteur sucht einen guten Stammkolumnisten. Könnte Sie eine solche Aufgabe reizen?«

Die Aufgabe – und Cotters Ashleys Meinung nach elegante Formulierung – hatte ihn sehr wohl gereizt, und Barson-Garland war daran gewachsen. Im Kielwasser seiner jüngsten Erfolge als Tribun des gesunden Menschenverstandes hatte er eine Reihe live ausgestrahlter Fernsehdebatten in Angriff genommen. Bewaffnet mit einem Mikrophon und einer Reihe von Sachverständigen, Opfern und Skeptikern, pirschte er wie ein Großinquisitor durchs Studio und fühlte ethischen Reizthemen auf den Zahn: eine große weiße Oprah, ein intellektueller Jerry Springer, ein Moral Montel für das dritte Jahrtausend.

Die erste Sendung mit dem Titel »Das Fiasko des Feminismus« war hervorragend angekommen, und inzwischen arbeitete er an der zweiten. Seine Produzentin hatte gesagt, es sei ein ehernes Gesetz des Fernsehens, die schwersten Geschütze in der zweiten Sendung aufzufahren.

»Wenn die erste gut gelaufen ist, muß die zweite besser sein«, hatte sie gesagt. »Wer die Pilotsendung verpaßt hat, erfährt davon per Flüsterpropaganda oder aus der Presse. Bei Nummer zwei schalten die Leute dann in hellen Scharen ein, deshalb muß das ein Knüller sein.«

Der Arbeitstitel war »Ins Netz verstrickt«, und der Knüller war garantiert. Eltern, deren Kinder für Telephonrechnungen in astronomischer Höhe gesorgt oder beim Chatten auf widerliche Perverse gestoßen waren, Musiker, deren Tantiemen bedroht waren – sie alle waren aufgeboten worden und jederzeit bereit, die Verfechter des Netzes anzuklagen, die Entwickler von Software, die bei Popmusik Umgehungen des Urheberrechts ermöglichte, Provider, die abstoßende Newsgroups nicht ausfilterten, Kreditkartenunternehmen, verantwortungslose Online-Mediziner – das gesamte Internet-Establishment. Ein Rechercheur der Sendung hatte mit im Netz frei zugänglichen Informationen einen Sprengsatz gebaut, ein anderer Drogen besorgt, ein dritter – und das mußte eine der sensationellsten Enthüllungen der Fernsehgeschichte werden – ein halbes Jahr lang eine Zwölfjährige gespielt; er wollte vor laufender Kamera einen anderen vorgeblichen Minderjährigen treffen, den die Berater des Senders durch Sprachanalyse als Erwachsenen identifiziert hatten. Eine versteckte Kamera sollte die Szene aufzeichnen, und die Polizei stand in Bereitschaft, um den Betreffenden festzunehmen.

Am Tag der Sendung war Ashley der einzige, der einen kühlen Kopf behielt. Eine Elterngruppe hatte in der Studiokantine neben einem Mann gegessen, dessen Laptop obszöne Photos von Leichen und verstümmelten Gliedmaßen zeigte. Die entrüsteten Eltern hatten geschrien und den Produzenten mangelnde Sensibilität, Dummheit und vorsätzliche manipulative Boshaftigkeit vorgeworfen. Die erregten Gemüter besänftigten sich etwas, als sich herausstellte, daß der Stein des Anstoßes einem Reporter gehörte, der für eine ganz andere Sendung über die Opfer angolanischer Landminen recherchierte. Er hatte sich in die Schlange vor der Essensausgabe eingereiht und bekam gehörig den Kopf gewaschen, weil er seinen Computer unbeaufsichtigt gelassen hatte. Der Vater des Kindes, das den Laptop geöffnet hatte, ließ sich erweichen, von einer Anzeige abzusehen, und die Wogen glätteten sich.

Als Ashley mit seiner Anmoderation dran war, knisterte das ganze Studio vor Spannung.

»Das Internet. Unendliche Weiten ...«, begann er aus dem Zentrum des Studios. »Wir befinden uns auf einer Reise zu fremden Welten, um neues Leben und neue Zivilisationen zu erforschen, wo noch niemand gewesen ist, und was ist der Dank? Ein Anstieg der Kriminalität, des Glücksspiels, der Pornographie, der Ausbeutung, der Videospiele und des Lasters – ein gutes altes Wort für ein schlimmes altes Übel. Kein Gesetz schützt ein siebenjähriges Kind vor dem Verlust seiner Unschuld. Es heißt, das wäre nun einmal nicht zu ändern, aber stimmt das? Gibt es keinen politischen Willen mehr? Sind wir schon Sklaven der Maschine geworden? Oder gibt es noch eine Chance, daß die Menschheit wie bislang immer in ihrer Geschichte, die Kraft findet, nein zu sagen? Ist es schon zu spät, all dem noch den Rücken zu kehren?

Gegen Anarchie und Verfall, wie sie sich in den schmutzigen Winkeln des Netzes finden, gibt es ein letztes Bollwerk, eine ehrwürdige, gütige, weise, aufrechte Institution, die angesichts der Technologiesucht des Menschen jedoch machtlos zu sein scheint ... wir nennen diese Institution die Familie. Sie erscheint jämmerlich klein, wenn sie gegen die kolossalen Beteiligungen und die unstillbare Gier des E-Commerce und der ach so großartigen E-Zukunft ins Feld geführt wird. Ist es möglich, daß die unaufgeregte leise Stimme der Familie einem solchen Höllenlärm gewachsen ist? Kann die britische Familie noch Widerstand leisten, oder ist sie längst ... Ins Netz verstrickt?«

Musik. Applaus. Vorspann. Ein Zusammenschnitt zeigt Ashley Barson-Garland, kahl, unansehnlich, ja häßlich, dem aber gerade seine Gewöhnlichkeit eine gewisse Ausstrahlung gibt. Er steht da, schnappt sich jemanden, schwebt und tänzelt durch die Reihen zu ihm aufsehender Studiogäste. Man sieht hitzige Wortgefechte und tränenreiche Versöhnungen. All das überragt Barson-Garlands Gesicht. Das letzte Bild: Seine in die

Kamera gesprochene Zusammenfassung, die Augen ziehen den Zuschauer in den Bann, während er die Diskussionsstränge der Woche verwebt. Schlußmusik. Abspann. Schlußapplaus.

In CotterDotComs Atrium hingen zwei große Plasmabildschirme Rücken an Rücken. Das Atriumcafé war wie immer gut besucht. Abends um acht sind Büros in der Regel das einsame Reich des Sicherheits- und Reinigungspersonals sowie vereinzelter Karrieristen. Simon Cotter mußte seine Angestellten oft behutsam daran erinnern, daß sie nach Hause gehen und ihr eigenes Leben führen sollten. An diesem Abend saß er selbst im Atrium und lachte mit den anderen über Barson-Garlands Einleitung.

»Ach du meine Güte«, sagte er und spähte über die Ränder seiner Sonnenbrille, als die Titelmusik zum zweitenmal erklang. »Da steht dem Netz aber eine Tracht Prügel bevor, Leute.«

»Der redet, als käme jeder, der mit dem Netz zu tun hat, von einem anderen Planeten«, sagte Albert Fendeman, der am selben Tisch saß. »Wir haben doch schließlich auch alle Familien. Schnallt der das nicht?«

»Jedenfalls kaum vorstellbar, daß *er* eine Familie hat«, sagte eine ernste junge Frau, die in der Nähe stand und angewidert zum Bildschirm hochsah.

»Offen gesagt, ist er ein alter Freund *meiner* Familie«, sagte Albert verlegen.

»Ehrlich?« fragte Simon gespannt. »Dann sollten wir nicht so schlecht über ihn sprechen.«

»Bloß nicht, ich konnte ihn noch nie ab. Er hat mich immer behandelt, als sei er mein Lehrer, auch als ich noch klein war.«

»Und jetzt bist du natürlich schon *so* groß«, sagte die Frau, die zu den besten Programmierern des Landes gehörte, obwohl auch sie noch keine zwanzig war.

»Pst!« zischte jemand von einem Nachbartisch. »Da ist Brad Messiter.«

Barson-Garland stand vor einem Gast, den bei Cotters jeder kannte. Brad Messiter hatte den Internet-Provider mit den größten Zuwachsraten des Landes gegründet, und Ashley wollte ihn von der Bildfläche putzen.

»Sie schalten Werbespots im Kinderfernsehen und in Kinderzeitschriften. Ihre Gratis-CDs liegen am Kiosk neben den Süßigkeiten und werden mit Comics und Fußballer-Bildchen präsentiert. Dabei hat Ihr Provider keine Filter und keine Kindersicherungsfunktion ...«

»Eltern können voll funktionsfähige Zugangsverschlüsselungen erwerben, die ...« setzte der unglückliche Messiter an, aber Ashley ließ ihn nicht zu Wort kommen.

»Sie können nachher Stellung nehmen. Vorläufig stellen wir nur dar, was Sie machen. Sie bieten ein vollständiges Internet-Paket an, inklusive unbeschränktem Zugang zu Newsgroups der scheußlichsten Sorte. Wir alle kennen kommerzielle Websites, von denen viele in der Tat mit verschiedenen Formen von Kreditkartenschutz versehen sind. Aber bei Newsgroups kann sich jeder Bilder und Filme anschauen. *Jeder.* Ich möchte nur ein paar Gruppen aufzählen, auf die ein nur mit einem PC und jugendlicher Neugier ausgestattetes Kind bei Ihrem Server stoßen kann: Alt.binary.pictures.bestiality, alt.binary.pictures.lolita, alt.binary.pictures.foreskins ... und buchstäblich hunderte weiterer, die zu grotesk, zu bizarr und zu entsetzlich sind, um sie in einer Live-Sendung zu erwähnen. So sieht diese Branche aus, die Sie zum vielfachen Millionär gemacht hat. Wahr oder falsch, Mr. Messiter?«

»Im Postvertrieb finden sich tausende von Zeitschriften und Photographien ...«

»Wahr oder falsch, Mr. Messiter?«

»... im technischen Sinne Eigentum der Queen, die von der Royal Mail zugestellt werden und die Sie ähnlich anstößig finden würden und die ...«

»Wahr oder falsch, Mr. Messiter?«

»Wahr oder falsch?« skandierten die Studiogäste. »Wahr oder falsch?«

»Es ist wahr, aber wie gesagt ...«

»Es ist wahr!« Ashley riß das Mikrophon weg und ging auf die Kamera zu. »Mr. Messiter möchte uns mit seinen logischen Verrenkungen glauben machen, Ihre Majestät die Queen wäre irgendwie eine Pornographin, womit meiner Meinung nach alles über Mr. Messiter gesagt ist. Wir kommen noch darauf zurück, aber jetzt schalten wir um zu unserem Rechercheur Jamie Ross. In den vergangenen sechs Monaten hat Jamie in der Maske der zwölfjährigen Lucy eine romantische Beziehung zu einem Dreizehnjährigen namens Tom aufgebaut. Unschuldig, charmant und moralisch einwandfrei. Eine reine Brieffreundschaft. Jetzt hat Tom ein Treffen vorgeschlagen. Unsere Psycholinguisten haben Toms E-Mails und Briefe an Lucy analysiert und sind zu dem Schluß gekommen, daß sie von einem gebildeten Erwachsenen formuliert worden sind. Jamie.«

Im Cotter-Atrium sah man mit kaum unterdrücktem Kichern einen ernst dreinschauenden Reporter, der an der Argyll Street Ecke Marlborough Street stand und in gedämpftem Flüsterton sprach. Neben ihm stand ein nervöses kleines Mädchen.

»Ich gehe jetzt gleich bei Wisenheimer's rein, ein bei jungen Leuten beliebtes Hamburger-Restaurant, das nur fünfzig Meter von Londons berühmtem Oxford Circus entfernt liegt. Es geht um ein Stelldichein mit ›Tom‹. Er wird ein kleines Mädchen erwarten, weswegen ich meine Tochter Zoë mitgebracht habe. Im Rucksack habe ich eine versteckte Kamera und ein Aufnahmegerät. Die Polizei ist auf eine Festnahme vorbereitet, falls sich unser Verdacht als richtig erweisen sollte, daß ›Tom‹ ein Erwachsener ist, der sich als Kind ausgibt. Los geht's.«

Körnige, aber erkennbare Aufnahmen erschienen auf dem Bildschirm, als Jamie Ross das Restaurant betrat, sich an einen Tisch setzte und die Tasche mit Weitwinkelobjektiv auf den

Eingang ausrichtete. Wenige Sekunden später kam seine Tochter Zoë herein und setzte sich an einen anderen Tisch.

»Noch nichts«, hauchte Jamie in sein drahtloses Mikro. »Hier sind fast nur junge Leute, dem Anschein nach Touristen, die wenigen Erwachsenen haben sich auf verschiedene Tische verteilt. Der ideale Ort für ein Rendezvous. Oh, wen haben wir denn da?«

Ein nervöser kleiner Junge, zwölf oder dreizehn Jahre alt, war ins Restaurant gekommen, hatte erst Zoë einen Blick zugeworfen, dann Jamie mit seiner Kameratasche und sich schließlich an einen freien Tisch gesetzt.

»Womöglich haben sich unsere Experten geirrt.« Die Enttäuschung in Jamies Stimme war nicht zu überhören.

»Experten? Sich irren?« Die Leute im Cotter-Atrium konnten sich nicht wieder einkriegen. »Das gibt's doch gar nicht!«

»Ich frage ihn mal, was er hier macht ...« Jamie nahm seine Kameratasche und ging auf den Jungen zu. »Hallo«, sagte er und stellte die Tasche auf den Tisch. »Du heißt nicht zufällig Tom, oder?«

Der Junge antwortete nicht, sondern stand auf und zeigte auf ihn.

Sofort sprang ein halbes Dutzend Männer und Frauen an verschiedenen Tischen auf und umringte den verblüfften Jamie.

»Sie sind festgenommen«, sagte einer von ihnen und legte Jamie Handschellen an, »wegen Verdachts auf Verführung Minderjähriger.«

»Moment mal, ich bin Jamie Ross von der BBC ...«

»Sie müssen nichts zu Ihrer Verteidigung vorbringen, aber ich weise Sie darauf hin, daß Ihr Schweigen als ...«

Der Bildschirm wurde kurz dunkel, dann wurde ins Studio und auf einen aus der Fassung geratenen Barson-Garland zurückgeschnitten.

»Also«, sagte er. »Das sieht ganz so aus ... will sagen ...«

Im CDC-Atrium kugelten sich Albert und die Programmiererin vor Lachen und prusteten wie die Seehunde.

»Pst«, sagte Cotter, »sonst verpassen wir den Rest.«

»Das war wohl ein Fall von zwei Seelen und einem Gedanken«, fuhr Ashley fort, wobei er all seine Gelassenheit zusammennahm, »zwei Herzen und einem Schlag.«

»*Was?*« brüllte Albert wiehernd. »Ist er jetzt völlig meschugge?«

»Friedrich Halm«, sagte Simon. »Wenn der Verstand versagt, übernimmt reflexhaftes Zitieren.«

»Aber auch das kann uns eine Lehre sein. Die Welt der *chat rooms* löst offenbar jede Menge elterliche Besorgnis aus. Wir werden Sie natürlich informieren, sobald Jamie Ross wieder auf freiem Fuß ist.«

»Wer paßt auf Zoë auf?«

»Nun, also, ohne Zweifel ...« Ashley sah zu den Reihen der Studiogäste hoch, um den Zwischenrufer ausfindig zu machen. »Ich bin sicher, sie ...«

»Jemand hat eine Zwölfjährige in einem Schnellrestaurant im West End sitzengelassen. Das ist auf dem Monitor da oben deutlich zu sehen. Sie ist mutterseelenallein.«

»Ich bin sicher, Jamie wird der Polizei sofort Bescheid sagen ...«

»Nennen Sie das Verantwortungsbewußtsein?«

»Ach, Sie sind das, Mr. Messiter.«

»Und ob ich das bin. In die eigene Falle gegangen, was?«

»Mr. Messiter scheint das Schicksal schutzloser Kinder sehr am Herzen zu liegen, meine Damen und Herren.« Ashley hatte sich schnell wieder gefangen. »Dabei sorgt sein Unternehmen dafür, daß man unbeschwert zu den Pornoportalen des Internets gelangen kann, ohne daß es die geringste Verantwortung übernähme. Er schafft es sogar, den Eltern Vorwürfe zu machen. Die sind schuld. Hätten sie seine teure und unverständliche Software gekauft, um ihre Internet-Verbindungen zu verschlüsseln, dann wäre alles im Lot.«

»Sie ist nicht teuer, sie ist im Netz frei verfügbar ...«

»Ich möchte Ihnen jetzt eine Expertin auf dem Gebiet des Internetschutzes vorstellen. Cosima Kretschmer von CotterDotCom!«

Im Atrium wurde es totenstill, und alle Blicke wandten sich vom Bildschirm Simon zu. Er zuckte die Achseln. »Das ist ein freies Land«, sagte er. »Wenn Cosima im Fernsehen auftreten und ihre Kompetenz unter Beweis stellen möchte, wie könnte ich ihr das verwehren?«

Die Aufmerksamkeit kehrte zum Bildschirm zurück. Man munkelte, die von Simon aus dem Genfer Stammhaus mitgebrachte Cosima wäre nicht bloß die Leiterin der Forschungsabteilung Internetschutz. Neulich war sie mit Simon beim Verlassen des Ivy Restaurant photographiert worden. Niemand konnte sich vorstellen, daß sie sich ohne seinen ausdrücklichen Wunsch dazu hergab, Ashley Barson-Garlands Sache zu vertreten. Stirnrunzelnd sah Albert zu, wie sie sich ein Mikrophon anstecken ließ. Er konnte einfach nicht glauben, daß sein Mentor, sein Held, sein Gott, etwas unterstützte, das die Unantastbarkeit und Autonomie des Netzes bedrohte.

Simon verfolgte die Sendung mit unbewegter Miene.

»Fräulein Kretschmer, garantiert haben nur Menschen, die die letzten zwei Jahren Urlaub auf dem Mars gemacht haben, noch nichts von CotterDotCom gehört. Sie haben sich dort auf Sicherheitsfragen des Internets spezialisiert, ist das richtig?«

»Ja, das stimmt.«

»Meines Wissens können Provider entscheiden, ob ihre Server alle oder nur ausgewählte Newsgroups verfügbar machen, stimmt das?«

»Ja, allerdings.«

»Mr. Messiters Unternehmen, der größte Gratis-Provider im

United Kingdom, ist also nicht *verpflichtet,* die gesamte Palette an Newsgroups anzubieten. Er könnte beispielsweise diejenigen herausfiltern, die strafbare Pornographie beinhalten.«

»Jederzeit.«

»Nun habe ich, wie Sie vielleicht wissen, eine Gesetzesvorlage eingebracht, die es ermöglichen würde, solch obszönen Datentransfer zu überwachen, und bekam von der sogenannten ›Internet Community‹ zu hören, so etwas sei ›nicht machbar‹. Stimmt das?«

»Keineswegs. Man kann Proxy Server und Firewall-Techniken zu Hilfe nehmen, aber normalerweise läßt sich trotzdem herausfinden, wer strafbare Daten abruft und herunterlädt.«

»Es *ist* also möglich? Sind Sie der Ansicht, die Regierung sollte Maßnahmen zur Implementierung solcher Kontrollmechanismen ergreifen?«

»Nein.«

Ashley schluckte. »Entschuldigen Sie, Fräulein Kretschmer …«

»Cosima bitte.«

»Sie hatten mir doch erklärt, Sie wären *für* solche Maßnahmen.«

»Ja?«

»Das wissen Sie doch.«

»Es ist eine komplexe Angelegenheit, die Fragen der Grundrechte tangiert. Ich habe mich in letzter Zeit intensiver mit diesem Thema beschäftigt.«

»Grundrechte? Was ist mit dem Recht von Familien, ohne Angst vor sittlicher Gefährdung leben zu dürfen? Zählt das gar nicht?«

Starker Applaus machte den Anfang von Cosimas Antwort unhörbar.

»Nehmen wir einmal an«, sagte sie, »im Rahmen meiner Arbeit hätte ich Beweise gefunden, daß jemand das Internet fortgesetzt zur persönlichen sexuellen Befriedigung nutzt.

Strafbare Pornographie herunterlädt und so weiter. Habe ich das Recht, diesen Menschen anzuzeigen?«

»Selbstverständlich. Wenn sich auf seinem Computer strafbare Daten finden, ist das dasselbe, als besäße er pornographische Schriften. Das ist doch allgemein bekannt.«

»Nun ist dieser jemand aber sehr gerissen. Er schaut sich die Bilder am Bildschirm an, speichert sie aber nicht ab. Er leert das Festplatten-Cache jedesmal, nachdem er ... nachdem er auf seine Kosten gekommen ist, wenn Sie so wollen.«

Ashleys strenge Stimme bahnte sich einen Weg durch das Gekicher aus den hinteren Zuschauerreihen. »Diese Spekulationen verfehlen meiner Meinung nach den springenden Punkt der Diskussion«, sagte er. »Es geht hier doch um ...«

»Sie zielen auf den Dreh- und Angelpunkt der Diskussion«, rief Brad Messiter von hinten, ohne Mikro, aber laut genug, um sich Gehör zu verschaffen. »Erzählen Sie weiter von diesem theoretischen Fall, Cosima.«

»Es ist de facto gar kein theoretischer Fall«, sagte Cosima. »Ich rede von Ihnen, Mr. Barson-Garland. *Von Ihnen.* Sie sind durchschnittlich sechzehn Stunden die Woche online, um Sites mit Photographien minderjähriger Jungen aufzusuchen.«

Ein Raunen durchfuhr das Studio, als Ashley wie von der Tarantel gestochen herumfuhr und Cosima mit käseweißem Gesicht ansah. »Ich warne Sie, ich bin Anwalt«, fauchte er. »Solche haltlosen Behauptungen sind jederzeit justitiabel. Ihre Unverschämtheiten sind absolut unhaltbar ...«

»Aber nein«, sagte Cosima und zeigte auf ihre Aktenmappe. »Ich verfolge Ihre Aktivitäten im Internet nun schon seit Monaten und beobachte, wie Sie sich bei Web-cam Sites, Newsgroups und Jugendlichen-Chatrooms einloggen.«

»Ich habe ... ich habe ...« Ashley traten Schweißperlen auf die Stirn. »Selbstverständlich habe ich im Rahmen meiner Kampagne zu allen Gebieten des Internets recherchiert. Es wäre lachhaft, ein Gesetz gegen Pornographie einzubringen, ohne sich auf diesem Gebiet zunächst kundig zu machen.«

»Aber warum ausschließlich minderjährige Knaben? Warum ausschließlich Sites mit Titeln wie ›Trau keinem über dreizehn‹, ›Elysium der Frischlinge‹, ›Samtpopos und Co.‹ und ›Wer zuerst kommt‹ – warum nur die?«

Ashley hatte das Gefühl, in schallendem Gelächter zu ertrinken.

»Jedem unvoreingenommenen Menschen dürfte sonnenklar sein, daß ich das Opfer eines von langer Hand vorbereiteten Komplotts geworden bin, das mich diskreditieren und meine landesweite Kampagne zum Schutz der Familie in den Schmutz ziehen will«, zischte er in sein Mikrophon. »Sie können keine einzige Ihrer niederträchtigen Unterstellungen beweisen. Sie haben ausschließlich diejenigen meiner Aktivitäten aufgezeichnet, die Ihnen passen, und die abertausend anderen bewußt ignoriert, die ich während meiner Recherchen rechtmäßig unternommen habe oder auch nicht. Diese heimtückischen und widerwärtigen Verleumdungen beweisen, zu welch drastischen Schritten die Internet-Clique Zuflucht nimmt ...«

Unerbittlich fuhr Cosima fort: »Mir ist aufgefallen, daß Sie Ihre client-seitige Platte und Ihr Internet-Cache jedesmal löschen. Bei Ihnen zu Hause werden keine Beweise zu finden sein.«

»Natürlich nicht!« kreischte Ashley. »Man wird keine Beweise finden, weil alles, was Sie gegen mich vorbringen, ein Gemisch aus Lügen, Verunglimpfungen und Halbwahrheiten ist. Weiß Ihr Arbeitgeber eigentlich, was Sie da –«

»Vergessen Sie nicht, daß er auch Ihr Arbeitgeber ist. Sie schreiben eine Kolumne für seine Zeitung –«

»Das ist unerheblich! Sollte ich entdecken, daß Sie während Ihrer Arbeitszeit hinter mir hergeschnüffelt haben, dann werde ich rechtliche Schritte gegen Sie einleiten, deren Ausmaß Sie sich gar nicht vorstellen können. Schreiben Sie sich das hinter die Ohren, Fräulein!«

Im Atrium bei CotterDotCom standen zwei Dutzend Münder offen, und zwei Dutzend Paar Glotzaugen stierten auf den riesigen Plasma-Bildschirm. Dasselbe Bild dürfte sich landauf landab verschiedenen Gruppen und Zusammenstellungen bieten, dachte Simon. Albert warf seinem Helden wieder einen verstohlenen Seitenblick zu, aber die verspiegelten Brillengläser verbargen jeden Ausdruck. Simon zog leicht erstaunt eine Augenbraue hoch, das war alles.

Alberts Eltern hatten als Kinder die Mondlandung gesehen, Gordon in New York und Portia in London. Albert selbst erinnerte sich dunkel daran, wie O. J. Simpsons weißer Bronco über die Autobahnen von Los Angeles gekurvt und von Nachrichtenhubschraubern verfolgt worden war, aber *das hier* ... das war eine Erinnerung, an der sich seine Generation bis in alle Ewigkeit beurteilen würde. Wo warst du, als Cosima Kretschmer Ashley Barson-Garland vor laufender Kamera auseinandernahm? Ich hab' ferngesehen, du Dödel, würden die Klugscheißer antworten, und du?

Cosima Kretschmer war der einzige Mensch im Studio, der die Nerven behielt. Der Produktionsleiter oben in der Technik telephonierte mit dem Redakteur des Senders, der auf der anderen Leitung gleichzeitig einen Anwalt konsultierte. »Weitermachen«, sagte der Redakteur. »Kein Problem. Es liegt bei Barson-Garland. Bei seiner eigenen Show kann er uns kaum wegen übler Nachrede vor den Kadi zerren.«

»Ich möchte darauf hinaus«, sagte Cosima, »daß Sie über lange Zeiträume hinweg obszöne und größtenteils strafbare Bilder von Jugendlichen auf Ihren Computer geladen haben. Sie haben vor diesen Aufnahmen masturbiert und sie dann gelöscht.«

Etliche Eltern hielten ihren Kindern die Ohren zu, die strampelten und sich sträubten, um freizukommen.

»Dafür bringe ich Sie vor Gericht!« gellte Ashley, drohte ihr mit dem Finger und schäumte vor Wut.

»Das ist Ihr gutes Recht. Ich habe davon jedenfalls Videoaufnahmen. *Ja!*« wiederholte Cosima, als das Studio plötzlich totenstill wurde, und alle Augen sich Ashley zuwandten. »Ich habe stundenlange Videoaufnahmen, die Sie beim Masturbieren vor dem Bildschirm im Arbeitszimmer Ihres Londoner Stadthauses zeigen.«

»Solche Aufnahmen würden von keinem Gericht der Welt zugelassen«, sagte Ashley, dessen Nerven blank lagen, »*falls* es sie überhaupt gäbe. Aber es gibt sie nicht. Sie reden sich um Kopf und Kragen, mein Fräulein.«

»Aber wir reden nicht von einem *beliebigen* Gericht. Wir reden von *diesem* Gericht«, fuhr Cosima unerbittlich fort. »Ihrem Gericht. Sie können doch nichts dagegen haben, daß ich hier meine Beweise ausbreite.« Sie zog zwei Videokassetten aus ihrer Aktentasche. »›Im Namen der Familie und im Namen des Anstands gibt es keine ungerechtfertigten Maßnahmen.‹ Ihre eigenen Worte. Wahr oder falsch, Mr. Barson-Garland?«

Ashley stand wie betäubt mitten im Studio. Brad Messiter dirigierte einen schonungslosen Chor: »Wahr oder falsch? Wahr oder falsch?« Die Stimmen verschmolzen in seinen Ohren und wurden immer lauter. Sein Mund klappte auf und zu, aber sein Blick verfolgte die Videokassetten, die Cosima über dem Kopf schwang, ließ sie keine Sekunde aus den Augen.

»Ich habe auch Ausdrucke von Ihrem Tagebuch, Mr. Barson-Garland«, Cosima schob die freie Hand in die Aktentasche und zog einen Papierstoß hervor. »Eine außergewöhnliche Lektüre.«

Wutschnaubend wollte sich Ashley auf sie stürzen. Im letzten Augenblick schwenkte er ab, warf das Mikrophon auf den Boden und stürmte aus dem Studio. Blindlings rannte er Sicherheitsbeamte über den Haufen, die zu verdattert und verwirrt waren, um zu reagieren. Er raste die Korridore hinunter in die Rezeption, ohne die Grüppchen von BBC-Angestellten wahrzunehmen, die auf in die Wände eingelassene Bildschirme starrten. Er stieß die Glastüren auf, hetzte wie verrückt über den hufeisenförmigen Vorplatz und in die Wood Lane hinaus. Hinter ihm wurden Stimmen laut, aber er stürmte durch die Sicherheitsabsperrungen auf die Straße. Eine Reihe von Taxis wartete am Stand, er stürzte sich auf das erste und rüttelte an der Tür.

»Schon gut, Mann, schon gut. Beruhigen Sie sich.« Der Taxifahrer hob die Zentralverriegelung auf, und Ashley ließ sich in den Sitz fallen.

»St James's!«

»Ich kenn' Sie doch! Sie sind doch dieser Barson-Garland.«

»Scheißegal.« Ashleys Atem ging stoßweise, fast schluchzend. »Duke Street, so schnell Sie können.«

»Alles paletti. Jammerschade, daß Ihr Gesetz nicht durchgekommen ist. Wird verdammt Zeit, daß die ganzen Perversen zur Rechenschaft gezogen werden. Hab' selber Kinder.«

Ashley tastete in der Hosentasche und hätte vor Erleichterung weinen können, als sich seine Finger um das lederne Schlüsselmäppchen schlossen. In der vorigen Woche hatte er die Schlüssel in seiner Garderobe vergessen und um Mitternacht noch einmal in die Sendeanstalt zurückfahren müssen, um sie zu holen. Er hatte Gift und Galle gespuckt, aber wäre das nicht passiert, hätte er sie heute garantiert nicht in der Hosentasche behalten. Er blickte durch die Heckscheibe und sah, daß eine Menschenmenge aus den Eingängen für Studiogäste seitlich am Gebäude flutete.

»Hab' mal Gary Glitter gefahren«, sagte der Fahrer.

Ashley hatte es befürchtet: In Mason's Yard hatte sich schon eine kleine Menge zusammengerottet. Ein Handscheinwerfer vom Fernsehen beleuchtete seinen Hauseingang und richtete sich auf das Taxi, das aus der Duke Street in die Gasse einbog.

»Ist ja der Hammer, was Sie für Fans haben«, meinte der Fahrer und schützte seine Augen. »Wollen Sie zum Parteivorsitzenden machen, was?«

Ashley schob ihm eine Zwanzigpfundnote durch die Glasscheibe und stieg aus, den Schlüssel schon in der Hand. »Stimmt so.«

»Echt großzügig, Chef. Meine Stimme haben Sie.«

»Mr. Barson-Garland! Mr. Barson-Garland!«

»Ich habe keinen Kommentar, keinen Kommentar. Kein Kommentar. Absolut kein Kommentar.«

Er drängelte sich durch die Menge, den Kopf gesenkt, den Schlüssel aufs Schloß gerichtet.

»Ist an den Vorwürfen gegen Sie etwas dran?«

»Ich habe gesagt, kein Kommentar! Ich habe absolut keinen Kommentar.« Er schlug ihnen die Tür vor der Nase zu und schob den Riegel vor. Kaum allein, ließ er den Tränen freien Lauf.

Oben in seinem Arbeitszimmer klingelte das Telephon. Er riß das Kabel aus der Buchse und stand auf dem Teppich. Die Tränen strömten ihm über die Wangen. Um ihn herum standen die Symbole seines Erfolges. Romneys Portrait eines Sir William Barson, den er als seinen Vorfahr ausgab, mit in die Hüfte gestemmter Hand. Seine Erstausgaben von Gibbon, Carlyle und Burke prangten in den Regalen. Und auf dem Schreibtisch stand sein Computer.

Es war gelogen. Alles gelogen. Sie hatten ihn in die Falle gelockt. Aus irgendeinem schrecklichen, fiesen Grund hatten sie ihn dazu gebracht, sich zu verplappern. Videokameras in seinem Arbeitszimmer! Es war unfaßbar. Wer konnte ihm so etwas antun? Unvorstellbar. Aber sie mußten etwas gewußt haben. Sie konnten ja nicht geraten haben, daß er regelmäßig …

Er holte den PC aus dem Standbymodus und gab das erste Paßwort ein. Die Tagebuchdateien wurden ebenfalls von einem Paßwort gesichert, doppelt genäht hielt besser. Niemand konnte die geknackt haben. Er doppelklickte auf den letzten Eintrag, von gestern, als ihm die Welt noch zu Füßen lag. Das System fragte nach dem zweiten Paßwort, das er ebenfalls eintippte. Das Tagebuch baute sich auf, und er las darin.

Traurige Nachrichten vom armen alten Rufus Cade. Nach allem, was man hört, ein Mord im Milieu, wie sich das heute nennt. Wahrscheinlich mußte es so kommen. Schon in der Schule war sonnenklar, daß Rufus zu einem Leben der Abhängigkeit und des Niedergangs bestimmt war. Was die Amerikaner einen »pathologischen Fall von Suchtgefahr« nennen oder sonst ein Zinnober. Vor rund fünf Jahren hat er mal angerufen, da wollte er für das alberne Projekt einer Modellagentur schnorren. Danach habe ich nichts mehr von ihm gehört. Ich glaube, ich werde zu seiner Beerdigung gehen und für sein Seelenheil beten. Die Gnade wird ihm nicht versagt bleiben.

Im *Telegraph* stand heute morgen eine erfreuliche Kritik der ersten Sendung. Als Moderator sei ich »ein Naturtalent, das Ungezwungenheit mit eiserner Beharrlichkeit verbindet und die zur Debatte stehenden ethisch-moralischen Aspekte nie aus den Augen verliert«.

Erfreulich! Ob er das Wort je wieder verwenden würde? Oder ein vergleichbares? Ashley wischte sich die Tränen ab und scrollte nach unten, bis er etwas sah, wovon ihm schier das Herz stehenblieb.

Rot!

Unmöglich, aber wahr.

Der letzte Absatz seines letzten Tagebucheintrags war *rot.* Ashley spielte nie mit farbigem Text herum. Nie. Der Absatz hatte auch eine andere Schriftart. Eine, die er nie benutzte.

Er wagte kaum, auf den Bildschirm zu sehen. Sobald er den Absatz läse, wüßte er, daß es kein Versehen war, kein Ergebnis unbeabsichtigter Mausklicks seinerseits. Er wollte das gar nicht wissen. Aber er mußte weiterlesen.

Hypocrite lecteur, – mon semblable, – mon frère! Ich lese nicht zum erstenmal Dein Tagebuch, Ashley Garland. Weit bist du ja nicht gekommen, was? Früher hast Du in Kreissägen masturbiert, heute masturbierst Du vor Knabenbildern. Mann, was für ein armes Würstchen. Alles Verstellung, Snobismus, Intoleranz, Trara, Heuchelei und Pose. Mit Deinem Verstand hättest Du es so weit bringen können, Ashley Garland. Aber mit einem so kalten, steinernen Herzen mußtest Du ja irgendwann mit Schimpf und Schande davongejagt werden. Wie man Dich wohl im Gefängnis behandeln wird? Du Scharlatan, Du Perverser, Du heuchelnder Blender. Meine Rache an Dir ist vollkommen. Mögest Du immerdar in den Höllenqualen Deiner eigenen Verderbtheit schmoren.

Der rote Text verschwamm Ashley vor den Augen. Er drückte die Hände an die Schläfen und massierte sie, als wollte er sich zur Konzentration zwingen. Tränen fielen auf die Tastatur.

Das war heller Wahnsinn. Irrsinn, der sich auf keinen Begriff mehr bringen ließ. Er hatte seine Feinde. Er war nicht sehr beliebt, das wußte er. Das hatte er immer gewußt. Aber derartig blindwütiger Haß?

Ein blinkendes Ordnersymbol auf dem Desktop fiel ihm ins Auge. Der Ordner hieß »Lecker!«, und Ashley wußte, daß er ihn noch nie gesehen hatte. Er doppelklickte auf das Symbol. Der Ordner enthielt über zweitausend Dateien, allesamt in Bild- und Filmformaten. Aufs Geratewohl klickte er eine an, und auf dem Bildschirm lief ein Videoclip von solcher Drastik ab, von so unbeschreiblicher, rückhaltloser Deutlichkeit, daß ihm die Luft wegblieb. Alle Darsteller waren männlich und minderjährig.

Es klingelte an der Tür.

Ashley schloß sofort die Datei und zog den ganzen Ordner auf den Papierkorb des Desktops.

Es klingelte wieder.

Ashley klickte »Papierkorb leeren« an. Auf dem Schirm ging ein Fenster auf.

Löschen mit Paßwort bestätigen

Ashley gab sein Paßwort ein und versuchte es noch einmal.

Falsches Paßwort

Ashley probierte es mit seinem zweiten Paßwort.

Falsches Paßwort. System schaltet ab ...

Ashley starrte ungläubig auf den Bildschirm, der mit statischem Knistern dunkel wurde.

Es klingelte zum drittenmal.

Ein Blaulicht zuckte über die Wand hinter dem Computer. Ashley stand auf, trat ans Fenster und sah durch die Vorhänge hinab. Ein Blitzlichtgewitter blendete ihn, und er trat zurück.

»Geht zum Teufel«, schluchzte er, am ganzen Körper zitternd. »Geht doch alle zum Teufel.«

Er sah seine Mutter und seine Schwester in Manchester vor sich. Die hatten die Sendung bestimmt gesehen. Vielleicht mit Nachbarn zusammen. Unten im Hof stand ein Ü-Wagen, dessen Kamera auf sein Fenster gerichtet war. Ja, sie sahen jetzt bestimmt zu, leichenblaß und voller Scham, die Hand vor den Mund geschlagen. Die Nachbarn hatten sich bestimmt fortgestohlen und waren nach Hause zu den eigenen Fernsehern geeilt. Alle Mitarbeiter der Kanzlei sahen zu, alle Mitglieder der Konservativen Partei. Seine Frau sah zu, und ihr Vater sagte bestimmt gerade: »Habe ich dir doch gleich gesagt, irgend etwas an deinem Ashley ist nicht salonfähig. Habe ich mir von Anfang an gedacht.« Oliver Delft mußte zusehen und hatte ihn wahrscheinlich schon von der Liste nützlicher Kontakte gestrichen. Die Nachricht mußte sich im Carlton Club herumgesprochen haben, und alle scharten sich jetzt im Fernsehsalon. Alle würden verfolgen, wie er abgeführt wurde, und alle würden zuschauen, wie ihm der Prozeß gemacht wurde.

Nein, würden sie nicht. Niemand würde zusehen. Niemand.

Es klingelte wieder, und von der Straße klang eine verzerrte Megaphonstimme herauf.

»Mr. Barson-Garland! Hier spricht Superintendent Wallace. Bitte öffnen Sie. Die Kameras und die Presse werden abgezogen, Sie haben mein Wort.«

Ashley stolperte in die Küche. Seine Sabatier-Messer funkelten verlockend. Seinen wenigen Freunden war Ashley als guter Koch bekannt. Seine Messer waren so perfekt wie alles an ihm. Er zog eines davon aus dem hölzernen Messerblock und ging plärrend wie ein Kind ins Arbeitszimmer zurück.

Sein ganzes Leben, ging ihm auf, hatte er sich wie eine von einem Löwen verfolgte Antilope gefühlt. Immer hatte er den heißen, stinkenden Atem des Schicksals im Nacken gespürt, aber immer hatte er einen Sprint vorlegen, dank seiner Energie und Geistesgegenwart Haken schlagen und dem Biest entkommen können. Jetzt hatten sich dessen Kiefer um ihn geschlossen und schüttelten ihn, und es war ihm egal. Zum Teufel mit denen! Zum Teufel! Es war nicht seine Schuld. Er hatte sich sein Los nicht ausgesucht. Er hatte es sich nicht ausgesucht, häßlich, kahl und »nicht salonfähig« zu sein, auf Jugendliche zu stehen, menschliche Defizite zu haben und von Denen mit ihrer arroganten Ungezwungenheit und Eitelkeit verachtet zu werden. Denen mit ihren schwungvollen Stirnlocken und ihrem schwungvollen Charme. Zum Teufel mit ihnen.

Er stieß sich das Messer in die Kehle und drehte es hin und her.

Im selben Moment hörte er, wie unten die Haustür aufgebrochen wurde, und durch die aus der Halsschlagader herausschießende Blutfontäne sah er seinen Computer zum Leben erwachen. Er bildete sich ein – es mußte Einbildung sein –, daß Worte in knallroten Buchstaben langsam von links nach rechts über den Bildschirm wanderten.

Ned Maddstone schickt Dich zum Teufel

Er konnte sich noch wundern, warum ihm im Delirium seiner letzten Augenblicke auf dieser schäbigen Erde ausgerechnet der Name Ned Maddstone einfiel. Vielleicht paßte es auch. Ned war der Prototyp von Denen gewesen. Der Inbegriff der Ungezwungenheit und der schwungvoll lockigen Selbstsicherheit.

Sterbend verfluchte Ashley Ned Maddstone und jeden Gedanken an ihn.

Simon Cotter schloß seine Bürotür und sprang die Treppe hinab, immer drei Stufen auf einmal, und schlug sich dabei auf den Schenkel.

»Drei!« flüsterte er.

Albert und die anderen standen noch vor der Fernsehwand. Als Simon kam, drehten sie sich gespannt um.

»Ich bin nicht zu ihm durchgekommen«, sagte er. »Er muß das Telephon abgestellt haben. Schaut mal, die BBC hält sich vornehm zurück, habt ihr mal die Sky News ausprobiert?«

Albert griff nach der Fernbedienung, und alle betrachteten die Live-Aufnahmen einer Trage, mit der Sanitäter durch die aufgebrochene Haustür von Barson-Garlands Stadtwohnung gelaufen kamen.

Simon nahm sich vor, am nächsten Morgen sofort den Chefredakteur der *LEP* anzurufen. Es gab viel zu tun: ein Nachruf mußte in Auftrag gegeben, eine neue Stimme der Vernunft gesucht werden – so viele Kleinigkeiten.

Oliver Delft fühlte seinen Puls und joggte auf der Stelle. Achtundneunzig, nicht schlecht. Er holte ein paarmal tief Luft, sah sich auf dem Square um und verschnaufte. Er mochte es nicht, wenn seine Frau ihn außer Atem sah, deswegen wartete er in der Regel vor dem Haus, bis er hineingehen und den Eindruck eines Mannes erwecken konnte, der nur mal eben zum Briefkasten gegangen war.

Im Osten hellte der Himmel langsam auf. Durch die Baumwipfel sah er in ein paar Balkan-Botschaften schon Licht brennen. In der Vergangenheit hatte er seine Untergebenen gelegentlich überraschen können, weil er sie allein auf Grund seiner Beobachtungen der Fenster in den Botschaften vor heraufziehenden Krisen gewarnt hatte, was im sogenannten digitalen Zeitalter eine hübsche Ironie hatte.

Plötzlich runzelte Oliver die Stirn. Ein Wagen stand in der Parkbucht neben seinem. Ein silberner Lexus, aber ohne CD-Kennzeichen. Am Steuer sah er die breite Silhouette eines unglaublich fetten Chauffeurs. Er merkte sich die Nummer und zog seinen Hausschlüssel aus der Tasche.

Als erstes verriet ihm Kindergelächter, daß im Haus etwas anders war. Olivers Gören waren beim Frühstück sonst nie fröhlich. Sie lümmelten sich über ihren Cornflakes, lasen mürrisch die Texte auf den Packungen und nölten, das Radio sollte ab- und das Fernsehen angestellt werden. Das zweite Anzeichen ungewöhnlicher Geschehnisse war der den Flur durchziehende Speckgeruch. Oliver hielt eine strikt fettarme Diät, und Julia war ihr Leben lang Vegetarierin gewesen. Die Kinder waren immer noch süchtig nach Chocos und Frosties, obwohl auch die jüngste inzwischen dreizehn war.

Als Oliver auf die Küche zuging, hörte er eine Männerstimme. Mist, dachte er, dieser blöde Onkel Jimmy.

Julias Bruder Jimmy war bei den Kindern sehr beliebt, und wie soviele Menschen, die bei Kindern gut ankamen, galt er bei Erwachsenen als großer Langweiler. Zeitlich konnte es hinkommen, sagte sich Oliver nach einem Blick auf die Uhr. Onkel Jimmy hatte es sich zur Gewohnheit gemacht, frühmorgens »hereinzuschneien«, wenn sein Flugzeug aus Amerika gelandet war und er die Zeit totschlagen mußte, bis die Finanzwelt aufwachte. Wenigstens erklärte das den geheimnisvollen Lexus samt Chauffeur vor dem Haus. Oliver setzte sein gastfreundlichstes Gesicht auf und öffnete die Küchentür.

Hätte man ihn um eine Liste mit den tausend Menschen gebeten, die er am ehesten in seiner Küche erwartete, wo sie seiner Familie Zaubertricks vorführten, der Dot.com-Milliardär Simon Cotter wäre nicht dabei gewesen.

»Da bist du ja, Schatz!« sagte seine Frau.

Cotter sah hoch und lächelte. »Guten Morgen, Sir Oliver. Bitte entschuldigen Sie, daß ich so bei Ihrer Familie hereinplatze. Und dann in dieser Herrgottsfrühe. Ich war auf dem Weg zum Flughafen und hab's einfach darauf ankommen lassen, daß Sie da sind. Laufen gewesen?«

Oliver wurde sich plötzlich und ohne Grund brennend bewußt, in Jogginganzug und Stirnband dazustehen, und nickte.

»Ihr Besuch ehrt mich, Mr. Cotter. Wenn Sie mich kurz entschuldigen, springe ich eben nach oben und zieh' mich um …«

»Kommen Sie, Simon. Wo ist es?«

India, die jüngste, hatte Simons Hand gepackt, tastete seinen Ärmel ab und zupfte ihn am Bart.

»Ach, richtig. Wo *soll* es denn sein? Hättest du es vielleicht gern unter der Zuckerdose? Im Toastständer? Oder in der Zeitung?«

»Unter der Zuckerdose.«

»Na, dann schau doch mal nach.«

»Ist ja total abgefahren!«

Überrascht sah Oliver, daß Rupert, aus Oxford zurück und seit einiger Zeit entsetzlich blasiert, mit genauso großen Augen herumzappelte wie seine Geschwister.

»Noch mehr! Noch mehr!«

Als Oliver in die Küche zurückkam, sollte Simon Gedanken lesen. Selbst Olivers Mutter, die abseits im Rollstuhl saß, schien ihren Spaß zu haben, wenn die Speichelmenge, die ihr aus den Mundwinkeln trat, ein verläßliches Anzeichen war.

Julia, die Kinder und Maria hatten Figuren auf Papier gemalt und umringten Cotter, der dramatisch die Finger an die Schläfen preßte und sich mit tief gefurchter Stirn konzentrierte.

»Grosser Cottini muuß denken. Er muuß *deenkeen* ... aïeee ... *no desma la lata!*« murmelte er. Oliver war überrascht, als Maria plötzlich kicherte. Sie sagte etwas auf spanisch, und Cotter antwortete ohne Zögern.

»Mein Medium, es hat gesprochen«, verkündete er, nachdem er jedes der glucksenden Kinder mit ihren heißen Wangen angesehen hatte. »Olivia ist *särr* klug und *särr* schön, sie würde ein schönes Pferd wählen, ja? Du hast ein Pferd entwerft, schwebt vor mir.«

Olivia faltete ihr Blatt auseinander und zeigte ein geschickt gezeichnetes Pferd.

»Eigentlich ist es ein Pony«, sagte sie.

Cotter schlug sich an die Stirn. »Ach, ich bin so unverständig! Natürlich ist es ein Pony. Nicht Pferd! *Pony!* Vergib mir, Kind, meine Kraft ist am Morgen noch schwach. Wenden wir uns nun Hoolia zu. Hoolia wählt eine Napfel, glaube ich. Ja. Da bin ich ganz sicher. Eine Napfel. Halbgegessen.«

Julia faltete ihr Blatt auseinander, und fröhliches Lachen erscholl in der Küche.

»Gut, wir machen Fortschritte, ja? Jetzt kommen wir zu Rupert. Rupert ist der vergeistigteste. Das weiß er noch nicht, aber er ist der vergeistigteste Mensch im ganzen Raum. Ich denke, er wählt einen Kamin, was für ihn ein Symbol ist von seinem Herz, das lodernd brennt.«

»Du kriegst die Krätze!«

»Rupert!«

»'tschuldigung, Mutter, aber wie zum Geier …?«

»Jetzt zu India. Auch India ist große Schönheit, India ist weise, India ist schlauerer als all ihre Brüder und Schwestern zusammengenehmt …«

Oliver sah seine Frau an. Sie strahlte, und er nickte ihr mit dem Anflug eines Lächelns zu.

»… und wählt also etwas ganz Trügerisches, glaube ich. Was wäre das Trügerischste, frage ich mich? *Nichts.* Nichts wäre das Trügerischste und Gewiefteste. Zeige deinen Zettel, o trügerisches und gewieftes Kind.«

India wurde rot und faltete unter tosendem Applaus ihr leeres Blatt auseinander.

»Schließlich Señorita Maria. Was sollen wir sagen, was zeichnet sie? Maria ist eine gute Frau. Maria ist gütig. Maria ist heilig. Maria zeichnet ein Huhn, denke ich, was ist ein heiliges Wesen von Gott, wie sie selbst.«

Maria ließ ihr Blatt fallen, bekreuzigte sich und plapperte spanisch drauflos, was Cotter mit einem ähnlichen Wortschwall erwiderte. Sie gab ihm einen Kuß und flatterte kichernd aus der Küche.

»Noch mal, bitte noch mal!«

Cotter sah Oliver an und lächelte. »Jetzt muß ich leider erst mal mit Eurem Vater sprechen«, sagte er. *»Geschäftlich!«* sagte er mit Bühnenflüstern und seufzte schwer.

Die Kinder seufzten zurück, und er mußte versprechen, sie mal wieder zu besuchen.

»Wir gehen am besten nach oben.« Oliver führte Simon die Treppe empor. »Da stört uns niemand.«

»Herrliches Haus«, sagte Simon und sah sich anerkennend um.

»Es gehört eigentlich meiner Mutter.«

»Aha.«

Oliver sah, daß Cotter aufmerksam den Treppenlift betrachtete. »Sie hatte vor einigen Jahren eine Reihe kleiner Schlaganfälle. Im Kopf voll da, aber ...«

»Sehr traurig. Und Maria kümmert sich um sie?«

»Genau. Hier herein bitte.«

»Vielen Dank. Ein hübsches Zimmer. Sie haben eine wunderbare Familie, Sir Oliver. Das findet man heutzutage selten.«

»Oliver genügt, bitte. Sie kitzeln ja auch das Beste aus ihnen heraus. Tut mir leid, daß ich Sie nun ebenfalls damit belästige, aber wie funktioniert dieser verflixte Trick bloß?«

»Tja«, Simon tippte sich auf die Sonnenbrille. »Ich habe das Zeichenpapier gestellt. Geht praktisch mit jedem Chemiebaukasten. Nichts leichter als das. Könnte mir denken, daß Ihr Jungs beim MI6 in der guten alten Zeit mit denselben Tricks gearbeitet habt. Sie behalten's doch für sich?«

»Ehrensache. Aber ...«

»Ja?«

»Sie haben gesagt, India wäre schlauer als die anderen. Es stimmt, aber wie haben Sie das so schnell gemerkt?«

»Das ist doch nicht zu übersehen. Dummheit ist viel leichter zu verbergen als Grips. Das müßten Sie doch am allerbesten wissen.«

»Jedenfalls haben Sie bei ihr jetzt einen Stein im Brett. Setzen Sie sich doch bitte.«

»Danke. Sie fragen sich vermutlich, warum ich hier bin.«

Oliver, der sich diese Frage seit einer Viertelstunde mühsam verkniffen hatte, zuckte liebenswürdig die Achseln. »Es ist jedenfalls eine Überraschung. Eine angenehme, darf ich Ihnen versichern.«

»Mhm. Meine Geschäftspraktiken sind etwas unorthodox, das werden Sie ja schon gehört haben.«

»Ein neuer Wirtschaftszweig braucht eigene Regeln.«

»Ganz recht. Reden wir Klartext. Wie Sie wissen werden, mußte CotterDotCom die Leiterin der Abteilung für Internetschutz von ihren Aufgaben entbinden.«

»Cosima Kretschmer?«

»Eine ärgerliche Angelegenheit. Bei vielen Leuten gilt die Frau als Cyberheldin, aber ich kann nur immer wieder betonen, daß sie ohne jede Legitimation durch unser Unternehmen gehandelt hat.«

»Soweit ich weiß, strengt Barson-Garlands Familie eine Klage an.«

»Ich habe ihrem Anwalt plausibel machen können, daß Cosima ihre Recherchen ausschließlich in ihrer freien Zeit angestellt hat, nie während ihrer Arbeitszeit. Nur gegen sie wird jetzt ein Verfahren eröffnet. Sie ist irgendwo untergetaucht. Deutschland wahrscheinlich. Es dürfte sich für Mrs. Garland als schwierig erweisen, aus ihr auch nur einen Penny herauszuholen. Die Anschuldigungen waren offenbar keineswegs aus der Luft gegriffen. Traurig, das Ganze.«

»Hm ... unter uns gesagt, war es der spannendste Fernsehabend meines Lebens.«

»Sie kannten Barson-Garland ziemlich gut, nicht wahr?«

Oliver betrachtete seine Finger und säuberte einen Nagel. »Ziemlich gut? Sagen wir, ich kannte ihn. *Gut* wäre übertrieben.«

»Gerüchten zufolge wollte er Sie als Verbündeten seiner Sicherheitsagentur rekrutieren. Nach ihrer Einrichtung hätte er Ihnen die Führung übertragen.«

»Ach ja? Ich –«

Plötzlich knarrte die Treppe, und Oliver drehte den Kopf zur Tür. Schnell durchmaß er den Raum und riß sie auf.

»Ach, Maria, können wir behilflich sein?«

»Tut mir leid, wenn stören, Sir Oliver. Ich nur frage, vielleicht Sie oder Señor Cotter wolle Tasse Kaffee? Oder Gegse? Ich habe backe viele Gegse gestertag. Ich komme ein.«

Oliver stand verlegen am Kamin, während Maria stapelweise Kunstbände und Zeitschriften vom Couchtisch wegräumte, um Platz für ihr Tablett zu schaffen. Cotter plauderte auf spanisch mit ihr, und als sie ging, gurrte sie wie ein Backfisch.

»Spitzendeckchen auf dem Tablett!« sagte Oliver und schloß die Tür hinter ihr. »Auch bei Maria haben Sie einen Stein im Brett. Ich erinnere mich dunkel, irgendwo gelesen zu haben, Sie sprächen neun Sprachen. Kann das wahr sein?«

»Ich muß gestehen, ich habe mit dem Sprachenlernen soviel Zeit verbracht, daß ich nie mitgezählt habe, wieviele ich eigentlich spreche«, sagte Simon und nahm sich einen Keks.

Oliver lächelte säuerlich.

»Sie fragen sich wahrscheinlich«, fuhr Simon fort, »– diese Kekse sind übrigens *köstlich,* sie zergehen einem auf der Zunge – woher ich um Himmels willen weiß, daß Barson-Garland Sie verführen wollte.«

»Die Frage war mir durch den Kopf gegangen.«

»Ich habe im Mark's Club weder die Tische verwanzt noch die Donnerstagskellner bestochen, keine Angst. Nein, der gute alte Barson-Garland hat einfach auch mit *mir* geflirtet. Der Schlingel trieb ein doppeltes Spiel.«

»Verstehe.«

»Er wußte nicht, ob er eine staatliche Behörde oder ein Privatunternehmen ins Auge fassen sollte. In dieser Hinsicht verfügte er wirklich über einen untrüglichen Instinkt. In welche Richtung wird sich die Welt entwickeln? Die einen glauben, die Regierungen sollten eine global tätige Polizeitruppe zur Kontrolle des Internets einrichten. Die anderen haben genau davor Angst und schreien nach Schutz der Privatsphäre und der Grundrechte im allgemeinen. Ihnen dürfte bekannt sein, daß die neuerliche Schwemme von Viren, Wurmprogrammen, Mail-Bomben und Portalangriffen allerorten zu dem einen unausweichlichen und unwiderruflichen Schluß geführt hat, daß man nichts dagegen tun kann. Funktioniert alles nicht. Es ist zu teuer, es ist zu unpraktisch, die rechtlichen Verästelungen von Grenzen, Urheberrechtsvereinbarungen und so weiter sind komplex und unlösbar. Die einzige Antwort lautet: Privatisieren; Unternehmen auf regionaler Ebene treffen ihre eigenen Sicherheitsvorkehrungen, installieren ihre eigenen Firewall-Systeme, haben ihre eigenen Virenschutzprogramme und führen Prophylaxen durch. Nur der private Sektor kann grenzüberschreitend aktiv werden, und nur der private Sektor hat die Ressourcen und die Macht, die Verantwortung zu übernehmen. Die Stelle des Direktors der Abteilung für Internetschutz bei CotterDotCom bekommt größere Bedeutung als je zuvor. Offen gestanden, hätte ich Ihnen diese Stelle auch ohne Cosimas Alleingang angeboten. Was ich hiermit tue, falls Sie es nicht längst erraten haben. Im Grunde ist es derselbe Job, den Barson-Garland Ihnen angeboten hat, nur mit mehr Machtbefugnissen, außerdem ist er real, Sie können sofort anfangen, kein Politiker redet Ihnen hinein, und er ist so gut bezahlt, daß man's gar nicht laut sagen darf. Allerdings bräuchte ich eine rasche Antwort. Ich fliege heute vormittag nach Afrika, und es wäre mir lieb zu wissen, daß Sie anfangen können, sobald Sie bei Ihren Leuten reinen Tisch gemacht haben … vorher müßte ich allerdings dringend mal pinkeln. Können Sie mir wohl …«

»Ach, Entschuldigung. Natürlich. Hier durch, zweite Tür rechts.«

»Und probieren Sie wirklich mal die Kekse. Herrlich leicht. Die schaden Ihrer Diät bestimmt nicht.«

Simon ging hinaus und überquerte in der angegebenen Richtung den Flur. Als er an der Treppe vorbeikam, sah er, daß sich der Treppenlift jetzt am oberen Ende befand. Eine angelehnte Tür machte ihn neugierig, er stieß sie auf und ging hinein.

Oliver Delfts Mutter saß allein und bewegungsunfähig an einem Fenster mit Blick auf den Square. Simon trat neben sie. Ihre Augen wanderten an ihm hoch. Simon war, als verfügten ihre Gesichtszüge doch über eine rudimentäre Mimik, denn er glaubte, einen Ausdruck freudiger Überraschung zu sehen.

»Philippa Blackrow«, raunte er. »Welch seltsame Begegnung. Ich bin Ned Maddstone. Wissen Sie, daß Sie für die Zerstörung meines Lebens verantwortlich sind? Wissen Sie, daß ich Ihretwegen achtzehn Jahre lang in einer Irrenanstalt eingekerkert war? Achtzehn Jahre wegen Ihnen und Ihrem Wichser von Sohn?«

Philippa atmete keuchend und rasselnd, und er spürte die Anstrengung, mit der sie die schlaffen Wangen und Lippen zur Lautproduktion bringen wollte. Speichel rann ihr aus den Mundwinkeln, und ihre verkrümmten und ausgelaugten Hände zitterten wie welkes Laub im Sturm.

»Ich sollte Ihnen einen Brief aushändigen. Von Ihren Fenierfreunden. Und ausgerechnet Ihr Sohn mußte ihn abfangen. So grausam kann das Schicksal sein. Um Sie zu beschützen und seinen eigenen jämmerlichen Hals aus der Schlinge zu ziehen, hat er mich unter die Irren gesteckt und gehofft, ich würde bei lebendigem Leibe verrotten. Und jetzt bin ich zurückgekommen. Ich bin weit grausamer als das Schicksal. Ich fand, das sollten Sie wissen. Unendlich viel grausamer. Es heißt, Ihr Geist sei in diesem leblosen Gehäuse noch sehr rege. Jetzt können Sie ihm bis ans Ende Ihrer Tage etwas zu tun geben. Leben Sie wohl.«

Simons letztes Bild von Philippa war das einer Mutter, der Tränen über die verdorrten Wangen liefen. Was er nicht sah, nachdem er die Toilettenspülung betätigt hatte und über den Absatz zu Oliver zurückging, war, daß ihr Mund krampfhaft zu lächeln versuchte, und er konnte nicht ahnen, daß die Tränen, die ihr über das Gesicht liefen, Freudentränen waren.

Albert knallte die Haustür zu und rief noch unten an der Treppe:

»Mum! Dad! Wo seid ihr?«

Erst nachdem er dreimal gerufen hatte, ohne eine Antwort zu bekommen, fiel ihm ein, daß Gordon und Portia losgefahren sein mußten, um seinen Großvater zum Abendessen abzuholen. Deshalb kam Albert auch so früh von der Arbeit, aber die U-Bahn-Fahrt war so entsetzlich gewesen, daß er das alles vergessen hatte. Als das Telephon klingelte, stürmte er wütend in die Küche und knallte grimmig seine Tasche auf den Tisch. Ihm doch egal, wenn der Bildschirm seines Laptops einen Sprung bekam. Er stieß das Telephon vom Haken, ließ den Hörer baumeln und an die Wand schlagen. Java, der Kater, strich ihm um die Beine, und er versetzte ihm einen Tritt.

»Scheiße«, schrie er. »Das ist doch alles Scheiße. Die sind alle scheiße. Scheiße, Scheiße, Scheiße.«

Er atmete schwer, zog die Zeitung aus der Jacke, setzte sich an den Küchentisch und las den Artikel zum zwölften Mal. Java saß gekränkt in der Ecke und ignorierte ihn würdevoll.

CAFÉ *UN*ETHICA

In der Welt des »Fairhandels« wird seit heute morgen ein Kaffeeskandal aufgebrüht. Der *London Evening Press* sind Informationen zugespielt worden, denen zufolge Gordon Fendeman, Gründer von Café Ethica und Hätschelkind von New Labour und ökobewußten Mundwerksburschen, einen afrikanischen Stamm um seine Ländereien betrogen und so die Lebensweise eines ganzen Volkes zerstört hat, um sein Unternehmen aufbauen zu können. Die sogenannten »Genossenschaften«, die Café Ethica nach eigenem Bekunden unterstützt, gehören laut Quellen vor Ort einem Stamm an, der in Wirklichkeit *dreihundert Kilometer* östlich der Plantage lebt und mit Bussen zur Arbeit gekarrt wird. Unsere Gewährsleute versichern, dies sei das Ergebnis eines Kuhhandels zwischen Fendeman (37) und der örtlichen Regierung, die sich ausnahmslos aus dem rivalisierenden, sehr viel größeren Stamm zusammensetzt.

Diese Enthüllungen werden die rasant expandierende Welt des Fairhandels erschüttern und neue Schatten auf den ökonomischen Sachverstand von New Labour werfen. Noch vor zwei Wochen bezeichnete der Premierminister in einer Rede in der City Fendemans Unternehmen als »Leuchtfeuer, das neue Wege für den Handel mit der Dritten Welt aufzeigt«, Worte, die er heute bitter bereuen dürfte.

Laut Berichten hat der mit der Kunsthistorikerin Portia Fendeman verheiratete Fendeman 1998 mit den Häuptlingen des kleineren Stammes ein Abkommen geschlossen. Die Häuptlinge lehnten daraufhin das lukrative Angebot eines internationalen Konsortiums ab, um ihre Produkte ausschließlich über Fendemans neue Firma zu verkaufen. Man redete ihnen ein, ein Abschluß mit Café Ethica wäre in ihrem ureigensten Interesse, stellte ihnen Gewinnbeteiligungen und verbesserte Arbeitsbedingungen in Aussicht und versprach ihrem Volk eine gesicherte Zukunft. Entsetzt mußten sie feststellen, daß die Vertragsklauseln Fendeman de facto erlaubten, sie von dem Land zu vertreiben, das sie seit unzähligen Generationen bewirtschaftet hatten, und durch Arbeitskräfte aus anderen Landesteilen zu ersetzen. Die Vertriebenen werden heute von Hungersnöten, Seuchen und Obdachlosigkeit bedroht, und das in einem Land, in dem sie ohnehin rechtlos sind. Fendemans eigene Gewinne aus dem Abkommen mit der örtlichen Regierung, die dieses Volk von ihrem Land vertrieben hat, sowie den steigenden Umsätzen von Café Ethica sollen sich auf mehr als eine Million Pfund im Jahr belaufen. *Komm. s. S. 12*

Der »Kommentar« auf Seite 12 war unsäglich, einfach unsäglich. Albert hatte das Gefühl, seine ganze Welt stürzte ein. Er hatte Mühe, die verschiedenen Aspekte seiner Verzweiflung auseinanderzuhalten.

Sein Vater. Wie konnte so etwas bloß geschrieben werden? Wie konnten sie es *wagen?* Das mußten Lügen sein. Er kannte seinen Vater viel zu gut, um sich etwas derartiges vorstellen zu können. Aber es würde ihn so tief verletzen. Er war ein stolzer Mann. Selbst wenn er unschuldig war, etwas blieb immer hängen.

Seine Arbeit: Fünf Monate lang hatte sich Albert auf dem Feld des Fairhandels krummgelegt. Er hatte neue Gebiete erschlossen und Großartiges geleistet. Er war stolz auf seine Tätigkeit, weil sie der Welt helfen würde. Anschuldigungen wie diese mochten objektiv noch so falsch sein, die Leute würden sie nicht so bald vergessen. Die Hand der Verbraucherin würde nach einem Produkt mit dem Wort »Fair« auf dem Etikett greifen und zurückzucken, als hätte sie sich verbrannt. »Ach richtig«, würde sie sich sagen. »Hatten diese Firmen nicht irgendwie Dreck am Stecken? Bleiben wir lieber bei Nescafé.« Schon war all seine Arbeit für die Katz.

Simon: Die *London Evening Press* war *seine* Zeitung. Gewiß, er war ein vielbeschäftigter Mann. Albert hatte noch nie einen Menschen gesehen, der sich als Workaholic dermaßen um alle Feinheiten kümmerte. Albert hatte gestern erst in einem Weinlokal vor Freunden mit ihm angegeben. Immer wieder hatte er die Detailkenntnis erwähnt, als er Simons enorme Fähigkeiten beschrieb. Diese Eigenschaft zeichnete große Männer aus: Der Sinn fürs Detail. Und da lag der Hase im Pfeffer. Für Albert stand fest, daß Simon von der Attacke der *LEP* gegen Gordon gewußt hatte, auch wenn er noch so beschäftigt war. Er *mußte* es gewußt haben. Aber *wenn* er es gewußt hatte, wie hatte er es dann *zulassen* können? Warum hatte er Albert nicht wenigstens gewarnt, ihn beiseite genommen und darauf vorbereitet? Die Freunde, denen gegenüber Albert so ins Schwärmen gekommen war, hatten zynisch reagiert. »Verlaß dich drauf«, hatte der eine gesagt, »wer soviel Asche macht, *muß* im Grunde seines Herzens ein Fiesling sein.« »Das stimmt nicht«, hatte sich Albert gewehrt, »das stimmt einfach nicht!« Aber jetzt fiel ihm sein komisches Gefühl wieder ein, als er neben Simon gestanden und im Fernsehen Ashley Barson-Garlands öffentliche Demontage verfolgt hatte. Albert hatte in Simons Miene zwar nichts lesen können, aber ein *Gefühl* hatte er mitbekommen. Eine *Atmosphäre.* Simon hatte intensiv etwas ausgestrahlt, das Albert seither verdrängte. Es roch wie Angst oder sexuelles Begehren oder Schuld, aber das traf es alles nicht ganz. Es mußte etwas anderes gewesen sein. Und was man sich in der Firma erst erzählte. Cosima? Auf eigene Faust aktiv geworden? Hör mir doch auf! Ohne Cotters Erlaubnis kann die doch nicht mal pinkeln gehen, geschweige denn im Fernsehen auftreten. Albert hatte das alles als Bürotratsch abgetan. Aber vielleicht, ganz vielleicht war ja doch etwas dran. Wenn Albert seine Eindrücke ehrlich hinterfragte, dann … dann hatte er an jenem Abend vielleicht *Grausamkeit* gespürt.

Gordon war sein Vater. Fairhandel war sein Leben. Simon war sein Gott. Väter sind schwach. Das Leben ist Verrat. Götter sind grausam. Albert hatte genug gelesen und von der Welt gesehen, um zu wissen, daß das letztere drei unbestreitbare Tatsachen waren, aber er hatte nicht erwartet, sie so früh und alle auf einmal am eigenen Leib erfahren zu müssen. Alle drei ersteren Gewißheiten waren ihm mit einem einzigen Schicksalsschlag genommen worden. Eben hatte er noch zufrieden in der U-Bahn gesessen, Musik gehört und die Abendzeitung überflogen – er *kaufte* das Scheißblatt überhaupt nur, weil es Simon gehörte –, einen Augenblick später waren die drei Säulen seiner Welt eingestürzt.

Als sich ein Schlüssel in der Haustür drehte, stand er auf.

»Wo ist er? Wo ist mein Enkelsohn?«

Albert legte die Zeitung zusammen und schob sie wieder in die Tasche. »Ich bin in der Küche, Opa. Ich ess' schnell was, bevor ihr mir alles wegfuttert.«

»Der Junge ist frech wie Oskar. Man muß ihn einfach gern haben.«

Albert bewunderte seinen Großvater. Er erinnerte ihn immer daran, daß er der jüdischen Kultusgemeinschaft angehörte. Er konnte die Erzählungen seiner Eltern kaum glauben, denen zufolge Opa vor vielen Jahren im Stadtrat gesessen hatte und Dozent für Geschichtswissenschaft gewesen war. Ein linker Fanatiker, sagte Portia, was er sich einfach nicht vorstellen konnte. Dann war etwas passiert, Albert war nie ganz dahintergekommen was, aber es hatte mit polizeilichen Übergriffen zu tun. Danach hatte Peter der Universität jedenfalls den Rücken gekehrt und sich ins Judentum und in die Gemeindearbeit der örtlichen Synagoge gestürzt. Ihre Familie hielt prinzipiell gut zusammen. Als Sohn von Vetter und Kusine war Albert von seinen Freunden seit jeher damit aufgezogen worden, daß sein Großvater auch sein Großonkel war, von den spöttischen Unterstellungen genetischer Mängel ganz abgesehen, aber er liebte seine Familie und genoß die Nähe, die davon herrührte, daß es hier keine Fraktionskämpfe gab. Bei den Fendemans wurde jedenfalls nicht über Schwiegereltern hergezogen.

Er umarmte seinen Großvater und sah bei einem Blick über dessen Schulter, daß Portia und Gordon noch nichts ahnten.

»Na, meine Lieben? Was gibt's denn zu essen?«

»Wirst du ja sehen, Daddy, wirst du ja sehen.« Portia lachte und küßte ihren Vater und ihren Sohn. »Du siehst so besorgt aus, Spätzchen, ist was?«

»Nichts, Mum, gar nichts. Harter Tag im Büro.«

Albert wußte, daß ihm die Entscheidung nicht schwerfallen würde. Blut war dicker als Wasser. Dies war seine Familie. Sie zählte mehr als jeder Held. Schließlich war da noch Oxford. Es war noch nicht zu spät. Es war nie zu spät.

»Hey, das Telephon ist nicht aufgelegt.«

»Laß doch, Dad. Nee, echt jetzt. Heute ist Freitag. Nach Sonnenuntergang. Keine Arbeit mehr. Keine Anrufe.«

Peter streichelte seinem Enkel die Wange. »Ich liebe ihn! Ist er nicht einfach zum Anbeißen? Hab' ich nicht recht?«

Albert zündete die Kerzen an und zog die Gardinen zu. Er wußte, daß das Haus noch früh genug belagert werden würde.

»Willkommen an Bord, Oliver. Ich bin überzeugt, wir haben beide die richtige Entscheidung getroffen, Wenn Sie nichts dagegen haben, führe ich Sie herum und stell' Sie ein paar Leuten vor. Sind Sie schwindelfrei?«

»Wieso?«

»Im obersten Stock gibt es ein sagenhaftes Büro, mit einem traumhaften Blick über London, aber wenn Sie wollen, können wir Sie auch weiter unten unterbringen.«

»Nein nein. Oben gefällt mir.«

»Sie sind den Ausblick ja gewöhnt, stimmt's? Von meinem Fenster aus kann man Ihr altes Büro übrigens sehen. Wollen Sie Ihrem Nachfolger mal zuwinken?«

»Danke, kein Bedarf«, sagte Oliver. »Erst wenn man den Staub des Staatsdienstes abgeschüttelt hat, merkt man, wie sehr man ihn immer gehaßt hat. Apropos, meine Kinder bringen mich um, wenn ich Sie nicht für nächste Woche zum Essen einlade. Hätten Sie am Donnerstag Zeit?«

»Mit Vergnügen, bitte richten Sie Ihrer Frau meinen aufrichtigen Dank aus. Wollen wir dann unseren Spaziergang machen? Hallo, Albert, guten Morgen. Kann ich Dir gleich Sir Oliver Delft vorstellen? Antiviren, Antiwurm, Antihacker.«

»Sehr erfreut. Simon, ich muß Sie unbedingt sofort sprechen. Es ist *äußerst* wichtig.«

»Aha. Oliver, es tut mir leid, sind Sie sehr böse, wenn ich ...«

»Aber nein. Wenn Sie nichts dagegen haben, schaue ich mir alles alleine an. Das ist mir sogar lieber. Ich nehme an, mit dem Dienstausweis komme ich überall rein.«

»Absolut überall. Sie können sich ruhig allen vorstellen, ich habe die frohe Botschaft heute morgen per E-mail bekanntgemacht.«

»Dann bis nachher.«

»Albert, ich kann mir denken, warum du hier bist. Ich würde dir gern –«

»Wie konnten Sie bloß? *Warum?*«

»Ich bin der Verleger, Albert, nicht der Chefredakteur. Ich kann mich unmöglich einmischen, wenn ...«

»Blödsinn, das ist doch absoluter Blödsinn. Ich bin doch kein Idiot. Und *das* hier, heute in der *Times?* Haben Sie das schon gesehen? Jetzt behaupten die, am Tag, bevor Sie bekanntgegeben haben, daß Sie die *LEP* kaufen, hätte mein Vater deren Aktien gekauft, und werfen ihm Insidertrading vor. Das war *ich!* Als ich zum erstenmal hier war, haben Sie gesagt, Sie wollten die Zeitung kaufen, und ich ... ich hab's ihm gegenüber erwähnt. Ich wußte nicht, was das zu bedeuten hatte. Und jetzt stellen die ihn als Betrüger dar. Das ist er nicht. Er ist mein Vater. Er ist ein anständiger Mann. Warum tun Sie ihm das an?«

»Beruhige dich, Albert. Ich versichere dir, am Ende wird sich alles einrenken.«

»Ist ja auch egal – ich wollte Ihnen bloß sagen, daß ich kündige.«

»Aber Albert, mach dich doch nicht lächerlich.«

»Das ist eine ... eine Frage der Ehre. Ich kann unmöglich länger für Sie arbeiten. Sie sind mein Feind. Es geht um die Familienehre. Wir werden seinen Namen reinwaschen, und wenn es uns das letzte Hemd kostet. Ich werde den wahren Simon Cotter bloßstellen. Einen Lebenszerstörer. Ein Biest. Ich werde Ihnen das Leben zur Hölle machen. Auf Nimmerwiedersehen.«

»Albert, laß doch dieses alberne Theater. Putz dir die Nase. Komm zurück.«

Albert hatte sein Zimmer neun Tage lang praktisch nicht verlassen. Die Seiten wurden aufgebaut. Bald würde die Welt wissen, was für ein Mensch Simon Cotter wirklich war. Er hatte jedes Fitzelchen an Klatsch zusammengetragen, jede Spur, jedes Gerücht und jede Theorie, die man sich über seinen Todfeind je zugeflüstert hatte. Es würde noch mehr werden, das lag in der Natur des Internets. Selbst wenn es um Mutter Teresa ginge, gäbe es da draußen Leute, die mit Skandalen, Verschwörungstheorien und Gründen für Haß aufwarten könnten. Albert hatte den Vorteil, Dinge zu wissen. Nichts Schreckliches, aber es reichte, um Cotter zum Gespött zu machen.

Albert sah zu, wie sich die letzte Seite aufbaute. Er hatte sich für einen Gratis-Server in Australien entschieden. Letztlich war es egal, aber die Site konnte genausogut so weit weg wie möglich angesiedelt werden. Dann sah es so aus, als säßen Cotters Feinde auf der ganzen Welt. Wenn er nächsten Monat nach Oxford kam, würde er seine Kampagne fortsetzen. Wafiq Saids Geld hatten sie zwar angenommen, aber Cotters würden sie nie im Leben akzeptieren, wenn Albert mit seiner Arbeit erst fertig war. Simon Cotter. Diese Arroganz. Diese eitle lässige Arroganz.

»Albert! Mach auf. Bitte …«

Warum nicht? Seine Mutter konnte ruhig sehen, daß er nicht bloß geschmollt hatte wie Achilles in seinem Zelt. Er hatte aufgerüstet und einen Schlachtplan ausgearbeitet.

»Ich komme, Mum. Ist aber nicht sehr aufgeräumt.«

Albert ging zur Tür und schloß auf. Vor ihm stand Portia mit einem Tablett in der Hand.

»Ach du liebe Zeit! Was ist denn *hier* passiert?«

»Ja, ich weiß. Ich hatte zu tun. Hi, Java.«

Portia kam vorsichtig balancierend herein, stand mitten im Zimmer und schwankte, als könnte sie kaum das Gleichgewicht halten. »Um Gottes willen, wo soll ich denn bloß das Tablett abstellen?«

»Ähm ... da.« Albert stieß einen Stapel CDs, Photos und Unterwäsche beiseite. »*Verschwinde,* Java!«

Java war auf den Schreibtisch gesprungen und tatzte nach der Maus, wie es Katzenart ist.

»Mittagessen«, sagte Portia streng. »Genaugenommen auch Abendbrot von gestern und Frühstück von heute morgen. Du *mußt* einfach was essen. Vorher geh' ich nicht weg. Es ist mir egal, wenn ich mich wie die schlimmste jüdische Mama der Welt anhöre. Du *mußt* einfach was essen.«

»Ja, ja. Ist ja gut. Guck mal, Mum ...«

»Komm mir nicht mit deinem ›ist ja gut‹! Ich werde aufpassen, daß du jedes einzelne Sandwich kaust und schluckst. Und dann gehst du ins Bett. Du hast letzte Nacht kein Auge zugetan, stimmt's?«

»Okay, *okay* ... aber guck trotzdem mal.« Albert grinste. »Du kannst eine Sternstunde der Menschheit miterleben. Die offizielle Eröffnung der ersten Anti-Cotter-Website der Welt. Paß auf.«

Albert setzte sich wieder vor den Computer, und seine Maus flitzte hin und her.

»Siehst du? www.ihatecotter.co.au. Das ist die Startseite. ›Komm doch herein, sagte die Spinne zur Fliege‹. Da hast du Cotter im Mittelpunkt seines Netzes, ich hab' ihn als Spinne gezeichnet. Wenn man die Maus draufzieht, krabbelt sie von einem Ende des Spinnennetzes zum anderen. Einmal klicken, und sie beschreibt die einzelnen Teile, siehst du? Und man kann sich die verschiedenen Ecken anschauen, wie Schränke in einem

Salon. Hier kommt man zu einer Seite ›Cotter klatschen‹. Wenn man sein Gesicht anklickt, bekommt er eine Ohrfeige, und dazu hört man das Geräusch hier. Ich mach's dir mal vor.«

Aus den Computerboxen drang das Geräusch einer schallenden Ohrfeige wie im Zeichentrickfilm und ein »Autsch!«

»Hab' ich bei den *Simpsons* geklaut, aber egal. Dann gibt es eine Seite für Klatsch und Tratsch. Besucher können eigene Geschichten ergänzen. Siehst du? Ich hab' schon Sachen reingeschrieben wie ›er trinkt nur Milch‹, ›er färbt sich die Haare‹ und so. Er will sich ins Establishment einkaufen. Er hat dem St. Mark's College in Oxford Geld gespendet. Dem Marylebone Cricket Club auch, damit er an der Warteliste vorbei schneller Mitglied werden kann. Ich hab' Links zu den offiziellen Websites vom MCC und St. Mark's eingefügt, damit echte Mitglieder die Kampagne intern weiterführen können.«

»Spätzchen, das kannst du nicht machen. Der verklagt dich doch.«

»Na und? Soll er doch. Was Besseres kann uns gar nicht passieren. Wie sieht das denn aus? Er verklagt einen Siebzehnjährigen, dessen Vater in seiner Zeitung in den Schmutz gezogen worden ist? Den Teufel wird er tun. Selbst wenn er eine einstweilige Verfügung oder sowas erwirken kann, stell dir mal vor, was dann los ist. Du weißt doch, wie das Netz funktioniert. Nach ein paar Tagen wäre sein Ruf ruiniert. Er wäre die Haßfigur aller Zeiten. Die Aktienkurse würden in den Keller rauschen ... oder schau mal hier, das ist eine Seite für Verschwörungstheorien. Cosima Kretschmer beispielsweise. Da steht, daß sie den Befehl hatte, Barson-Garland bloßzustellen. Sie war Cotters Freundin. All sowas. Ach, und das hier wird dir gefallen. Eine Seite mit Photos, auf denen er kahl ist ... erinnerst du dich an dieses Kinderspielzeug, diesen Magnetmann mit den Eisenspänen? Hier kann man Cotter Vollbärte, Schnäuzer und verschiedene Haarfarben geben, um rauszukriegen, ob er in Wirklichkeit ein gesuchter Verbrecher ist. Man weiß ja nie, vielleicht erkennt ihn wer. Das ist das Komische bei diesem Scheiß-Simon Cotter. Niemand weiß, wer dahintersteckt. Vielleicht ist er ein Nazi und Kriegsverbrecher. Komm, wir machen ihn mal zu einem blonden Arier …«

»Spätzchen, er ist doch viel zu jung für …«

Portia verstummte jäh. Albert drehte sich um und sah sie an. Zur Salzsäule erstarrt, sah sie auf den Bildschirm.

»Du siehst aus, als hättest du ein Gespenst gesehen, Mum. Ist was?«

Portia schloß kurz die Augen.

»Mum?«

»So, jetzt ißt du die Sandwiches, und zwar sofort.«

»Ja ja. Aber was hältst du denn davon?«

Portia beugte sich vor und küßte ihren Sohn, erstaunt ob ihrer Selbstbeherrschung. »Es ist natürlich genial, Spätzchen. Ich kann mir gar nicht vorstellen, wie du das zustande gebracht hast.«

»Soll ich's Dad zeigen?«

»Nein, noch nicht, Kleines.«

»Ist er …? Wo ist er eigentlich?«

»Unten, im Eßzimmer. Es geht ihm gut, keine Angst. Nächste Woche ist eine Vorstandssitzung. Sie geben ihm Gelegenheit, alles zu erklären. Er bereitet sein … seine …«

»Sein Plädoyer vor?«

»Na, so schlimm wird's schon nicht werden. Der Vorstand steht vollkommen hinter ihm.«

»Das will ich auch verdammt hoffen.« Albert hatte angefangen zu essen und merkte jetzt erst, wie ausgehungert er war. »Die Sandwiches sind super, Mum.«

»Nur die Aktionäre üben natürlich jede Menge Druck aus.«

»Er will doch nicht etwa zurücktreten?«

»Na ja, er meint, unter Umständen ist das das Beste für die Firma. Ihren Ruf und den Aktienkurs.«

»Aber damit gibt er doch zu, daß er schuldig ist! Er *darf* nicht zurücktreten!«

»Deswegen findet ja die Vorstandssitzung statt. Sie suchen einen Mittelweg: Wie kann er ausscheiden, ohne daß es wie ein Schuldeingeständnis aussieht? Der ganze Vorstand will helfen. Soll ich dir noch mehr machen?«

»Nee, die reichen. Danke, Mum.«

»Gut. Ich gehe jetzt. Ich brauche –« Portia räusperte sich aus Angst, ihre Stimme könnte versagen, »ich komm' nachher noch mal hoch, und dann will ich, daß du im Bett liegst und schläfst. Haben wir uns verstanden?« Sie beugte sich vor, gab ihm einen Kuß und ballte die Fäuste, um das Zittern zu unterdrücken. »Ich hab' dich lieb. Das weißt du doch, oder?«

Albert hatte sich wieder zum Computer umgedreht, den Mund voll Hühnersandwich, und war kaum zu verstehen. »Ich dich auch, Mum, ich dich auch. Hey, schau mal! Ich hab' schon die erste E-Mail bekommen. Und sogar mit einem Attachment. ›Ich hasse Cotter auch.‹ Von wem das wohl kommt?«

Albert klickte das Attachment an. Der Bildschirm wurde schwarz.

»Was ist denn nun los?«

Knallrote Schrift kroch über den Bildschirm.

DU WILLST EIN DUELL? KANNST DU HABEN.
ALLE DATEIEN INFIZIERT. WIEDERSEHEN.

»Nein … nein!« Albert schaltete den Computer ab und bootete ihn neu.

»Was ist denn passiert, Spatz?«

»Er ist das, das ist *er!* Er hat mir einen verfluchten Virus geschickt. Ich fass' es nicht. Er hat das gesamte System zerstört. O mein Gott.«

»Aber wie kann er denn …«

»Er muß eine automatische Suche installiert haben. Er hat die australische Website gefunden und weiß, daß sie von mir ist. *Scheiße!*«

»Schon gut, Albert. Reg dich nicht auf.«

»Ich hab' noch den Laptop. Da kommt er nicht ran. Ich fang' von vorn an. Diesmal pass' ich besser auf. Ich mach's von einem Internetcafé aus. Jetzt geht's erst richtig los. Im Netz sind alle gleich.«

»Albert ...«

»Keine Zeit, Mum. Ich hab' zu tun.«

Portia schloß die Tür und ging langsam in die Küche. Blitzartig war ihr die ganze schreckliche Wahrheit aufgegangen. Ashley und Rufus Cade. Schon da hätte sie zwei und zwei zusammenzählen und auf der Hut sein müssen. Ashley und Rufus Cade. Und jetzt war Gordon an der Reihe.

Durch die Durchreiche hörte sie ein Geräusch, das sie an einen Bauern beim Heuwenden erinnerte. Gordon saß am Eßtisch und durchwühlte einen Haufen Faxpapier. Portia hatte den Eindruck, ihn noch nie so lebhaft und energiegeladen gesehen zu haben. An die Angst, die sie manchmal in seinen Augen sah, dachte sie lieber nicht.

»Wir werden kämpfen, bis die Unschuld meines Mannes bewiesen ist.«

Wie oft hatte sie das im Lauf der Jahre gehört, von den Frauen von Aitken, Hamilton, Archer, Clinton, Nixon und unzähligen anderen, die in Skandale verwickelt worden waren und deren Frauen »zu ihnen hielten«?

Sie wußte, daß Gordon kein schlechter Mensch war. Wie die meisten Menschen war er ein Kind, das geliebt werden wollte, und wie die meisten Männer war er ein Junge, der der Welt etwas beweisen wollte. Sie konnte sich nur zu gut vorstellen, daß er in bester Absicht die schlimmsten Dinge tat. Lange Jahre hatte er damit verbracht aufzuholen. Ein Ehemann zweiter

Wahl, der vom Einkommen einer Frau lebte, die ihn aus Mitleid und eigener Verzweiflung geheiratet hatte. Am Anfang ihrer Ehe wäre ohne Hillarys Geld gar nichts gegangen. Portia war die brillante Studentin mit der Promotion und dann der Hochschullaufbahn gewesen, Gordon der amerikanische Außenseiter, der nie richtig dazugehört hatte. Zehn Jahre lang Bluffen im Freundeskreis hatten dem einst so selbstbewußten Mann ihren Tribut abverlangt.

»Momentan bin ich in der Finanzberatung.« Er vermittelte an Lebensversicherungen gekoppelte Kredite. Auf Kommissionsbasis. In Portias Augen schlimmer als Vertreter für Doppelfenster oder Kräutertees.

»Ich hab' Aussichten, Franchise-Unternehmer zu werden. Klingt vielversprechend. Sehr vielversprechend.« Es ging um die Stelle des Geschäftsführers in einem Café.

»Im Grunde genommen Unternehmensberatung.« Gar nichts.

»Rohstoffhändler für verderbliche Konsumgüter.« Er handelte mit Terminkontrakten für Kaffee, finanziert mit dem Geld, das Hillary hinterlassen hatte. Und auch das hatte er durchgebracht.

Dann ein letzter Versuch. Die Idee stammte eigentlich von Portia, aber das wollte er sich nicht eingestehen. Sie hatte im Radio eine Sendung über die niedrigen Weltmarktpreise für Tee und Kaffee gehört, ein Thema, das Gordon schon seit Jahren auf die Palme brachte.

»Liebling, ich weiß, wie hart es für dich ist, daß die Preise im Keller sind. Aber was ist mit den Pflückern?«

»Klar, für die ist es natürlich auch hart.«

»Meinst du nicht, daß viele Leute in der westlichen Welt für Kaffee und Tee mehr zahlen würden, wenn sie wüßten, daß es der Dritten Welt zugute kommt?«

»Das ist eine Superidee, Mum.«

»Klingt doch logisch.«

»So einfach ist das nicht, Porsh –«

»Warum denn nicht, Dad?«

»Ich weiß noch, daß Peter immer wollte, daß wir Kaffee aus Nicaragua kaufen«, hatte Portia den Gedanken weiter verfolgt. »Um die Revolution zu unterstützen und Amerika eine lange Nase zu drehen. Den gab es überall zu kaufen. In Colletts Buchhandlung, Bioläden, der linken Szene halt. Dafür wurde im *New Statesman* inseriert. Und Peter hat sogar in der Bücherei von Hampstead Poster aufgehängt.«

»In der Theorie klingt das natürlich alles toll ...«

»Warum hast du denn Opa Peter angerufen?«

»Hab' ich das, Spätzchen? Man kann doch mal drüber nachdenken, meinst du nicht auch, Gordon?«

Endlich hatte er etwas erreicht. Aus eigener Kraft Erfolg gehabt.

Portia steckte den Kopf durch die Durchreiche.

»Gordon, ich muß mal 'ne Stunde weg. Brauchst du noch was?«

»Nein danke, Porsh. Läuft alles prima. Ich bekomme jede Menge erstklassiges Beweismaterial aus Afrika, Südamerika und Indonesien. Sieht gut aus.«

Portia lächelte und machte ein Victory-Zeichen. Sie fand schon lange, daß Eßzimmer, in denen selten gegessen wurde, etwas Melancholisches hatten. Gordon breitete nicht zum erstenmal seine Papiere auf dem Tisch aus, und immer hatte er bald darauf eine Schlappe erlitten. Den Geruch von Möbelpolitur und Kerzenwachs assoziierte Portia immer mit dem Tod. Am Hals halbleerer Portweinkaraffen waren Fliegen kandiert und konserviert worden, und Spinnweben überzogen die Trockenblumen und Tannenzapfen im Kamin. Sie erinnerte sich daran, wie der Spiegel über dem Sideboard damals mit schwarzem Tuch verhängt worden war. Peter, Albert und Gordon hatten mit zerrissenen Krawatten auf niedrigen Holzschemeln für Hillary Schiwe gesessen. Albert hatte ein so ernstes und bleiches Gesicht gehabt, daß sie ihn an sich drücken und küssen wollte. Peter war die vollen sieben Tage geblieben und hatte um seine Frau getrauert, vielleicht auch um seine einzige Tochter, die Atheistin geworden war und die Totenbräuche verachtete. In Eßzimmern gab es keine Hoffnung. Nicht die geringste.

Simon hatte den Vormittag am Telephon verbracht. Auf dem Palm Pilot ging er die Liste durch, was er noch alles zu erledigen hatte.

Brief an St. Mark's ✓

John ✓

Floyd ✓

Drapers ✓

Immobilienmakler ✓

Mbinda ✓
(Hotel?) ✓

Albert ✓

CE-Aktien ✓

DM ✓

Offenbar hatte er an alles gedacht und war Herr der Lage. Er überlegte, ob er früher Schluß machen, zum Übungsplatz von Lord's gehen und noch ein bißchen Cricket spielen sollte. Beim Blick auf die Checkliste geisterte ihm das schreckliche Wort »Langeweile« durch den Hinterkopf. Bald war alles vorbei.

Simon fluchte kraftvoll auf russisch. Dann auf schwedisch. Ein Mann mit seinen Fähigkeiten langweilte sich nicht. Der Gedanke war abwegig. Er konnte sein, was er wollte. Schriftsteller. Erfinder. Übersetzer. Staatsmann. Fernsehstar. Philanthrop. Sammler. Playboy. Wenn er sich in einem kleinen Krankenzimmer auf einer abgelegenen Insel im Kattegat nicht gelangweilt hatte, wie sollte er sich dann langweilen, wenn die ganze Welt seine Spielwiese abgab?

Seine Sprechanlage summte, und er stellte die Verbindung her.

»Ja?«

»Tut mir leid, Simon. Ich weiß, Sie haben gesagt, ich solle niemanden durchstellen. Aber hier steht eine Frau vor mir, und die sagt, Sie würden sie definitiv empfangen. Ich habe sie erst nicht anmelden wollen, aber es ist die Mutter von Albert. Ich wußte nicht, vielleicht ...«

»Augenblick.«

Er unterbrach die Verbindung. Seine Pläne waren vollkommen, so ausgereift, so durch und durch durchdacht. Er hatte ihren Besuch nicht erwartet, aber auch nicht ausgeschlossen. Er war bereit.

»Ist in Ordnung, Lily. Bringen Sie sie herein.«

Simon erhob sich und ging zur Sitzecke hinüber.

»Mrs. Fendeman, kommen Sie doch herein. Kaffee? Nein, natürlich nicht. Entschuldigen Sie die geschmacklose ... Wasser vielleicht? Saft?«

»Ein Glas Wasser wäre nett.«

»Wären Sie so gut, Lily? Danke. Bitte setzen Sie sich doch, Mrs. Fendeman. Was kann ich für Sie tun?«

Portia setzte sich. Es fiel ihr schwer, den Kopf zu heben und ihm in die Augen zu sehen.

»Ich glaube, das wissen Sie recht gut, Mr. Cotter. Sie können meine Familie in Ruhe lassen.«

Simon ließ sich in den Sessel ihr gegenüber fallen. »Ach je«, sagte er. »Das ist furchtbar schwierig. Bevor Sie fortfahren, möchte ich Ihnen versichern, daß ich Ihrem Sohn keinesfalls wehtun möchte. Er ist ein wunderbarer, hochintelligenter Junge. Sie können stolz auf ihn sein.«

»Ich bin stolz auf ihn. Da kann ich auf Ihre Zustimmung verzichten.«

»Selbstverständlich.«

»Es fällt mir auf, daß Sie nicht gesagt haben, Sie möchten meinem Mann nicht wehtun«, sagte Portia.

»Mrs. Fendeman, ich muß Sie bitten, die komplexen Beziehungen zu berücksichtigen, die zwischen einem Zeitungsverleger und seiner Redaktion bestehen.«

»Ach, verschonen Sie ...«

»O vielen Dank, Lily. Sehr schön. Und jetzt definitiv keine Anrufe mehr, ja? Vielen Dank, meine Gute.«

Simon sah zu, wie sich Portia Wasser einschenkte. Sie sah ihn an und lächelte matt.

»Als ich reinkam, hatte ich noch meine Zweifel. Jetzt bin ich sicher.«

»Wie bitte?«

»Deine Knie wippen immer noch. Ich sehe dich vor mir, wie du damals warst. Ein einsamer kleiner Junge.«

Simon stand auf und holte tief Luft. »Oh Portia«, sagte er. »Portia, ich kann dir gar nicht sagen, wie sehr ...« Er ging im Zimmer auf und ab. »Im April habe ich einen Vortrag von dir gehört. Von der Straße aus habe ich dich in eurer Küche beobachtet. Immer noch das Haus in der Plough Lane. Ich habe deine Bücher gelesen. Ich habe dein Licht in Alberts Augen gesehen. Aber jetzt bist du hier. Das ist so ...«

»Es gibt kein Licht in Alberts Augen. Nicht mehr. Du hast es gelöscht.«

Simon hatte keine Lust, sich von Portia ablenken zu lassen. »Ich nehme an, es war die Seite auf seiner Website, oder? Ich hab's auch mal ausprobiert. Mir blonde Haare gegeben. Jagt einem richtig Angst ein. Dadurch bist du drauf gekommen, stimmt's? Oder wußtest du es schon vorher?«

»Ich weiß es nicht genau. Ich hatte dich nur im Fernsehen und in Zeitschriften gesehen. Ich hatte so eine Ahnung. Ein Mißtrauen. Oder eine Art Unbehagen ...«

»*Mißtrauen?«* Simon kam zurück und setzte sich wieder hin. »Wie kannst du so etwas sagen?«

»Ein unangenehmes Gefühl. Wäre es bloß Mißtrauen gewesen! Bitte, Ned. Ich will mit dir nur über meine Familie sprechen. Meinen Sohn.«

»Er sollte *mein* Sohn sein!«

»Ist er aber nicht. Er ist zur Hälfte Gordons und zur Hälfte mein Sohn. Von dir hat er nichts.«

»Ich weiß. Ich weiß. Ich dachte ... ich hatte gehofft ... du hättest sein Alter vielleicht gefälscht, und er wäre in Wirklichkeit zwei Jahre älter. Vielleicht wurde er empfangen ...«

»Schon legen die Knie wieder los ...«

Simon stand auf. »Ich weiß, daß Gordon der Vater ist. Aber du mußt verstehen, was mir zugestoßen ist.« Er nahm seine Wanderung wieder auf. »Was sie mir angetan haben.«

»Ashley, Gordon und Rufus. Ich weiß, was sie dir angetan haben.«

»Du weißt es? Woher willst du das denn wissen? Es ist völlig unmöglich, daß du etwas weißt.«

»Gordon hat es mir erzählt.«

Simon blieb stehen und drehte sich um. »Er hat es dir erzählt?« Er ging weiter. »So so. Verstehe. Ja, das leuchtet ein. Du hast mich durchschaut und ihm alles erzählt. Er hat alles gestanden und dich zu mir geschickt. Das leuchtet ein.«

»So gescheit, Mr. Cotter, aber ...«

»Portia, bitte. Du kennst meinen Namen. Benutz ihn.«

»So gescheit, Mr. Cotter«, sagte Portia unbeirrbar. »Da sprechen Sie nun unzählige Sprachen, leiten unzählige Firmen und herrschen über unzählige Leben und haben doch nicht die geringste Menschenkenntnis. Gordon hat es mir vor Jahren erzählt. Vor Jahren. Etwa zu der Zeit, als Albert auf die Welt kam. Der Gedanke hatte ihn gequält wie ein Tumor. Er hatte gesehen, wie ich Tag für Tag für Tag ins Krankenhaus gegangen war und zu Ihrem Vater gesprochen hatte, und er wußte, daß er mitverantwortlich war. Es fraß ihn auf. Er liebte mich, verstehen Sie. Er hat die Suche nach Ihnen nie eingestellt. Ich habe lange vor ihm aufgegeben.«

»Ein schlaues Mittel, dich rumzukriegen. Ich habe nie daran gezweifelt, daß er Köpfchen hat.«

»Sie hätten zweifeln sollen, denn viel ist es nicht. Ein gutes Herz, aber kein Verstand. Schauen Sie sich doch an, in was für einer Patsche er sitzt.«

»Patsche? Schau dir doch an, in was für einer Patsche der afrikanische Stamm sitzt. Nennst du das ein gutes Herz?«

»Ja, Herrgott noch mal. Wollen Sie hier eine Diskussion über moralische Verantwortung anzetteln? Behandeln wir die Afrikaner gern wie Kinder? Muß es grundsätzlich *unsere Schuld* sein, wenn sie sich bekriegen? War Gordon krimineller als die Regierung, die die Zwangsumsiedlung vorgenommen hat? Krimineller, weil er weiß ist und ›es besser wissen sollte‹ als diese armen unschuldigen kleinen Negerkinder? Ja, es war falsch von ihm. Wir verhalten uns jedesmal falsch, wenn wir eine Puppe kaufen, die von Kindern in Ausbeuterbetrieben hergestellt worden ist. Gute, anständige, idealistische, liberale Männer und Frauen haben früher Zucker in ihren Kaffee getan, obwohl sie wußten, daß Zuckerrohr von Sklaven geerntet wurde. Sie tragen Lederschuhe, eines Tages wird das als Ausbund an Verworfenheit gelten. Wir konsumieren, wir leben in der Welt, keiner von uns ist davon ausgenommen, alle stecken wir in derselben verkorksten Moralsuppe. Herr im Himmel, wie können Sie bloß so *arrogant* sein? Bringen Sie denn keinen Funken Mitleid für einen Mann auf, der sich im Treibsand abstrampelt?«

»Den Treibsand hat er sich selbst zuzuschreiben.«

»Das macht es ja noch schlimmer. Wäre es nicht seine Schuld, könnte er genau wie Sie jetzt im Luxus göttlichen Zorns schwelgen. Wenn das Schicksal einen mit Backsteinen bewirft, hat man gut reden. Wenn man sie selber geworfen hat und sie auf einen zurückfallen, ist es hoffnungslos. Es *ist* seine Schuld, also ... also klammert er sich an eine Fassade. Sie sollten ihn mal sehen ... er ist so mutlos. So total hilflos.« Portia merkte wütend, daß ihr fast die Stimme brach, und wußte, daß ihr Tränen in den Augen standen.

»Es tut mir leid, Portia. Es tut mir ehrlich leid.«

»Ich will nicht Ihr Mitleid, ich will ein Versprechen. Gordons Ruf ist wahrscheinlich nicht mehr zu retten, aber Albert. Lassen Sie ihn in Ruhe. Lassen Sie ihn um Gottes willen in Ruhe.«

»Er bricht den Streit vom Zaun«, sagte Simon. Er lehnte gegenüber an der Wand. »Wie ich ihn kenne, sitzt er jetzt mit einem Laptop in irgendeinem Internetcafé, hat sich eine kostenlose Tarnadresse besorgt und öffnet aus Angst vor Viren keine E-Mails. Intellektuell eine echte Herausforderung.«

»Er ist noch ein Kind. Lassen Sie ihn doch.«

Simon dachte an den Brief nach Oxford, den er am Vormittag geschrieben hatte. Das College würde die Zusage, Albert aufzunehmen, daraufhin wohl zurückziehen.

»Es tut mir leid, Portia«, sagte er. »Es ist nicht mehr aufzuhalten.«

Portia blickte über ihm hinweg an die Wand. »Also alles durch und durch durchdacht.«

»Eines Tages wirst du alles verstehen.«

»Ich kann nicht behaupten, ich wüßte alles, was Ihnen zugestoßen ist. Aber ich sehe das Ergebnis. Vielleicht sollten Sie Gordon dankbar sein. Sie sind unermeßlich reich und haben, wie mir von allen Seiten versichert wird, einen Verstand, der in seiner Vielseitigkeit, seinem Wissen und seiner Willenskraft furchterregend ist. Sie scheinen alles zu haben, was die Welt begehrt.«

»Dich nicht, Portia. Ich habe dich nicht. Ich habe deine Kinder nicht. Ich habe keine Familiengeschichte und keine Jugend.«

»Was immer ihm widerfahren wäre, wissen Sie, wie Ned reagiert hätte? Angenommen, Gordon hätte ihm in einem Wutanfall den Arm abgehackt. Ned wäre rot geworden und hätte stotternd gesagt ›Mensch, macht doch nichts. Kann doch mal passieren. Das wird schon wieder. Tut mir echt leid.‹ So wäre Ned mit allen Schicksalsschlägen umgegangen. Mit einem strahlenden Lächeln und einem verlegenen Füßescharren.«

»Ich bin Ned, und ich habe nicht so reagiert.«

»Ich weiß nicht, wer Sie sind, Mr. Cotter, aber eines kann ich Ihnen mit absoluter Gewißheit sagen: Ned Maddstone sind Sie nicht. Den kannte ich nämlich gut.«

»Du wirst alles verstehen. Und zwar bald.« Simon kam auf sie zu. »Ich bin nicht verantwortlich für das, was jetzt passiert. Das alles wird bald vorbei sein, und dann wirst du alles total verstehen. Wir werden uns unterhalten und erinnern können. Du wirst einsehen, daß ich nur ein Werkzeug bin. Ein Werkzeug Gottes.«

Portia stand an der Tür und erschauerte. »Um alles in der Welt«, flüsterte sie. »Sie armer Mensch. Sie tun mir so leid.«

Simon stand eine Weile allein im Büro und dachte nach. Dann setzte er sich über die Sprechanlage mit Lily in Verbindung.

»Die Briefe, die ich Ihnen hingelegt hatte. Sind die schon raus?«

»Nein, die sind noch da, Simon.«

»Wären Sie so gut, sie mir noch einmal reinzubringen?«

Er merkte, daß er noch immer nicht sitzen konnte, ohne daß seine Knie wippten, daher lehnte er sich ans Fenster und las den Brief an St. Mark's noch einmal durch. Er legte ihn auf den Schreibtisch und lächelte in sich hinein. Es konnte klappen.

V. Finale

Albert und Portia saßen seit einer Viertelstunde schweigend in der Küche und spürten Gordons Angst, die noch immer in der Luft hing. Um halb neun war er zur Vorstandssitzung aufgebrochen.

»Nie gut, übereifrig zu wirken«, hatte er gesagt und munter Papiere in seine Aktenmappe gestopft.

Mutter und Sohn waren beide stolz auf die Heuchelei des anderen. Albert hätte Portia keine Phrase wie »Halt die Ohren steif!« zugetraut, und sie hätte nicht gedacht, je den Tag zu erleben, an dem Albert seinen Vater in die Rippen stieß und dazu sagte »Laß dich nicht unterkriegen, Dad!«

Gordon war mit einem flotten Nicken abgerauscht, um ihnen zu zeigen, daß dies ein Tag wie jeder andere war. An anderen Tagen hätte er ihnen allerdings, was beiden nur allzu bewußt war, einen Kuß gegeben und gesagt: »Wird Zeit, Perlen vor die Säue zu werfen«, »Drückt mir die Daumen« oder gar »Würg! Wieder ein Scheißtag für unseren Helden.«

Während der Kaffee in ihren Tassen kalt wurde und Java vergebens um Zutritt miaute, erzählte Portia Albert alles, was sie von Ned Maddstone wußte.

»Warum hast du mir nie etwas davon gesagt?« wollte er wissen. »Warum hat *Dad* nie etwas gesagt?«

»Irgendwann hätten wir es dir wahrscheinlich gesagt. Wir fanden es ... noch zu früh. Aber Dad weiß nicht, daß Ned zurückgekommen ist. Muß er auch nicht. Ich bin selbst erst vor ein paar Tagen dahintergekommen. Wir wissen beide nicht, was Ned nach seinem Verschwinden zugestoßen ist. Wir werden es wohl auch nie erfahren. Aber dein Vater hat sich jahrelang schreckliche Vorwürfe gemacht. Macht er sich vielleicht immer noch. Wir sprechen nicht darüber.«

»Und du ... liebst du Ned immer noch?«

»Ich liebe deinen Vater sehr. Und ich liebe dich.«

»Und Opa.«

»Und Opa natürlich.«

»Und Java?«

»Java sowieso.«

Sie lachten. Portia drückte Albert die Hand, weil sie sich alles von der Seele reden konnte, und er erwiderte den Druck.

Jetzt saß er in seinem Zimmer vor dem Laptop, Java hatte sich auf seinen Schoß gesetzt und suchte erfolglos eine Maus, die er zur Strecke bringen konnte. Albert wartete auf eine E-Mail. Seine Mutter hatte seine Frage nicht beantwortet, und er nahm an, daß sie Simon immer noch liebte, Simon, Ned ... wen auch immer.

Der Computer piepste, Albert fuhr hoch, und Java sprang ihm beleidigt vom Schoß. Er sah die Nachricht in der Mailbox.

Simon CotterRe: Ned

Diesmal ohne Attachment. Es war ihm schnurz, ob Cotter Viren in normalen E-Mails schicken konnte. Sein Finger glitt über das Trackpad und klickte zweimal mit dem Daumen.

Thema: Re: Ned
Datum: 10.10.00 09:20 MEZ
From: simoncotter@cotdotcom.com (Simon Cotter)
To: aef@anon_anon_anon.co.tm

> Lieber Mr. Cotter,
>

> Meine Mutter hat mir alles erklärt, aber sie weiß nicht, daß
> ich Ihnen schreibe.
>
> Es tut mir äußerst leid, daß mein Vater Ihnen in der
> Vergangenheit Schmerzen
> zugefügt hat.
>
> Ich verstehe, warum Sie all das tun, und verspreche, Sie ab
> sofort in Ruhe zu
> lassen.
>
> Ich danke Ihnen für die wertvollen Erfahrungen, die ich
> während der
> Zusammenarbeit mit Ihnen sammeln konnte. Ich hoffe, Sie
> und Ihr
> Unternehmen haben weiterhin Erfolg.
>
> Bitte setzen Sie Ihre großartigen Bemühungen im Bereich
> des Fairhandels fort.
>
> Mit freundlichen Grüßen,
>
> Albert Fendeman

Albert

Vielen Dank für Deine E-Mail. Schalte Deinen Computer ein. Mach Dir nichts draus, daß der Bildschirm schwarz bleibt. Drück Alt+ Strg+Umschalt+N, warte ein paar Sekunden und drück dann Umschalt+Entf. Auf die Aufforderung hin gibst Du das Paßwort »Babe« ein (Großschreibung beachten). Deine Dateien müßten unversehrt sein.

Viel Spaß in Oxford. Solltest Du danach wider Erwarten keine Stelle finden, weißt Du, wohin Du Dich wenden kannst. Du hast eine große Karriere vor Dir. Enttäusche Deine Mutter nicht.

Herzliche Grüße,

Simon

PS: Klasse E-Mail-Adresse. Ich mußte im Directory nachschlagen, um zu erfahren, daß tm für Turkmenistan steht. Feiner Zug.

****

In der E-Mail geäußerte Meinungen sind die des Verfassers und nicht unbedingt identisch mit denen der Firma. Diese E-Mail und etwa attachierte Dateien sind vertraulich und ausschließlich für den beabsichtigten Rezipienten oder die juristische Person gedacht, an den oder die sie adressiert sind. U. U. enthalten sie Materialien, die dem Anwaltsgeheimnis unterliegen. Sollten Sie nicht der beabsichtigte Rezipient oder eine Person sein, die dem beabsichtigten Rezipienten diese E-Mail auszuhändigen hat, nehmen Sie bitte zur Kenntnis, daß Sie diese E-Mail durch ein Versehen erhalten haben und daß jede Verwertung strafrechtlich verfolgt werden kann. Sollten Sie diese E-Mail durch ein Versehen erhalten haben, leiten Sie sie bitte weiter an

housekeeping@cotdotcom.com

Diese Fußnote bestätigt, daß diese E-Mail zwar nach Computerviren durchsucht wurde, der Rezipient jedoch dafür verantwortlich ist, diese E-Mail und ihren Inhalt von seinen eigenen Virenschutzprogrammen durchsuchen und öffnen zu lassen.

****

Simon klappte seinen Laptop zu und legte ihn vorsichtig auf den Nachbarsitz.
»Warten Sie auf mich, John«, sagte er und öffnete die Tür. »Ich bin gleich wieder da.«

»Sehr wohl, Sir.«

Simon stieg aus dem Auto und sah am Hochhaus auf der anderen Straßenseite empor. Er durchschritt die Reihen von Kameras, ohne in die Objektive zu sehen, aber auch ohne ihnen auszuweichen.

Eine halbe Stunde zuvor hatte Gordon Fendeman an demselben Gebäude auf ähnliche Weise emporgeschaut. Beim Spießrutenlauf durch die Presse hatte er den Fehler gemacht, sich die Aktenmappe schützend vors Gesicht zu halten, wodurch er zugleich schuldig und lächerlich wirkte.

Er hatte sein Haus mit einem Gefühl im Magen verlassen, das er seit zwanzig Jahren nicht mehr gespürt hatte. Damals war er tagelang umhergeschlichen und hatte Angst vor der Polizei gehabt, die jederzeit mit Nachrichten von Ned Maddstone und einem Haftbefehl vor der Tür stehen konnte.

Seine Frau und sein Sohn hatten ihn mit ihren gespielten Aufmunterungen und kumpelhaften Knüffen beim Frühstück keine Sekunde täuschen können. Die Angst in ihren Augen war zu deutlich gewesen. Sie glaubten ihm nicht. Sie glaubten ihm gleich doppelt nicht. Erstens hielten sie ihn eines abscheulichen Verstoßes gegen ethische Prinzipien für schuldig, und zweitens trauten sie ihm nicht zu, den Karren aus dem Dreck zu ziehen. Das Mißtrauen war Portia deutlich anzusehen gewesen. »Mach's nicht noch schlimmer, Gordon. Bitte, mach es nicht noch schlimmer.«

Daß sie ihn so *verachteten.* Es war, als trüge er die Buchstaben V.E.R.S.A.G.E.R. auf der Stirn. »Schaut mich an, ich bin ein Volltrottel!« wollte er den anderen Leuten im Fahrstuhl zurufen. »Ich bin der letzte Dreck. Lacht mich doch aus, warum denn nicht? Nur zu. Machen doch eh alle.«

Wenn er wütend war, dachte Gordon immer noch auf amerikanisch. Er fühlte sich dann eher als er selbst. Vielleicht … wenn seine Eltern nicht so früh gestorben wären, hätte er vielleicht seinen Mann stehen können. Was für eine Erziehung hatte er in dieser Klapsmühle in Hampstead denn schon genossen? Verdammt, er lebte heute noch da. In demselben dunklen, grauenhaften Haus. Er hätte Porsh und Albie schon vor Jahren mit seinem Paß in die Vereinigten Staaten bringen sollen. Mit dem Erlös des Hauses in der Plough Lane hätten sie sich etwas im Staat New York kaufen können. In Ithaca vielleicht. Albie wäre als Amerikaner aufgewachsen. Portia wäre an die Universität gegangen und Gordon ganz groß rausgekommen. Amerikaner kehrten nicht diesen Snobismus heraus. Diese englische Privatschulhöflichkeit, die der reine Dolchstoß war. Das gemurmelte »Mensch, tut mir ja so leid« und das ach-so-bescheidene Lächeln. Bescheiden, von wegen. Die wußten, wer der Boß war, die wußten, wer dazugehörte und wer nicht.

Seine Familie liebte ihn, klar. Aber was war das für eine Liebe, die einen behandelte wie einen angeschossenen Hirsch? Die zuviel Angst hatte, ihm ehrlich die Meinung zu sagen, weil sie sich sagte, daß er Angst davor hatte, sie zu hören. Das war keine Liebe, das war Mißbrauch. Mißbrauch, ganz recht.

Er liebte sie auch, das wußte er. Er wollte sie versorgen, sie beschützen, von ihnen geliebt und bewundert werden, aber man ließ ihn ja nie. Niemand bat ihn auch nur bei den dümmsten Fragen um Rat. Nicht mal Klempner und Elektriker, wenn im Haus etwas zu reparieren war. Die ließen sich grundsätzlich von Portia zeigen, wo der Hauptschalter oder der Absperrhahn war, oder worum es halt grade ging. Beziehungsweise heute fragten sie Albie. Die mußten einen Instinkt für sowas haben. Er konnte mitten im Zimmer stehen, Herr des Hauses und Familienvorstand, aber fragten die *ihn* vielleicht, ob er Hartfaserplatten oder Laminat wollte? Mann, Flaschen wie er stanken doch drei Meilen gegen den Wind.

Sein eigener Sohn verdiente mit siebzehn mehr als er während der längsten Zeit seines Berufslebens. Dieses verfluchte Arschloch Simon Cotter. Gordons Demütigung würde nie ein Ende haben.

Im 43. Stock erwartete ihn der Vorstand mit den üblichen jovialen Witzen und falschen Vertraulichkeiten. Purvis Alloway kam auf ihn zu, gab ihm die Hand und – deutliches Zeichen des baldigen Verrats – legte ihm gleichzeitig die andere Hand auf die Schulter.

»Ist wahrscheinlich das Beste, Herr Vorsitzender« – wie sie die Förmlichkeit der Titel liebten – »wenn ich heute die Sitzung leite, da es ja hauptsächlich um ... Sie wissen schon ...«

»Klar, natürlich ...« Gordon tat die Artigkeit mit einer Geste ab. »Das wollte ich auch vorschlagen.«

»Wollen wir dann mal?«

Gordon atmete schwer und merkte, wie ihm der Schweiß ausbrach, als er sich ans andere Ende der Tafel setzte. Er öffnete seine Aktenmappe und stapelte haufenweise Dokumente vor sich auf den Tisch. Peinliche Stille legte sich über den Sitzungssaal, und er merkte, daß er es mit dem Papierkram übertrieben hatte. Nur Prozeßhansel und Panikmacher des Gesundheitsdienstes schleppten solche Mengen an Beweismaterial mit sich herum. Juckender Schweiß trat ihm aus allen Poren, und er keuchte, als hätte er die Treppe nach oben genommen.

Er setzte sich und wurde rot. Alloway hüstelte und begann mit der Tagesordnung.

»Meine Herren, ich erkläre diese außerordentliche Sitzung für eröffnet. Gemäß Artikel neun verzichten wir auf das übliche Prozedere und kommen zum einzigen Punkt der Tagesordnung. Ich habe der Presse für zwölf Uhr eine Erklärung in Aussicht gestellt, wodurch wir genug Zeit haben müßten, das Thema erschöpfend zu behandeln. Gibt es einleitende Bemerkungen, bevor uns Mr. Fendeman seine Sicht der Dinge schildert?«

Alle waren nett und taktvoll und höflich. Niemand wollte Gordons Integrität auch nur ansatzweise in Frage stellen. Mehrere Vorstandsmitglieder machten trockene, beißende Bemerkungen zu Zustand und Verantwortungslosigkeit der britischen Presse.

Suzie, Gordons Sekretärin, saß links von Alloway und stenographierte mit.

»Herr Stellvertretender Vorsitzender«, sagte ein Vorstandsmitglied, »meines Wissens hat die *London Evening Press* gar keinen Afrikakorrespondenten.«

»Genau!« warf Gordon beflissen ein. »Ein Freund von mir arbeitet in Nairobi für den BBC World Service und hat mir eine eidesstattliche Versicherung geschickt, zu keiner Zeit habe ein britischer Pressejournalist …« Er verstummte und merkte, daß er nicht an der Reihe war. »Ich nehme an, dazu kommen wir später.«

Andere wiesen den Vorstand darauf hin, es sei Gordon Fendemans Vision gewesen, Gordon Fendemans Gerechtigkeitsempfinden, Gordon Fendemans Idealismus und schierer Mumm, der dieses Unternehmen erst aus der Taufe gehoben hatte. Er hatte es aus dem Nichts aufgebaut und erst zu einer respektablen Außenhandelsfirma für spezielle Kaffeesorten und dann zu einem wichtigen börsennotierten Unternehmen gemacht. Eine berühmte Marke. Die Frage seiner Aktienbeteiligung an – ironischerweise – der *London Evening Press* stünde für den Vorstand nicht zur Debatte. Sollte Gordon Zeit brauchen, um seinen Kritikern entgegenzutreten, könnte er vielleicht vorübergehend demissionieren. Das Vorstandsmitglied betonte ausdrücklich das »vorübergehend«, wollte diese Tatsache im Protokoll vermerkt wissen und bat darum, sie unbedingt in die Presseerklärung aufzunehmen. Hatte Gordon seine Unschuld erst bewiesen – was ihm nach Meinung des Vorstandsmitgliedes schnell gelingen werde –, stünde seiner sicherlich allseits begrüßten Rückkehr ins Amt des Vorsitzenden nichts im Wege. Was man von diesem Plan halte?

Die »Hört, hört!«-Rufe und das beifällige Klopfen mit den Kladden kamen so rasch und so einmütig, daß Gordon merkte, daß dieser Kompromißvorschlag eine abgekartete Sache war.

»Bevor wir darüber abstimmen –«, sagte Purvis Alloway, und Gordon schluckte und holte Luft für seine große Rede, »habe ich eine besondere Bitte an den Vorstand. Sie mag etwas unorthodox sein, aber da dies eine außerordentliche Sitzung unter außergewöhnlichen Umständen ist, gibt es hoffentlich keine Einwände.«

Alle sahen Purvis an, und Gordon merkte, daß er diesmal nicht der einzige war, den diese Worte überraschten.

»Ich habe heute morgen den Brief einer Dame bekommen, die in Hazlitt's Hotel wohnt«, fuhr Alloway fort. »Ihr Name ist Prinzessin M'binda, und sie versichert, über Informationen zu verfügen, die für den guten Ruf dieses Unternehmens von Belang sind. Sie wartet gegenwärtig in meinem Büro. Ich denke, wir sollten sie anhören.«

Gordons Mund war ausgetrocknet, und er trank einen Schluck Wasser, wohl wissend, daß alle Anwesenden ihn ansahen. Er stellte das Glas ab, sah auf und tat überrascht, daß soviele Augen auf ihm ruhten.

»Natürlich«, sagte er, »warum denn nicht? Bitten wir sie herein.«

Alloway drückte auf den Summer des Vorsitzenden unter dem Tisch, und die Tür zum Vorstandssaal öffnete sich.

Alle am Tisch erhoben sich verlegen, Gordon zuletzt und am steifsten.

»Guten Morgen, Euer … äh … guten Morgen, Prinzessin«, Alloway war mit dem Protokoll nicht recht vertraut und wie die anderen ins Schleudern geraten angesichts des bildschönen Mädchens, das da schüchtern hereinkam und sich an die Wand drückte. Sie war etwa 1,80 Meter groß und trug ein Gewand aus farbenprächtiger grüner, roter und gelber Baumwolle. Die Vorstandsmitglieder wurden sich plötzlich unangenehm bewußt, daß die Photographien an den Wänden ähnliche Mädchen in ähnlichen Gewändern zeigten, Mädchen mit Körben voller Früchte auf den Köpfen, die breit in die Kamera lachten.

Alloway holte einen Stuhl und stellte ihn etwas nach hinten versetzt neben seinen eigenen. »Möchten Sie Platz nehmen, Madam?«

Sie rührte sich nicht von der Stelle, die Arme steif nach unten gestreckt und die Handflächen an die Wand gepreßt, und starrte aus großen Augen das Fenster an. Alloway schaltete sofort.

»Vertragen Sie die Höhe nicht, meine Verehrteste? Sollen wir die Vorhänge schließen?«

Das Mädchen nickte, ein Vorstandsmitglied ließ die Jalousien herab, und jemand anders schaltete Licht ein. Sofort entspannte sich die junge Frau und nahm mit großer Eleganz Platz. Sie erblickte Gordon am anderen Ende der Tafel und betrachtete ihn eingehend.

Seit ihr Name gefallen war, atmete Gordon flach und schnell. Sein Mund war wieder trocken und sein Hals kratzig, aber er wußte, wenn er jetzt nach dem Wasserglas griff, hatte er eine psychologische Schlacht verloren. Er erwiderte ihren Blick, bis sie die Augen niederschlug.

»Also dann«, Alloway sah in einen Brief, der vor ihm auf dem Tisch lag. »Sie sagen, Sie verfügen über Informationen, die für unser Unternehmen von größter Wichtigkeit sind. Wären Sie wohl so gut, uns zu sagen, wer Sie sind und welcher Art diese Informationen sind?«

»Ich bin Prinzessin M'binda von den Ankoza«, begann sie. »Unser Volk lebt in den Hügeln. Mein Vater B'goli war sein König ...«

Während sie sprach und Suzies Bleistift über den Block eilte, versetzte sich Gordon in Gedanken nach Ostafrika zurück. Er hatte hinreisen müssen, weil, wie er glaubte, eine Fracht, in die er sein – Hillarys – letztes Geld investiert hatte, im Hafen aufgehalten worden war. Er mußte jedoch feststellen, daß die Bohnen in einem Speicher lagerten und kurz vor dem Verfaulen standen. Es war sein Fehler gewesen. Irgendwelche Formulare waren acht Monate zuvor in London nicht abgeschickt worden. Er war und blieb ein Unglücksrabe.

Er hatte das Problem schlußendlich gelöst, wenn auch unter großen zusätzlichen Kosten, und in einer Bar einen Mann getroffen, der ihm von den Ankoza erzählt hatte. »Die haben die Plantage aus dem Nichts hochgezogen und stehen gerade vor der Ernte. Teilweise Robusta, aber das meiste ist Arabica. Auch die Perlkaffeebohnen haben Spitzenqualität. Gute Höhenluft, aber vom Verkauf haben sie keinen blassen Schimmer. Die bringen den Kaffee auf den Markt, da faßt man sich doch an den Kopf. Saugutes Ackerland, aber völlig verschwendet. Ich werd' meine Leute mal drauf ansetzen.«

Nun, Gordon war ihm zuvorgekommen und hatte B'goli, ihren Häuptling, überreden können, ihm das Alleinvertriebsrecht für die Produkte ihrer lieblichen fliederfarbenen Berge einzuräumen. Er war in die Zivilisation zurückgeeilt und hatte seine ursprüngliche Fracht verkauft, wenn auch mit herben Verlusten. Den Erlös investierte er in die Gründung einer eigenen Broker-Firma und beauftragte Anwälte damit, aus B'golis mündlicher Zusage einen hieb- und stichfesten Vertrag zu zimmern. Er holte sich pflichtschuldigst B'golis Unterschrift, und es sprach sich herum, daß ein neuer Akteur auf den Plan getreten war. Vierzehn Tage, nachdem er seine Firma hatte eintragen lassen, wollte ihn ein Mann von der Regierung sprechen.

»Allmächtiger Gott. Das darf doch nicht wahr sein, daß Sie mit den Ankoza Handel treiben. Jeder weiß doch, wie korrupt die sind. Die betrügen und berauben Sie. Meine Leute dagegen, vom Stamm der Kobali, die sind absolut verläßlich. Mit denen kann man viel leichter handeln. In der Regierung sind nur Kobali. Da wird Ihr Kaffee vom Zoll viel schneller abgefertigt, da herrscht einfach größere Effizienz, wenn Sie alles den Kobali überlassen! Wenn Sie mit den Ankoza zusammenarbeiten, möchte ich bezweifeln, daß auch nur eine einzige Bohne im Lagerhaus ankommt. Nein, nein, mein Freund. Tun Sie sich mit uns zusammen. Was haben wir denn da? Der Vertrag bezieht sich ja gar nicht auf die Ankoza ... sondern auf das *Land.* Guter Freund, dann ist ja alles ganz einfach! Den Ankoza *gehört* das Land nicht. Nein, nein, nein. Das versichere ich Ihnen. Wir machen das folgendermaßen. Wir entschädigen Sie für Ihre zusätzlichen Mühen – mit hunderttausend Pfund Sterling – und helfen Ihnen, diese schurkischen Ankoza von dem Land zu entfernen, das sie widerrechtlich besetzt halten.«

Nicht seine Schuld. Nicht seine Schuld. Der Mann in der Bar war schuld. Wäre Gordon nicht gewesen, wäre ein anderer gekommen, das war ein Gesetz der Marktwirtschaft. Die Ankoza wären in jedem Fall rausgeflogen. Nicht seine Schuld. Aber M'binda ...

Er hatte sie auf den ersten Blick begehrt und gebeten, sie zurückzulassen. Sie weinte zum Steinerweichen, als ihr Vater und all ihre Verwandten wie Kartoffeln auf Laster geladen und den Hügel hinabgefahren wurden.

Aber es war keine Vergewaltigung gewesen. Wenn sie das behauptete, log sie. Sie war ... wenn nicht willfährig, so doch auch nicht unwillfährig gewesen. Sie war gar nichts gewesen. Eine leblose Puppe.

Ihr Wort stand gegen seines, das war entscheidend. Sein Wort gegen ihres. Vorläufig mußte er nur überrascht tun, wütend über alles, was sie sagte, als wäre jeder neue Vorwurf ein Schock. Irgendwie verunsicherte ihn, daß Suzie im Saal war. Sie hatte kein einzigesmal hochgesehen, aber ihr Bleistift hatte nie innegehalten, und ihre Lippen bewegten sich unhörbar beim Schreiben. Da stand die ganze Geschichte nun in Pitman-Hieroglyphen, und im Lauf des Tages würde sie das Protokoll erstellen. Gordon hätte ihr am liebsten den Block weggenommen und in Fetzen gerissen.

Als M'binda zum Schluß ihres Berichts kam, sah ihn niemand mehr an. Das stimmte nicht. Sie sah ihn an. Ohne Ekel in den Augen, ohne aufblitzende Rachsucht. Sie sah ihn nur an, mit ruhigem unverwandtem Blick, der ihm den Atem raubte.

»Als ich gehen durfte, fand ich meine Familie in den Wellblechhütten eines staubigen Dorfs am Fuß der Berge. In der Regenzeit überschwemmt das Wasser aus den Bergen das Dorf, und der Staub wird zu Schlamm. Meine Mutter und zwei meiner Brüder sind an Malaria gestorben. Mein Vater und meine Schwestern sind an Cholera gestorben. Das ist meine Geschichte. Mein Vater, der König, hat Mr. Fendeman blind vertraut, und jetzt ist er tot, und mein Volk verhungert oder siecht mit gebrochenen Herzen dahin, weil es aus seiner Heimat vertrieben wurde.«

Alloway beugte sich vor und legte seine Hand auf ihre. »Danke, Euer Hoheit. Ich danke Ihnen wirklich vielmals.«

Gordon mußte husten und versuchte, es wie ein Lachen klingen zu lassen.

»Das ist doch grotesk«, prustete er und tupfte sich das Gesicht mit dem Taschentuch ab. »Also wirklich, meine Herren, ich bitte Sie!« Der Reihe nach sah er ihnen allen in die Augen. »Ich glaube … ich *bestehe* darauf, zu Wort zu kommen. Als erstes muß ich Ihnen sagen, daß ich diese Frau in meinem ganzen Leben noch nicht gesehen habe.« Er sagte »Frau«, weil ihm unangenehm bewußt war, wie jung sie aussah. Alle Anwesenden mußten sich ausgerechnet haben, daß sie vor fünf Jahren, als Gordon in Afrika war, höchstens dreizehn oder vierzehn gewesen sein konnte. »Zweitens ist alles, was sie über den Vertrag mit König B'goli sagt, ein abgefeimtes Konglomerat aus Halbwahrheiten. Ja, der Vertragspartner war das Land, nicht seine Bewohner. Das ist gängige Praxis, wie Sie alle wissen. Sie malt ein pittoreskes Bild aus Unschuld, einfachem Leben und wahrhaftiger Würde, aber *Armut?* Erlauben Sie mal. Die Dame kommt aus Afrika angeflogen und steigt im – wo war das noch mal, Purvis? – im Waldorf ab. Im Scheißhotel Waldorf, mit Verlaub gesagt. So arm möcht' ich auch mal sein, Prinzessin. Aber das Wichtigste ist doch wohl die Frage der Beweise. Soll ich auf bloße Behauptungen einer guten Schauspielerin hin verurteilt werden, die auf den Saiten von unser aller schlechtem Gewissen spielt? Herrgott noch mal, ich bin verheiratet. Ich habe Familie. Wo sind die Beweise? Ohne Beweise ist all das nichts als üble Nachrede.«

»Vielleicht kann ich Ihnen da weiterhelfen, meine Herren.«

Alles drehte sich zur Tür, der Quelle der Einmischung. Simon Cotter schritt lächelnd herein, stellte sich hinter M'binda und legte eine Hand auf ihre Stuhllehne.

Gordon zwinkerte sich den Schweiß aus den Augen und wollte etwas sagen, brachte aber kein Wort heraus.

Purvis Alloway war aufgesprungen. »Ich weiß nicht, wer Sie hereingelassen hat, Mr. – Cotter, nicht wahr? –, aber dies ist eine nichtöffentliche Vorstandssitzung, und ich muß Sie bitten, sich zu entfernen. Sollten Sie eine formelle Eingabe machen wollen, muß ich Sie bitten, dies in Schriftform an die Adresse des Vorsitzenden zu tun.«

»Mr. Alloway«, sagte Simon freundlich, »ich habe nicht die Angewohnheit, mir zu schreiben, weder formell noch privat.«

»Wie soll ich das verstehen?«

»Heute vormittag um zehn Uhr bin ich Mehrheitsaktionär dieses Unternehmens geworden. Das dürfte mir das Recht geben, an dieser Sitzung teilzunehmen.«

Ein Raunen lief um den Tisch, und ein Vorstandsmitglied

wollte zum Handy greifen. Alloway schlug mit der flachen Hand auf den Tisch.

»Meine Herren, bitte!« Er wandte sich wieder an Cotter. »Ist das wahr?«

Simon reichte ihm ein Blatt Papier. »Der Transaktionsbeleg meines Brokers. Prüfen Sie es ruhig bei Ihren eigenen Leuten, wenn Ihnen das lieber ist.«

»Nein, nein, das scheint seine Richtigkeit ... wahrlich, Mr. Cotter, wir wußten gar nicht, daß sich Ihre Absichten auf unser Unternehmen erstreckten. Sie kommen in einem denkbar ungünstigen Augenblick.«

»Ich konnte Mr. Fendemans Plädoyer in eigener Sache nicht überhören. Er hat eine tragende Stimme, wenn Sie mir dieses Urteil erlauben.«

Gordons Gesicht war aschgrau geworden, und er bekam kaum noch Luft. Er spürte, daß sein Kragen völlig durchgeschwitzt war und daß ihm kalte Tropfen aus den Achselhöhlen zur Hüfte hinabrannen.

»Ich kann Ihnen, wie gesagt, weiterhelfen«, nahm Simon den Faden wieder auf. »Ich möchte Ihnen schlicht und ergreifend die erbetenen Beweise vorlegen. Ich habe hier –« sorgfältig legte er drei Blätter auf den Tisch »– eidesstattliche Aussagen, ordnungsgemäß notariell beglaubigt, wie Sie den Siegeln entnehmen können. Die erste bestätigt Mr. Fendemans Erhalt von hunderttausend Pfund seitens der Regierung. Unterzeichnet von dem Mann, der ihm das Bestechungsgeld anbot. Die zweite enthält die Unterschrift eines weiteren Regierungsbeamten, der bezeugt, Mr. Fendeman habe darauf bestanden, die dreizehnjährige Prinzessin M'binda von der Umsiedlung des Volks der Ankoza auszunehmen. Die dritte, eidesstattliche Aussage wurde von zwei Fahrern und einem Soldaten unterzeichnet, die jeder für sich mit ansahen, wie Mr. Fendeman höchstpersönlich M'binda in eine Hütte trug. Der damals noch junge Soldat sah, wie ich hinzufügen muß, durch ein Loch in der Hüttenwand und wurde Augenzeuge der Vergewaltigung. Jeder einzelne oder auch alle diese Zeugen können jederzeit nach Großbritannien eingeflogen werden, falls Mr. Fendeman ihre Aussagen anfechten möchte.«

Trotz des Hämmerns in der Brust und des Rauschens in den Ohren fand Gordon die Sprache wieder. Er war heiser und konnte nur flüstern, aber alle im Raum hörten es, und Suzies Bleistift zeichnete das Wort getreulich auf.

»Warum?«

Simon lächelte. »Warum? *Einfach Gerechtigkeit,* Mr. Fendeman. Ganz einfach Gerechtigkeit.«

Der Schweiß brannte ihm in den Augen, und ruckartig durchfuhr ihn die Erkenntnis. Er war ihm nur einmal begegnet, und das war zwanzig Jahre her, aber das Bild hatte sich ihm unauslöschlich eingebrannt. Ein Bild, das für Gordon alles verkörperte, was er an England und was er an sich selbst so haßte.

»Du!« krächzte er.

Er hatte nur noch einen Gedanken. Das Fenster. Die Jalousien waren herabgelassen, aber wenn er schnell genug rannte und die Schulter einsetzte, konnte er es schaffen. Er konnte ausbrechen, und wenigstens einmal würde Albert ihn bewundern.

Er stürmte los wie ein wahnsinniger Stier. Er hörte die Rufe »Haltet ihn auf!« vom Tisch, und aus dem Augenwinkel sah er, daß Suzies entsetztes Gesicht endlich vom Block hochsah.

Er knallte gegen das Fenster, aber da er nun einmal eine verachtenswert taube Nuß war, ein absolut hoffnungsloser Fall, prallte er wie ein Squashball davon ab. Er sackte auf dem Boden zusammen, spürte, wie sich seine Kehle unter einem stählernen Würgegriff zusammenzog, und ein blitzartiger Schmerz zuckte und donnerte durch seine linke Körperhälfte. So hatte er vor zwanzig Jahren seinen Vater sterben sehen. Dasselbe Röcheln vor Schmerz, derselbe Griff an die Kehle. Suzie, Gott segne sie, kniete als erste neben ihm, lockerte seine Krawatte und bettete seinen Kopf in ihren Schoß. Die anderen drängten sich hinter ihr zusammen, und ganz hinten erblickte er das Gesicht, das auf ihn herabsah.

»Scheiß-Ned Maddstone«, sagte er sterbend. »Sei verflucht.«

Simon hatte den Raum verlassen, noch bevor Gordon seinen letzten Seufzer getan hatte. Die Zeit lief ihm davon, und er mußte noch vieles erledigen. Zum Friseur gehen und fahren weit, bevor er schlief.

»Zwei!« flüsterte er und zog taktvoll die Tür hinter sich zu.

Oliver Delft hatte den Auftrag, einen Hacker in Knightsbridge zu finden. Nicht, um ihn festzunehmen, sondern um ihn zu rekrutieren.

»Cosima hat seine Spur aufgenommen, und seitdem haben wir ihn im Auge behalten. Ein guter Wilddieb, der einen noch besseren Wildhüter abgeben wird«, hatte Cotter gesagt. »Blutjung, aber genial.«

Oliver hatte Schwierigkeiten, die Adresse zu finden. Nummer 46 war eine Eisdiele, Nummer 47 eine Sprachschule. Von 46B keine Spur. Er stand vor dem Schuleingang und überlegte. Es war würdelos, wieder zu den Plattfüßen degradiert worden zu sein. Er hatte sich von Cotter gern anwerben lassen, hätte aber wissen müssen, daß bei diesem Gehalt Gegenleistungen erwartet wurden. In seiner früheren Welt war Oliver der Oberbefehlshaber gewesen. Das Gehalt war grauenhaft und die Behinderungen durch die Verwaltung erstickend gewesen. Aber war er jetzt nur noch ein Vogel im goldenen Käfig?

Er suchte noch die Klingelschilder ab, da legte sich eine Hand auf seine Schulter. Oliver versuchte, darunter wegzutauchen und sich in derselben Bewegung umzudrehen, aber die Hand wußte, was sie tat, und hatte das vorausgesehen. Sie packte fester zu.

»Sie kommen mit uns mit, Sir. Micky, die Autotür. Ich werde den Herrn über seine Rechte aufklären.«

Wenn das die Privatwirtschaft war, wollte Oliver nichts damit zu tun haben. Die beiden plattnasigen Schlägertypen, die ihn in die Mitte genommen hatten, waren trotz der Uniformen, Plastikmanschettenknöpfe und bombastischer Ausdrucksweise keine Gesetzeshüter. Die kannte Oliver zur Genüge und wäre jede Wette eingegangen, daß diese beiden von einem Polizeirevier nur die Farbe der Kacheln in den Zellen kannten. Er spürte jedoch ihre Kraft und Gewaltbereitschaft und wollte sich vorläufig nicht mit ihnen anlegen. Wenn sie für diesen Hacker arbeiteten, war CDC ernstlich kompromittiert. Diese Teutonin, seine Vorgängerin, war offenkundig unfähig, das hatte er von Cotters Leuten immer wieder gehört. Sie war über etwas gestolpert, das eine Nummer zu groß für sie gewesen war. Egal. Delft blieb guten Mutes und konnte sich vorstellen, schlußendlich sogar auf seine Kosten zu kommen. Wenn Delft jemandem in eine Drehtür folgte, kam er als erster raus, sagte er immer.

Schweigend fuhren sie nach Norden. Der Fahrer beschäftigte Oliver. Er sah, daß dessen Augen ihn im Rückspiegel beobachteten. Um die sechzig und abgeklärter als die beiden Affen neben ihm. *Der* konnte gut ein Bulle sein. Kam er ihm nicht bekannt vor? Nein, das war wohl bloß Einbildung.

Der Wagen bog auf die Zufahrt zu einem Bauernhof ab, und wieder spürte er in der Magengrube ein kleines Déjà-vu. Eine Kindheitserinnerung? Seltsamiger und seltsamiger.

Oliver wurde in eine kahle Küche gebracht und erhielt Anweisung, sich zu setzen.

»Keine Bewegung.«

»Hinsetzen ohne Bewegen ist gar nicht so leicht.«

Mist, großer Fehler. Eine eiserne Faust knallte ihm in den Nacken. Oliver setzte sich. Fausthiebe in den Nacken können genauso wie Schläge auf die Nase die Tränenkanäle öffnen. Oliver zwinkerte heftig und riß die Augen auf, um die Tränen fließen zu lassen, ohne daß sie sie röteten. Das hatte ihm gerade noch gefehlt, beim Weinen ertappt zu werden. Das wäre doch zu lächerlich. Während ihm Schuhe und Krawatte abgenommen wurden, sah er zur Decke, blähte die Nasenlöcher und schnüffelte wie ein Mann, der in die Sonne schaut, um niesen zu können. Hielten die ihn, Oliver Delft, etwa für einen Menschen, der sich erhängte? Wenn es gerade spannend wurde? Die beiden Barbaren gingen, und er hörte sie hinter sich abschließen.

Die Tränen versiegten, und er sah sich um. Ein Aga und ein Kühlschrank. Waren das Ferien gewesen? Eine Wochenendaffaire vor zig Jahren? Er war sich jetzt *sicher*, daß er schon mal hiergewesen war. Beim Kühlschrank handelte es sich um ein altmodisches Modell, einen kompakten Prestcold. An der Wand waren jedoch hellere Farbstreifen zu sehen, die darauf schließen ließen, daß hier früher ein höheres und schmaleres Gerät gestanden hatte. Sehr merkwürdig, das alles.

Auf dem Tisch lag eine *LEP.* Die Frühausgabe von heute.

MISSBRAUCH IN SCHWEDISCHEM HÖLLENHOSPITAL

Weniger die Schlagzeile als das in den Artikel eingefügte Photo zog Olivers Aufmerksamkeit auf sich.

Mallo!

Gott sei Dank hatte er den Dienst quittiert. Gott segne Simon Cotter. Sah ganz nach Stunk aus.

Ob Mallo reden würde? Wenn ihm eine Gefängnisstrafe drohte, wohl schon. Dieser Vollidiot, Prämisse der Klinik war immer gewesen, daß sich Mallo an die Vorschriften hielt. Diplome an den Wänden, Inspektionen seitens des Gesundheitsministeriums, alles hübsch legal. Was zum Teufel hatte der bloß angestellt, um sich den Zorn der schwedischen Regierung zuzuziehen?

Wer konnte da eigentlich noch in den Gummizellen stecken und neugierige Ermittler zu seiner ehemaligen Abteilung führen? Richtig, dieser verrückte Idealist aus Porton Down, der Forschungschemiker – wie hieß der noch gleich? – Michaels, Francis Michaels. Dann Babe Fraser, falls der noch am Leben war, was Oliver nicht annahm. Er hatte ihn nur einmal gesehen, als er als Jungspund auf das Geld angesetzt worden war, das dieses Arschgesicht beiseite geschafft hatte, aber da hatte man ihm das Gehirn schon weggebrutzelt, und der legendäre Meisterdenker hatte nur noch den geistigen Horizont einer knienden Waldameise. Damals hatte Oliver von der »Insel des Doktor Mallo« erfahren. Nein, von Babe war nichts mehr zu befürchten. Schließlich war da noch der junge Ned Maddstone. Oliver sah den labilen Schwächling vor sich. Auch den mußten die Elektroschocks längst nach Gagaland verfrachtet haben.

Der Artikel war nicht sehr informativ. Die Bedingungen in der Klinik seien »mittelalterlich« gewesen, und es habe Anschuldigungen gegeben, Patienten seien mißhandelt und mißbraucht worden. Warum landete sowas auf der Titelseite? Wäre das in Britannien passiert, hätte Oliver ja verstanden, daß eine englische Zeitung es groß aufmachte, aber warum langweilte man Londoner mit solchem Routineschund? Mußte am Thema Mißbrauch liegen, sagte er sich. Mit dem Schlagwort ließen sich landesweit Millionen von Zeitungen an den Mann bringen. Rechtschaffene Leute lasen davon gern am Frühstückstisch und im Zug zur Arbeit. Sie schüttelten entsetzt die Köpfe, und insgeheim meldeten sich ihre geheimsten und finstersten Phantasien.

»Tut mir leid, daß ich Sie warten lassen mußte. Sie hatten es hoffentlich bequem. Sie haben geweint, wie ich sehe, darf ich Ihnen mein Taschentuch leihen?«

»Simon?« Oliver machte Stielaugen. Cotter hatte die Sonnenbrille abgenommen. Er hatte sich die Haare blond gefärbt. Nein, er hatte sie *ent*färben lassen. Das Blond war von grauen Strähnen durchzogen.

»Simon?« sagte Ned. »Ich kenne keinen Simon. Schauen Sie mal genau hin.«

Oliver sah genauer hin und merkte, daß er in die blauen Augen Ned Maddstones sah.

»Nicht *ganz* derselbe Kühlschrank«, bemerkte er nach einer Pause.

»Nein«, gab Ned bedauernd zu. »Mehr ließ sich nicht machen. Dachte, Sie fühlen sich dann eher wie zu Hause.«

»Oh, aber ja, aber ja.« Oliver hatte sich bestens unter Kontrolle. »Sie haben ganz schön was geschafft«, sagte er.

Ned sah sich in der Küche um. »Danke. Ich finde immer, gutes Design kennzeichnet Wegnehmen, nicht Hinstellen. Wie Sie sehen, gibt es außer dem Kühlschrank keine Möbel oder Einrichtungsgegenstände. Warum, werden Sie noch verstehen. Der alte Laden hat sich wirklich nicht groß verändert. Ach, sogar der alte Aga ist noch da. Das ist noch derselbe. Ts-ts. Agas, was? Wo wären wir bloß ohne die?«

»Nein, nein. Ich meinte Ashley Barson-Garland und jetzt den armen alten Gordon Fendeman. Ich hätte eins und eins zusammenzählen sollen.«

»Das höre ich immer wieder. Grämen Sie sich nicht, es ist lange her. Aber ›armer alter Gordon Fendeman‹ trifft's nicht ganz, wissen Sie. Er ist jetzt glücklich. Er ist in einer besseren Welt.«

»Ganz der Racheengel, was?«

»Man tut, was man kann, Oliver, man tut, was man kann. Wie Sie noch sehen werden.«

»Dann sind Sie also aus dem ›schwedischen Höllenhospital‹ entkommen?« Oliver wies mit dem Kopf in Richtung Zeitung.

»Ja, ich dachte, das würde Ihnen vielleicht Spaß machen. Ist natürlich völliger Quatsch; ich hab' die Zeitung extra zu Ihrer Erheiterung anfertigen lassen. Es freut Sie vielleicht zu hören, daß der gute Dr. Mallo nach wie vor dort arbeitet. Für mich. Ich habe gewisse Dokumente in meinen Besitz gebracht, und es wäre ihm lieb, wenn deren Inhalt unter uns bliebe. Er ist ein sehr vernünftiger Mann, wie Sie ja wissen. Er bezeichnet sich gern als Rationalisten. Etwas pompös, hat aber etwas Rührendes.«

»Wollen Sie mir Vorträge halten? Wenn so Ihre Bestrafung

aussieht, kann ich Ihnen gleich sagen, daß ich wunderbar abschalten kann.«

»Aber Puschelchen, habe ich Ihnen Vorträge gehalten? Wie ungehobelt von mir. Darf ich Ihnen ein Glas Milch anbieten? Nein? Ich werde mir aber eines genehmigen. Wirklich nicht? Wie Sie wollen. Diesmal aber frische Vollmilch. Keine fettarme H-Milch. Man kann die Authentizität auch übertreiben.«

Oliver überlegte fieberhaft. Gegen die Plastikhandschellen an den Gelenken konnte er vorläufig nichts machen. Den Mann am Lenkrad hatte er inzwischen als Sergeant Floyd identifiziert, den Beamten vom Drogendezernat, den er damals bestochen hatte, damit er Neds Festnahme für sich behielt. Wer die beiden anderen Männer waren, wußte er noch nicht, hatte aber einen bösen Verdacht.

»Ganz schön gewitzt von Ihnen, da auszubrechen. Hätte ich Ihnen, ehrlich gesagt, nicht zugetraut.«

Ned setzte sich Oliver gegenüber. »Sie kennen Babe vermutlich. Sie gehörten zu der Einheit, die es damals aus ihm rausprügeln sollte, als Sie die Unterschlagungen entdeckt hatten.«

»Ach, dann hat Mr. Superhirn Ihnen das Puzzle zusammengesetzt? Dacht' ich mir doch, daß das Ihre dürftigen Fähigkeiten überstiegen hätte.«

»Heute habe ich seine Fähigkeiten.«

»Das kann ich mir nicht denken, Schnucki. Babe war etwas Besonderes.«

»Da bin ich ausnahmsweise ganz Ihrer Meinung«, sagte Ned und ließ sich nicht aus der Ruhe bringen. »Er konnte sich sogar an Ihre Mutter erinnern. Dabei hatte er nur einen kurzen Blick in ihre Akte geworfen. Geburtsdatum, alles.«

»Muß ihm Spaß gemacht haben, ein unbeschriebenes Blatt zu bemalen«, sagte Oliver. »Klein-Doofi mit Plüschohren, aber voller Lerneifer. Hat Ihnen die ganzen Sprachen beigebracht. Ein paar Brocken Philosophie und Mathematik. Hat garantiert auch Ihre

Flucht eingefädelt. Hätten Sie allein doch nie und nimmer geschafft. Und er selbst wäre nicht mal mehr über die Mauer gekommen. Kommt er gleich zur Tür reinspaziert? ›Ah, ihr verwöhnten Pappnasen, heute bin ich aber durstig.‹ Die ganze Nummer? Mein alter Vorgesetzter konnte ihn ziemlich gut nachäffen.«

»Babe ist tot. Ja, er hat die Flucht eingefädelt. Ja, er war mein Lehrer. Ja, ich war ein Klein-Doofi. Erwarten Sie im Ernst, daß ich nach einem so billigen Köder schnappe?«

»Stehen Sie drüber, hm? Überstehn ist alles. Was sind Sie heute? Nemesis? Der Hammer Gottes? Die kalte Hand des Schicksals?«

»So in etwa«, sagte Ned. »Sie können sich in aller Ruhe überlegen, wer ich bin. Sie können auch geruhsam darüber nachdenken, wer Sie sind. Sie werden alle Zeit der Welt haben. Martin und Paul und Rolf und der gute Dr. Mallo werden Ihnen bei der Entscheidungsfindung helfen. Die werden sich nach Kräften um Sie kümmern. Sonst niemand, fürchte ich. Ein kleines Team, aber da Sie der einzige Patient sein werden, ist Ihnen das vielleicht ganz recht.«

»Verflucht noch mal ...«

»Die Fahrt wird schmerzvoll sein. Aber nicht schmerzvoller als meine. Mein Chauffeur John, seine beiden Freunde, die Draper-Brüder und Ex-Superintendent Floyd werden Sie auf der Überfahrt begleiten. John – für Sie Mr. Gaine, er ist etwas fülliger geworden, hat aber nicht an Charme verloren, wie Sie feststellen werden – wird Ihnen die Schulter auskugeln, was wahnsinnige Schmerzen bereitet. Ihr Gang wird dadurch unausgeglichen, was wir unmöglich zulassen dürfen, weswegen Rolf Ihnen auch die andere Schulter auskugeln wird.«

»Sie sind wahnsinnig.«

»Wenn ich wahnsinnig bin, dann sind Sie es auch. Ihnen wird nichts geschehen, was nicht auch mir geschehen wäre. Sie sind ein erwachsener Mann. Ich war ein verängstigtes Kind.«

»Meine Familie! Ich habe eine Familie. Sie kennen meine Kinder.«

»Ich hatte ebenfalls eine Familie, Oliver. Auch die Fendemans hatten eine Familie. Als ich Ihnen den Namen Peter Fendeman auf Band sprechen mußte, haben Sie da an Portias Familie gedacht?«

»Aber ihrem Vater geht es gut! Er wurde nach einer Woche auf freien Fuß gesetzt. Das SEK hatte ihn bei der Festnahme etwas zu hart angepackt, aber er konnte bald wieder entlassen werden. Er ist am Leben, oder etwa nicht? Und glücklich. Und denken Sie mal nach ...« Oliver klammerte sich an jeden Strohhalm. »Warum hat er seine Tochter Portia getauft? Erinnern Sie sich an Portia im *Kaufmann von Venedig?* ›Die Art der Gnade weiß von keinem Zwang: Sie träufelt wie des Himmels milder Regen zur Erde unter ihr, zwiefach gesegnet: Sie segnet den, der gibt, und den, der nimmt.‹«

»Find' ich ja toll, daß Sie ausgerechnet Shakespeares Portia zitieren. Ein hübscher Zufall, denn ich wollte gerade zu Ihrer einzigen Alternative kommen, wenn Sie partout nicht ein Leben lang Gast von Dr. Mallo sein wollen.«

»Ja? Was? Die wäre?«

»Falls es Ihnen entfallen sein sollte, es gibt bei Shakespeare *zwei* Portias. Eine im *Kaufmann von Venedig,* wie Sie eben richtig bemerkten. Aber haben Sie die andere Portia vergessen? Die in *Julius Caesar?*«

Oliver wurde schwindelig. »Ich verstehe Sie nicht.«

»Denken Sie nach. Sie beschließt, sich das Leben zu nehmen, indem sie glühende Kohlen schluckt. Hat mich schon als Kind fasziniert. Wie stellt man das bloß an? Nun, wir haben hier den altmodischen Aga. Der arbeitet noch mit echten Briketts. Andere Möglichkeiten zur Selbstabschlachtung gibt es in diesem Zimmer leider nicht. Ich habe alles überprüft, und glauben Sie mir, ich weiß, wie man Räume für potentielle Selbstmörder möbliert. Boden und Wände sind mit Gummi überzogen, Metall, Stein oder Holz gibt es nicht. Sie können sich den Kopf am Aga einschlagen, aber das würde Sie kaum umbringen und wäre gegen die Regeln. Sie haben die Wahl. Das Plastik der Handschellen wird am Ofen recht schnell schmelzen. Schmerzhaft, könnte ich mir denken, aber es wird klappen. Dann heben Sie einfach den Deckel und bedienen sich. Es liegt wirklich ganz bei Ihnen, Oliver. Schlucken Sie glühende Kohlen wie Portia oder stellen Sie sich auf einen Lebensabend in der Irrenanstalt ein. Sie haben zehn Minuten, um sich zu entscheiden.«

»Sie *sind* wahnsinnig.«

»Sie wiederholen sich. Ich verstehe nicht, was das am Sachverhalt ändern soll. Ist es unwahr, können Sie kaum erwarten, daß mich die Beleidigung umhaut. Ist es *wahr,* sollte man meinen, daß alles Flehen um Gnade erst recht unsinnig ist. ›Gott sei Ihrer armen Seele gnädig‹ trifft es in beiden Fällen am ehesten. Neun Minuten und fünfundvierzig Sekunden.«

Die anderen waren im Wohnzimmer und umringten Mr. Gaine, der mit einem Kreuzworträtsel nicht weiterkam. Ned half ihnen bei den Lösungen.

»Da gehört ›Kutscher‹ hin. ›Stramm wie ein –‹ Kutscher. Sie haben ›Geschütz‹ geschrieben, John.«

»Ähm. Na ja. Tja, hab' mir gedacht, also ... Ein Geschütz kann auch eine Haubitze sein. Stramm wie ein Kutscher, voll wie eine Haubitze, voll wie ein Geschütz.«

»Mhm«, Ned wunderte sich über Gaines Gedankengänge und ging noch einmal alles durch.

»Lieferwagen vorgeglüht? Gut. Das Boot bereit? Jeder weiß, was er zu tun hat?«

»Alles bereit, Sir«, sagte Floyd eilfertig. »Wenn wir in Levington ankommen, müßte es dunkel genug sein –«

Niemand im Raum hatte je zuvor solche Schreie gehört. Mr. Gaine und die Drapers kannten sich mit Gewalt aus. Floyd hatte für den Rest seines Lebens genug davon mitbekommen, aber das hier ... das war ihm neu. Er wandte sich zur Küche, aber Ned hob die Hand und hielt ihn zurück.

»Lassen Sie ihm Zeit«, sagte er. »Es war seine freie Entscheidung.«

Die Drapers sahen sich mit weit aufgerissenen Augen an. Gaine musterte den Teppich, und Floyd starrte Ned an. Die Schreie verstummten.

»Jetzt können wir wohl«, sagte Ned und war als erster an der Küchentür.

Delfts Haare und Anzug standen in Flammen, an den Lippen hatte er orangengroße Brandblasen, und der Mund schrie. Er hatte keine Zunge und keine Stimmbänder mehr, um einen Laut hervorzubringen. Er warf sich gegen die Wand und umklammerte seinen Körper.

Er erblickte Ned und wollte sich auf ihn stürzen. Ned warf behende die Tür zu und schloß ab. Sie hörten, wie der Körper gegen die gummierte Fläche prallte.

»Wir lassen ihm noch fünf Minuten«, sagte er. »Dann müßte er fertig sein.«

Floyd legte Ned eine Hand auf die Brust. »Tut mir leid, Mr. Cotter«, sagte er. »Es ist mir egal, wie gut Sie mich bezahlen. Einer von uns muß da reingehen und ihn von seinem Elend erlösen.«

Ned schob sich an ihm vorbei und ging ins Wohnzimmer zurück. »Auf ein Wort«, sagte er. Er stand mit dem Rücken zum Kamin und sah sie an. »Nur um die letzten Fragen zu klären, okay? Mr. Floyd, Sie haben dies Haus angemietet, ja?«

»Das wissen Sie doch, aber was –?«

»Sie haben bar bezahlt. Dasselbe beim Auto und dem Lieferwagen?«

»Natürlich.«

»Niemand weiß, daß Sie hier waren. Wir müssen nur die Fingerabdrücke entfernen, und der Laden ist sauber.«

»Darum geht es nicht, Sir ...«

»O doch, Mr. Floyd.« Ned holte einen kleinen Revolver aus der Tasche und schoß Floyd in die Kehle. Er drehte sich um die eigene Achse und tötete Gaine und die Drapers durch Kopfschüsse. Er tauchte die Revolvermündung in Gaines Teetasse auf dem Tisch am Sofa. Sie zischte lieblich. Ned trank den Tee aus und hockte sich neben Gaines Leiche. Er zog ihm die Autoschlüssel aus der Jacke, steckte sie in die eigene Tasche und ging in die Küche.

Delft lag verkrümmt und zuckend auf dem Fußboden.

»Einer«, flüsterte Ned und verpaßte der verkohlten Ruine einen letzten Tritt.

Er fuhr den Wagen nach Peterborough und stellte ihn im Parkhaus am Bahnhof neben den Lexus, den Gaine und er acht Stunden zuvor dort geparkt hatten. Ein arbeitsreicher Tag und noch immer nicht vorbei.

Überrascht stellte Ned fest, daß er zitterte, obwohl er innerlich ganz ruhig war. Er hatte jene wahre Gelassenheit, die nur Menschen überkommt, die ihren Nachtschlaf verdient haben. Den Frieden, der sich wahren Leistungen verdankt.

Endlich konnte er sich den schönen Dingen des Lebens zuwenden. Babe würde in allen Großstädten von Kopenhagen bis Canberra ein ehrendes Andenken erhalten. Bibliotheken, Schulen, Krankenhäuser. Eine internationale Universität. Forschungszentren. Waisenhäuser, die nach neuen, aufgeklärten Prinzipien geführt wurden. Die Kinder der Welt würden geistig und körperlich gefördert werden. Portia würde ihm zur Seite stehen. Gemeinsam würden sie über das größte Wohltätigkeitsreich auf Erden herrschen. Sie würden soviel Gutes bewirken. Vielleicht war alles, was ihm zugestoßen war, auf irrwitzige Weise Teil eines großen Plans gewesen. Wie langweilig wäre sein Leben ohne den großen Anlaß verlaufen, der ihm so lange Jahre Energie gegeben hatte. Ihn hatten wahrhaftig gute Sterne geführt. Sie hatten ihn zu diesem Höhepunkt gebracht.

Er stand auf der anderen Straßenseite und betrachtete das Haus. In der Dunkelheit sah er, daß nur in einem Zimmer Licht brannte. Vielleicht saßen Portia und Albert in der Küche und unterhielten sich in aller Ruhe.

Er klingelte, bekam aber keine Antwort. Er klingelte wieder. Eine Katze sprang von der Mauer, strich ihm um die Knöchel und maunzte klagend. Im Haus hörte Ned ebenfalls einen Klagelaut, ein leises Wimmern, das er nicht verstand. Er drückte gegen die Tür, die in den Angeln aufschwang. Die Katze sprang ihm voraus.

»Portia? Bist du da? Ich bin's, Ned.«

Das Klagen wurde lauter. Ned sah den Lichtschein in der Durchreiche und ging ins Eßzimmer hinüber.

»Portia, ich bin's. Was machst du denn hier?«

Der Spiegel über dem Sideboard war mit schwarzem Tuch verhängt, und auf einem niedrigen Schemel saß Peter, Jackett und Krawatte zerrissen. Er hatte die Augen niedergeschlagen und rezitierte ein hebräisches Gebet.

»Peter? Ich bin's. Erinnern Sie sich noch?«

Peter sah hoch. »Ned. Ich erinnere mich. Du bist Ned.«

»Wo sind Portia und Albert?«

»Fort. Sie sind fort. Der Sohn meines Bruders ist tot, wußtest du das?«

»Wo? Wo sind sie hin?«

»Wer weiß?«

Ned ließ ihn sitzen und stürzte nach oben. Kleidungsstücke lagen auf dem Boden verstreut, Schränke standen offen, Shampooflaschen und Zahnpastatuben waren ins Waschbecken unter dem Badezimmerschrank gefallen, und der Kachelboden war mit Tablettendöschen, Kämmen und Seifenstücken übersät. Sie waren überstürzt aufgebrochen, in schrecklicher Panik. Glaubten sie denn, von ihm etwas befürchten zu müssen? Von *Ned*?

Er rannte wieder ins Erdgeschoß. Das Gejammer des alten Mannes machte ihn wahnsinnig.

»Wo sind sie hin? Sie müssen es Ihnen gesagt haben.«

Peter antwortete nichts, wiegte sich weiter vor und zurück und betete im Singsang. Auf der Suche nach Milch ging Ned in die Küche. Das Licht aus dem Kühlschrank fiel auf den Tisch, und dort sah er einen Umschlag liegen.

Ned Maddstone

Er erkannte ihre Handschrift! Nach all den Jahren erkannte er noch ihre Handschrift. Er legte den Umschlag an die Wange.

»Geh jetzt«, hörte er Peters Stimme durch die Durchreiche. »Geh und komm nie mehr zurück. Du hast genug angerichtet. Geh.«

Er saß im Auto und weinte. Nichts für ihn. Nur die alten Briefe. Nicht einmal ein Zettel. Sie konnte sich nicht vor ihm verstecken. Seine Macht würde sie überall auf der Welt aufspüren.

Und dann? Angenommen, er fand sie, was sollte er dann machen? Sie gefangenhalten? Sie zur Ehe zwingen? Es war zu spät. Es war immer zu spät gewesen.

Ned wußte, was er zu tun hatte. Er mußte heimkehren. Es war so einfach. So offenkundig. Er mußte heim, fort aus dem Lärm und Grauen der Welt. Die Heimat war entweder strahlend hell oder gemütlich dunkel. In der Heimat verstand man ihn. In der Heimat herrschten Frieden, Muße, Milde und Liebe. Heimat war in allen Sprachen, die er beherrschte, das schönste und stärkste Wort. Heimat. Seine schwedische Insel. Wo seine Freunde lebten und wo Babes Geist zu ihm kommen und ihn weiter unterweisen würde.

Er stand an Deck und sah England hinter sich versinken. Er ließ die Papierstücke los, die wie Schmetterlinge ins Kielwasser hinabflatterten. Sie stammten aus dem vorigen Jahrhundert, aus einer Zeit, als sich Liebende noch Briefe schrieben und in versiegelten Umschlägen schickten. Manchmal schrieben sie mit bunter Tinte, um ihre Liebe zu zeigen, oder sie parfümierten das Briefpapier.

Langsam zerriß er den letzten, warf nur einen flüchtigen Blick auf das halbierte Blatt.

Ich sehe vor mir, wie Dir beim Schreiben die Haare in die Stirn fallen, und dann zapple und hechle ich schon wie ein ... wie ein ... ähm, darüber sprechen wir noch. Ich denke an Deine Beine unter dem Tisch, und eine Million Trillionen Zellen in mir funkeln und sprudeln. Dein Querstrich beim »t« raubt mir den Atem. Ich halte die Rückseite des Umschlags an die Lippen, denke daran, wie Du ihn angeleckt hast, und mir wird ganz anders. Ich bin eine drollige durchgedrehte dösige dreiste delirierende Romantikerin, und wenn ich an Dich denke, bin ich im siebten Himmel.

Ned ließ es vom Wind davontragen.

Don De Grazia
American Skin
Roman

Aus dem Amerikanischen
von Teja Schwaner

336 Seiten
Band 1711
ISBN 3-7466-1711-1

Was Irving Welshs »Trainspotting« für Großbritannien war, ist Don De Grazias »American Skin« für die USA: Ein schonungsloses Buch, das Amerika von unten schildert, voll von verzweifelter Energie, Witz und Wahrhaftigkeit.

Der 17jährige Alex Verdi muß vor der Polizei fliehen. In Chicago schließt er sich einer bunten Gang von multikulturellen Skinheads an, die die ursprünglichen Skinhead-Ideale leben. Timmy Penn, der König der Skins, wird sein bester Freund. Alex lernt Liebe und hemmungslosen Haß kennen. Seine Odyssee endet in einem Hochsicherheitsgefängnis unter lauter Nazi-Skins.

»Dies ist ein großartiges Buch, und De Grazia ist ein wunderbarer Autor. American Skin handelt von Trennung und Entfremdung, es geht darin um die Suche nach dem friedlichen Flecken Erde, wo wir Wurzeln schlagen und überleben können.«

Hubert Selby

AtV
Aufbau Taschenbuch Verlag

Klil Zisapel

Meine Schwester,
meine Braut

Roman

Aus dem Hebräischen
von Stefan Siebers

361 Seiten. Gebunden
ISBN 3-351-02931-4

»Du hast mir das Herz geraubt, meine Schwester, meine Braut. Du hast mir das Herz geraubt mit einem einzigen Blick aus deinen Augen, mit einer einzigen Kette von deinem Halsschmuck.«

Buch Salomo

Auf einer Party in Tel Aviv lernen sie sich kennen – zwei Frauen, die unterschiedlicher nicht sein könnten: Dani, schillernd und widersprüchlich, lebt jenseits aller Konventionen. Amit, Studentin, gewissenhaft, hat sich in einer geordneten Welt eingerichtet.

Unmerklich wird die Freundschaft zu einer Intimität zwischen Geschwistern und Liebenden zugleich. Amit und Dani verlassen ihre Partner, um miteinander und füreinander zu leben. Doch mit der Zeit ereignen sich Tragödien, die die große Liebe zersetzen. Der Roman einer tabulosen Liebe ist ein verstörend schönes und intensives Buch. Hellwach hat Klil Zisapel das Lebensgefühl der *lost generation* nicht nur in Israel eingefangen.

Aufbau-Verlag

Giles Foden
Der letzte König von Schottland
Roman

Aus dem Englischen
von Ulrich Blumenbach

429 Seiten. Gebunden
ISBN 3-351-02916-0

Ein britischer Arzt spielt mit im politischen Roulette und erkennt zu spät, daß er selbst Teil des Schreckensregimes von Idi Amin geworden ist, zum Mitwisser und Komplizen, zum Verräter seines Heimatlandes und vor allem: zu einem Gefangenen in Uganda.

»Der letzte König von Schottland« wurde 1998 mit dem »Whitbread First Novel Award« ausgezeichnet, dem renommiertesten britischen Literaturpreis. Hellsichtig und sinnlich zeigt diese intelligente Fabel über die Macht, daß es kein richtiges Leben im falschen geben kann.

»Eine wahrhaftige Meisterleistung der Imagination.«

Daily Telegraph

»Giles Foden zieht mühelos alle Register von der Farce bis zur grausigen Tragödie.«

Times Literary Supplement

»Eine wunderbare Lektüre, meisterhaft geschrieben ... ein Kunstwerk.«

The Spectator

Aufbau-Verlag

Fred Vargas
Das Orakel
von Port-Nicolas
Roman

Aus dem Französischen
von Tobias Scheffel

256 Seiten. Gebunden
ISBN 3-351-02928-4

Auch ihr fünfter Krimi lebt von der »Magie Vargas« (Le Monde), die schon über 100.000 deutsche Leser in Bann gezogen hat: Den Zehenknochen einer Frau findet Kommissar Kehlweiler zufällig in Paris – ein makabrer Auftakt zum »Orakel von Port-Nicolas«, dem neuesten Vargas-Krimi mit den jungen Historikern Marc, Mathias und Lucien. Vargas legt ihren Helden eine raffinierte Fährte bis nach Port-Nicolas, einem Städtchen in der Bretagne, wo vor wenigen Tagen eine alte Frau von der Steilküste stürzte …

»Fragen Sie mich doch mal, wer meine Lieblings-Krimi-Autorin ist. Richtig, Fred Vargas. Und was sie richtig gut kann: Sehr originelle Geschichten mit herzergreifend seltsamen Typen zu bevölkern und sie komplett abstruse Gespräche führen zu lassen. Prädikat: Hin und weg!«

WDR

Aufbau-Verlag

Für *glückliche* Ohren
ÜBER 6 MONATE PLATZ 1 DER HÖRBUCH-BESTSELLER-LISTE
FRIEDRICH DER GROSSE
Christian Graf von Krockow
FEATURE DER>AUDIO<VERLAG
DONNA W. CROSS DIE PÄPSTIN
HÖRSPIEL DER>AUDIO<VERLAG
Mäuseken Wackelohr
Hans Fallada/Peter Brosch
KINDERHÖRSPIEL DER>AUDIO<VERLAG
Ob groß oder klein: Der Audio Verlag macht alle Ohren froh. Mit Stimmen, Themen und Autoren, die begeistern; mit Lesungen und Hörspielen, Features und Tondokumenten zum Genießen und Entdecken.
DER>AUDIO<VERLAG D>A<V
Mehr hören. Mehr erleben.
Infos, Hörproben und Katalog: www.der-audio-verlag.de
Kostenloser Kundenprospekt: PF 193, 10105 Berlin